谍战纪实系列丛书之一

◎ 颜春连 著

艳谍

群众出版社

图书在版编目（CIP）数据

艳谍/颜春连著．—北京：群众出版社，2015.7
（谍战纪实系列丛书；1）
ISBN 978-7-5014-5361-0

Ⅰ.①艳…　Ⅱ.①颜…　Ⅲ.①纪实文学—作品集—中国—当代　Ⅳ.①I25

中国版本图书馆 CIP 数据核字（2015）第 141205 号

艳谍

颜春连　著

出版发行：群众出版社
地　　址：北京市西城区木樨地南里
邮政编码：100038
经　　销：新华书店
印　　刷：北京普瑞德印刷厂

版　　次：2015 年 7 月第 1 版
印　　次：2015 年 7 月第 1 次
印　　张：17.5
开　　本：787 毫米×1092 毫米　1/16
字　　数：380 千字

书　　号：ISBN 978-7-5014-5361-0
定　　价：55.00 元

网　　址：www.qzcbs.com
电子邮箱：qzcbs@ sohu.com

营销中心电话：010-83903254
读者服务部电话（门市）：010-83903257
警官读者俱乐部电话（网购、邮购）：010-83903253
公安综合分社电话：010-83901870

前　　言

　　谍报是一种特殊的战争形式。谍报活动与国家、民族的命运休戚相关，担负着内防颠覆、外防侵略的双重任务。因此，世界局势发生动荡变化的关键时刻，也即谍报活动最为繁忙的时刻。

　　众所周知，间谍活动一直和美丽的女性紧密相关。在二十世纪，两次世界大战的爆发，两大阵营的形成、对立与消逝，长时期的冷战，这一切为间谍活动，尤其是女间谍活动提供了极好的机会和广阔的天地，使她们大展身手，在世界各个角落做出了超凡脱俗的惊人之举。二十世纪的女间谍，不仅有在深闺里施展身手的色情间谍，也有深入龙潭虎穴窃取机密文件的奇盗，更有冒着枪林弹雨、拯救民族苦难的侠女。

　　本书是一部专门反映二十世纪世界女间谍活动的纪实性文学作品。它以翔实的史料、流畅的文笔、曲折动人的情节，描写了间谍世界一些真实、精明、老练的女间谍，披露了东西方世界有关国家、情报机构活动的手法和方式，真实地再现了一些知名女间谍惊心动魄的活动情况，将铁幕后面的阴谋与温柔之乡的缠绵悱恻结合在一起，向人们展示出神秘、香艳、撼人心魄的谍报战。正是这些不平凡的女性，卓有成效地做着困难而又危险的工作，改变了许多重要的历史进程。

　　女间谍的秘密，秘密的女间谍。

　　本书的出版，将使读者对有关间谍世界的好奇之心得到满足。无论是公安、安全、军事、外交、政工和保密人员，还是普通公民，都能从中得到有益的警示和启迪。

　　本书在编写过程中参考了有关报刊和书籍，恕不一一注明。借此，谨向有关作者表示深深的谢意和歉意。

作　者

2015 年 2 月 8 日

目　录

上卷　世界大战中的女间谍

下卷　冷战中的女间谍

世界大战中的女间谍

上卷

东方舞星的间谍传奇

玛塔·哈丽是 20 世纪最出名的女间谍，人称"谍海女王"。她的名字已成为杰出女间谍的代称，如日本著名的女间谍川岛芳子，就被人们称为"东方的玛塔·哈丽"。近一个世纪以来，哈丽的名字不知多少次出现在各国的报纸、杂志和书籍上，以她为背景的故事多次被搬上银幕，或拍成电视剧。与此同时，哈丽的谍报技术也是专家们经常谈论和研究的课题。不少人把她视为色情间谍的典范。因为到处流传有关她的故事，总是和她的风流韵事联系在一起。有人说，她的身体对寡廉鲜耻的达官显贵们有一种难以抗拒的诱惑力，甚至连总统、首相也难以自禁。德国情报机关就是利用她的美色，搞到大量的情报。后来，英法两国在反侦察斗争中，通过无线电技术侦察手段，将这个隐藏最深、活动最频繁、危害极大的间谍挖了出来。最终，这个红遍欧洲的东方舞女间谍，被法国秘密警察送上了断头台，悲惨地处决。不管怎么说，玛塔·哈丽以她辉煌的谍报活动业绩，在世界谍报史上留下了不可磨灭的光辉篇章。

东方舞星

1876 年 8 月 7 日，玛塔·哈丽出生在荷兰北部的小城吕伐登的一个大商人家庭，父母给她起名叫玛格丽特·葛特莱塔·泽勒。祖先属于荷兰的贵族阶层，其父是一位经营着相当庞大的农牧业场主，在上流社会中十分活跃。优越富足的家庭环境和高贵优雅的贵族血统在这位千金小姐身上留下了深深的烙印。母亲是印度尼西亚的爪哇人，尽管没有显赫的身世，却是上帝创造得最完美的女人，闭月羞花、沉鱼落雁，堪称天之骄女。而母亲又把这份上帝赐给的美貌传给了女儿。自玛格丽特出世以后，父母对她特别溺爱，将她视为掌上明珠细心呵护。因此，她从小就形成了极爱幻想的性格。

富足的家庭环境使玛格丽特从小就接受良好的教育。父母虽然不期望她光宗耀祖，但他们十分想把自己的宝贝闺女培养成为上流社会的贵妇人。

1889 年，在玛格丽特 13 岁那年，生活奢侈的父亲宣告破产，母亲随后去世。因此，她那梦幻般的幸福生

玛塔·哈丽

活也就彻底结束，被寄养在亲戚家。一向自视清高的她，此时只得隐藏起内心的哀愁。

随着日月的消逝，玛格丽特慢慢地长成一个亭亭玉立的漂亮女孩。就在少女时代，她发现了自己身上的优势：她有一副欧洲人的脸型，线条柔和分明，鼻梁挺括，嘴唇饱满，红润而性感，闪烁的眼睛能从柔和的苔绿色变为深沉的绿玉色，好似两泓深不可测的泉眼缓缓涌出摄人心魂的绿意；她又有东方少女的身段，身材苗条而不失丰满，三围突出又恰到好处，黝黑的皮肤光洁细腻。在她身上不仅具有东方美人的雅致，而且还有西方美人的风采。如此美貌的少女很快就意识到了自己女性的魅力。

随着年龄的增长，玛格丽特越发顾盼流连，风情万种，越发招蜂引蝶。众多的异性围绕着她，使她的虚荣心和好奇心都得到了极大的满足。

在众多的异性中，一位外科医生令她着迷。他是一个年近40岁、成熟而又稳重的中年男人，魅力无穷。因为，一个熟透了的果子与那些未熟的青果在实质上是有很大区别的，尤其是他历经世事的洞察力和幽默风趣的谈吐，更使她倾慕不已。很快，这名外科医生把她从一个女孩变成了一个真正意义上的女人。正是那个明月皎洁的夜晚，柔情蜜意使她第一次尝到了世间如此美妙的享乐。女人除了相貌美之外，还应具有这种永恒的性爱美。但也是在这天晚上，她从外科医生的口中得知，性爱生活会使她在一两年内迅速发胖，丧失少女的俊俏，就像一朵娇艳的玫瑰那样，花开之后就会枯萎、凋谢。她听后感到无限凄凉，仿佛人生将要遭受一次重创。伤心之余，她下决心尽快找一个合法的丈夫，以便自己在丧失美貌之后有个依靠。

通过征婚广告，玛格丽特结识了在海外殖民地供职的年轻陆军军官鲁道夫·马克上尉。当时他正回家探亲，并趁机想找一个妻子。这位年轻的上尉高大俊美、风度翩翩，是一个标准的美男子。相貌的相互吸引，使他们一见钟情。不久，他们便闪电式地结婚了，开始了快乐的时光。

上尉军官在荷兰的上流社会中，大小也算是一个人物。因而，这对新婚燕尔，时常出现在社交场所，成为人们注目的焦点。尤其是玛格丽特的出现，常常一下子吸引交际场合众多的目光，俨然是一位女王。这时，她的虚荣心得到了极大的满足。无疑这段时间是她一生中最幸福的时光。

不久，玛格丽特随丈夫前往供职的印度尼西亚。其间，丈夫又多次换防，从加里曼丹到苏门答腊，再到爪哇，调来换去，以往那种安稳、舒适的生活好像渐渐离他们远去了，变得越来越不稳定。而丈夫又忙于公务，时常无暇顾及她。这就促使在百无聊赖中打发日子的玛格丽特急于寻找新的刺激。

印度尼西亚是南太平洋上的岛国，四季如春。居住在这块土地上的土著民族最为热情奔放。每当夕阳西下，夜色降临时，便有成群结队的少男少女或在海滩上，或在椰林里跳起情意绵绵、婀娜多姿的民间舞蹈。身居此地，加之血液里有一半是这个热带民族基因的玛格丽特一下子就狂热地投入到其中了，埋头苦读东方的民间文学作品，醉心钻研东方舞蹈。她在当地寻访民间艺人学习东方舞蹈。由于她的刻苦，加上自身的天赋，很快就在东方舞蹈上脱颖而出，舞技娴熟、精湛，远远超过了当地一些有名的民间艺人。

　　除此以外，处在青春旺盛时期的玛格丽特，还把过剩的精力和热情投入到追求浪漫的生活中去。她放荡不羁，招蜂引蝶，风流韵事不断，花边新闻层出不穷。丈夫曾十分严厉地要求她改掉轻浮的作风，做个良家妇女。但她充耳不闻，仍然我行我素。因此，夫妻关系变得越来越紧张。

　　就在这时，他们的仆人，一名狂热的印度教徒，对玛格丽特的离经叛道行为感到十分气愤，竟惨无人道地毒死了他们的孩子。这就使他们失去了夫妻之间仅有的一点维系，导致婚姻的最终破裂。尽管离婚时她没得到任何东西，但她很高兴，认为从此结束了丈夫对她的约束。她下决心再也不结婚，而应该设法弄到金钱。只要有了这玩意儿，就有无穷无尽的乐趣，就有享受不完的幸福。

　　1902年，孑然一身的玛格丽特从印度尼西亚回到荷兰，后来又来到巴黎。她相信自己能在巴黎这个灯红酒绿的大都市里，闯出一条幸福的路来。

　　当时，巴黎大大小小的夜总会正在积极推销"东方舞"。所谓东方舞，本来是指亚洲各国具有民族特色的民间舞蹈。这名字听起来十分文雅，实际上当时流行在巴黎的东方舞，就是后来人们常说的"肚皮舞"或"脱衣舞"。这只是为了迎合上流社会需要而出现的一种新花样。那些达官贵人已玩腻了金发碧眼的白人姑娘，于是变着花样渐渐把兴趣移到能直接给人感官刺激、令人心神沉醉而又具有异国情调的东方舞上了。这就为这位东西方混血美人提供了充分展示自己天分的宽广舞台。她决意将在印度尼西亚所学的东方舞和西方舞融为一体，自创流派。

　　1905年3月的一天，玛格丽特看见报纸上登有巴黎最有名气的紫罗兰夜总会高薪聘请擅长东方舞艺的演员。她为之一振，立即拨通了电话，双方约定晚上去试演。

　　当玛格丽特穿着一条东方情调的长裙，披着一头飘逸的黑色长发站在老板菲利普面前时，这位老板就被她的万种风情和独特的韵味所惊呆。她正是他苦苦寻找的那种女演员。

　　然而，更让这位老板惊叹不已的是玛格丽特在舞厅里的试演。玛格丽特亭亭玉立地站在变幻不定的彩灯下，伴随着乐曲的节奏，这位东方气息十足的美女，缓缓地舒展着身姿，应合着音乐的节拍舞动起来。舞曲不断地变换着节奏，她在红地毯上也不断地变换舞姿，时而旋转，时而挺胸，时而收腹，时而扭臀，时而吊肩，时而手舞，时而足蹈，时而抛出长发，淋漓尽致地展现自己的舞蹈才能，表达心中的渴望。高潮中，妩媚的眼睛里秋波涟涟，腰肢柔软，撩拨人的心弦。转身她像魔术师一样奇迹般地脱掉了衣服，在人们眼前晃动的是一个美艳娇嫩的胴体和性感奔放舞姿的精妙绝伦的有机结合。

玛塔·哈丽

　　菲利普看呆了。他见过的美女不计其数，然

而今天才大开眼界，真正领略了什么叫美。这才是当今世界上举世无双的美女，这才是引人无穷欲望的女人，她的每一个举动都能唤起男性的欲望。他再也控制不住自己内心的激动，上前拥抱着正在尽情舞蹈的玛格丽特，疯狂地乱吻着她的全身，并且语无伦次地叫喊着。她微笑着搂住老板的腰。就这样，菲利普成了玛格丽特来到巴黎的第一个猎物。

第二天夜晚，被紫罗兰夜总会隆重推出的玛格丽特专场独舞会使她一举成名。她表演的东方民间舞蹈，舞艺超群，令观众叹为观止。加之她美貌绝伦，博得观众的掌声一浪高过一浪。翌日，各大报纸均以大量的篇幅报道了这位新的舞星，什么"这是造物主最完美的杰出人体作品"、"无与伦比的美貌"等溢美之词随处可见。

随后，在巴黎歌剧院举行的又一场演出的成功，使玛格丽特的名声进一步大振，获得了极高的评价。一时间，她成为全巴黎，乃至法国无人不知无人不晓的人物。她的舞迷们对她如痴如醉，崇拜得五体投地。一位多次看过她表演的伯爵逢人就说："看她的表演，如入仙境，你会忘掉一切的。"

从此以后，一些一流的文艺沙龙也都争相邀请她。她也就在这时改名叫玛塔·哈丽。这是马来语，意为正午的太阳，或带有诗情画意的曙光。她非常喜欢这个象征性的艺名，因为一听到它，就能使人们展开对她的美好遐想和诗一般的回忆。

正如她所希望的那样，她那惊人的美貌和飘飘欲仙的风姿，加上无与伦比的舞技，使那些达官贵人、富豪巨贾为之倾倒。当时，在"东方舞"风靡的巴黎城，每当周末的夜晚，她就成为他们竞相邀请的宠儿。她也就越来越多地出现在上流社会的沙龙里或大臣、将军们的卧室里。

尽管岁月流逝，然而她在自创的妖艳"东方舞"中"芳名"远扬。她开始穿梭于欧洲各国，成为国际间升起的一颗耀眼舞蹈巨星。一时间，欧洲一些国家的王太子、大臣、将军和专事寻欢作乐的富豪们也慕名而至，把她当作座上宾，以一睹她的芳容和精彩表演为快。然而，正当她得意忘形之时，命运却又在暗中捉弄她，使她走上了间谍之路。

间谍之路

1913 年的欧洲，战争乌云密布，火药味极浓。各帝国主义国家为了维护自身的利益，都在紧张地备战。其中，以德、奥结盟为一方的同盟国正在形成中。而以英、法、俄为另一方的协约国也在暗中酝酿。双方都在暗中较劲。一时间，战争前夕的恐怖、紧张气氛都弥漫在巴尔干半岛上空，辐射到整个欧洲。

然而，就在人类有史以来的第一次世界大战即将爆发之际，素以繁华优雅而闻名的法国首都巴黎似乎超然于这团尘器之外。每当夜幕降临，仍是一派歌舞升平的景象，人们沉浸在如痴如狂的"东方舞"之中。尤其是那些工业界的巨子们，更是知道怎样去享受生活的乐趣。他们经常邀请巴黎当红的大舞星、大歌星举行家庭宴会，通宵达旦地纵情欢乐。自然，已经红遍欧洲的大舞星玛塔·哈丽，就成为他们这种消遣方式的首选被邀嘉宾。正是在这次上流社会的晚会上，她结识了德军统帅部情报处的年轻军官巴龙·冯·米尔巴赫。从此，改变了她的人生，使她走上了一条充满金钱与冒险的道路，成为第一次世界大战期间为数不多的德国著名女间谍。

应该说，战争这一怪物，不只是政客和军人们的事情，就连身为东方舞蹈艺术家的玛塔·哈丽也逃不脱历史的厄运，注定被无情地卷入这一黑色旋涡中。随着她的出名，德国情报机构早就注意到这位能自由通行于欧洲各地的世界名女子。于是，他们就给所属下达了这样的指示：

"从她惊人的广泛社会接触面来看，极具利用价值，我们要尽力拉拢她，并将她招募为我们的人。"

这个招募玛塔·哈丽为间谍的重任，自然而然地落在了德国派驻巴黎的德军统帅部情报处军官巴龙·冯·米尔巴赫的身上。

那是春末夏初的一个夜晚，巴黎的达官贵人和富豪巨贾们在多梅饭店聚会，邀请玛塔·哈丽参加并表演"东方舞"。紧张了一天的米尔巴赫为了放松神经，也来到了聚会厅。晚会即将开始，人们屏息静气，厅内鸦雀无声。他在侍从的引领下，来到左边的一个空位置上坐下。尽管这个位置不怎么显眼，然而可将场内的一切尽收眼底。他刚一坐下，眼睛为之一亮，原来刚好赶上玛塔·哈丽出场。

只见聚会厅的中央铺着厚厚的东方红色地毯，被重金包装的玛塔·哈丽赤足站在地毯中央，全身几乎赤裸，丰满的前胸和腹部下点缀着少许的桃红纱丽，一件薄如蝉翼的金黄色草裙裹在腰间，使她越发艳丽动人。这个年近40岁的女人，其娇艳的身体无处不散发着青春的活力。尤其是那张动人的脸庞所表现出来的气息，完完全全是纯情少女无瑕的稚气，哪里还看得见妇人的影子，简直就是一个充满青春活力的少女。霎时，人们的目光汇成一束灯光打在她身上，使她更觉得飘飘然。

随着音乐的响起，玛塔·哈丽便开始狂舞起来。这真是音乐和舞姿的完美结合，使两者浑然融为一体。在狂热的舞蹈中，她使出竭尽煽情的看家本领。她知道来这儿的人们需要什么，因而也就恰如其分地为满足他们的需要而展示什么。米尔巴赫的脑袋里，此时也像大厅里狂热的观众一样翻腾开了。对于这位在巴黎上空升起的新星，他早有所闻，然而百闻不如一见。今晚有幸目睹她的精彩表演，果然名不虚传。难怪上司为此下达了专门指示要招募她，看来这一重任只能落到他的身上了。

米尔巴赫怀着极大的兴趣，决定今晚要试一试，看她能否上钩。于是，谢幕后他走到前边，找了一个显眼的位置坐下来。这个年轻军官在情场上是个身经百战的老手，在对付女人方面自有他的过人之处。当玛塔·哈丽再次出场时，他的目光紧紧追随着她，含情脉脉流露出引诱的光芒。

不知是女性的本能，还是一种职业习惯，对此十分敏感的玛塔·哈丽很快就捕捉到了这一信息。她心里感到暖烘烘的，脸上流露出了得意的表情。要知道，在每次舞会上，她是绝对不会放过任何一位男子投来的渴望与倾慕的目光。因为它能变成金钱，使她得到物质享受和心里满足。而眼前这位年轻军官，这个标准的硬汉，他眼里的那种光芒、那种暗示，正是为自己放出的，她能放过吗？于是，她的舞步更加欢快和狂热，而且时不时地就狂舞到他身旁，忍不住地对他频频抛去媚眼。就这样，这对男女用眼神进行着愉快的心灵交流。

天遂人愿。当玛塔·哈丽舞毕换好装束走出来时，米尔巴赫早已在那儿等着她。此时，她已穿上了一件袒胸露背的黑色晚礼服，显得端庄而高贵。随着乐曲的奏起，米尔巴赫架起玛塔·哈丽的胳膊，搂住她的腰肢，踩着音乐的节拍，两人跳起了探戈。这真是天生的一对舞伴。他们不仅舞姿优美，而且配合得天衣无缝，浑然一体。所有在场的人无不为之赞叹。

舞曲不知何人所作，就像爆发疟疾一般，一会儿激烈得像暴风骤雨，一会儿又悠扬得像涓涓流水。此时，这支舞曲就像烈性而又醇香的酒，深沉地陶醉了这对男女。使他们飘然、目眩，落入梦一般的境界……

一曲激烈的音乐过后，又响起了一阵悠扬而轻柔的乐声。这声音就像魔鬼的咒语，直搅得被米尔巴赫搂紧的玛塔·哈丽心乱如麻、神魂颠倒。她浑身像着火一样，热辣辣地难以忍受，她用高高的胸脯和颤抖的丰乳紧贴着米尔巴赫。到后来，她实在熬不住了，于是将脸凑近米尔巴赫的脸，轻声说："先生，我不想跳了，咱们坐车回你的住处好吗？"

这正是米尔巴赫所期望的。他绅士地作了一个邀请的手势说："小姐，请！我的车就在外面恭候你。"

就这样，不等舞会结束，米尔巴赫就带着玛塔·哈丽回到他的住宿地——希尔顿大饭店豪华的房间。刚关上门，俩人便迫不及待地抱在一起，滚到床上，仿佛干柴遇上烈火，急忙宽衣解带……

这晚，玛塔·哈丽对于与米尔巴赫的男欢女爱有一种说不出的轻松和美妙。她慵懒地靠在他的胸脯上，脸上露出满意的笑容，含情脉脉地看着他。他也深情地看着她，并用手轻轻地抚摸着她的胴体，一边谋划着如何让她进入圈套，一边轻轻地对她说："宝贝，你太美了！我一见到你，就被你征服了。"

"我也一样，亲爱的。和你在一起，我才真正获得了无穷的乐趣。但愿上帝保佑，能让我们天天如此快乐。"

"我也希望我们能天天快乐。但是，当你知道我是谁之后，宝贝，你就恐怕不会这样想了。"

"为什么？只要你不是魔鬼，我都乐意在你身边。"

"你听着，我不是一般意义上的军人，而是德军统帅部情报处的特工巴龙·冯·米尔巴赫。"

"哈哈，这有什么。听人说，特工是一项很神秘而又很刺激的工作，是吗？"

"你对它有兴趣吗？"

"兴趣倒谈不上。不过，凡是好奇、神秘和带有刺激性的工作，我都想试试、玩玩。"

"太好了，我的宝贝，我们想到一起去了。今晚我请你来，就是为了此事。只要你肯为我们办事，我们有的是钱供你花销。"

"那么，我能为你们做什么呢？"

"很简单，只要你从英国、法国、比利时、俄罗斯等国的名流中，探听一些消息告诉我，我们会给你很高很高的报酬，比你现在的收入要高得多。"

"真有这种好事？好吧，我答应你，但我不知怎么办。"

"这事好办。只要你愿意，我们会对你进行专门的训练。"

这个天生就爱好幻想和追求好奇与刺激的女人，这个一生就只知金钱高于一切的女人，本来就没有立场，没有政治倾向。在她的眼里，只要好玩，只要有钱，能得到物质享受、精神刺激和心里满足，她有什么不肯干呢？而现在米尔巴赫让她当间谍，正符合她的天性，因而一拍即合。她丝毫没有考虑这样做的可怕后果，就走上了间谍之路。直到最后，她在法国被处死，也不明白自己究竟哪一点激怒了法国人，使他们如此冷酷无情。

玛塔·哈丽被招募后，很快就收到一份由德国皇太子发来的邀请函，要她去德国演出。于是，她便踏上了前往德国的路途。在德国她晚上演出，德国各大报纸均以大量篇幅作了报道。不难看出，玛塔·哈丽在德国的表演是大获成功的，这也是人们意料之中的。

然而，善良的人们何曾想到，玛塔·哈丽前往德国的主要目的不是去表演，而是去接受特工训练。演出和舆论的大肆渲染，只不过是德军统帅部情报处有意的安排，掩人耳目而已。她白天被送到德国安特卫普的间谍学校，接受单独的短期训练。由化名为"博士小姐"的埃尔斯佩特·施拉格缪拉向她传授进行间谍活动的基本常识和秘诀。在这儿，她接受了套取情报的方法、拍摄微型照片、情报的传递、暗号的使用、接头会面的方法、麻醉药品的使用等专业间谍知识。最后，这位老师还向她传授了如何充分运用女人的特长和优势俘获男人。训练结束时，他们还给了她一个代号，叫"H-21"，化名克拉拉·本尼迪克斯，她的任务主要是在欧洲各国，尤其是在法国巴黎进行广泛的活动，套取各种情报。

初战告捷

1914 年初春，战争已迫在眉睫，整个欧洲都笼罩在战争的阴影中，大有一触即发之势。人们整天担心战争的爆发。自然，大战前夕，也是间谍们大显身手的好时机，经过短期训练的玛塔·哈丽也跃跃欲试，幻想着在这富有刺激性的神秘领域中一展身手。

米尔巴赫下达给玛塔·哈丽的第一个任务是：从一位俄国青年军官勒伯夫的手中，窃取一份即将送往驻巴黎大使馆的作战计划。接到任务后的玛塔·哈丽激动不已。她决定要干出个样来让自己的情人上司看看，她玛塔·哈丽是何等人物。

一天，年轻英俊的俄国军官勒伯夫提着黑色公文匣，匆匆忙忙地登上一辆开往巴黎的东方快车，走进了 5 号包厢。看得出，他内心是相当紧张的。尽管他表面上看是一副泰然自若的样子，坐到了沙发上。但他向四周环顾时不安的眼神清楚地告诉人们，他正处在惊魂未定之中。他如此紧张自有他的道理，并非生性怯懦怕死之辈。不要小看这位年轻的军官，他年纪虽然不大，但在原来的部队中名气却不小，是一个相当出色的军官。他不仅军事技术一流，而且在战场上屡建战功。正因如此，上级才把重担交给他，让他把这份绝密作战计划安全送到俄国驻巴黎大使手中。这可关系到西线俄国几十万官兵生命安全的大事，也关系到他今后的前途。如果出了纰漏，其后果对国家、对他个人都是不堪设想的。

勒伯夫前前后后观察了相当长的时间，当火车已启动，在他确信包厢里只有他一个人之后，他才松了一口气。他摘下厚军帽，解开上衣领扣，把抱紧的公文匣放在沙发上。

列车隆隆地向西行驶，勒伯夫把目光投向窗外。外面是美丽的原野，在初春阳光的照耀下，霜和雪已开始融化，草地上呈现出微黄的色彩，灌木丛上的树叶稀疏地挂在其中。远处，农舍的白色尖屋顶在树林里时隐时现，并不时地冒出袅袅白烟，好一派中欧的田园风光。望着这美景，他不免颇有感慨地自言自语："真可惜，这儿很快就要变成一块人类自相残杀的战场。"

火车进入北德平原后，在一个小站停了下来。少顷，只听到火车的走廊里传来一阵轻盈的脚步声。

"一定是一位妙龄女郎。"侦察兵出身而对女人的脚步声特别敏感的勒伯夫，在包厢内判断着。他原本想站起来打开门看看，以便验证一下自己的判断力。但当他的目光碰到沙发上的公文匣之后，他又打消了这个念头。

很快，那轻盈的脚步声又从火车的尽头重新返回来了。这次却多了一种大皮鞋的"咔咔"声。随着敲门的声音，隔壁包厢的门"咯吱"一声被打开了。紧接着是一阵低沉的男人之间的对话，很快门又"咔嚓"一声关上了。

军人特有的警惕性和责任感一下蹿入勒伯夫的脑子，他寻思着"也许有什么问题"。于是，他伸过手去，又抓紧了公文匣。正当此时，随着两下敲门声，他还没来得及回答，人高马大的列车长已推门进来，带着不安的歉意对他说："先生，打扰您了。实在不好意思，我们目前遇到了一点小麻烦，请您帮帮忙。这位夫人预订的包厢被哈克里欣公爵占了，我们想请您帮助我们解决这一困难。尽管我们也知道这个包厢是您一个人包订的，您看……"

"您想叫我……"

"我想请您让这位夫人先在您的包厢里待一会儿，只需一会儿。因为一到下一个车站，我们就能腾出一个包厢来，那时就……"

"先生，这点要求不会成为您的负担吧？"

随着飘过来的女人的恭谦话，勒伯夫抬眼看见一个雍容华贵的夫人站在列车长的身后。她气质非凡，身穿名贵的貂皮大衣，耳环和项链闪闪发光。顿时，他就像被磁铁紧紧吸住了似的，心里禁不住地暗自称赞："好一个绝色的婵娟。"接着，他满脸堆笑，脱口而出："夫人，请进。能和您在一起进行长途旅行，我感到十分荣幸。"

"林纳特伯爵夫人。"随着贵夫人那甜美的自我介绍，一个媚眼抛了过来。

　　四目相对，勒伯夫精神大振，他忙不迭地说："俄国陆军上尉勒伯夫。"

　　愉快的旅途就这样开始了。本来勒伯夫正在为这次单独的长途旅行而感到枯燥烦闷。谁曾料到半途竟上来一位如此漂亮的女士为伴，真是三生有幸，艳福匪浅，他心里的高兴劲儿就别提了。然而，他哪里知道，这个自称是林纳特伯爵夫人的女人，正是德国间谍玛塔·哈丽，她今天就是冲他而来的。当她第一眼看到勒伯夫时，女人特有的敏感让她意识到他是一个好色之徒。为此，她暗自高兴，转瞬即逝的得意笑容不自觉地从嘴边流露出来。她得设法尽快让猎物上钩，赶在列车到达柏林之前套住他。于是，她热情地问道：

　　"先生，您去哪儿？"

　　"我去巴黎。"

　　"哎哟，这么长的旅途，是为公事还是私事？"

　　"去看女朋友，我的女朋友在巴黎。"

　　"想必您的女朋友一定很漂亮，是一个十足的大美人。若不然，像您这样年轻英俊的军官，怎么会为她专程去巴黎呢？到哪儿还不能找到漂亮姑娘。我真为您的女朋友感到高兴。"

　　玛塔·哈丽一边说着，一边频频地向勒伯夫大胆地送去脉脉含情的挑逗性目光。被她挑逗起来的勒伯夫心里不时地想："她要是我的情妇那该多好呀！"但他嘴里还是应承着说："谢谢，请恕我冒昧地问一句，夫人为什么一个人旅行？"

　　"唉，谁叫我命苦呀"，玛塔·哈丽说着眼圈就红了，"在外人看来我是个伯爵夫人，一定很幸福。其实，我很苦。因为伯爵经常出差不落家门，而且一去就是很长时间。我是时常孤灯只影、独守闺房。就是他不出差，也由于身体的缺陷，时常无能为力。这其中滋味，有谁能知……"

　　说着说着，玛塔·哈丽红红的眼圈里泪珠就像断了线的珍珠一样滚落下来。她原本就是一个天才表演艺术家，演戏是她的看家本领。她如此泪水涟涟，不由得引起这位年轻军官的怜香惜玉之情，他赶忙安慰地说：

　　"夫人，都是我不好，让您伤心啦。我的本意是希望能帮助您。"

　　"谢谢！我一谈起自己的苦命就心中难过，让你操心了。如今像你这样好的热心人真是不多见。我想，这么好心的人一定会生活得十分幸福的。"

　　玛塔·哈丽的一番话语，不免勾起勒伯夫心中的酸楚：军人的生活只有责任和义务、严厉的纪律、刻板的生活规律，谈不上什么幸福不幸福。尤其是现在，部队为了应付随时都有可能爆发的战争，早已进入戒备状态，几个月回不了家是常事，已半年多没见到女朋友了，不知她现在怎么样？

　　不知不觉列车已驶过了好几站，他们之间的谈话也越来越融洽，话也多起来了，海阔天空，无话不谈，各自都说着感兴趣的事。他们似乎早已忘记了列车长所说的"下一站"。说句老实话，勒伯夫也不希望这时列车长进来打扰他们的谈话，更不希望这位贵夫人离自己而去。不仅如此，随着谈话越来越投机，他们也越来越投缘，这点从他们两人的座位变化中完全可以看出来。开始，他们相对而坐。接着，就并肩而坐，而且距离越来越近，以至最后这位贵夫人躯体的一侧同年轻军官的身体一侧时常挨在一起。到后来，她干脆把他当沙发垫一样将身体紧靠着他。他一动不动，甚至连大气都不敢喘，明显地感到这女人身体的弹性和柔顺，心脉的跳动。他的心跳此时也自然而然地加速。在火车快要到达柏林时，她又用含情脉脉的眼神韵味无穷地看着他，用甜美的声音轻轻地说：

"即将到达柏林了，何不到我家坐坐，喝杯咖啡再走。"

"这……"勒伯夫对着玛塔·哈丽做了一个鬼脸，无可奈何地耸耸肩，将两只手一摊，摇摇头说：

"谢谢，谢谢您的盛情邀请。夫人，实在对不起，我在柏林只能停半小时就得换车去巴黎。这么短的时间，就是我想去您家，时间也不允许。"

"哦，那实在太遗憾了，为了感谢您带给我的愉快旅行，我将住址告诉您。我相信，有缘千里来相会，仁慈的上帝绝不会坐视不管的，希望很快再见到您。"

"好，好，认识夫人使我感到特别荣幸，有时间我一定去您家做客。我也和您一样，希望我们尽快再相逢。"

勒伯夫怀着更大的遗憾，忙不迭地应承着，从玛塔·哈丽手里接过纸条，小心翼翼地放进口袋里。

当火车在柏林停下后，他们依依不舍地道别。望着这位贵夫人离去的背影，勒伯夫的脑海中一片空白，若有所失地站在那儿。说句心里话，并非他不想去她家，这送上门来的艳福一生中能有几次？但天公不作美，他实在身不由己。这趟列车到达柏林是下午 5 时 25 分，而下午 5 时 55 分火车换好车头后，就要开往巴黎。如果错过了时间，就得等 3 天才能坐下一趟去巴黎的火车。他再想去，作为军人也不敢违抗军令，拿自己的前程当儿戏呀。

勒伯夫在站台上烦躁地独自转了几圈，又索然无味地重新登上了火车。但他的脑海中却始终抹不去玛塔·哈丽的情影。她那甜美而让人听到就心醉的声音，仍在他耳边回响。尤其是她那别有一番风韵的眼神，有哪个男人能抵挡得住它的诱惑？这也是让勒伯夫最为不安、最能勾起他无限欲望的关键所在。勒伯大一个人在那儿苦思冥想。当他的目光触到公文匣时，一股无名之火蹿了上来：

"都是为了你而坏了我的好事。要不然我早已搂着伯爵夫人回家了，说不定此时此刻与她正在烛光下共进晚餐呢。"

开车时间早已到了，但火车仍然纹丝不动，没有任何启动的迹象。勒伯夫深感纳闷儿，不知怎么回事。但他却有一种不切实际的想法萌发："火车若是明天走那该多好呀！"

正在此时，突然从火车的走廊里传来列车长的声音：

"先生们，女士们，由于铁路前方出了故障，本次列车今晚不能运行，实在抱歉，望大家原谅。请诸位明早来站等候消息。谢谢大家的合作。"

"什么，明天走？太好了！真是天赐良缘，我万万不能错过这千载难逢的机会。"

列车长的话音刚落，勒伯夫就高兴得不知所以。急急忙忙提起公文匣，第一个冲出了火车站。他拦住一辆出租汽车，车还没停稳，他就钻了进去，掏出纸条对司机说："快，用最快的速度把车开到纸条上所写的地址。"

几分钟后，当勒伯夫热血沸腾地出现在玛塔·哈丽面前时，她大喜过望，高兴得不知如何是好。只见她张开双臂，热烈地拥抱和亲吻了他，并在他耳边欢快地说：

"太好了，宝贝。让我们感谢上帝，是他让我们再次在一起，并让伯爵又远离家门，使我们能自由自在地度过一个美好的夜晚。我一定会用最好的方式招待你，让你终生难忘。"

说着，他们携手并肩来到餐厅。玛塔·哈丽为勒伯夫准备了丰盛的饭菜和美酒。当侍者悄悄退出餐厅只剩下他们两人时，勒伯夫发现这位穿着晚礼服，回家后又略施淡妆的女人，更是风情万种，娇媚无比。酒还没喝，他就有些晕乎。随着这位美人热情地劝酒，并多次有意或无意地将丰满的胸脯蹭在他的肩上，他更加陶醉了。真是酒不醉人人自醉。几杯酒下肚后，他渐渐地有些把持不住了。在晕晕乎乎中，他蒙眬地发现这位美人扶着他离开餐厅，走向卧室。在他们都脱光了衣服之后，她又领他进入了一个从未经历过的美妙世界……

当勒伯夫从甜梦中醒过来时，他发现自己一丝不挂地躺在舒适的席梦思大床上，枕着他的手臂仍在酣睡的美人同样赤身裸体。他猛然想起公文匣，惊出一身冷汗，从床上跳下来。只见公文匣被好好地放在床头柜上。他急忙打开匣子，发现文件安然无恙。谢天谢地，一颗被提起来的心总算落了下来。可是，他哪里知道，公文匣里的文件昨晚早被玛塔·哈丽摄入镜头，西线俄军几十万军人的生命已被她所掌握。

来不及吃早餐的勒伯夫提起公文匣，匆匆与玛塔·哈丽吻别。望着他离去的背影，她露出了得意的笑容。

半个月后，俄国秘密警察逮捕了勒伯夫。他这才醒悟自己中了那位美丽动人的女人的圈套，给国家和军队造成了无法弥补的巨大损失。他的美好前程也因此被葬送了。而此时，玛塔·哈丽却在领取德军统帅部给她的丰厚奖赏。

智取设计图

第一次世界大战爆发后，玛塔·哈丽已成为德军统帅部情报处举足轻重的间谍了。由于她的出色表现，多次为德军搜集到重要的情报，使德军在战场上掌握了主动权，给协约国造成了重大损失。

1915年，协约国为改变被动局面，力争打赢同盟国，尽快结束这场劳民伤财的战争，英国的武器设计专家们特意设计了一种"英-19型"新式坦克。很快，作为协约国成员的法国，也从英国要来设计图纸准备生产。

同年3月，德军隐藏在英法联军上层决策机构中的间谍获悉了上述情况。接到情报后的德军统帅部，对此感到十分紧张。因为，他们知道如果协约国一旦大批生产出这种"英-19型"新式坦克并投入战斗的话，德军及其同盟国将没有办法对付它，必然会给德军造成巨大威胁，对改变战争力量的对比将产生重大影响，德军因此也有可能被英法联军打败。为研究其结构，尽快找到对付这种新式坦克的办法，德军统帅部急于将这份设计图纸搞到手。但设计图纸放在什么地方？怎么才能搞到设计图纸？这一系列问题，使德军统帅部煞费苦心，不知从哪里下手。后来，经过德军统帅部情报处派出的间谍多方活动，总算打听清楚了。这份设计图纸藏在法国统帅部高级机要军官莫尔根将军的秘密金库中。但如何从莫尔根手中窃取设计图纸，又成了一个极大的难题。

为此，德军统帅部给情报处下达了死命令，让他们尽快将设计图纸搞到手。接到命令后的情报处于是研究了两套方案：一是派武装人员潜入法国，秘密劫持莫尔根；二是派武装人员秘密潜入莫尔根家中进行搜查。但这两种方案都很难达到目的。因为，莫尔根年近六十岁，工作了几十年，对法国忠心耿耿，不要说劫持他，恐怕杀了他也不会交出设计图纸。搜查，又不知金库在什么地方，即便找到了，没有密码也难以打开。再说，时间不能长，响动不能太大。后来，这两种方案均被否定了。

最后，他们想到了就在巴黎活动的女间谍玛塔·哈丽，认为：如果让她去执行这一任务，用美人计去打动莫尔根，最有希望窃取到设计图纸。于是，他们通过米尔巴赫又把这一艰巨任务下达给了自己的王牌间谍玛塔·哈丽，要她在最短的时间内获取设计图纸。

接到命令后的玛塔·哈丽一开始心里也犯嘀咕。因为她经常和英法联军中的大人物接触，了解莫尔根是个很难对付的人。他个人生活作风十分谨慎，尽管夫人早已过世，但因年近六十岁，追求女人的欲望不强烈，很少在风月场所露面，要接近他是相当困难的。如果不能和他拉上关系，也只能望图兴叹。设计图弄不到手，就更谈不上完成任务了。然而，自从事间谍活动以来，玛塔·哈丽还没有完不成的任务，对完成此次任务仍然信心十足。

经过较长时间的苦思冥想，玛塔·哈丽认为要和莫尔根拉上关系，关键是要找到突破口，而且在她看来这是很自然的事。作为"东方舞星"的她，莫过于在舞场认识莫尔根，并和他拉上关系，因为这样十分合情合理。这种舞会又最好是家庭舞会，因为风月场上不会出现莫尔根的身影。而这种家庭舞会千万不能以她自己的名义来举办。因为尽管她举办家庭舞会是常事，但从没请过莫尔根，这次突然请他，就显得不合情理，会使这位极富反间谍经验的老机要员产生怀疑，那同样会坏事。经过这样一番思索之后，玛塔·哈丽突然眼睛一亮，自认为找到了接近莫尔根的办法，不怕他不上钩。

原来，这位名间谍想到当时与她最相好并多次与她上过床的海军部长的生日即将到来，何不以为他过生日的名义，来实现自己的目的呢？于是，一天晚上，她找到这位部长大人。在她的挑逗和引诱下，很快就把他弄上了床。经过一番柔情蜜意的折腾之后，玛塔·哈丽甜言蜜语地说要为部长大人举办一个生日舞会，以示祝贺。为了使生日更风光、更体面，应由部长大人出面请自己的朋友与同事来参加。于是，她又假装漫不经心地点了几位将军的名字。自然，莫尔根将军的名字也在其中。

在海军部长生日那天，接到邀请的莫尔根果然准时来到了生日舞会。因为他认为如果自己被邀请而不来的话，是一种不礼貌的行为，这样也会让海军部长感到难堪。

这下正中了玛塔·哈丽的下怀，看来第一步进行得十分顺利，总算有了一个好的开头，下面的戏她就好演了。

舞会开始时，尽管玛塔·哈丽自然大方地同莫尔根相识，但对于莫尔根来说，她在他的心目中并没有什么位置。原因很简单，过去他也知道她美丽，但从未接触过，这次相识同样引不起这个老头多大兴趣。但这种局面很快就被玛塔·哈丽给改变了。

原来，经过刻意打扮的玛塔·哈丽今晚尤其显得妖艳动人。她特地选了一件前胸开领很低的黑色晚礼服，把高高的酥胸和乳沟黑白分明地全露了出来，两只坚挺浑圆的乳房露出了三分之二，身上洒的著名法国香水芬芳扑鼻。在她和几位资深的将军要员跳了几曲舞后，出于礼貌，又请莫尔根将军同她跳一曲。

随着舞曲的再次奏起，莫尔根搂着这个风靡巴黎的美女，踏着节拍舞动起来。舞曲的悠扬，舞步的起伏，不由得使他心神摇曳。玛塔·哈丽那温柔而富有弹性的腰，那细嫩而性感的手，那沁人心脾的女人气息，使这位看来意志坚定的莫尔根不觉脸红心跳，热血沸腾。

这次舞会结束后，莫尔根像着了魔一样，竟忘不了玛塔·哈丽。她的倩影总是在他眼前晃动，弄得他食而无味，夜不能寝。连他自己也搞不清楚，这么一把年纪，居然也会害起相思病来。

巧的是，没过几天一次偶然的机会，莫尔根果然如愿以偿地见到了玛塔·哈丽。那天，她坐着汽车去女友家，途经莫尔根的家门时，汽车竟然坏了。莫尔根出门看见车里坐的竟是自己日思夜想的心上人，于是趁司机修车之机，他热情地邀请她进屋喝咖啡。一回生，二回熟，这次，两个人就轻松多了，谈话也比较随便。玛塔·哈丽按照自己事先编好的故事说，丈夫在战争中被德军杀害了，言谈语气中无不流露出对德国的仇恨。同时还说，由于自己无依无靠，迫于生活她才去当舞女，内心有一种难言的苦衷，如今很想找一个可靠的伴侣，过安宁的日子。她说到伤心处时，泪如泉涌。听着这番话，看着她那可怜的样子，莫尔根顿时动了恻隐之心，生出男人的保护欲来。于是，他对玛塔·哈丽说，如果愿意的话，他会成为她最好的朋友和监护人，希望她多到府上来看望他。对此，玛塔·哈丽表示万分感谢。

从此，他们两人便开始频繁走动，交往也越来越深。有时，莫尔根一高兴，难免就有一点不守规矩，用身体或手脚有意或无意地去触碰她。但老谋深算的玛塔·哈丽并不为其所动。她深知不能操之过急，欲速则不达。只有让莫尔根真正爱上她，才能水到渠成。这一来，她在莫尔根心中的形象越来越好。这时，老练的玛塔·哈丽抓住时机，用最为适当的方式表达对莫尔根的"爱慕之情"。对此，受宠若惊的莫尔根兴奋不已，认为自己在年近花甲之际，还能得到这样一位美丽多情而又正派庄重的女人的倾心爱慕，真是老天有眼，上辈子积下了阴德，使他艳福高照。

从此以后，莫尔根的自我感觉也越来越好，精神倍增，好像重新返回到年轻时代一样。他与玛塔·哈丽的恋情也越来越热烈，花前月下，他们有说不完的情话。爱恋之情，柔情蜜意，经常使莫尔根激动不已，感到异常的满足和幸福。此时此刻，莫尔根已完全坠入她的情网。她决定要收网了，便得意扬扬地电告柏林德军统帅部情报处：

"目标已俘获，请静候佳音。"

在一个满布阴云的周末晚上，玛塔·哈丽又来到了莫尔根的住处。两个人一边喝着甜酒，听着优美动听的音乐，一边兴致勃勃地说着情话。酒助人兴，不免使莫尔根欲望大涨，开始对她动手动脚。而此时老到的玛塔·哈丽更是乐意成全他的。她使出女人特有的温柔，风情万种，让莫尔根得到了生理和心理上的最大满足。

这一夜之后，玛塔·哈丽便走进了莫尔根的生活，很快他们就同居了。玛塔·哈丽像妻子一样，关心、照顾和体贴莫尔根，取得了他的完全信任。她也就趁机以家庭主妇的身份自居，到处寻找存放金库的地方。然而，较长时间里，她却一无所获。为此，她大伤脑筋。

一天，当莫尔根不在家时，玛塔·哈丽来到他的书房寻找。半天过去了，仍然毫无收获。她烦恼地坐在转椅上，变换着不同的角度，对书房进行再次审视。但在转动转椅时，却把后面墙上的油画划了道痕迹，她试图把它擦掉。谁知一动油画，她似乎感到整个墙壁在动。当她再用劲时，突然墙壁打开了。原来金库就藏在这儿。这一发现使她激动不已，但很快她又发现金库的门上有一个号码拨盘密码锁。对此，她毫无办法，一筹莫展。

不管怎样，这是一个重大发现。于是，玛塔·哈丽又将此情况及时电告柏林总部。随即总部回电赞扬了她的突出成绩，同时还严厉要求她务必在24小时内将设计图纸交到总部。与此同时，还告诉她：据可靠消息，金库密码锁应为6位数字，让她一定要亲自去打开。

时间紧，任务重，玛塔·哈丽又得不到其他人的帮助。因而，她决定采取非常措施。因为她知道，要从警惕性很高的老机要员莫尔根嘴里套出金库密码，那是异想天开，是万万不可能的。这事弄不好，不但前功尽弃，还要把自己的小命搭进去。她是绝不会干这种傻事的。

当天晚上，在与莫尔根共进晚餐时，玛塔·哈丽趁他不注意时，悄悄把安眠药放入他的酒内。莫尔根喝完酒，不一会儿便酩酊大醉，不省人事，昏睡过去。

夜深人静时，玛塔·哈丽又悄悄走进书房，拉上窗帘，打开电灯，想碰碰运气试拨一下密码锁，看能否把它打开。然而，这真是徒劳。她拨了许久，仍然毫无进展，打不开这把锁。因为6位数的排列组合，有很多种，就算每5秒钟拨一次，到明天也打不开它。一直拨到快要天亮的玛塔·哈丽此时有些泄气了。她一想到自己将在这里功亏一篑，气得真想大哭一场。

正在玛塔·哈丽感到十分为难之时，凌晨已近，她隐隐约约听到了女仆走动的声音，按惯例她要来书房打扫卫生的。不甘失败的玛塔·哈丽这时急得像热锅上的蚂蚁，不知如何是好。谁知她在危急关头，竟急中生智，想起了莫尔根曾讲过：

"唉，老了，这几年记性也真是越来越差，一些熟悉的东西也记不住了。"

既然如此，那么不规则的6位数密码他也可能记不住，他会用一种什么简单明了，而一看便知的方式提醒自己。这种方式不会在笔记本上，最大的可能就是在金库周围或书房内。于是，她便对金库的四周进行仔细观察。很快，她的视线便停在一架老式挂钟上。钟……时间，这不都是数字吗？更使她感到奇怪的是已到黎明时间为什么这架挂钟却停在9时35分15秒上？这5位数字较6位密码还差了一位，也许不对。但她突然又想到，如果是晚上9时35分15秒那不就是21时35分15秒，正好是6位数字吗？"213515"她嘴里轻轻地念着，眼睛有些发亮。她兴奋地走到金库前，用有点颤抖的手拨了密码盘上的"213515"6位数字。只听到"咔嚓"一下轻微的响声，门被她奇迹般地打开了。她迅速找到那份设计图纸，从口袋内掏出微型照相机，对它进行了快速拍照。一切干完之后，她又将图纸按原样放好，关上库门与电灯，急忙溜出书房。她刚拐过走廊，女仆就从旁边屋进入书房。"好险呀!"靠在墙上一动不动的玛塔·哈丽的心"怦怦"直跳，汗珠顺着脊背往下流。

几经周折，玛塔·哈丽利用自己的美丽和机智，终于又奇迹般地完成了任务，窃取了设计图纸。德军统帅部情报处接到这一情报后，上上下下欣喜若狂，德国军事专家根据这份资料所提供的数据，研究出了一种专门对付"英-19型"坦克的直射穿甲野战炮。几个月后，协约国军队发动了一次大规模的新式坦克战攻势。他们原以为此战将成为夺取第一次世界大战主动权的转折点。但事实却无情地宣告，此次大规模攻势被德军打败了。他们使用直射穿甲野战炮，成功地拦截了协约国的新式坦克攻势，大批新式坦克被击毁，损失士兵数万。这全是玛塔·哈丽的杰作。

军舰被炸沉

第一次世界大战，打到1916年夏已近两年了。在这段时间里，协约国和同盟国谁也没有打赢谁。可战争仍在残酷地进行着，而且遥遥无期，看不到尽头。这时，人们已普遍感到战争的可怕。它简直就是一个巨大的绞肉机，成千上万的生命被它无情地吞噬了，无穷无尽的财力、物力也被它一天天消耗掉。旷日持久的战争，年复一年，无论是协约国还是同盟国，都感到有点财尽力竭。英法联军为了与俄国协调东线和西线的作战，以便尽快打败以德国为首的同盟国，结束这场像恶魔一样的战争，决定派遣英国陆军总司令基钦纳勋爵秘密出访俄国。

可是，这条消息很快就被德国的情报机关所获悉，他们下定决心要查清基钦纳勋爵出访的时间，乘坐的军舰和航线，以便在他出访时对其进行袭击。他们认为，如果袭击成功，不仅可削弱协约国的指挥组织力量，影响士气，尤其会影响英军的士气。同时，还可以给前线的德国士兵注入兴奋剂，鼓舞斗志，提高战斗情绪。于是，该机构把这一任务分别下达给派驻英国、法国等地的间谍和设在新明斯特的无线电侦察机构。德国情报机器就这样被开动起来了，人们为此而绞尽脑汁，费尽心机地忙碌着。

正当此时，基钦纳陆军总司令在出访俄国前夕秘密来到巴黎，以便和法国军事当局商谈这次出访的有关事宜。这件事很快又被德国的情报机构所获悉。于是，该机构立即指示巴黎的情报单位，迅速派出最强悍、最出色的情报人员，尽快查清此事。驻巴黎的情报头子米尔巴赫考虑再三，他认为要完成这一重大任务，只有甩出手中的王牌女间谍玛塔·哈丽才有可能迅速达到目的。

玛塔·哈丽接到这一重任以后，她认为凭自己的优越条件，这是一件轻而易举的事情，迄今为止，还没有一个男人能抵挡得住她身体的诱惑力。于是，她充满自信地积极行动起来。

玛塔·哈丽认定，要完成此重任，第一步就是要找到这位神秘的英国陆军总司令的住处，然后设法接近他。只要一见到基钦纳的面，以后的文章就很好做了。于是，她用德国情报机关给她的巨额活动经费，在巴黎的希尔顿饭店租下了一套十分华丽的高级房间，不分白天黑夜地活动着，许多神秘的大人物频繁地进出于她的房间。果然，她只略施本领，不费吹灰之力，就从这些神秘的大人物口中探听到基钦纳的确切住所。

原来，这位神秘的英国陆军总司令来到巴黎之后，并没有住在专门为外国贵宾准备的高级宾馆里，而是深藏在法国国防部长的家里。而这位好色的法国国防部长恰恰早就被玛塔·哈丽所俘获。她进出这位部长大人的家门，就像她想上巴黎任何一个舞厅内表演那样容易。一天，打扮妖艳的玛塔·哈丽姗姗来到这位大人的家中，部长真是惊喜万分。随后，他又把玛塔·哈丽介绍给了基钦纳。

这天晚上，在光辉耀眼的华灯下，玛塔·哈丽使出了浑身解数，在部长的家里为客人进行了有生以来最令人目眩神摇的"东方舞"表演。她原以为，看到她胴体眼花缭乱的晃动，这位陆军总司令一定会神魂颠倒难以自禁，低下高贵的头将她揽入怀中，带往自己的住所。然而，让她大出所料的是，这位派头十足的英国绅士，始终正襟危坐，并没有低头就范，也没有因她性感的舞蹈表演而动心。这使她大惑不解，也是她生平以来第一次失败。在她的记忆中，过去从没发生过这种事情。一种从来没有过的失败滋味，使她感到十分沮丧，气愤地瞪着大眼睛，困惑不解地看着这个十分正统而又古怪的老头。这样一来，也更加刺伤了她的虚荣心。她决定另辟蹊径，重新物色对象，攻破这一顽堡，把这位陆军总司令出访俄国的具体日期和航线搞到手，以泄心头所燃起的无名之火。

经过一番周折之后，玛塔·哈丽很快地打听到，跟随基钦纳勋爵这次来巴黎的一行人中，有一位叫哈里斯的年轻上尉侍从副官。作为勋爵的上尉侍从副官，他是为其衣食住行做出全面安排的。她想，只要在这位上尉身上施些计谋，寻找突破口，是一定能探听到这位勋爵出访俄国的日期和航线等重要情报的。同时，她也相信这位血气方刚、精力旺盛的上尉绝不会像那个古怪老头，不为她所动。她坚信这次一定要，也一定能把上尉击倒，使他难以自持，从而套出她所需要的情报。于是，她将自己的想法与打算告诉了她的上司米尔巴赫，并请求协助，以便尽快见到这位上尉。

当时，哈里斯上尉住在芙蓉饭店的一个高级套间里。这位精力十分充沛的年轻军官，对巴黎这个花花世界的夜生活非常感兴趣，尽管离巴黎不远的地方炮声隆隆，战火纷飞，成千上万的人血肉横飞。然而，巴黎城极其丰富的夜生活，却使人销魂落魄，流连忘返。他想趁这次随行出访的机会，尽情享受一番这人间天堂的快乐。这一切都逃不脱德国驻巴黎的谍报单位暗中监视的眼睛。

一天，正当哈里斯上尉为此而不知疲倦地奔忙时，芙蓉饭店的一位侍者走上前来，主动向这位上尉先生介绍说，在巴黎有一位红极一时的"脱衣舞"舞女，她的演技之高超，使任何看过她表演的人，都能感到如痴如醉，死而无憾。侍者还十分热情地说，如果上尉先生对此有兴趣的话，他十分乐意为其帮忙。哈里斯上尉听后心花怒放，决定抓住这一大好机会，亲眼目睹一下巴黎这位舞星的丽姿美色。于是，在那位热心的侍者安排下，哈里斯上尉在一个酒吧见到了这位红得发紫的女舞星。

果然不出玛塔·哈丽所料，这位上尉先生一见到她就控制不住自己的情绪，恨不得在这大庭广众之下就一把将她抱在怀里。玛塔·哈丽也十分动情地把他带到自己的住处希尔顿大饭店的房间里。她虚情假意地为他做"专场"表演。这天晚上，哈里斯上尉在她身边度过了一生中最销魂的美好时光。也就是在这良宵美景里，玛塔·哈丽巧妙地施展了自己的手段，神不知鬼不觉地从哈里斯上尉的口中，套取了她所需要的确切情报：6月基钦纳勋爵将秘密出访俄国，乘坐皇家海军刚下水不久的一艘叫"汉普群"号巡洋舰。该舰排水量为1.9万多吨，航速为27海里每小时，舰上装有8门280毫米的大炮，是英国海军中的主要战舰，也是德国潜艇垂涎已久的猎物。

这一情报很快就传到了德国情报中心，现在剩下的问题就是要尽快查清基钦纳勋爵出访时的航线。他们判断：这种情报也许能通过无线电侦察手段获悉。于是设在新明斯特的无线电侦察中心为此而下达了专门的编号任务，全体无线电侦察人员围绕这一任务而日夜忙碌起来。

1916年5月26日，一名叫兰格的密码破译人员走了好运，他终于获取了这一重要情报。他在清分和侦察密码电报时，拣出一份看来内容并不十分重要的电报。但他从这份电报的收发关系中，看出它非同寻常，疑点颇大：这是一艘英国驱逐舰发给海军司令部的密码电报，其密码早已被德国无线电侦察单位所破译。译出电报的内容却很一般，它反映奥克尼以西一条航道上的水雷已被全部清除。

在正常情况下，像这种事情，这艘驱逐舰不应越级直接向海军司令部发报，而应先报告基地。越级拍发电报的本身，就说明此舰所上报的情况已受到海军司令部的高度重视，也是其急需掌握的航道情况。于是，兰格耐心地等着，他想把这一事情搞个水落石出，看看英国皇家海军为什么出现如此反常的情况。

谁知，在他守候的一小时内，英国皇家海军竟四次重复拍发了这份极其平常的密码电报，这就更增加了兰格的疑点。他深信这是一份特急电报，对于英国皇家海军来说太重要了。在一小时内反复拍发此报的情况更进一步表明，此报不但重要，而且十分紧迫。据此进一步分析，英国皇家海军完全有可能要进行一项重要的军事活动，由海军司令部控制的一艘或数艘军舰要通过这一航线。因而，事先急需掌握此航线上的情况，派遣军舰去作专门的调查。否则，就无法解释上述疑点。

新明斯特无线电监听站负责人尼古拉上校本人也对这份密码电报十分感兴趣，他完全同意兰格的分析。同时，他还知道一般商船队是从不使用这条航线的。他结合内部通报中讲到，英国陆军总司令基钦纳勋爵于6月将秘密出访俄国一事，迅速地把这两件从表面看来毫无关系的事，紧密地联系起来，准确地判断出基钦纳勋爵于6月秘访俄国时，其乘坐的军舰"汉普群"号有可能在奥克尼以西100公里的航道上航行。

德国海军部接到这一情报后，认真地进行分析，并果断地采取了坚决措施。立即命令将"U-75布雷"潜艇全速开往奥克尼西部沿海，在上述航道上布下了大量的水雷，等待着英国陆军总司令基钦纳勋爵的到来。

6月的一天，哈里斯上尉跟随着基钦纳勋爵秘密出访俄国。当他登上"汉普群"号巡洋舰，迎着汹涌的波涛在奥克尼以西的航道上航行时，他看着无垠的海面激起的层层浪花，思绪像海浪一样汹涌澎湃起来。他多情地追忆着在巴黎与玛塔·哈丽共同度过的美好夜晚。他梦想着有朝一日再反巴黎时，一定要与那位超级舞星再次步入幸福的天堂，享受这人间的欢乐，即使付出再大代价也在所不惜。

然而，随着一声巨响，他的全部美梦被打碎了，海水冲天而起，接着又铺天盖地地砸在军舰上。还没等坐在军舰上的英国陆军总司令基钦纳勋爵和哈里斯上尉，以及舰上的海军官兵弄明白这是怎么回事，只见这艘巡洋舰摇摇晃晃地迅速沉入大海。大家这才意识到自己乘坐的舰艇已被德国海军布下的水雷所击中。这时，军舰上一片混乱，一千多名英国海军官兵跌跌撞撞，一张张惊恐的脸，一双双迷乱而恐惧的眼睛，无可奈何地看着所乘军舰被海水迅速地吞没。

而坐在这艘军舰上的基钦纳勋爵更是感到百思不得其解。就在他出发前夕，海军部作战处曾明白无误地告诉他：在这条航线上航行是绝对安全的，德国海军布下所有的水雷，都被一一清除了。既然如此，为什么还会突然出现眼前这种情况呢？他感到十分震惊和愤怒。但还没等这位陆军大臣将满腔的怒火发泄出来，他就不明不白地带着这个未解之谜，与这艘巨型巡洋舰一起葬身海底。

自然，哈里斯上尉也难逃厄运，他也随着基钦纳勋爵和军舰上的其他官兵一起葬身大海。他带着美好的怀念，大概至死也没弄清楚，正是由于他那一晚与玛塔·哈丽短暂的享受，以及那份被德国无线电侦察机构截获的密码电报，使自己、上司、战友以及英国付出了惨痛的代价，英国举国上下为之震惊。

陨落的谍星

玛塔·哈丽在谍报活动中，获取情报所惯用的方法有两种：

一是间接套取法，即通过间接的方式套出所需要的情报。如先勾引目标人的亲信或知情人，一旦俘获对象，再从闲聊中拐弯抹角地探听和了解目标人的性格、爱好、特长以及优缺点。

二是直接获取法，即以妩媚柔情的姿态，偎依在所谓"情人"的怀中，在嬉戏中谈笑自如，从对方不知不觉中直接套出各种有用的情报。

对于这样一个名噪一时的妖艳舞星，那些达官贵人、富豪巨贾们做梦也没想到在她那笑容可掬，还带些傻气的谈话中，处处都设有圈套，有谁能识破她的原形呢？然而，真正了解她这种诡秘行动的人，只有德国训练她的"博士小姐"、英国的霍尔上校和法国的情报头子拉多。

玛塔·哈丽替德国从事间谍活动的情况，一开始就被英国海军情报处40号房间的无线电侦察人员所侦获。他们从控守经过荷兰、西班牙的外交线路中，多次侦获德国驻马德里武官冯·卡勒和驻阿姆斯特丹的领事阿尔弗利特·冯·克拉马向德国情报机构上报代号为"H-21"的女间谍克拉拉·本尼迪克斯的情况。但从获取的照片上看，这个本尼迪克斯很像玛塔·哈丽。于是，霍尔上校将从无线电侦察中所获取的有关代号为"H-21"的德国女间谍的全部情况，向法国间谍机构首脑拉多作了连续通报。法国情报机构对她进行了秘密跟踪。

1916 年 4 月，玛塔·哈丽想得到一张去伦敦的签证而遭到英国的拒绝。同年 11 月，她绕道英国伦敦去荷兰时，被英国警察拘留。尽管这次她侥幸被释放，但在她即将离开伦敦的早晨，英国海军情报处处长霍尔上校会见了她，并突然对她说：

"你就是间谍，而且是百分之百的德国间谍。我的话是肯定的，并已完全掌握了你的每一个细节。如果你希望的话，现在我就可以戳穿你的阴谋活动，怎么样？"

这些话把玛塔·哈丽吓得心惊肉跳，不由得打了一个冷战。她发现霍尔上校异样发亮的目光，就像穿透了她的心脏，使她永世难以甩掉。简短的对话之后，她完全成了霍尔的猎获物。而他的确名不虚传，没有不知道的事情。任何对手不论要弄什么阴谋诡计，或想凭一时的侥幸蒙混过关，都是徒劳的。事到如今，玛塔·哈丽也只好说实话了。她就轻避重地讲一些情况，拿出装可怜的看家本领，竟"呜呜"地哭了起来，以博得这位英国绅士的同情。最后，霍尔对她说：

"我相信你的话，依我看，罪过并不在你。不过，我也要忠告你，千万不可再回法国。如果你回到法国，那就没命了，甚至连巴黎的边儿也不能靠。"

"谢谢您，我一定听从您的话。如果可能的话，我想去荷兰，或者去西班牙，在那里等待停战。"

然而，玛塔·哈丽在英国暴露身份后，并没有履行自己的诺言。事已至此，她要停止间谍活动已不可能。因为，德国、法国还有英国的情报机关都掌握着她的命运，更何况她当时手头拮据，正是需要钱的时候。为了钱，她可以为任何国家充当间谍。这时，她想充当双重间谍，在法德两边都讨好。于是，她将德国驻马德里武官冯·卡勒处获取德国军队要进攻摩洛哥的消息告诉了法国驻该地的武官维纽上校。

尽管玛塔·哈丽为法国谍报机关提供了重要情报，然而法国并不相信她，相反，仍旧视她为德国间谍，只不过是为了打入法国而使用的苦肉计罢了。当德国方面发现她将这一重要情况出卖给法国后，故决定要除掉她。冯·卡勒为了实施报复，结果用一封电报就送了她的小命。

冯·卡勒明明察觉德国的密码电报已被法国的无线电侦察机构所截获，并被破译。但他还以玛塔·哈丽的代号"H-21"急需"金钱"与等待指示为由，向柏林发出密码电报。这无疑是想借刀杀人。两天后，果然收到柏林的回电：

"应指令'H-21'号立即返回法国，领取 1.2 万法郎的活动经费，并继续完成前任务。"

这前后两封密电，均被拉多通过安放在埃菲尔铁塔上，功率强大的收信天线接收下来了。破译密电后，他张开罗网等待着玛塔·哈丽的光临。

尽管霍尔上校的警告清清楚楚地印在玛塔·哈丽的脑中："你可千万不要回巴黎。否则，就有生命危险！"但德国谍报机关还是驱使她于 1917 年 1 月 2 日前赶到巴黎去等待指示和领取活动经费。

玛塔·哈丽预感到死期已向她靠近。当她如期到达巴黎之后，于 2 月就被法国当局逮捕。开始，她还极力否认自己是一个德国间谍，并拿出为法国提供过情报的证据为自己辩护。当审讯人员拿出所有的无线电侦察情报和近期德国谍报机关给她的指示密电后，她知道自己的所作所为已被法国情报机关掌握得一清二楚，再辩解也是无济于事。

为营救玛塔·哈丽，她旧日的情人克鲁内律师全力以赴，使出了浑身解数，但也无法挽回，大势已去。9 月，法国高等法院第三军法庭会审裁决，以间谍罪判处她死刑。

1917 年 10 月 15 日，玛塔·哈丽被法国刑警队从死刑看守所带出来，在巴黎东郊的万塞纳枪毙。

如果英法两国情报机构不是从无线电侦察中获悉玛塔·哈丽的代号是"H-21"间谍，这个以妖艳的肉体和举止文雅而闻名于世的女舞星，有谁能识破她的原形，了解她的真正身份呢？凭借她的手腕，她会给法国和协约国继续带来多大的危害，这是谁都无法回答的问题。

玛塔·哈丽这个东方舞星的女间谍从此陨落了，但她的谍报活动仍然被人们广泛流传着。

迷倒男爵的百灵鸟

1914 年 6 月 28 日，由于帝国主义列强矛盾发展到不可调和的程度，终于爆发了人类有史以来的第一次世界大战。战争的直接导火线是奥匈帝国皇储斐迪南大公夫妇在萨拉热窝被塞尔维亚青年普林波刺死。战争爆发后，德、法、俄、英等国先后参战，一时间欧洲大陆炮声隆隆，战火纷飞，狼烟四起。以法国为首的协约国和以德国为首的同盟国在法德境内展开了激烈的争夺战，人们都直接或间接地被卷入了战争。

在前线，法德两国真刀真枪愈战愈烈，而在远离硝烟的后方，围绕打赢这场战争，也在钩心斗角，使出各种暗招奇招，欲置对方于死地而后快。其中，在隐蔽的情报战线上更是大打出手，两国情报机构都派出自己的最优秀间谍，打入对方阵营，获取有价值的情报，击垮对方。在这一斗争中，尽管各有胜负，但法国还是技高一筹。法国对外间谍机构第二局派遣代号叫"百灵鸟"的最优秀女间谍，利用美色，打入德国在西班牙的间谍网中，窃取了德国大量的军事、政治情报，使以法国为首的协约国逐步掌握了战争主动权，并为最后战胜同盟国起到了较重要的作用。

是的，这只"百灵鸟"活泼、可爱，当她飞到春风得意的德国驻西班牙情报机构首脑冯·克隆男爵身边，落在他的肩上时，使他的生活充满生机和欢乐，沉浸在莺歌燕舞之中。然而，正是这只"百灵鸟"美妙动听的歌声把他送上了军事法庭，葬送了他的美好前程，也给国家带来巨大的灾难。但这婉转动听的百灵妙歌，却给法国带来了春天，使人们看到了光明。

百灵鸟其人

1896 年，一位美丽的天使降生人间，她就是被父母起名叫玛尔达·丽萨的法国巴黎小姐。这位千金的父亲是一名法国轻骑兵的军官，名叫让莫·内尔，后来在一场大病中去世。母亲是马赫岛上的塞舌尔人，在丈夫去世以后，改嫁给一位外交官，并且随外交官去了南美洲的阿根廷首都布宜诺斯艾利斯。

丽萨从小就讨人喜欢，不仅人长得漂亮，而且聪明伶俐，反应特别快。更让人惊讶的是她的表达能力特别棒，并有写作天赋。因此，在她长大成人后，曾受过一些新闻方面的训练，并当过自由撰稿人，同新闻界的人士关系密切。

当丽萨长成亭亭玉立的少女时，越发水灵，美丽动人。因此，招来了许多男士的追逐。但丽萨从小受父亲的影响较深，喜欢军人的威武和阳刚之气。于是，在众多的追逐者中，她选中了一位年轻的炮兵军官罗马思上尉。在丽萨 18 岁时，他们两人便结了婚。这是天生的一对，郎才女貌，也是幸福的一对。结婚时，尽管战争已经打起来了，但他们仍然男欢女爱，整天沉浸在幸福与甜蜜之中，不为战争所干扰。很快她就怀孕了。但因忙于战争，他们决定不急于要孩子。于是，丽萨去做了人工流产，结果不顺利而丧失了生育能力。然而，战争终究是无情的。1915 年年初，她丈夫在前线阵亡，这对丽萨真是一个莫大的打击。

失去丈夫的丽萨十分悲恸，于是她怀着对德国人的杀夫之恨和与生俱来的冒险精神，毅然报名参加法国空军，向往着与德国人真刀真枪地大干一场。可惜，当时的法国空军不招收女兵，因而她的这一愿望很快就落空了。

为此，丽萨情绪有些低落，一段时间里，她只得在一些社交舞会和朋友的沙龙上消磨时光。一些倾心她美貌的年轻男人整天围在她身边转，大献殷勤。其中，自然也不乏与她原来从事新闻工作的同事。在这之中，有些还是受到法国第二局监视的人物。但丽萨对男人，特别是有钱有势的男人从不讨厌。她精力充沛，只是情绪不稳定。因而，在她的丈夫阵亡之后，就有过两次恋爱的经历，但均未成功。

由于上述原因，法国对外间谍机构第二局的代表拉图上尉就一直注意丽萨。拉图上尉是该局一个举足轻重的成员，他掌握着众多双重间谍。很多经他招募的间谍，都被培养成双重间谍，并且是他的忠实部下。经过一系列的调查和考验，颇有间谍经验的拉图认为：丽萨是个搞间谍的好苗子。于是，他决定发展她成为反间谍机构的一员。

拉图上尉

1915 年 4 月，拉图上尉说服丽萨参加了法国对外间谍机构第二局，并对她进行专业系统的训练。由于她具有语言方面的天分，因而很快就掌握了英语、德语和西班牙语。同时，还接受了全面徒手格斗训练。因为她是个女人，所以徒手格斗往往往往往手软。在军事训练中，她的手枪射击成绩是：如果碰巧手不颤抖的话，10 米内能击中洗衣盆大小的目标。在训练中成绩最差的是无线电，考核不及格。

起初，拉图仿佛对这位新部下不是十分信任，并没有立即交付她什么任务。原因是她的那些新闻界朋友中有些受到反间谍机构的监视，被列为怀疑对象。"一战"中，交战双方都企图把自己的间谍秘密派到对方间谍网里去充当双重间谍，以窃取对方战时的军事、政治、外交等方面的情报，从而掌握战争主动权。与此同时，又都想竭力查清哪些人是敌方派来的奸细或双重间谍，就在这一敏感问题上，丽萨犯忌。因此，不得不使拉图对她怀有戒心。

为了解决这一疑团，拉图想了一个万全之策来检验丽萨的真伪。他决定派她到瑞士，拟让德国间谍机关招募她，这不失为一箭双雕之举：如果德国人拒绝发展或有意迫害她，则说明她不是双重间谍；如果德国人发展她为间谍，而她提供的情报又是真实可靠的，就派她打入敌人内部，做一个双重间谍。

丽萨接受任务后，既兴奋又紧张。兴奋的是她终于有了任务，可以为战死的丈夫报仇了，而且交给的第一个任务就如此重要，这不能不让她十分高兴。但同时她又感到不安，因为过去从来没有干过此事，任务又如此重要，能否干好她心里没底，因而难免有些紧张，心中总是忐忑不安。一到瑞士，她就急于求成，结果时常弄出一些幼稚的举动来，因此，不但不能赢得德国间谍机关对她的信任，反而很快就被他们怀疑是法国第二局派来的间谍，险些遭到杀身之祸。好在她受过间谍的专门训练，临危不惧，冒了许多风险，匆忙离开瑞士，总算安全返回巴黎。

丽萨首次执行任务失败，非但没有使拉图上尉失望，反而让他彻底打消了疑虑，更信任她。尤其是她在危险情况下成功地逃过德国情报机关的视线，机智而勇敢地安全返回法国这件事，给拉图上尉留下了极其深刻的印象。他决定好好使用这张王牌，把她派到最需要、最能发挥她作用的西班牙去，到那儿去执行一项非常重要的任务。

密派西班牙

直布罗陀海峡连接着地中海与大西洋及北海，是一个地理位置十分重要的交通咽喉和战略要地。无论是同盟国还是协约国，要想从大西洋向地中海增派军舰和增运战略物资，都必须通过这个狭窄的海峡，因此，这儿是观察对方海上力量的最好地方。无论哪一方，如果想了解对方在地中海海上的力量，首先就得盯住和控制这个海峡。

西班牙正好扼住了这一海峡的北岸。于是，该国便成了协约国和同盟国的间谍大显身手的场所。但在较长时间内，德国的间谍却在此地占了上风。原因是西班牙因为战争，使一批在职的德国外交官、军中服役或服预备役的陆海军军官都受该国驻马德里的谍报中心领导，成为该中心的主要成员，并由德国驻西班牙大使统一掌管。与此同时，他们还招募了一批西班牙人做"报道员"，负责搜集一般情报。尽管德国人并不真正相信他们，甚至认为其中大多数是"双料货"。但此事也架不住人数众多，所以使同盟国防不胜防，颇感头痛。不管怎么说，德国在西班牙建立了纪律冷酷、等级森严的间谍活动中心，积极从事情报工作。

一向自负的英国情报局在西班牙曾与德国的谍报中心展开过激烈的较量，企图摧毁它。英国在该地海域的游艇往往都是观察站，他们的间谍从艇上监视驶往西班牙补充燃料的德国潜艇。与此同时，英国人还收买了南西班牙的军火走私头目，要他手下的人随时注视德国潜艇的往来，但德国人也想把这个军火走私头目拉过去，因此他们选派了一个非常漂亮的汉堡姑娘与他厮混。这就使英国间谍负责人深感不安，只能眼睁睁地看着这个走私头目与那个迷人的德国姑娘迅速地发展着非常浪漫的关系。而最后，只因这位姑娘嫌走私头目给她的钱太少，而使双方关系破裂。这样一来，就把德国当局的计划统统搞乱了，那个头目从此便成了一个狂热的亲英分子，几经较量后，英国间谍还是只能靠游艇观察监视，却始终没能打进德国在那儿的谍报中心。

在西班牙进行猖狂活动的德国谍报中心，也是法国对外谍报机构第二局的主要打击对象，同时也是他们的一块心病。德国谍报中心除派遣谍报人员对其进行监视外，还时常派遣特工人员对其进行破坏。他们派遣一些外国无业人员，以探亲访友的名义，在法国投毒，破坏水电系统，炸毁军工厂。法国对外谍报机构第二局的拉图上尉早就想派人打入德国的谍报中心，从内部破坏它的各项活动。几经努力，都未能如愿。看来这个重任最终只有落到丽萨身上了。

1916 年年初，拉图上尉再次给丽萨下达了任务，叫她迅速收拾行装前往西班牙美丽的疗养地圣塞瓦斯蒂安城。该城不仅山清水秀，风光旖旎，气候宜人，而且，消遣娱乐设施一应俱全。尽管外面狼烟滚滚，炮火连天，但这儿却依然是一派歌舞升平，纸醉金迷的景象。因而，为躲避战火的公子王孙、军政要人、金融寡头、百万富翁、军火商、外交官、舞影明星、交际花等各色人物都从四面八方涌向这儿，大把大把地花钱，寻欢作乐。

自然，圣塞瓦斯蒂安也是各国间谍们向往和活动频繁的地方。德国谍报中心的主要负责人大使基波尔公爵，陆军武官冯·卡勒和海军武官冯·克隆男爵，都是这儿的常客。冯·克隆男爵是德国军队参谋总部鲁登道夫的侄子，也是德国在西班牙的谍报中心的具体负责人之一。而拉图上尉将丽萨派到这儿来的目的，就是要让她去勾引这位男爵，并趁机打入德国谍报中心内部去。

3 月，随着地中海悄然而至的春意，年轻漂亮的丽萨像一只春燕飞进了圣塞瓦斯蒂安。顿时，她就给该地的疗养区带来了生机，带来了阵阵涌起的春潮。这位以贵夫人身份的女人来到疗养区一座意大利式的三星级饭店，找到该店的副经理，并将一封信交给他，而这位副经理实际上就是法国第二局派到这儿的头目，他看完信后问她：

"小姐，你知道让你来这儿是干什么吗？"

"不知道。"丽萨笑容满面，露出洁白而整齐的牙齿答道。

"天生一口引人注目的牙，"副经理暗想，接着他说，"你先住到你该住的地方去。这两天，你想干什么，爱干什么，就干什么去，只是不要走远，到时我会来找你的。"

第三天晚上，丽萨被悄悄地召进了那位副经理的办公室，接受了她来此地的主要任务，即想方设法结识并勾引德国派驻该地的海军武官冯·克隆男爵。为此，首先要结识德国人。

丽萨曾给自己起过一个德国味很浓的名字——贝蒂·菲莉特，这次可派上用场了。于是她便以此名出现。凭着自己美丽的外貌，高雅的气质，她经常出入于该城的社交场所。每次出席都会像一阵春风似的飘进来，惊得周围赞叹声四起："真是绝代乱世佳人！"人们用"美丽""漂亮"一类词来形容和赞美她，似乎也觉得乏味。可是，又能上哪儿找到更精美确切的词汇来形容她呢？与此同时，她还把自己说成是被法国资产阶级革命推翻的波旁王朝的后裔。

美丽的外表和出身高贵的血统，使丽萨很快吸引了许多来这儿游乐的男子，尤其是得到了阔少们的注目。凡是她出现的地方，都能聚焦各种目光，羡慕的、崇拜的，还有贪婪的……从她的明眸皓齿扫到修长而又白洁肤润的大腿。他们恭维讨好她，想得到她的欢心。

丽萨对此自然是很得意，但她也有难处，因为重任在身，她不敢任意抛售感情。她遵从上司的意图，特别留心德国人，不久，她就得到一位德国青年的垂青。这个年轻人英俊潇洒，而且对她表现得特别殷勤，时常到别墅里来找她。丽萨表面上也装得对他很热情，但实际上却在观察他是不是德国谍报人员，或能否借助他打入德国谍报网内。

一次约会，这位德国男青年向丽萨介绍一位名叫思迪温的德国海军军官。很快，丽萨就和他混得挺熟了，并与他坦诚相见，不时地向他发发牢骚，诉说着自己的心里话。她告诉他自己现在很需要钱，但又苦于没有挣钱的门路。与此同时，她又带着惋惜的情绪，悲叹自己家族昔日的权势和富豪，言语中流露出对当今政府施行穷兵黩武的行径极大的不满和愤慨。思迪温一边仔细观察她，一边认真地听着她的诉说。最后表示，他会想办法为她找些挣钱的门路。这使丽萨暗自高兴。她知道已离执行任务的门槛不远了，很快就可以迈进去了。

在一个周末的舞会上，丽萨与思迪温又如期相见。他们两人一边踏着音乐的节拍轻盈地跳着狐步舞，一边小声地交谈着。思迪温为讨好丽萨，有意透露出他与德国大使馆的人很熟，干什么事都很方便。自然，丽萨听后更有心。她当时正愁没有机会同德国谍报中心的人员接触，也许他能帮上忙，成为打入德国谍报网的契机。这真是千载难逢的好机会，千万不能错过。于是，她故意将一只纤纤玉手伸到他面前，炫耀着中指上的绿宝石钻戒说：

"我一生最爱漂亮的玉石，它们都像有生命的，美极了。"

"这些玉石只有戴在你的身上才有生命力，才显得更美，更有价值。"思迪温不失时机地用肉麻的词汇恭维着。

"可它们太昂贵了。亲爱的，一只宝石戒指所需要的钱，把人都吓死了。"

"像你这样的美人，要想搞钱还不容易吗？"

"思迪温，你正经一点好不好，别又来耍笑了。"

"不，宝贝，我可是认真的，并非戏言"，他郑重地接着说，"既然我们是好朋友，不妨对你直说吧，我是德国军事情报局的人员，只要你肯为我们工作，一定会得到丰厚的报酬，还怕那些宝石不来到你身边？"

"太感谢你的帮忙。不过，我可不做间谍。如果那样，可就是叛国。若让法国政府知道了，非要我的小命不可。"

思迪温不以为然地笑着说："亲爱的小姐，你可别忘了你的家庭落到今天这种衰败不堪的情景是因为什么？为我们做事，同时也可了却你的心愿，为家族报仇雪恨呀。你说我们之间有利害冲突吗？"

"你说得也有道理。那好吧，我干。不过，我可不能白干。因为我是提着脑袋过日子，所以你们必须付给我丰厚的报酬。否则，你就别和我谈这事。"

"只要你肯干，钱不成问题，一切都好办，难道你还不相信我吗？亲爱的小姐。"

"好吧，一言为定，我答应你。不过，我看你讲了可能不算数，最好让我见见你的上司，我只有和他谈后才能敲定。"

"很好。亲爱的小姐，你就等着好消息吧，我会为你安排的。"

其实，思迪温这次与丽萨摊牌完全是奉上司冯·克隆男爵之命。

迷倒男爵

冯·克隆男爵的公开身份是德国海军武官，但实际上他是德国在西班牙东南部，即沿地中海地区的间谍负责人，其任务有二：

一是监视协约国海军在地中海北部，特别是直布罗陀海峡的行动。

二是破坏协约国在这一地区为监视德国海军而设置的情报网。

正是由于他异常出色地完成了这两项任务，因而使法国吃尽了苦头。法国情报机构历尽千辛万苦才找到这个苦源。他们原来想动武的，绑架或暗杀他，但后来细想又认为这样不行。原因是他以外交身份驻在西班牙，有外交豁免权，弄不好不仅会影响法国与西班牙的关系，而且还会使所有法国间谍面临灭顶之灾，在此无立足之地。因此，他们在了解了他的致命弱点后，经过周密思考和部署，于是向他抛出诱饵，将丽萨派往该地，果然鱼儿要上钩了。

原来冯·克隆男爵有个最大的弱点已被法国情报机构所掌握。他尽管年龄已到51岁，并且有着普鲁士军人所特有的坚强意志和毅力。但他身体十分健壮，精力充沛，阳刚气十足，因而他对女人，尤其是漂亮女人有着极大的兴趣，从不放过任何一次机会。当"圣塞瓦斯蒂安来了个大美人"的消息一传到他耳朵里，他立即命令手下的特工对她进行调查。这种调查一半是例行公事，一半是带有私人目的。

调查结果表明：这位年轻姑娘没什么背景，既不是法国对外情报机构第二局的人员，也不是英国情报机构的特工，她这次到西班牙疗养胜地只是为躲避一桩难堪的离婚案。由于她的行为不怎么检点，她丈夫，一名巴黎的中级税务官员和业余离婚权威评论员已宣布同她解除婚约。而此时，她只有两种选择：要么忍气吞声地离开，要么闹到法庭。自然，她是不愿选择后者的。因为，一旦闹到法庭，她的"不检点"行为立即就会成为巴黎，乃至全国的头条新闻。这不仅影响到她本人的声誉，而且对她的父亲，一位在巴黎市议会有名望的议员也会带来影响。在这种情况下，她才来到西班牙。报告还说，尽管她有几箱挺像样的服装，但手头拮据，急需找到一份赚钱的工作。最后，这份报告还引用了一个非常熟悉她的人的话作为结束：

"在她面前，你必须要有十二万分的耐心。但是一旦到手，你将会得到百倍的回报。"

男爵看完这份报告后，喜形于色。他想到自己这一辈子艳福不浅，这次自然也绝不能放过她。但是，作为一个职业间谍，不能急于求成，他还得小心谨慎。于是，他先派思迪温与她厮混。当他认为火候到了，再让思迪温向她摊牌。接着，他就要亲自出马来考验她。

不久，丽萨就接到思迪温的通知，让她到海滨浴场去同他的上司见面。

一个风和日丽的早晨，丽萨如约准时来到海滨浴场。临来前，为了给见面的贵人留下深刻印象，她特意打扮了一番：上穿一件淡绿色开司米套装，下束超短裙，腰系色泽鲜艳的腰带，越发突出了优美的线条，更是迷人，显得婀娜多姿；一双质地精良的丝袜套着匀称而又修长的腿部，白皙光洁的皮肤时隐时现，在人们眼前闪动，一头金发犹如瀑布般从头顶上披散下来，浑身焕发出青春的活力与生机。

正当丽萨紧张而不安地等待着会面人时，7时整，一辆豪华的"米塞德斯牌"小轿车疾驰而来，悄无声息地停在了她的身旁。从车上走下一个戴着墨镜，颇有绅士风度的瘦高男人，他用既斯文又很得体的德语说：

"如果我没有猜错的话，您就是丽萨小姐吧？请上车。"

丽萨遵从对方的邀请上了车。看得出，男爵对她很感兴趣，也很热情。随着轿车的启动，男爵说：

"您的情况，思迪温向我汇报过，欢迎你为德意志工作。"

"先生，可我到目前为止，还不知道您是谁？"

"小姐，对不起。我是冯·克隆男爵，德国驻西班牙的海军武官，思迪温的上司。"

小轿车在宽阔的大街上兜圈子，冯·克隆男爵漫不经心地提着各种问题。丽萨兴致也极高，竟对答如流，没有什么问题能难倒她。男爵直截了当地对她说：

"你缺钱花，而我们有的是钱。关键是看你能为我们做些什么。"

"你们想要我做些什么？"

"先谈谈你知道的情况吧。"

"行，我对巴黎的情况很熟悉，可以把我所知道的都告诉你们，但……我直说了吧，我可是一个高价的姑娘。"

"请告诉我们一些你所知道的有关这儿的情况。"男爵不动声色地设下一个圈套。

"我刚来这儿，人生地不熟，谈什么呢？我想起一个人来了，也许对你们有用。"

"谁？"

"这人也是巴黎的，早先跟我好过一阵子，后来，出了一桩人命案，就逃到这儿来了。混了几年，还真混出个样来了，听说现在已腰缠万贯。他就是大走私集团的头子，绰号叫'野猫'的那个人。"

"野猫，我知道。我们也已物色他很久了，只不过没接上头。如果你能帮忙，那就太好了。"

看来，这位男爵对丽萨的面试很满意。最后，他从公文包里拿出一封装有3000比塞塔和一张写有调查巴黎防空和居民情绪等问题的信，微笑着交到她的手里。接着，他掏出一支特制的，装着黑色小球的钢笔对丽萨说：

"这是我国化学家最近新发明的显影技术，用它书写情报，具有很好的隐蔽性，不易被外人发现，十分安全。"

当丽萨搞清了将情报寄到德国驻西班牙首都马德里的具体地址后，便下了轿车，与男爵分开了。

丽萨回到巴黎后，向拉图上尉汇报了一切。当她谈到与冯·克隆男爵会面的情况时，他对她如此神速的进展感到十分满意，高兴地说：

"太好了！这可是一条大鱼，你一定要设法迷住他。你为法兰西而战，要不惜牺牲个人的一切，国家不会忘记你的。记住，你今后与我们联系的代号叫'百灵鸟'。来，为了你已有一个良好的开头，我祝贺你，干一杯！"

拉图上尉根据冯·克隆男爵交给丽萨的任务，用她的口气，在不泄露国家秘密的情况下如实地写了一些情报，并以她的名义发往马德里德国情报中心。

冯·克隆男爵对丽萨所提供的情报，经多方验证以后，确信是准确的，自认为试探成功，并为她对德国的忠诚而感到高兴，心想，这是一棵好苗子，应用心栽培，使她将来能担负起更重要的任务。

当丽萨从巴黎返回西班牙时，竟在伊隆边境站意外地发现冯·克隆男爵前来迎接她。这次会面要比上次热烈和随意得多。男爵简单地问了一下巴黎的情况后，便把她带入一个僻静的小酒吧，两个人便说起了知心话。

后来，冯·克隆男爵又派丽萨返回巴黎数次，搜集情报或送东西。尽管中间由于种种原因，拉图上尉以她的名义发出的信没有按规定的时间送到，并出过纰漏，但男爵对丽萨的信任有增无减，并没因此产生怀疑。就这样，这只"百灵鸟"终于飞到了目的地，找到了落脚点。在冯·克隆的间谍名单里她的代号是"C-32"。

冯·克隆男爵尽管很重视丽萨，欣赏她的才干，但对她仍有防范心理。另外，这个好色之徒与大使馆里的译员约瑟芬关系暧昧，所以，一直没有对丽萨下手。丽萨决定利用自己的优势，解除他的防范心理，彻底俘虏他，让他拜倒在自己的石榴裙下。

冷酷、单调、枯燥的间谍生活常常使冯·克隆感到孤寂。于是，他一旦有空就得找个年轻女人来解解闷儿。丽萨每当遇到这个人时，除注意将自己打扮一番外，还在他面前显得特别温柔体贴。因而，时常引起男爵心里的异动。这些都逃不过她的眼睛。

一个周末的晚上，丽萨特意把自己打扮得像个新娘一样，穿着白色的连衣裙，胸前戴着鲜红的玫瑰花，头顶遮阳女士帽，脸上罩着薄薄的面纱。这身打扮使她那细挑的身材，丰满的酥胸更显得温柔迷人。她主动邀请冯·克隆男爵去一家豪华的舞厅跳舞。

舞厅的五光十色的彩灯若明若暗，当缠绵的乐曲奏响时，丽萨紧贴着男爵翩翩起舞。她的舞姿是没的说，不时引来阵阵掌声和啧啧的赞叹。年过半百的男爵搂着如此娇美的年轻漂亮女人跳舞，心早已醉了。他透过面纱，看到她那一双明媚的大眼睛含情脉脉，白嫩而又微微发红的脸蛋越发显得娇美、楚楚动人，嫣红的樱桃嘴唇半张半闭，像是在倾诉什么，又像是等待情人的吻。而最难让男爵忍受的是她那丰满而富有弹性的酥胸，每当擦过他的身体时，他的心跳加快，血往上涌，使他产生一种异样的冲动，难以自禁。跳了一会儿舞之后，男爵贴着她的耳朵小声说：

"我们还是回去吧。"

"好吧，我听你的。"丽萨向他抛了一个媚眼，嗲声嗲气地答道。

回到住宅的冯·克隆男爵心情依然难以平静。他一边喝着白兰地，一边痴痴地看着丽萨。这个知趣的女人，十分娇嗔地抚了一下他的脖子，却只见她身上的长裙无形中悄然飘落下来，男爵忍不住地拥抱她，并狂热地在她脸上、脖子上吻着。然后，他抱起她快步进入卧室。

冯·克隆男爵这位普鲁士军人出身的间谍，终于没有逃脱丽萨美色的诱惑，拜倒在她的石榴裙下，完全坠入了"情网"。自这以后，他对丽萨再也防范不起来，彻底解除了戒备心理。不仅如此，后来他还把她接到马德里巴尔基里奥街的一所舒适豪华的住宅里。这里实际上就是德国武官处的办公地点，他的许多间谍活动都在这儿进行，甚至他会见手下的间谍也不避讳丽萨。

大显身手

第一次世界大战打到第三个年头，已到了白热化程度。处于同盟国盟主地位的德国，随着战争的推移越来越感到吃紧。他们想尽快结束战争，一方面在前线加强军事活动，妄图摧毁协约国的防线，一举夺取胜利。另一方面他们阴谋削弱协约国盟主法国的力量。为此，德军密谋拟开辟第二条战线，从法国的后方殖民地下手，削弱法国的战争资源供应。于是，德军参谋总部的大员鲁登道夫将军命令他的侄子冯·克隆男爵具体负责这一战略计划的实施。

地处非洲北部，紧靠地中海南岸的摩洛哥是法国的殖民地，也是该国在非洲各殖民地战略物资的集散地和中转站，对于法国来说，战略位置十分重要。于是，冯·克隆男爵首先选中该国作为目标，准备在这儿下手同法国较量一下。

当时，愚昧、落后、贫穷、肮脏在摩洛哥到处可见。该国国民把这一切归咎于法国的殖民统治，他们仇恨趾高气扬的法国殖民者。德国驻马德里的谍报中心研究认为：利用这种矛盾，同该国的部落首领建立联系，唆使他们脱离法国，而加入德国的同盟国阵营。这一计划一旦得逞，对法国造成的损失将是无法估量的。因为，法国一旦失去摩洛哥，其战略物资就供应不上，弄不好就要一败涂地。于是，冯·克隆男爵派遣了一批精干的间谍别动队到摩洛哥去搞"策反"活动，并成功地与沿海一些重要部落的酋长建立了联系，双方商定：德国供应他们武器装备，而他们则抓紧扫除亲协约国的势力，并制造仇恨法国和协约国的气氛。

为此，冯·克隆男爵带着丽萨来到西班牙南部的城市加迪斯，拟坐镇指挥这一行动的实施方案。

一天，一个形迹可疑的矮个男人来找冯·克隆男爵。两个人一见面，男爵忙将他让进了里间房屋，并吩咐丽萨在外放哨。她透过窗户偷听他们的谈话。只听到那个人用德语断断续续地对男爵说，已有六只满载武器弹药的船只停泊在西班牙水域，并有两艘潜艇护航，只等冯·克隆派间谍别动队上船。以后没能再听到更多的谈话内容，因为男爵突然把窗户关上了。

丽萨听后迅速找来一张明信片，把刚才所获的重要情报用暗语报告了巴黎。拉图上尉收到情报后，立刻上报法军参谋总部，随后，法军采取了防范措施。同时，又命令丽萨继续秘密监视德国谍报中心的活动。

第二天，冯·克隆把丽萨叫来，交给她一个初看没开封的信纸盒，他说：

"亲爱的，纸盒里的信纸大半都是用显影墨水写的东西，非常重要。你把它们送到丹吉尔去。"

"很重要吗？写的什么？"

"是谍报中心的指示，你到那儿以后，会有人同你联络的。"

男爵不是等闲之辈，而是一个有着丰富经验的间谍头目，没有透露出一点内容。不过，这也不要紧，因为丽萨猜也能猜出几分，这事同昨天那个人讲的运往摩洛哥的武器装备船只有关。

摩洛哥的丹吉尔是英法共管地，从加迪斯到那儿，必须得到法英两国的签证。法国好办，但在英国会遇上麻烦。于是，丽萨决定冒险去见英国驻马德里的大使，说出了自己的真实身份，以及此次行动的目的，同时还将偷听到的有关船只的消息也告诉了大使。英国大使听后，立即给她发了签证，并立刻又与军方取得了联系。

丽萨到了丹吉尔后，一个帮她把东西搬到旅馆房间里的脚夫说出了暗号："C-32"。后来，她让他把信纸盒拿走了并约定第二天在港口见面。但第二天这个脚夫没来。因为，英法两国海军船只已封锁了地中海通往摩洛哥的通道。

至此，冯·克隆男爵也无计可施，只好把这个计划搁置起来。返回男爵身边的丽萨也忙着为他编造理由，使他蒙混过关，不至于受到上司的痛斥。男爵对她更加器重，视为心腹，时常为她大慷公家之慨，没有任何理由便发给她"奖品"和"奖金"，以供她挥霍。而她自然是对他逢场作戏，百般屈迎。就这样，重要的情报源源不断地通过丽萨之手流向法国巴黎的第二局保密柜。

自然，丽萨在男爵那儿搞情报，并不全是在窗外、门后偷听，而大部分是她与男爵在豪华的酒吧间、富丽堂皇的饭店、棕榈树荫的海滨沙滩或幽暗的卧室里获得的。例如，1916年8月5日发生在阿尔赫西拉斯港口外的大爆炸事件就是在卧室获得的。

1916年7月底，阿尔赫西拉斯港口外停泊五艘大货船。这一情况立即引起了协约国间谍们的注意。他们几经分析通过多种途径，只了解到本月货船出港计划中并没有这五艘货船。那么，这五艘船从哪儿来，到哪儿去，用来干什么呢？这些都成了协约国间谍要解开的难题，丽萨也接到命令，要查清这五艘船。

丽萨注意到，自7月25日以来，冯·克隆特别忙，来找他的人络绎不绝，来去匆匆。而每当他们一来，男爵就把他们让进密室，关紧门再谈话，从不允许第三者在场，其中也包括丽萨在内。这些天，男爵实在太忙了，无暇顾及她，有时深夜送走客人以后自己又跑出去，把她一人留在家里。有时则在密室里埋头研究一些文件和资料。身负重任的丽萨面对此情此景，想出了一个绝招，要让男爵就范，乖乖地说出这些天在忙些什么。

于是，丽萨对男爵置她于不顾便开始撒娇，抱怨起来。尤其是当他劳累一天后，拖着疲乏的身子倒在床上呼呼大睡时，她的抱怨就更激烈。她假装生气地问道：

"你和我在床上就是为了呼呼大睡？没想过要干点什么？"

"自然，我和你在一起不全是为了解决睡眠，这一点我还不知道？"

"那你为什么这几天没有一点……"

"我太忙了。亲爱的，等我忙完这件大事，我带你去比利斯山下的'绿宝'疗养区痛痛快快地玩几天怎么样？"

"不！我现在就要。还有什么能比我更重要吗？"

"都是些枪呀、炮呀之类的事。"

"为这些事就快把我搁凉了，你心中还有我吗？你说说，它们如何重要。"

于是，男爵便一五一十地告诉了她："上次失败后，现在我们又和摩洛哥的两个部族达成协议，向他们提供六十门远程大炮，并派军事教官训练这些部族的人掌握大炮。他们一旦掌握了大炮的性能和使用方法，就可用来轰击进入直布罗陀海峡的协约国的舰船。眼下，阿尔赫西拉斯港口的五艘货船就是装运大炮和弹药的，正待命去摩洛哥。"

"就这些？我还以为有什么大不了的事。你真傻，晾着我这个大活人，却为那些死东西忙碌着，你同它们睡觉去好了。"

"好啦，好啦。等忙完这一阵子，我一定会让你心满意足。宝贝，时间不早了，睡吧。"

当男爵开始打呼噜时，丽萨已把情报的腹稿拟好了。第二天，就把这关系到协约国人员生命的重要情报送出去了。

8月5日深夜，大地一片漆黑，几条渔船从海上慢慢驶入阿尔赫西拉斯港外的泊锚区，借着夜幕的掩护，十几个蛙人背着黑乎乎的潜水包跳入海水中。几十分钟后，他们又悄然无声地返回渔船，并且迅速驶离。

不久，泊锚区响起了天崩地裂的爆炸声，尤其是那两艘装着弹药的船，爆炸时发出的火光，映红了整个阿尔赫西拉斯港。从梦中惊醒的人们，不知发生了什么事。

接连不断地失手，使冯·克隆男爵受到德军参谋总部和情报总局的训斥。为此，他急得像热锅上的蚂蚁。幸亏有他叔叔帮忙打通了关节，才使他转危为安。

不久，上司又让男爵派专人到阿根廷送农作物害虫"象鼻虫"，想以此虫的迅速繁衍传播病害，造成该国的小麦受灾减产，从而断绝法国的小麦供应，使其因闹粮荒而不攻自破。冯·克隆男爵考虑再三，只能将这一重大任务交给他最信任的丽萨去执行。他把"象鼻虫"装在两只暖瓶里，另外附一份如何投放害虫的说明书，一并交给她，要她尽快横渡大西洋到阿根廷去，交给那里的德国间谍。

事情重大又紧急，丽萨立即与拉图上尉取得了联系。在赴阿根廷的轮船上，拉图上尉派来的农业专家马里中尉与丽萨接上头。他们两人果断地行动起来，先把"象鼻虫"全部浸湿，再弄干。接着，再把这些虫同带来喂虫的小麦拌在一起，而把冯·克隆男爵写给驻阿根廷的德国间谍机关的文件，统统让马里中尉带回巴黎。之后，丽萨用显影墨水写了些没意义的句子来代替它，并用海水把纸打湿。

到了阿根廷首都布宜诺斯艾利斯之后，德国驻该国的海军武官缪列尔迎接了丽萨。丽萨把装了无害的"象鼻虫"样品袋和文件一并交给了他并惋惜地说：

"实在对不起，由于海面上风浪太大，海水从舷窗外灌进了我住的船舱，把文件全打湿了，但愿海水没有破坏它。"

缪列尔自然无法读懂这些被海水浸过的文件，更不知对这些"象鼻虫"作何处理。他对冯·克隆男爵的这种做法深感莫名其妙，实在荒唐至极。

满载而归

后来，丽萨充当双重间谍的身份由于一次车祸而遭到破坏。在这次车祸中，她的一条腿断了，她的头部也被玻璃碎片划伤。同她一起乘车的冯·克隆男爵整个脸部划破了。在治伤期间，丽萨回忆起几年来的间谍生活，心中感到有些厌倦，想尽快结束这种双重间谍的生涯。产生这种思想是基于以下因素：

一是从事间谍，尤其是双重间谍危险性很大，天天担忧，心理压力很大。而且，这种巨大的压力既无法告诉他人，又无处排遣，只有自己默默地承受。丽萨尽管天资过人，但她终究年轻，向往自由自在、无忧无虑的生活。久而久之，对谍报工作逐渐产生了厌弃的心理。

二是自从阿尔赫西拉斯港口外的爆炸事件发生后，丽萨就开始有点紧张，时常疑神疑鬼，总觉得男爵已察觉了她的真实身份而准备整死她。这样一来，无论是在床上还是在别的场合，她显得有点心神不宁，以至于当男爵有一次叫她脱衣服时，她竟把墙上的一幅画摘下来递给他。尽管男爵问她为什么会这样，她用编造的理由搪塞过去，但长此下去总不是个办法。她决定要设法尽快离开男爵，以免被他察觉。

三是对法国第二局的不满。在整个行动过程中，法国对外情报机构第二局的作风、立场是暧昧消极的。丽萨提出的一些好建议没有被采纳，甚至一些日常传递情报的工作，也不能得到他们的默契配合，时常发生信件迟到甚至丢失事件，漏洞百出。若她不是男爵的情妇，身份怕是早就暴露了。这些因素坚定了她尽快结束双重间谍身份的决心。

尽管丽萨对法国对外情报机构第二局的整个工作大为不满，但也有例外，她对其上司拉图上尉就很好。在第二局里拉图上尉最信任她，对其由衷地呵护。为此，她很感谢这位上司的知遇之恩。出于单纯的报恩心理，她决定在离开男爵，结束间谍生涯之前，还要做出一个大的举动，最后为她的上司增光添彩。同时，也为自己回国后积累资本，争取得到一个体面的结果。

丽萨知道冯·克隆男爵负责谍报中心的间谍招募工作。他手中最有用、最有价值、对法国对外情报机构第二局最有吸引力的东西，就是德国在西班牙的间谍名单。这份名单平时放在保密柜里，钥匙和密码都掌握在男爵一个人手里。如果能想方设法把保密柜里的间谍名单搞出来，岂不美哉？

但怎么才能弄到男爵的钥匙和密码呢？这可是一件头痛的事。丽萨观察思考了好几天，终于想出了一个办法。原来，男爵与她都有严格遵守每天午休的习惯，其间，男爵从不允许别人来打扰他，自然也包括丽萨。一天中午，当男爵休息正酣的时候，丽萨故意把他推醒，向他要钱，谎称要为晚上的舞会添置一些首饰，因为她知道男爵的钱也放在保密柜里。尽管还在睡梦中的冯·克隆对此十分不快，但知道丽萨对珠宝是最倾心的，为舞会添置首饰这一要求是不能拒绝的。于是，他在蒙眬中，就把保密柜的钥匙摘下来给了她。同时，还告诉了密码组合。丽萨趁此机会，立即将保密柜的钥匙印在早已准备好的模子上。她要用它另配一把钥匙。

这之后，丽萨又秘密会见了拉图上尉，向他详细地谈了偷窃间谍名单的计划，最后她说：

"一切准备工作均已就绪。目前，需要你帮忙的是给我搞一包安眠药，到行动时好让间谍中心的值班员睡上一会儿。另外，还必须给我派一个助手在外面接应。"

"这个计划太危险了，而且成功的把握也不大，我不愿失去自己最优秀的特工人员。"

"不，上尉，这是一次千载难逢的机会，你一定要让我试试。再说，即便有事，就凭我目前和男爵的情分，我想他也不会十分为难我的。至于危险，我在那儿每时每刻都有，要干大事，要有大的收获，不冒风险能得到吗？"

拉图上尉看到这位部下求战心切，不好给她泼冷水，更何况她讲的也不是没有道理。几经权衡，他最后作了让步，同意她按原计划办。同时，在第二天又给了她几包速效安眠药。它只会让人睡上3~4个小时，一点儿也不伤人。

回到冯·克隆男爵的身边，丽萨趁他一次外出时，让值班员喝了她放有安眠药的咖啡，很顺利地拿到了保密柜里的间谍名单和其他文件。拍照后，她立即交给了在窗外等着的助手。

这时，法国对外情报机构第二局派了一个新的间谍领导人到西班牙负责该国的间谍工作。这名官僚主义者竟不知道丽萨的代号就叫"百灵鸟"，而法国领事馆也没及时安排他们会面。经过一系列的差错和延误之后，丽萨最后终于见到了这位间谍领导人。法国对外情报机构第二局这种官僚作风，不负责任的态度，使她更加心灰意冷，深为自己的安全担忧。同时，也进一步坚定了她结束间谍生涯的决心。她知道，这位上司是绝不会同意的，只有靠自己。为此，她为自己安排好了离开西班牙的计划。

在冯·克隆男爵高兴地见到自己的心上人时，丽萨却用一种从来没有过的表情镇静地向他摊牌说：

"亲爱的男爵，我十分感谢你对我的一片深情。但是，我不得不告诉你，我将要离开你，不感到突然吧？"

"为什么？"

"因为，我是法国对外情报机构第二局的人，是他们派我到你这儿来的。"

"这根本不可能，宝贝，你别开玩笑啦。"

"是真的，这绝不是开玩笑。"

此时，冯·克隆男爵才如梦初醒。他想起几次失利的行动，都是丽萨执行的。他气得举起双手大声地吼着：

"你欺骗了我，我要逮捕你！"

"你忍心对我下毒手吗？在中立的西班牙你能逮捕我吗？去告诉西班牙警察，我想你还没有这个胆量。再说，这也太迟了。我已把咱们的关系告诉了大使基波尔公爵。

他非常同情我，认为我受到了侮辱。请你还是多考虑一下自己吧。"

原来，丽萨早在前一天就把冯·克隆男爵写给她的情书交给了大使，并控告他欺辱妇女。这个美丽的法国女郎还含着泪水说出了海军武官的保密柜的密码组合，大使非常清楚，法国人已经知道了由男爵建立起来的间谍网，再说也无济于事，而且会越描越黑。此事一声张，没有一点好处，德国的脸面将丢尽。唯一明智的处理办法是咽下这杯苦酒，偷偷结束此事。为此，大使不得不下令解散这个间谍网。很快，冯·克隆男爵也带着一颗破碎的心奉命回到柏林。这次他叔叔再也帮不了他的忙，他被撤职查办，他的间谍生涯也到此为止。

丽萨带着胜利的微笑安全回到巴黎。可是，接见她的竟不是拉图上尉，而是戈贝上校。据说，拉图上尉已遭人出卖被捕了。上校在充分肯定她的辉煌成绩的同时，也严厉地批评了她擅离岗位的行为。

直到战争结束，拉图上尉才被法庭宣判无罪释放。后来，他在一部专著里对玛尔达·丽萨作了详尽的描写，给她授予了勋章。晚年时，玛尔达·丽萨又把自己的这段经历写成回忆录出版。人们从书中既可了解她的历险细节，又可欣赏到她那浪漫的感情世界。自然，对有关男爵的描写是最动人的，但也是最矛盾的，其中，一系列关键情节，仍然没能讲得很清楚。

认贼作父的谍海妖女

川岛芳子，一个有着中国清朝皇室血统的妖女，竟恬不知耻地投靠日本人，认贼作父。在日本长大成人后，变成了一个没有日本血统的日本人，心甘情愿地投入日本帝国主义的怀抱，以女人特有的魅力，充当汉奸走狗。日本军国主义者则利用其色相，让她充当超级国际间谍，为其侵略扩张政策效力。由于她不遗余力地为日本人卖命，践踏、祸害自己的祖国，丧尽天良，因而成为日本侵华历史上最成功，危害中国最大，也最为臭名远扬的女间谍。20世纪30年代在上海滩、北京城、天津卫，她可是个无人不知、无人不晓的人物。因为她在日本谍报史上，做出了前所未有的成绩，为日寇立下了"汗马功劳"，所以人们送给她一连串褒贬不一的"美名"，如"谍海妖女"、"男装女谍"、"东洋魔女"、"东方的玛塔·哈丽"等。但是，尽管她风流妖艳，变化多端，狡诈残酷，到头来，终究逃不脱正义的惩罚，弹飞血溅地被枪决，结束了她可悲的罪恶一生。

东洋鬼子的养女

1906年4月12日，川岛芳子出生于北京东交民巷船板胡同内一座古老而又威严的肃王府。她的家族血统高贵，位于清朝八大世袭家族之首。她的父亲善耆是第十代肃亲王，也是清室最有权威的人物之一。芳子是肃亲王的第十四女，本名爱新觉罗·显玗。从小就受到父亲和家人宠爱的芳子，过着金枝玉叶般的公主生活。尽管如此，但芳子生不逢时，正好出生在大清朝江河日下之时。当时，国内推翻清王朝的革命风起云涌，而各国列强又挥舞着屠刀，任意宰割中国。肃亲王等王室皇族为挽救即将崩溃的江山，曾做过一些努力。然而，他们的垂死挣扎仍无济于事，挡不住滚滚的历史车轮和革命洪流，并没有使清王朝走出困境。

1911年，辛亥革命烽火一起，革命军占领了武昌、上海，清王朝已彻底崩溃，肃亲王善耆深感皇权必失，性命难保，惶惶不可终日。

幼时的川岛芳子

为此，他阴谋勾结日本人，妄图匡复清王朝，并把这个想法转告了东京的大隈内阁。大隈内阁同意给予援助，但条件是首先考虑满洲的独立问题，要求他指定负责交涉的人员。他就毫不犹豫地选择了川岛浪速。

川岛浪速是个日本浪人，早年学习汉语，能讲一口流利的中国话，后又进陆军士官学校学习，为人狡黠，惯于见风使舵。1886 年 9 月，他由日本横滨来到上海，眼睛却日夜盯着中国富饶的东北三省，做着飞黄腾达的美梦。1890 年，他参加了八国联军侵略中国的战争。在这场不义之战中，他凭着一张油嘴和一口地道的中国话，周旋于侵略军和清王朝统治者之间，出尽风头，结识了一批清廷权贵，其中包括肃亲王善耆。肃亲王梦想依靠日本势力保住王权，川岛浪速妄图利用清朝权贵，便于日本大举向满蒙侵略扩张。于是，两个人一拍即合，狼狈为奸，相互勾结，相互利用，进而于 19 世纪末结成金兰之交。

"中华民国"成立，清王朝彻底灭亡，肃亲王进一步投靠日本人。为此，他将自己的掌上明珠显玗，送给川岛浪速做养女。认亲时，举行了隆重的仪式。

那天，肃亲王除了让仆人摆上香案外，还让川岛浪速打电话给日本领事让其出席，以便得到日本政府的认可。当他把亲笔写的过继文书交于这位日本浪人后，又吩咐仆人带着六岁的女儿来前厅，行过继大礼。看着称心如意的义女，这位到处放荡漂泊，膝下尚无儿女的日本浪人当时便激动得流出了眼泪。从此以后，显玗便有了一个东洋鬼子的干爸爸。

1912 年，川岛浪速阴谋策划满蒙独立的计划失败。于是，他在日本军部的支持下，带着一伙日本便衣、打手，帮助肃亲王秘密地将王府举家北迁到日本人控制的旅顺港。不久，他也携家返回日本。临别时他握着肃亲王的手，信誓旦旦地说：

"我的亲王兄弟，请你放心。今后，无论遇到什么样的艰难险阻，我也一定要把显玗义女，培养成为如法国民族英雄贞德那样的伟大女性，让她光宗耀祖，显赫门庭，为你复兴大清，重光基业。"

肃亲王也含着泪感慨万千地说："川岛兄，我看重你的侠义心肠。我衷心希望这个孩子长大后能继承我的志愿，为实现满蒙独立而奋斗。今后，请你一定要把她当男孩子那样严加管教。"

就这样，这个公主来到日本，随义父进了东京的赤羽住所，过起了日本人的生活，并改名叫川岛芳子。川岛浪速专门为她请了一位颇有学识的本多松江女子做家庭教师。与此同时，为把她培养成为一名单纯的超级国际女间谍，他还费尽心机，请人教她游泳、滑冰、骑马、击剑、打枪、开汽车、驾飞机等，并教她学会了日语、中文、英语、法语、俄语等多种语言，以及一些处世哲学。

1921 年，已上中学的芳子随川岛浪速由东京回到松本，继续在松本女高读书。但此时，她怪异的性格开始暴露，经常骑马上学，高兴就上课，不高兴就逃学，我行我素，放荡不羁。同时，她还被众多的男性所包围、追逐，开始了初恋。情窦初开的芳子与其他少女不同的是，人家初恋选择一个男性，她却选择了一群男性，认为自己不应该仅仅是属于某一个人的。于是，她和小林青翠、山家亨、甘珠尔扎布等好几个男青年都有暧昧关系。

1922年，56岁的肃亲王死于旅顺，川岛芳子回国服丧。松本女高以她长期缺课为由，开除了她的学籍。芳子这时已16岁，苗条的身材，美如仙女的容貌，满清王朝的高贵血统，使她已悄悄成长为一个美艳娇媚的少女了。

当芳子从旅顺返回日本时，已有半年多没见到她的川岛浪速第一眼就发现了她身上有许多向青春发育的特征，是那么的迷人，以致勾得他心里痒痒的，魂不守舍。

一天晚上，西装革履，戴着一副金丝眼镜，已有60多岁而又颇有学者风度的川岛浪速，以鉴别中国清室名画为名，把川岛芳子骗进书房，并悄悄地把门锁死，坐到沙发上，用色眯眯的眼睛上下打量着她那成熟的身段和散发着女人魅力的曲线，并开口问她对恋爱和婚姻的看法。芳子沉吟片刻后特别强调她的观点，即爱情和结婚根本是两码事，并带着敬意和天真的神情说：

"爸爸，我倒是挺喜欢您的，您是一个既儒雅又不乏刚强的男人。"

"太好了，你的话让父亲太高兴了。"

川岛浪速说着猛然站起来，眼睛里蹿出一股欲火，一边朝芳子走去，一边用教训的口气说：

"你记住！结婚，生儿育女，那都是一般世俗男人和女人的事情。你和他们不一样。因为，你是王女，复辟大清帝国才是你的终身大业。我要把你培养成为一个女人中的奇才。为了达到这一目的，你可以不讲贞操，做事也可以不择手段。唯一的追求就是要达到预期的目的。"

川岛浪速说着说着，一把抓住芳子的手，用另一只手搂住芳子的腰，然后像个相扑运动员一样，用力地抱起芳子，朝暖阁走去。吓得有些惊呆的芳子在他怀里拼命地挣扎，慌乱地嚷着：

"不，爸爸，不，别这样！"

兽性大发的川岛浪速更紧紧地抱着芳子柔软的身体，并在她娇嫩的脸上狂吻着，还用梦呓般的语言说：

"别叫我爸爸。我们原本就没有血缘关系，只是一个男人和一个女人的关系而已。你太迷人了，我已经忍受了很久，我不能再忍了。芳子，我的宝贝，我一定要得到你。"

川岛浪速潜藏已久的情欲像火山一样，猛烈地喷发出来。他像一条发情的老狗，凶猛地扑倒在芳子身上，竟残忍地把她蹂躏了。

事后，趴在暖阁上的芳子看着四周凌乱的景象，脑子里一片空白，一种空前的痛苦噬咬着她的心，她感到自己的精神快要崩溃了。过去一向骄傲、从未受过一点委屈的芳子，遭此惨重打击，痛苦得不能自持，心底里是歇斯底里的干渴，眼睛里也没有一滴泪，有的只是凶狠燃烧的复仇烈焰。她作为少女所珍视的一切，贞操、自豪、纯情在一瞬间已化为灰烬。现在，她对什么都失去了真情，失去了实感。为了活着，她对什么都不在乎。16岁的她，从此变成了一个可怕的女人。她体内狂热的征服欲突破了节操的限制，将无所顾忌地泛滥开来。

芳子被松本女高开除后，阴险毒辣的川岛浪速就对她进行独特的家教，把"满蒙独立"、"日中提携"一类的思想灌输给她。从此，在她心中也种下了很深的复辟清王朝的思想意识。她曾发誓说：

"如果清王朝的复辟最终变成毫无意义的空想，我将嫁给日本的瘸子和瞎子，去伺候他们。"

川岛浪速在日本小有名气，来访的门客、弟子络绎不绝。就连后来成了日本战犯的本庄繁、土肥原贤二、冈村宁次、多田骏等都曾是他家的常客。他们都十分喜欢这个温柔妩媚与独断专行性格相结合的美丽姑娘，也为她罪恶多端的一生提供了靠山。

谋杀东北王

1924 年，18 岁的川岛芳子为了躲避义父越来越放肆的纠缠，便开始女扮男装。这时，川岛浪速为了推动"满蒙独立"运动的实现，决定把自己早已啃过的羊羔让给蒙古王公巴布扎布的儿子甘珠尔扎布，想用自己训练成功的骑手去驾驭一匹来自中国草原的蒙古马。在谈到这一联姻的目的时，川岛浪速说：

"蒙古亲王的儿子和满族皇朝的公主结合，就是满蒙结合的缩影。我们大日本帝国将要在满蒙干一番震惊世界的伟业。到那时，就需要像你们这样具有满蒙血统和皇族出身的人了。"

1927 年，川岛芳子和甘珠尔扎布在大连海港豪华的大和旅馆举行了盛大的婚礼，关东军参谋长斋藤弥平太和高级参谋河本大作以婚礼媒人的身份光临。一来是为"满蒙联姻"公开大造声势，二来又为暗杀当时的"东北王"张作霖秘密与新娘接头。真可谓一箭双雕。新婚之夜，芳子就对新郎说：

"结婚之后，我也得有我的自由。无论干什么，到哪里去，都是我的自由。我有必须完成的使命，你绝对不许干涉。"

不难看出，这种联姻仅仅是一种手段。这种政治上的婚姻结合，没过多久便解体了。川岛芳子从此充当了日寇的鹰犬，开始了她罪恶的间谍生涯。

1928 年，关东军高级参谋板垣征四郎大佐在"大日本帝国关东军奉天司令部"召见川岛芳子，并开门见山地向她交代任务说：

"你也许知道，我们帝国为了自身的利益，已不能容忍'东北王'张作霖继续存在了。现在只有采用肉体消灭的办法，才能推进东北问题的尽快解决。我们希望你能在最短的时间内，尽快调查清楚张作霖乘火车从北平返回奉天的准确时间，要万无一失才行。当然，我们会派专人配合你的行动。除此之外，我们还组织了 3 个小组来具体实施这项谋杀计划。你有把握完成任务吗？"

"有把握，我一定完成任务。"

川岛芳子激动地说着，那白皙娇嫩的面颊蓦地涨红了，心想："该是你小姑奶奶我露一手的时候了。你们男人办不到或办不好的，我要利用女人的特殊手段，费不了多大劲就可以办到。"

接着，石原莞尔主任参谋向芳子进一步讲述了执行这次任务的重大意义。他说："你父亲在世时，就曾先后两次援助过他所倡导的'满蒙独立'运动，结果却失败了。现在情况要好得多，日本政府已由田中的'强硬外交'代替了币原的'协助外交'。就是要用武力占领满蒙，征服中国大陆。这次你的调查工作非常重要，调查的准确性越高，我们成功的可能性也就越大。"

最后，由芳子婚礼上的媒人河本大作向她交代了具体做法：让她和竹下义晴一同去北平。一路上为了减少不必要的麻烦，他们俩就装扮成一对中国民间的普通新婚夫妇。接着，他给了她几叠中国交通银行的钞票，作为活动经费。

芳子一到北平，首先就到她的兄妹和皇亲贵胄各家做礼貌性拜访，故意装作刚从日本回国的样子，实际上是要从中了解有价值的情报。很快，她就从这些人中探听到了不少重要情报：张大帅不管军务多忙，包括在两次直奉战争中，他都要抽空到天津的"天宝班"去逛窑子。而且，最爱和"天宝班"的窑主，人称"小李妈"的那个鸨子在一起玩"斗十胡"的纸牌。就连当时在大帅身边的压寨夫人六姨太，也是从"天宝班"领出来的。

这是一条可以大大利用的重要线索。于是，芳子一边用金钱买通一个人力车夫，让他整天装作拉座的模样，在"大帅府"门前蹲守，注意记录下张作霖以及帅府的一切情况，一边又来个女扮男装，争分夺秒地亲自直下天津。

到天津后，日本在天津驻屯军的特务机关就专门拨给芳子一辆崭新的洋车。她驾起车急不可待地直奔"小李妈"的妓院"天宝班"去了。

找到"小李妈"，双方坐定后，芳子便冒充张作霖的外甥说来玩玩。但狡猾的"小李妈"见多识广，她怕有诈，便进行暗中盘问。但芳子却对答如流，几句有板有眼的甜言蜜语谎话，倒把"小李妈"给唬住了。就这样，一连好几天，她到"天宝班"和那鸨儿混得很熟，也摸了不少情况。她怕再混下去会露馅，一天，便对"小李妈"讲要回北平去，问她有什么要带给大帅夫妇没有。这鸨儿想来想去，就托她捎副新纸牌给张大帅，并向六姨太问好。芳子拿着还散发着桐油气味的新纸牌暗自高兴，这下总算有了叩开"大帅府"的敲门砖了。

回到北平的芳子，想好了进大帅府的办法后，便到前门大栅栏的金银首饰店为六姨太岳香妃买了几件精制的首饰作为见面礼，带上那种用锡纸包好的"十胡牌"，穿上花枝招展的艳丽女装，坐上马车直奔大帅府。

出身"天宝班"的六姨太岳香妃是张大帅最喜欢的夫人，一听说"小李妈"派人来看她，便盼咐让进来。芳子一进帅府就送上金银首饰和"斗十胡"纸牌，又说"小李妈"让她来这儿看看、问好之类的甜言蜜语。六姨太一见到她熟悉的那种加大尺码特制的"十胡牌"，便知确实是"小李妈"给捎来的，对其深信不疑。于是，便亲热地打听起"天宝班"和"小李妈"的近况来。

芳子三言两语地敷衍了一会儿后，便马上转入正题，想见见张大帅这位英雄。那婆娘便告诉她，大帅正忙着召开紧急军务会议，最近几天就要返回东北。她假惺惺地打听具体返回东北的日期，好去车站为他们送行。六姨太告诉她具体日子没有定下来，再说人不少就用不着为他们送行了。能打听到的消息她都打听到了。于是，芳子就委婉地与她告辞。

一出大帅府，芳子欣喜若狂，当晚就一股脑儿把去大帅府的详细情况向竹下义晴全都汇报了一遍。这下可乐坏了竹下义晴，他除讲了向司令为芳子请功之类的话外，立即开始起草电报，当晚就给奉天的河本大作发了一份报告张作霖不日起程的密码电报。兴奋得睡不下的芳子，也急着回奉天要亲眼看看这个窃据祖先发祥地的"东北王"是如何被炸得血肉横飞的。

6月2日夜，板垣征四郎和石原莞尔派出几个行动小组到京奉各大站进行监视，以便获悉专列的准确过往时间。

6月3日夜，河本大作又收到"专列已在下午5时从北平装箱启运"的密电。于是，他们便积极开始了准备。

日本人原想在巨流河铁桥桥头埋炸药，后临时发现此地东北军已加派岗哨，戒备森严。于是，便选在离奉天不远的皇姑屯小站附近的一座铁桥，这儿是京奉和南满铁路的交叉点。爆炸地点选择在铁桥的桥洞子底下。工兵连迅速而秘密地在洞里放置了30麻袋黄色炸药，安装好引线，又把距爆炸点只有500米的一个日军控制的岗楼作为瞭望和操纵室，以控制起爆。同时，又在附近埋伏了一排日军冲锋队和一队工兵。这样足足折腾了一夜，天亮前总算准备就绪，等着专列到来。芳子与河本大作及其助手乘车也来到现场，一同走上了瞭望哨。

坐在软卧包厢里56岁的张大帅，做梦也想不到，一直扶植他的日本人，这时竟准备要他的命。他们拿出"小李妈"送的新纸牌，正在高高兴兴地玩着"斗十胡"。一直玩到下半夜都困了，才回包厢睡觉。而有的这一睡竟成了永久的长眠。

6月4日5时30分，当呼啸的列车开上铁桥时，操纵室里铃声响起。日本人一按电钮，霎时传来惊天动地的一声巨响，大地在颤抖，火光冲天，车厢被炸得粉碎，横七竖八地躺卧在轨道两旁，六姨太和吴俊升督军被炸得血肉模糊，当即死亡。张大帅身负重伤，头部鲜血直流，抬回大帅府后没来得及抢救就气绝身亡了。

芳子在瞭望哨里用望远镜将整个过程看得一清二楚，心里顿时觉得有一种如释重负的愉悦轻松。

后来，日本又派出人员以抢修被炸桥梁、铁轨为名，销毁了现场全部罪证。同时，还于中午，一队荷枪实弹的日本护路士兵，押着两个穿着国民党北伐军军服、嘴里塞着毛巾、被五花大绑的中国人，说这两人是炸车的凶手和谋杀犯。在几个日本摄影记者面前，被当作替罪羊就地枪毙了。

川岛芳子就是这样不遗余力地充当日本主子的帮凶一起祸害中国，为日本关东军后来发动"九一八"事变拉开了序幕。

勾引孙科

川岛芳子在皇姑屯事件中的出色表现，使她更加得到了日本军部的赏识。板垣征四郎力荐派遣她去驻上海的日本特务机关干一番事业。

1930年年初，日本参谋本部次官福岛安正召见芳子，并告诉她：为了加快解决支那问题，急需掌握南京政府的动向。为此，拟派她到上海、南京去做谍报工作，设法拿到第一手资料。接着，他又介绍她去见土肥原贤二特务机关长。这位特务机关长一见到她，就急不可待地交代说明去上海、南京开展谍报工作应如何隐蔽，通过什么手段，窃取什么样的机密情报，达到什么目的等，交代得一清二楚。最后，还给她写了一封介绍信，让她到上海找田中隆吉机关长。

田中隆吉是一个臭名昭著，集虚伪、奸诈、阴险、狡猾于一身的阴谋家。当时他37岁，公开身份是日本驻上海公使馆武官辅佐官，主要任务是搞情报活动。对芳子的所作所为，他早有所闻，尤其津津乐道于她的桃色新闻。同时，他更想利用这个女人的关系、容貌、社会地位、政治关系、工作能力等来加强上海的谍报实力。她的到来，对田中隆吉来说无疑是发迹和满足他的性欲兼而得之的便宜买卖。

1930年10月，在上海海关见到芳子第一眼时，几乎使好色的田中隆吉惊倒。他把她接到沙逊大厦的华懋饭店租下的一套豪华阔气的套间，确信这将成为他们寻欢作乐的一个秘密安乐窝。果然，两个具有魔性的人很容易一拍即合。他们臭味相投，狼狈为奸。田中隆吉以占有芳子，获得色欲为满足。而川岛芳子把他视为进一步发展自己权势的靠山。这对临时野合的鸳鸯，在这一魔窟里密谋策划出了一系列震惊上海滩，乃至全中国的事件。

一开始，急需机密情报的"疯子"田中隆吉，便大胆妄为地让芳子去当舞女。而芳子并不嫌弃这一卑贱的工作，她真可谓为了完成任务，不惜豁出血本，牺牲肉体和灵魂，去舞厅"下海"。这位舞女化名金爱妹，朝鲜族人，艺名"白玫瑰"。她打扮得十分妖艳，先后出入上海几家闻名的大舞场，以轻盈柔曼、娴熟玲珑的舞姿，不仅吸引了众多的好色舞迷，还受到舞厅老板的欢迎，争着招聘她。不到一个月，不管哪家舞厅，只要她出场，就能叫座爆满。

1931年夏，一个周末的晚上，芳子在上海霞飞路上的"乐乐"舞厅里结识了一个中等个儿、白净脸、西装革履、气度持重的舞伴，他就是最有名望而又最会消遣的国民党"立法院"院长孙科。这对男女在舞池里显得豁达大方，与众不同。他们舞步敏捷而不轻浮，动作优雅而不卖弄，表情矜持而不做作，四目相对神态专一，全然不理会身边的那些男男女女。

下来后，芳子向田中隆吉谈及此事。田中隆吉喜出望外，他搂着芳子的腰说：

"别人你可以先不管，但孙科这条大鱼一定要抓住不放，并要使出看家本领，贴到他身边去。"

在舞场上结识孙科的芳子，不愧为情场老手，技法老到。没用几个回合，便把孙科折腾得晕头转向，神魂颠倒。从此，两个人如胶似漆，难舍难分。这时，芳子觉得可以收网了。

在以后的幽会中，芳子一会儿向这位院长大人推销她的高层次学识和多侧面素养，一会儿用中文交谈，一会儿又改用英文交谈。她要寻找一切机会，设法把他完全罩入她那张情网之中。

又是一个周末的晚上，从袅袅的乐曲声中走出舞池的川岛芳子蛾眉紧锁，蹙额不语地坐在桌旁喝着可口可乐。孙科一见此情，便关切地问道：

"大好的时光，为何如此闷闷不乐？您不舒服吗？"

"俗话说，千里搭长棚，没有不散的筵席。你我萍水相逢，此时虽欢悦，但舞会一结束，孤灯清影……"

说着说着，川岛芳子一头扎到他的怀里，嘤嘤地抽泣起来，眼泪像断了线的珠子，噼里啪啦地掉了下来。

"爱妹，不要哭！你有什么难处，可以和我说嘛。"

"亲爱的，您的同情和爱怜我十分珍惜。可是，您的地位和名声都太高了。为了报答您的知己之恩，我想请求您允许我给您当个仆人，使我能天天看到您，不离您的左右，好吗？"

"不，你太迷人了，我已经离不开你。我怎么舍得让我心爱的人去当仆人呢？亲爱的宝贝，你不用急，我们先悄悄地生活在一起，然后再慢慢想办法，我一定会让你幸福快乐的。"

夜已深沉，他们两人心领神会地走出舞厅，欣喜若狂地向一家高级旅馆走去……

在这对野鸳鸯的甜蜜生活中，川岛芳子娴熟地运用了女人迷惑人的所有伎俩，无论是在床上还是床下，都使孙科这位"快乐王子"心醉神迷。于是，他索性拿出一大笔钱，在上海霞飞路为她购置了小洋楼，作为他俩定期苟合的"香巢"。自然，在这座经常掩门闭户的小洋楼里，所有仆人、侍女都是由田中隆吉安排的特工人员。

从此，每到周末下午4时，芳子便用田中隆吉特意为她买的高级巴黎香水和从日本运来的各种精制化妆品精心打扮一番，使她看上去更加妖艳迷人。孙科已完全沉溺于这种虚假的爱情里了。他来上海越来越勤，滞留时间越来越长，有时干脆就把公事带到"香巢"里来办。而芳子对他更是没说的，为了达到卑鄙的目的，她什么不能干呢？她像妻子般地温柔、体贴、忠驯，像情人般地痴情、缠绵、浪漫。只要他一来，她就像小鸟一样飞到他跟前，热情地接过公文包，陪着他上楼，为他准备好温度适宜的洗澡水，让他舒舒服服地浸泡在浴盆里，解除旅途的疲劳。

此时，芳子也绝不会闲着，她飞快地拿起孙科的公文包，跑向后楼的一间密室，把所有重要文件都让等在那儿的田中隆吉拍照后，又急急忙忙地跑回来，再把公文包照原样放好。当洗完澡的孙科裹着浴巾，趿拉着拖鞋兴冲冲地走出来时，迎接他的还是芳子那张迷人的笑脸。

如果孙科来后不想洗澡，这也难不倒芳子。她会另设圈套，让他往里钻。比如，共进晚餐时，采用各种巧妙而新颖的方法，让他高高兴兴地喝酒，在这种情况下孙科没有不被灌醉的时候。然后，再扶他上床睡觉，同样可以拍下所需的文件。

色迷心窍的孙科，对这种偷情生活还感到不过瘾，想方设法要把芳子弄到身边去，整天和她厮混在一起。何不让她去当我的私人秘书，既好接触，又名正言顺，这办法太妙了！于是，在一次俩人欢娱之后，他便摸着她的脸蛋说：

"爱妹，我总是来回上海、南京地跑也不是回事，再说一周一次，太不过瘾，让我整天想你。我看你干脆去南京算了，你不是日语不错吗？我正好缺个精通日文的秘书，以后，你就做我的秘书好了。"

"给你当秘书？"芳子抑制住高兴得快要跳出来的心说，"这事自然是好，但就怕我胜任不了。"

"你有学识，又有风采，只要我们密切合作，准能干得十分出色。好啦，一言为定，明天就去南京。从此，我们再也用不着受分开之苦了。"

这对男女说着说着，又高兴狂热地拥抱在一起……

当孙科进入甜蜜的梦乡之后，激动得睡不着的芳子偷偷起床，赶紧把这一大好消息告诉在密室中的田中隆吉。

"你能打入南京国民党政府的心脏里去，这确实是个千载难逢的好机会。尽管我舍不得你走，但为了帝国的利益，你去吧。你一定要小心谨慎，万万不可粗心大意。"

田中隆吉说了一些难舍难分的话之后，便开始与芳子密谋对策，详细研究落实了今后的联系方法及各项细节，情报的传递方式等问题。就这样，上海红极一时的舞女摇身一变，竟成了南京要员孙科形影不离的私人女秘书。她在国民党的心脏里为日本主子卖命，大搞起间谍活动来。

当时，日本正积极准备进攻上海。川岛芳子的任务就是收集国民党军队在上海周围的驻防情况，以及日本如果进攻上海，国民党将会采取什么态度。

川岛芳子做了孙科的私人秘书后，除了能接触大量机密文件，从中获取有价值的情报外，她还时而坐进那辆银灰色的小汽车里，陪同孙科出席各种机要会议，时而随意进出警备森严的国民政府各个部门。在上层社会她还接触到不少官场中的高级人物，有两次竟然应邀参加了宋美龄举办的家庭舞会。她凭借着淫荡、放纵的手段，把那张无形的情网从"立法院"慢慢地伸向其他有实权的要害部门，窃取了许多核心机密情报。田中隆吉接二连三地向她提出情报搜集要求，她从来没有让他失望过。

"九一八"事变爆发后，据说国民党军统、中统等好几个特务组织，在"立法院"院长夫人的干预下，才把日本特务川岛芳子缉拿归案。对此，日本政府自然不会袖手旁观，置之不理。他们为保护这个臭名远扬的女间谍，不断向南京政府施加压力。最后，竟由国民党的副总裁汪精卫亲自出面把她给释放了。

被释放的芳子又秘密回到上海，与田中隆吉鬼混在一起，密谋进一步在上海挑起更大的事端。

挑起"一·二八"事变

1931年"九一八"事变爆发后，东北三省已沦陷在日本帝国主义的铁蹄下。疯狂的日本侵略者并不以此为满足，他们又把矛头指向中国内地。此时，上海也是战云密布。

早已按捺不住的田中隆吉认为时机已到，也妄图制造事件，进一步挑起中日争端，以实现他个人飞黄腾达的美梦。于是，他急切地向关东军司令部发了一份电报：

"我们的士兵在上海郊外早已等得不耐烦了，我担心他们迟早会干出点什么事来。与其让他们蛮干，还不如让我们巧干……"

这正是日本关东军司令部的意图。因为，自"九一八"事变后，日本受到国际舆论的强烈谴责，东北三省成了世人关注的焦点。日本人尽管费尽心机，但仍感到压力不轻。为转移人们的注意力，关东军司令部立即电令田中隆吉，让他尽快在上海"演出戏"。"戏演得越大越好"，"逼首相表态，以便让日本军队进入上海"。与此同时，他们还通过上海横滨正金银行给他汇去2万元活动经费，又从钟纺驻上海办事处"借到"10万元。

收到密电与活动经费的田中隆吉立即召集手下人马，密谋如何在上海"演好"、"演大"这出戏。会上，手下七嘴八舌，狂呼乱叫，有的主张搞暗杀，有的坚持搞破坏，有的建议搞军事摩擦……

最后，川岛芳子开口说："既然东北搞了个柳条沟铁路爆炸，我们为何不也来一个呢？"

"哈哈，英雄所见略同。"田中隆吉一阵狂笑后接着说，"我们一定要让中国人先打日本人。只要他们一出手，下面的戏就好演了，主动权就操纵在我们手里，我们想怎么演就怎么演，想演多大就演多大。听口气看来芳子小姐已胸有成竹了，这出戏让你来演。你看需要多长时间做准备？"

"你希望戏什么时候开演？"芳子吐出一口烟，一个大大的烟圈在她头顶上袅袅盘旋。

"越快越好。"

"好！你就等着瞧吧。"芳子用力摔掉手中的香烟，站起来很自信地说。于是，一场由田中隆吉和川岛芳子精心策划的，在上海即将挑起中日两国争端的流血事件就要上演了。

原来上海白林路上有一个日本圆宗寺院，里面住着百十来个日本和尚。这些和尚每天傍晚都要赤着脚沿白林路走一趟，以行修炼。正好寺院附近有一个叫三友实业公司的毛巾厂。川岛芳子这次打上了这些和尚和三友实业公司的主意。

另外，白林路上还有一个无赖，姓吴名金宝，本是一个白脸书生，因自小就沾染上吃喝嫖赌的坏习惯，把家产败得一干二净。后来，跑去给日本人当听差，几年下来，能讲一口流利的日语，并认识一些日本人。他也是在"乐乐"舞厅里认识川岛芳子的。这女人认为此人也许将来用得着，因而赏了他一个吻手礼。这下把吴金宝乐坏了，当即表示只要用得着他，他一定会尽全力效命。平日，吴金宝仗着替日本人干事，在白林路一带横行街头，鱼肉乡里，无恶不作。这次芳子想起此人来了。

一个电话，芳子就把吴金宝召到寓所。

"今天我有要紧事请你帮个忙。"

吴金宝一听芳子找他便飞快地来到芳子的住处，川岛芳子只穿一件薄如蝉翼的睡袍，稍微一走动，就露出白嫩嫩的大腿，直晃得吴金宝眼睛发直。他一听说这位漂亮的小姐有事求他，便迫不及待地问：

"小姐有何事相求只管说，我吴金宝为您效劳二话不说。"

"昨天下午，白林路上的和尚对我无礼，你看……"

川岛芳子说到这里，眼圈都红了。只见她身子一斜，顺势把睡袍撩了起来，那丰硕而抖动的乳房，白皙的大腿，肥美的臀部……一切都暴露无遗。果然，只见那雪白而带有乳晕的乳房上，有几条红红的痕迹，像被人掐过。吴金宝圆睁着双目，死死地盯着那白生生的地方咽着口水说：

"这帮秃驴，竟敢如此对小姐撒野，我非去揍死他们几个不行，也好替小姐你出出气。"

川岛芳子随即从小坤包里拿出几个沉甸甸的银元对吴金宝说：

"最好傍晚待他们在白林路修炼时，在外面干这事。另外，你们要多去几个人，你可找三友实业公司的弟兄们帮忙，免得吃亏……"

"这事小姐放心好了，你就等着听好消息吧。"

"事情办好了，我会重重地谢你。今天，我有些不舒服，等你把事情办完，我自然会给你打电话的。"

芳子说着，有意或无意地拨弄着睡衣，并给吴金宝抛去一个媚眼。他急忙吞了一口口水说：

"好说，好说，我会等着小姐的电话。"

1932 年 1 月 18 日下午 4 时，几十名工人在吴金宝的率领下，按照川岛芳子的指示，在三友实业公司毛巾厂门前，突然袭击了正在做赤足修炼的日本和尚。化装成工人模样的芳子和田中隆吉混在人群中，向和尚暗开数枪，致使三个和尚受重伤，一个和尚当场死亡，然后溜之大吉。吴金宝见事情闹大了，也赶紧溜了。

事情发生后，川岛芳子又用重金收买了侨居上海的日本人，组成"支那义勇军团"，并委任一名宪兵大尉当指挥，拟对三友实业公司进行报复。20 日上午，这帮暴徒在光天化日之下大打出手，并放火烧毁了该公司的厂房。与此同时，他们还推倒公共汽车，捣毁几家商店，气焰十分嚣张。中国警察前去干预，也遭到殴打……

此时整个上海乱了套，谣言四起，一会儿是日本浪人杀了中国人，一会儿又是中国警察杀了日本侨民。而川岛芳子与田中隆吉上蹿下跳，加紧鼓动在上海的日本商人、银行家向首相发急电：

"中国人民已开始大肆排日，在上海的日本侨民的生命财产危在旦夕……强烈要求日本政府出兵保护……"

21日，日本领事馆就日本和尚被害事件，向上海市政府发出最后通牒，并提出了四项无理要求：

一、向日本人道歉；

二、处罚肇事者；

三、负担伤亡者的治疗费、赡养费；

四、立即解散抗日团体，取缔排日活动。

22日，上海各报纸发表了日本驻上海第一舰队司令部恫吓声明。这天，手持刀枪的日本兵在大街上横冲直闯，上海已笼罩在战争的乌云之下。而新上任的市长吴铁成秉承蒋介石"不抵抗主义"的密令，屈服于日本人，更进一步助长了他们的嚣张气焰。

28日晚11时，日本第一舰队司令官盐泽幸一少将给日本海军陆战队下达命令，分成数路由日本租界向驻有中国军队的闸北发起了野蛮的军事进攻，震惊中外的上海"一·二八"事变在田中隆吉和川岛芳子一手策划下爆发了。

当千万中华儿女在日本军国主义发动的战争中惨遭杀害时，川岛芳子和田中隆吉这对恶魔正在高级套房中颠鸾倒凤……

事件发生后，大出意料的是中国驻上海第十九路军，在广大市民的支持下，奋起抗战。打到2月7日，仅11天时间，装备精良的日军连连惨败，四易指挥官，盐泽幸一被撤职，接替他指挥的野村吉三郎也没能挽救败势，被赶下台，由植田谦吉接替，最后又换上白川义则。走马灯似的撤换日军指挥官，并没有改变他们的被动局面，日军仍被困在海军一块狭窄的地段，不能越雷池一步。

与此同时，日本在上海挑起战火也触犯了其他帝国主义的在华利益。英、法、美等国于2月3日联合起来，向日本政府提出停战要求。日本鉴于目的已达到，迫于各方压力，这时急于停火。

川岛芳子这时突然收到日本军部的密电：摸清国民党政府当前经济状况及抗战动向，以便日军和谈时占据优势。

为了摸清中国方面的抗日动向，川岛芳子曾秘密会见国民党第十九路军军长蔡廷锴，与他攀谈从中了解他的态度，并将交谈情况及时向日本军部作了汇报。不久，她又搜集到上海国民党系统的银行已濒临破产的边缘，而且国民党政府也急于停战这一重大机密。日本在掌握上述情况后，便对国民党施加压力，使自己处于有利地位。结果，日本在占绝对优势的情况下，体面地结束了这场战争。

效力伪满洲国

川岛芳子放荡不羁、花样翻新的习性，对于像蛇一样缠着她的田中隆吉早就感到厌倦了。恰好这时，日本帝国主义正策划要在中国东北成立"伪满洲国"，并派特务头子土肥原贤二秘密将被废弃的宣统皇帝接到旅顺，准备拥立他为伪满洲国皇帝。这就使芳子误认为她多年梦寐以求的复辟梦就要实现了。因此，当关东军司令部电令她迅速返回东北，接受新的重要任务时，她便急匆匆地离开上海，赶赴东北。

就在芳子童年住过的肃王府，土肥原贤二召见了她，并向她下达了任务：

"今天把你请来，是让你帮助我们做一件特殊，同时又是别人代替不了的机密事情。"

"承蒙您对我的信任，请吩咐，我一定照办。"

"很好。皇帝从天津出来后，总是惦记着皇后。为此，派你去天津把皇后也接过来。因为你是皇族公主，派你去执行这项任务才是唯一合适人选。"

"一定遵命，赴汤蹈火，万死不辞。为了能证明我的身份，我想面见皇上，并让他下道手谕。"

于是，芳子便得到溥仪的宣召。当时，她激动得热泪盈眶，向溥仪行了三跪九叩的大礼。行过礼后，她便倒退着出来。

第二天，川岛芳子乘"渤海号"客轮顺利抵达天津，住进了孙传芳早年的军事顾问冈村宁次的私邸。随后，向前来拜访她的守卫静园的日本卫队长佐藤，提出面见慕鸿皇后婉容的要求。

要从天津日租界宫岛街静园接出皇后谈何容易。自从溥仪出逃，戴笠遭到蒋介石一顿痛骂后，他让手下进一步加紧对静园的监视，不管什么时候，静园周围总是有不少"皮匠"、"锁匠"、"小摊贩"等人员在那儿转悠。另外，为了防止意外，驻天津的日本兵也加强了对静园的看守，真把一个小小的静园围了个严严实实。尽管说日本兵好办，但蒋介石的特务是难对付的。另外，当时还风闻天津四郊的农民已经组织了一个类似"义和团"的团体，发誓要杀"出卖祖宗的狗皇帝家里的鸟男女。"因此，只要稍有不慎，就会出大乱子。

而此时，静园内没有一点静的迹象，人们乱哄哄地响动着。尤其是它的主人婉容，急得如热锅上的蚂蚁，惶惶不可终日。自从溥仪走后，她就日夜想着赶快到他身边。但外面谣言四起，又使她胆战心惊：什么东北到处是土匪，一见到年轻美貌的女子，不管是谁就抢，什么国民党特务在静园周围安上了炸弹，只要婉容迈出门槛一步立即会被炸得粉碎。与其被土匪抢走或被国民党特务炸死，还不如不走。但此事又由不得她。

一天，浓妆艳抹的川岛芳子出现在皇后面前，她身穿胭红色绣有金丝大龙花纹的旗袍，脚蹬高跟鞋，擦胭脂，抹口红，的确是位才貌出众的美人儿。她向皇后行大礼后便说：

"皇后陛下万福，皇帝陛下现在在我父亲的肃王府幸驾，龙体、精神均好，唯有天天惦记着皇后安康，特命我秘密来天津前来接驾。现有皇帝圣旨，请您御览！"

婉容见到皇帝的亲笔信，顿时勾起对他的思念之情，但她又愁容满面地问道：

"我怎么才能出去见到皇上？这四周都是特务，总不能把我也像皇帝逃走时那样，塞进小汽车的后备箱吧？"

"请娘娘放心，我自有办法。不过，到时您得受点儿委屈。"

芳子绝不会再用皇帝出逃时的办法，她自有主张，想了一个掩人耳目的极妙办法。她经过细心的准备和巧妙的安排后，随即放出风声：静园的大管家得了黄热病，于是四处求医，医生来了一个又一个，但病仍不见好。接着，她又对外放风说，大管家没治了。几天后，人们便听说大管家一命呜呼了。

一口大棺材运进了溥仪的府邸静园，人们为大办丧事而忙碌着，婉容皇后和佣人都到灵柩前默哀礼拜。芳子也身着素服泪流满面，悲伤不已。一切都布置得像模像样，跟真的死了人似的。

按照当时的习俗，死者的遗体要送出去进行土葬。因而，请和尚念了七天的经，以超度亡灵。之后，便堂堂正正地由宅邸出殡。出殡那天热闹非凡，静园男男女女倾巢出动，送葬的队伍延绵了200多米。日本士兵对此丝毫未加理睬，而中国卫兵和特务也不可能对每个人都检查，更不能开棺。他们都知道，这样做不合情理也不得人心，还会给自己招来灾祸，谁也不愿去干这晦气的事儿。

灵柩被运到白河河畔。棺材入土时，唢呐声声，哭天抢地，一片混乱。这时，女扮男装的皇后婉容，在芳子的陪同下悄悄溜出队伍，乘上小船离岸顺水而下。小船划过两个湾子，河中出现一条大商船。这两人又爬上商船，几小时后便到了大沽口。两天前早在那儿等着的日本货轮"太阳丸"号就泊在那儿。等婉容一到，该船便起锚离港了。经过紧张的海上航行，总算安全抵达大连港。

在长春"伪满洲国"建"国"典礼上，已恢复原名原姓的爱新觉罗·显玗，不厌其烦地向人们介绍她是皇帝的堂妹。当人们问她皇后是否装死人躺在棺材里被运出来时，她吐出一个漂亮的烟圈儿，不屑一顾地说：

"胡扯！棺材只不过是遮人耳目罢了。其实，皇后一直在我身边。只不过换了一身旧衣服，南京方面都是蠢货，好对付。别说是几个小特务，就是戴笠亲自出马，我也一样玩他个团团转。"

川岛芳子成功接出皇后之后，受到日本特务头子土肥原贤二的夸奖。日本关东军还授予她陆军少佐军衔，关东军高级顾问多田骏大将也在长春召见了她。此时，芳子认为复辟的时机已经到来，她急于寻觅一个新的猎物，以便为复辟大清王朝找一个更大的靠山，她也将为此而大干一场。

充当司令

1932 年 3 月 1 日，伪满洲国在日本的扶植下成立，溥仪来到"新家"开始执政。随着伪满洲国的建立，川岛芳子越来越居功自傲。她仗着接婉容出津有功，且自己又是"皇上"的堂妹，在伪满洲国招摇撞骗，哗众取宠，献媚溥仪，捞了个"伪满洲国执政府女长官"的头衔。

可命运偏偏又与她作对。一次酒后，芳子吐露内心的秘密，要取代婉容当皇后。这下可捅了马蜂窝，溥仪周围的谋臣立即群起而攻之，婉容更是醋意大发。在内外夹攻的情况下，溥仪也只好给她冷脸看。川岛芳子自觉没趣，女官还没当上一会儿，便灰溜溜地从后宫退了出去。

野心勃勃的川岛芳子并不死心，相反，久藏心底的复辟清王朝的欲望熠熠升腾。为了实现复辟大清的野心，离开宫廷的她便开始施展其放荡不羁的才能，到处招兵买马，妄图组建自己的队伍。她一方面从财阀和清室遗老遗少手中大肆筹措建军经费，向四面八方伸手搜罗

川岛芳子

部属，在旗人中物色亲信。另一方面又运用自己女性的特殊本领去向日本人找靠山。她知道此事只有日本人点头任命才能办成。于是，她便去接近伪满洲国军政部第一任最高顾问多田骏大将。

多田骏是川岛浪速的老朋友，他自然乐意见到她。芳子知道这次会见事关重大。于是，她在会见前进行了一番精心打扮。多田骏一见到如此美貌的女子，便似饿狼般的目光贪婪地看着她。芳子此时也下定决心，要凭着姿色和性感尽快让这位大将顺从地上钩，成为她的精神俘虏。多田骏脸上漾起笑纹，亲切地说：

"俗语说女大十八变，真是一点都不假。看我们芳子变得多漂亮呀！你还记得小时候，我去你家的情形吗？"

"记得，尽管那时我不大，但还是记得很清楚。当时，我搂着您的脖子，坐在您的大腿上，您双手抱住我。我父亲还让我认您为干爹呢，让您日后多多帮助我。干爹，现在到了帮助干女儿的时候了吧？"

川岛芳子一边甜言蜜语地说着，一边又像小时候那样坐到了多田骏的大腿上，搂着他的脖子……

"好，好，我的干女儿，你说，让我怎么帮助你呢？"

"我要当一个女司令官，带兵打仗。干爹，您说，能帮我吗？相信我吗？"

"我信，我信。板垣征四郎几次向我推荐你，就连土肥原贤二也总是夸奖你。我的

干女儿就是有出息。"

从此以后，川岛芳子就被留在了多田骏的身边，并由关东军任命她为"多田骏办公室"的机要秘书。白天，她陪着这位将军开会、会客、处理公务。对外，他们公开承认父女关系。可是，一到晚上，多田公馆的门一插上，他们便是一对睡在一起的野鸳鸯。

一次，川岛芳子当着日本关东军司令官本庄繁的面，向她干爹要起女司令官来了，她说：

"我认为如果不剿灭反满抗日的'土匪'，'满洲国'将天无宁日。现在，我以满洲皇族的身份，请求让我组织一支联合军队，委任我为司令，如有 5000 人马，我保证平定满洲。我的好干爹，跟本庄令说说，给我个委任状吧。"

日本军界在东北的几位头头，对这位妖冶的女人都如贪吃的猫见了鱼一样，为其大献殷勤。所以，这项任命就在他们相互吹捧之下顺利通过了。

不久，川岛芳子就网罗了一股土匪，其中，也可能包括张学良的残兵败将，号称 5000 人马。这是她的亲兵，自封为安国军，而她也被多田骏任命为司令。此时，她已改名叫金碧辉，身穿将军服，佩戴三星肩章，腰别豪华的佩刀，金黄色的刀带，"2号"新型毛瑟枪和柯尔特自动手枪等，胯下一匹骏马，威风凛凛，不可一世，被称为金司令。此后，上将金司令率领她的安国军和其前夫甘珠尔扎布的独立军与 30 万反满抗日武装对阵。

在日满两军进驻承德前夕，这个女人又频繁地出现于朝阳。她在会见驻朝阳领导宣抚工作的关东军参谋田中新一中佐、岩畔豪雄大尉时提出资助安国军军费 20 万元的要求。其后，又曾向古海忠之提出 10 万元的要求。由于是巨额筹款，非同小可，尽管有军政部顾问多田骏从中疏通，但最后还是"流产"了。

1933 年，川岛芳子率安国军赴热河作战。这支乌合之众，实际上毫无战斗力，只是尾随日军后面烧杀抢掠，作恶多端，欺压百姓，民怨沸腾。

当时，总务厅立计课长古海忠之担任热河作战办事处处长，本部设在锦州，并在朝阳、承德、赤峰分设 3 个班。他了解到安国军的所作所为，不仅干扰关东军的军事行动，还给后方的政治宣抚工作带来诸多麻烦。于是，参了芳子一本。正巧，此时她的干爹多田骏也被召回国内，没有了靠山。关东军司令部派小矶国昭参谋长亲临朝阳，将川岛芳子逮捕，后送回奉天软禁起来。安国军群蛇无首，也被强令解散。

原来，川岛芳子一心做着将整个伪满洲土匪及伪满洲国军都置于自己统辖之下的美梦，这下宣告彻底破产了。她也就无可奈何地结束了她的统帅梦和复辟梦。

后来，由于她的七哥宪立和关东军里的一些老熟人说情，进行疏通，才把软禁了三个月的芳子释放出来，并将她送回日本。

可悲下场

曾经不可一世的川岛芳子，在司令宝座上还没坐热，就被赶了下来。从此，她从人生的辉煌顶点跌下来，一蹶不振。虽经几番挣扎，再也没有昔日威风了。

1935 年 4 月 6 日，伪满洲皇帝溥仪访日，天皇亲自到东京车站迎接。车站前，市民们挥舞着五色伪满洲国国旗，假惺惺地作欢迎状。川岛芳子此时已摇身一变，成了充当特使来访的向导。

同年 8 月，川岛芳子与"朝鲜独立运动旗手"朴锡韵打得火热，并一同来到天津做生意，开办"东兴楼饭庄"。到天津后，她又和刚被任命为中国驻屯军司令的多田骏拉上了关系。她曾吹牛说她要当华北军司令，到天津来不是为开饭庄，而是要干大事业，要暗杀河北省主席于学忠，再把"华北国"成立起来。但她的梦想如同肥皂泡一样，很快就破灭了。

1936 年 4 月，日本免去多田骏的职务。她再次失去靠山后，又因多病缠身，便离开天津再次回到日本治病。

1937 年 7 月 7 日，中日战争全面爆发，川岛芳子又回到中国，混迹在天津与北平之间。在北平她投入了日本北支那派遣军司令部情报部中国课课长山冢亨的怀里，充任北平伪满洲同乡会会长，华北采金公司董事长等职，干起了偷鸡摸狗的勾当。

1940 年，日军眼看着用武力征服不了中国，于是改变侵华方针，对国民党采取以政治诱降为主，武力征服为辅，积极在国民党中物色汉奸，培植亲日势力。此时，川岛芳子积极活动，或秘密会见主张"中日提携"的大汉奸汪精卫，或会见日本右翼组织头目山满，向日本军方建议利用汪精卫。同时，诱惑汪精卫组织伪南京政府，并在日汪之间担任联络工作。这一年，汪精卫在南京成立了伪中央政府，发表了亲日政策，彻底出卖了祖国。

1944 年，川岛芳子从天津搬进了北平东城九条 38 号公寓。因无所事事，她只好静静地休养。此时，她就像一朵妖艳的花朵，过早地凋零了，她被过去曾经利用过她的日本人毫不在乎地抛弃了。她曾不打自招地写下如下回忆：

"不错，我同松冈伯伯是很亲近的，我同多田骏将军也很亲近。因此，在他们的庇护下，曾多次化装成男学生或仆人，充当三等船客，横渡中国海，来往于中日之间。我自认为这样做多少实现了我的理想。可是结果只不过是被部分日本军人所利用。现在我病魔缠身，形同废人。"

1945 年 8 月 15 日，日本宣布无条件投降，川岛芳子为日本战败痛苦得如丧考妣。8 月 22 日，当她从广播里听到伪满洲国皇帝溥仪乘坐的那架飞机在沈阳被苏联红军俘虏时，她难过得起不了床，整天靠吸食白面、打吗啡、抽大烟苟延残喘。

日本投降后战争的发动者、侵略者和阴谋挑拨者均被列为战犯，相继被捕。自然，那些背叛祖国的卖国贼，协助日本侵华的人也要以汉奸罪名被逮捕。此时，深感末日来临的川岛芳子开始想见冈村宁次以求得保护。后来，又在国民党接受大员面前想以"曲线救国"之由来蒙混过关。但这一切都是徒劳的，历史将执行最公正的裁决。

1945 年 10 月 10 日晨，十几名国民党军统第二肃奸小组的人员，闯进北平东城九条 38 号胡同川岛芳子的公寓，将正沉迷于美梦中的川岛芳子作为头号间谍、汉奸逮捕归案。他们不由分说地给她戴上手铐，还用一块大黑布蒙住了她的眼睛。

川岛芳子被关押在北平南郊外四区，那是异常荒凉的外城边缘。这所监狱当时共关押了 1000 多名汉奸，其中女监在南端。监房四周白色的墙壁已变成污迹斑斑的灰色了，在众多的女犯人中，有男子风度的芳子特别引人注目，监狱里的工作人员都对她另眼相看。

后来她又被监押在北平城北新桥炮局子胡同的第一监狱。

1947 年 10 月 9 日，河北高等法院第一次公开审讯川岛芳子。按照起诉书，她是一名特别刑事犯，根据当时新公布的汉奸条例被提起公诉的。在法庭上，她神态自若，狡词巧辩，态度傲慢，根本没把法官放在眼里。她时而把头转向法官，让法官给她一支烟，并替她点上，时而信口开河说：

"像你们这些毛孩子法官也配审我，恐怕当今中国还没有一个配和我说话的，包括蒋介石……"

由于川岛芳子是抱着这种态度出席法庭的，法庭时常受到她的愚弄，以致不得不经常休庭或闭庭。

10 月 15 日，法庭又对川岛芳子进行了第二次公审。

10 月 22 日，川岛芳子作为头号女汉奸和国际大间谍，法官庄严宣布将她判处死刑，主要有五大罪状：

一、被告亲生父亲为肃亲王，理应为中国人，但勾结投靠日本人，犯有汉奸罪。

二、被告在上海密谋策划了白林路流血事件，引发了"一·二八"事变。

三、被告多次接受日本特务机关的任务，在上海、南京、天津、北平等地大肆进行间谍活动，犯有间谍罪。

四、从天津密谋接运婉容，使其出逃"伪满洲国"，直接参与建立"伪满洲国"的阴谋。

五、组织安国军，听命于日本人，为虎作伥。

对于要被处死，川岛芳子从被捕的那天起就有精神准备。据说她临死前一直哼着："山沟里的玫瑰开不败，一阵春风花又开……三十年后我又来……"

这是一曲日本小调，但对她死前的惨状，可能太出乎她的意料。一名记者在她临刑前曾作了这样的描述：

"犯人被带上卡车，在市里游街之后，再送到市郊刑场。倒背手绑着，背后插着写有罪状的木牌子，卡车两侧贴着犯人罪状的大字公告。群众高喊：东洋鬼，东洋鬼。并向她投掷石块。"

1948 年 3 月 25 日清晨，川岛芳子披散头发，被看守押赴监狱刑场。她缓慢地走着，嘴里哼着《何时君再来》的曲子。随着一声枪响，她倒在地上。据说子弹是从后脑射进去的，由于使用的是开花子弹，射入时口径小，射出时口径大，面庞被严重炸裂、损坏，血肉模糊，形象丑陋。就这样，这个不可一世、罪恶累累的间谍妖女，受到了正义的惩罚，结束了她那贪婪、淫邪、残忍而罪孽深重的一生。

"八一三"事件的女魔

潜伏南京告捷

1909 年的一天，在上海日租界的一个东洋家庭里诞生了一个小生命，父母给她起名叫南造云子。她的家庭是个间谍世家，爷爷为日本做了一辈子间谍。父亲也是一名职业间谍，在日本军国主义思想的影响和熏陶下，他携家带口、满怀野心地来到中国，以合法身份做掩护，在上海安家落户，长期潜伏下来，大肆进行秘密间谍活动，为日本军国主义搜集中国的政治、军事、经济、外交、国内安全等多种情报。南造云子出生在如此家庭，其命运可想而知。她的父亲在她一生下来就下决心让她继承自己的事业，做一名日本的优秀间谍。他曾对襁褓中的南造云子说：

"为了大日本天皇的事业，你一定要继承我的职业，让你在静悄悄当中成为扭转乾坤的女中豪杰。"

由于父亲的这种思想，因而从小就给她灌输日本军国主义思想和大和民族的优越感。同时，还教她学会了打枪、骑马、柔道、唱歌、跳舞等多种本领，并对她进行专门的心理学授课，使她从小就懂得如何与人打交道，如何看人的眼色行事，如何见人说话、见鬼打卦等一套社交活动的技巧。

正因为如此，尽管南造云子从小生长在中国，喝着中国的水、吃着中国的饭长大，但在她的思想深处却深深地打下了如此烙印：日本大和民族是世界上最优秀的民族，而大和民族集中的代表——天皇的利益应高于一切，大于一切，为了大和民族和天皇的事业，个人应随时随地献出一切。与此同时，她还认为，中国这块肥沃的土地也应"属于"大和民族，应在天皇的统治和管理之下，而这块土地上土生土长的民族是"劣等民族"、"东亚病夫"，理应成为他们日本的顺民，为大日本国服务。

当南造云子长到 13 岁时，已经是一个亭亭玉立的少女。她的父亲为了进一步把她培养成为一名优秀的间谍，便亲自将她送到日本的一所间谍学校进行严格的专门训练。在那儿，她除了进行自卫、擒拿格斗等体能训练外，还学会了跟踪、情报搜集整理和传递、接头会面、暗语暗号的使用、麻醉药品的保管与使用、摄影和显微点的制作等间谍技能和技巧。最后，学校还对她进行了专门的系统性训练：如何以自己的身体作为武器，去向男人们发起进攻；女人使用什么方法和技巧去刺激男人，使他的性欲反应更迅速、更显著；在性交中如何激起男人的最大兴奋，使他得到最高、最好的生理和心理满足，性交后使他终生难忘，认为你是他的最好情人……

　　然而，南造云子在间谍学校的最大收获是遇到了她的恩师土肥原贤二，也就是后来日本侵华时，指挥在中国大地上进行疯狂谍报活动的日本特务头子。土肥原贤二对她进行了精心的培养，并对她寄予了很高的期望。在他的培养下，她的长进突飞猛进，因而备受土肥原贤二的赞扬。

　　四年的艰苦训练结束时，南造云子以各科全面优异的成绩从间谍学校毕业了，当时她才17岁。在考虑她的分配时，日本特务机关根据她的出生和训练情况，认为应把她派到最重要的地方去。于是，他们让她再次回到中国，主要在南京和上海活动，伺机打入上流社会，从中发展情报人员，获取高层的核心机密情报。就这样，正处在花季的南造云子，本应该是一个天真烂漫的少女，然而她为了大和民族，竟

土肥原贤二

过早地抛弃了这一切，开始了间谍生涯。土肥原贤二为了进一步发挥她的作用，给她的第一个任务就是潜伏在南京，利用女色伺机在南京国民党政府的上层人物中发展间谍，搜集南京政府的军事、政治、经济、外交情报，尤其要搜集南京政府对日方针、政策等重要情报。

　　1929年，经过伪装的南造云子化名廖雅权，潜入南京，以失学青年的身份在南京寻找合适职业。一天，她在报纸的招聘广告上看到南京的汤山温泉招待所招聘女服务员。她大喜过望，这可是个千载难逢的好机会。因为，在她来南京之前，她的老师土肥原贤二就重点谈到了这个招待所。据土肥原贤二的介绍，此地环境优美、舒适，还有温泉，因而被划为疗养胜地。不仅许多国民党高级军政人员在这里进进出出，到此游玩观赏。而且，南京政府各部局也时常在此地召开各种会议。尤其是每天晚上，当华灯初上时，招待所的大厅内，不是举办盛大宴会，便是举行舞会。这是南京政府上流社会的交际场所。无疑，进入这个招待所，就是掉进了情报的海洋。

　　经过精心打扮、信心百倍的南造云子便寻迹前去应聘。因为，按照她的条件，无论是从身高、长相外表，还是知识、口才和待人接物，她去做一个招待员的工作是绰绰有余的。果然不出她的意料，通过面试、口试、笔试，她一路过关斩将，如愿以偿地被录取了，从而迈出了成功的第一步。

　　为了给人一个好印象，使自己能长期潜伏下来，开始，南造云子并不急于开展谍报活动，而是老老实实，积极从事服务工作。认真熟悉各项业务，搞好人际关系，人很勤快，眼中有活，不管分内分外的事从不计较，都一声不响地去干，因而很快就赢得了上上下下的一片赞扬声。有了这个本钱，再加上她长得高挑，身材苗条，姿色动人，不仅很快出了名，而且被上司有意安排在宴会厅当招待。这一来，她的热情更高了。每当大厅举行灯红酒绿的盛大宴会时，她便招摇过市地穿梭于人声鼎沸的大厅之

中，格外引人注目。她也趁机猎取目标。

经过一段时间的伪装，南造云子自认为已站稳了脚跟。于是，她便决定进行活动。她猎取的第一个目标是汪精卫的主任秘书黄浚。此人衣着穿戴十分考究，早年毕业于日本早稻田大学，不仅讲得一口流利的日语，而且熟悉日本的风俗习惯。由于他为人精明干练，善于交际和心计，因而深得国民政府主席林森的信任，很快就被提升为行政院秘书主任，并被派到汪精卫的身边。此人致命的弱点是贪财又贪色。他认为，如果人活着没下钱财，就谈不上享受，"人为财死，鸟为食亡"是天经地义的。另外，他还认为，作为一个男人，如果遇见了漂亮的女人不动心，才算是真正的大傻瓜。因而，在"色"上，他也是不放过任何机会的。这点南造云子早就看出来了。为了寻找女色的刺激和消遣，这位年过半百的国民党政府文职要员，只要一有空闲时间，就要跑到汤山温泉招待所来。一到招待所必定要泡妞，要一位漂亮的小姐陪着他吃喝玩乐。而此人对南造云子也似乎早有意思。每当参加宴会时，他不是手持酒杯，色眯眯地盯着她，似乎要把她吞下肚一般，就是变着法儿靠近她，和她说笑打闹，或有意无意地往她身上靠。对于这么一个酒色之徒，南造云子认为要使他拜倒在自己的石榴裙下，不要说她经过专门性训练，就是没有这种训练，她也是两个手指捏田螺——十拿九稳。

一次，招待所内又举行盛大宴会，手持酒杯的黄浚又色眯眯地盯上了这位化名为"廖雅权"的服务小姐。早有思想准备的廖小姐并不回避他的调情。她迎着他的眼神，朝他妩媚地一笑，并很快又抛出一个含情脉脉的媚眼。这一来不要紧，当他们四目相对时，黄浚竟被她一下弄得热血沸腾，浑身发痒，脑袋里顿时冒出许多奇思异想：

"这也许是上帝的安排，把这么漂亮而知趣的小姐送到我跟前，看来我艳福不浅，这也是上辈子的造化，我非要把她弄到手不可。"

等黄浚醒过神来，这位廖小姐早已无踪迹了。此时此刻的黄浚，真有些后悔。这眼神的交流算什么？为何不上去和她多谈谈，或安排一个约会，或邀请她跳跳舞，痛痛快快地玩玩多好，眼看到手的一块肥肉，又给飞了。

出乎黄浚意料的是当舞曲响起的时候，这位美丽的廖小姐竟又像小鸟一样朝他飞来，而且还经过了一番刻意的打扮。就连那久经风月场所的黄浚此时看到她，也如同坠入十里云雾之中，心都快要蹦出来了，他快步迎上去，一手搂着她那细腰，一手架起她的胳膊，踏着音乐的节拍，便舞动起来。如腾云驾雾一般，轻飘飘，昏沉沉，不知东南西北。

这场舞会下来后，黄浚像丢了魂一样，廖小姐的倩影总是出现在他眼前，弄得他寝食不安，整天盼着和她再见面。从此，他有事没事就往汤山温泉招待所跑。而且，每次都指名道姓要见廖小姐。这位美貌动人而又善解人意的廖小姐，也总是抱着来者不拒的态度，着意"款待"这位政府要员。几次下来，他们已相当熟悉和随便了。

一次，夜色阑珊，黄浚又来找廖小姐。廖小姐这次请他来到住处，此时室内只有他们两人，像这种情况，自从他们相识以来还是第一次。廖小姐非常热情，又是为他煮咖啡，又是给他递糖果点心，显得特别殷勤。黄浚这时再也忍不住了，趁她递咖啡之机，顺势握住她的手，一把将她拽到怀里，在她脸上、嘴上、脖子上一通狂吻。接着，黄浚把她抱起来，走进卧室，将她轻轻地放在席梦思床上，迫不及待地宽衣解带……二人温存完毕，廖小姐用头靠在他的胸脯上，又嗲声嗲气地说：

"黄先生，我把女人的一切都给了你。现在我有点事请你帮忙，不知你肯不肯？"

仍沉浸在幸福与甜蜜之中的黄浚，摸着她白皙细腻的皮肤，看着她那姣美动人的神态，听着她那娇滴滴的声音，赶紧说：

"宝贝，只要我能办到的，我一定会帮你的。"

"那就好。我有个亲戚在南京做生意，需要一些内部消息，你能告诉我吗？"

"这可是秘密的事情……"

"要不是秘密，我就用不着找你了！"

"宝贝，别生气，我也没说不帮你呀！只要你需要，凡是我知道的，我都告诉你。怎么样，这下满意了吧？我的美人儿。"

廖小姐一听此话，她猛地给了黄浚一个热烈的吻，得意地一头扎到他的怀中。黄浚就这样轻而易举地坠入了她的情网之中。

从此，黄浚果然履行自己的诺言，把所知道的内部主要情况，都告诉了自己的心肝宝贝廖小姐。自然，廖小姐对他这些举动，也从来不会亏待他。每当他告诉她一些重要情况时，她不仅对他进行一番特殊犒劳，使他心满意足外，还要送给他一沓钞票，说是亲戚给他的好处费。这样一来，把黄浚高兴得不知如何是好，心想："这买卖真不赖，美女任用，金钱任花，财色双收，还有什么事比这更美的，又何乐而不为呢？"

被兴奋冲昏了头的黄浚，这时已完全被廖雅权的美色与金钱迷住了心窍。他什么也不顾，为她提供各种重要情报。不仅如此，他甚至还觉得不过瘾，又把自己在外交部任副科长的儿子黄纪良也拉了进来，和他一起将机密出卖给廖小姐。这位日本女特务采取手段，很快就控制了他们父子俩。于是，她决定找一个适当的机会向他们摊牌。

一次，当廖小姐将一沓钞票交到黄浚手里后，她神秘兮兮而又明知故问地说：

"你知道这钱是谁给你的吗？"

"你不是说是你的亲戚送来的好处费吗？"

"哈哈，我说黄浚呀，你真是一个大笨蛋！这钱哪是我的什么亲戚的，我在南京只身一人，何来亲戚？实话告诉你吧，这是皇军送给你的好处费。因为，你给他们提供了许多情报，而且还是十分可靠的，他们很满意，所以给你报酬，明白吗？"

"你……你是……"

"我是日本人，叫南造云子，是专门到南京来搜集情报的。前几次，你和你儿子提供的情报都很好。我及时报告了上司，他们对此十分满意，让我表扬你们。黄先生，看来你在日本没白读书，为皇军办事功劳不小。"

"你……你是……日本……日本间谍……"

"怎么？你怕了？不要紧，凡是为我们日本人办事的，我南造云子是绝不会出卖他的。只要你继续与我合作，不仅钱大大的有，而且我们两人还是可以好好地玩下去。这种财色两全的事，你到哪儿去找？黄先生，我看你年纪也不小了，还能活多少年呢？何不及时行乐，痛痛快快地玩几年，你说呢？"

南造云子说着用荡人心魄的媚态，撒娇似的晃动着黄浚那双保养得很好而又胖乎乎的手。望着眼前的美女和大把金钱，黄浚把心一横，什么国家利益、民族前途，统统见鬼去吧。他才顾不得这么多。只要他自己活得质量高，活得痛快，活得有滋有味，活出个人样来，其他就管不了这么多。于是，他一把搂过南造云子亲热起来。南造云子在他怀里娇滴滴地说：

"这就对了，我想黄先生不会傻到那种程度，丢下大把的钱不要。更不会忘了我，忘了我们俩的情爱……"

"宝贝，我什么都舍得，包括这条老命，但我就是舍不得你……"

就这样，黄浚与其儿子，为了自己的私欲，心甘情愿而又不择手段地为南造云子提供各种情报，致使南京政府的许多重大核心机密，不断被日军所窃取。就连上海吴淞口要塞的炮位分布图也被他出卖给了日本人。南造云子也因工作成绩突出，而得到了她的老师土肥原贤二的奖励。

淞沪大战情报被窃

1937 年 8 月初，从表面看上海仍处于平静之中，但实际上战争的气氛是相当紧张的。日本帝国主义早已对中国虎视眈眈。鬼子兵在大街小巷横冲直闯，寻衅滋事，蓄意寻找挑起战争的借口。只要有一点事妨碍了他们，就会引发重要事变。上海市民对他们这种横行霸道的行为敢怒而不敢言，期待着南京政府为其讲话、撑腰。但腐败透顶的南京政府软弱无能，他们采取姑息养奸的政策，害怕得罪日本人。昏庸的蒋介石甚至命令在上海的第九集团军司令张治中将军保持冷静，不要与日本人发生冲突。其目的完全在于保住上海这个与英美联系的港口。

面对日本人的咄咄逼人攻势和中日战争大有一触即发之势，张治中司令心中十分焦急。因为，根据中日双方签订的"一·二八"停战协定规定，在中日战争没有爆发之前的和平时期，中方不能将正规部队开进上海驻防，整个上海市的治安和保卫工作，只有地方部队一个保安团担负，兵力十分薄弱。这点儿军事力量，不要说与日本人打仗，就是这么大一个上海市的治安保卫工作也够折腾他们的。在这种态势下，一旦日本军队翻脸，立即可派出海军陆战队迅速占领淞沪各要害部位，主动权就全握在日本人手中，这对中国来讲是很不利的。

为了改变这种不利局面，张治中司令考虑再三，决定亲自前往南京，将上海日益恶化的局势、中日战争大有一触即发的险恶形势面呈蒋介石，以便作出决策，采取行动。同时，他在最后还提出建议说：

"我们应紧急增派陆军部队进驻上海。为了避人耳目，派往上海的陆军部队应全部化装成上海保安队，立即空运到上海，以防万一。"

蒋介石在宽敞舒适的办公室中听完张司令的汇报，背着手在红色大地毯上来回走了一会儿后，也深感有必要作出决断。于是，他停住脚步抬起头，当机立断地对张司令说：

"将徐海地区的第二军的一个步兵旅南调至上海。换装后再立即空运到上海虹桥机场，隐蔽集结待命。这事你立即去办。"

很快，换装后的第二军一个步兵旅就从徐海地区空运到上海虹桥机场，隐蔽集结待命，以便应付上海的不测事件。为安全起见，虹桥机场增派了防卫部队，除有关人员外，其他人员一律不准随便出入此地，保密措施甚为严密。

但不知怎么搞的，对于此事，日本驻虹桥口海军陆战队司令似乎很快就有风闻，并迅速作出了反应。

8月10日，两名日本官兵，即日本驻上海陆战队第一中队队长大山勇夫和一等水兵斋腾要藏乘军用汽车疾驰而来，直闯虹桥机场。

"停车！"

守卫在虹桥机场门口的中国士兵立即发出口令，让他们停车。然而，这两名骄横的日本官兵对中国士兵的口令置若罔闻，像入无人之境一样，不但没有停车，而且冲得更快，直闯到虹桥机场内。更不能让人容忍的是，他们竟首先开枪打死了一名中国士兵。换装后的第二军步兵旅的士兵，对日军在上海的横行霸道早有所闻，并恨之入骨。此次亲眼目睹了日本兵的专横跋扈的暴行，眼看着自己的同胞兄弟无缘无故地被日本兵打死，倒在血泊之中，他们愤怒到了极点。再次喝令日本兵"站住！"仍得不到反应时，他们拉开枪机，推弹上膛，随着两声"叭叭"的清脆枪响，两名目空一切的日本官兵当场毙命。

事后证明，这是日本人精心策划的一次阴谋。为妥善解决此事，中日双方的有关人员进行了多次交涉。交涉中双方争论十分激烈，大有剑拔弩张、战争一触即发之势。中日战争看来是不可避免的。

鉴于此情，蒋介石密令第九集团军司令张治中，在江苏的江阴地区对长江实行封锁。这样一来，可将日本海军陆战队，及从江阴到汉口一段在长江活动中的70多艘日本大小战舰，3000多名日本兵，以及大小坦克，装甲车全部封锁在一段水域中。如果这种军事行动一旦成功实施，无疑对肆意想发动淞沪战争的日军是当头棒喝，中国军队也将因此由被动变为主动。

谁知，蒋介石召集的紧急会议刚一结束，陪同汪精卫一同出席此次会议的黄浚，对作出从江阴封锁长江的决定如获至宝。回到家中，黄浚由于自己不便出去，便叫来儿子黄纪良，把南京政府要封锁长江的决定一五一十地告诉了他，并让他立即去向南造云子告密。

接到黄纪良密告的南造云子一听吓出了一身冷汗，她深知此事重大，而其时效要求又极高，如果按部就班地向日本特务机关上报，就来不及了，抢不上时间，是要误大事的。因此，她冒险闯进了日本驻中国大使馆武官处，直接向武官中村作了汇报。中村即刻用十万火急的电报密告了日军驻上海海军司令部，要其不能有丝毫犹豫和迟缓，务必连夜赶快行动，将汉口一带的重要日本侨民、舰艇、海军陆战队，以及一切军用物资装备等，以最快的速度撤离封锁线。

接到蒋介石封锁长江密令的第九集团军司令张治中将军，赶紧争分抢秒地进行布置、落实。正在进行这一工作中，很快就接到了一份令人震惊的情报：原日本海军在江阴至汉口一段长江水域中活动的 70 多艘大小战舰和 3000 多名海军陆战队官兵，以及其他重要战备物资均已急速东下，目前已驶出了水上封锁区，向黄浦江集中……

这一情况是张治中万万没有想到的。日军因抢先一步行动，使原该处于被动的局面转为主动，而蒋介石在军事上的主动立刻化为灰烬。这一情况的出现，极大地打乱了中国方面的部署，给淞沪大会战中的中国军队造成了不可估量的损失。

8 月 13 日，日本帝国主义首先挑起战争，向淞沪发动进攻。中国军队原指望会战前夕设在吴淞口要塞的几十门远程大炮，对日本海军能造成致命的打击。谁知，日本海军利用南造云子从黄浚那儿窃取的准确炮位分布图，将黄浦江上所有日本舰上的大口径远程火炮，都对准了对其构成威胁的要塞大炮阵地。在一阵狂轰滥炸之中，吴淞口要塞的火炮阵地全部被摧毁，大炮被打成了一堆四处乱飞的破铜烂铁，致使守卫在火炮阵地上的中国将士全部壮烈牺牲。有的甚至还没明白：日军为什么能这么准确地对炮阵地进行攻击的情况下，就以身殉国了……

与此同时，日本海军把从封锁区驶出的大小 70 余艘战舰，在黄浦江上一字排开大施淫威。炮口不断吐着火舌，猛烈的炮火摧毁了中国军队的防御设施。他们又出动舰载坦克和海军陆战队，配合日方的地面攻击部队，向中国军队发动了一次又一次的猛烈冲击，致使中国军队伤亡十分惨重。

逮捕归案

当前方的淞沪大会战正在激烈地进行时，后方的军统也在紧锣密鼓中追查封锁长江泄密案，整个案件在南京的上层进行。

原来，第九集团军司令张治中将军得知封锁长江泄密后，立即用密电将此情报告了蒋介石。当时老蒋正在召开会议，当他看完密电后，顿时大怒，把电报往桌子上一摔，大骂道：

"娘希匹，把老子的计划全给打乱了。"

说着，蒋介石伸手按了一下办公桌上的电铃，立刻有一名侍卫官应声快步走进会议室。

"立刻叫戴笠前来见我！"

"是！"

不一会儿，戴笠便急急忙忙地来到蒋介石身边。蒋介石还没等他站稳，就把电报往他面前一摔说：

"你自己看看，你们的工作是怎么做的？整天要你们加强防奸保密，可是，这么重大的机密，竟在这么短的时间内就泄露出去了。立刻查办，绝不能延误，限 24 小时内给我查清。"

"是，立刻查办！"

领受任务的戴笠确实不敢怠慢，他决定亲自来抓此事。考虑来，考虑去，最后戴笠认为，此次重大机密被泄露，可能有两种途径：一是有内奸混入了国防紧急会议，事后立即出卖了这一重大的军事行动计划。二是第九集团军司令张治中接到密令后，在布置实施封锁过程中将机密泄露出去了。

但第二种情况经过进一步分析认为这种可能性基本不存在。因而，很快被他否定了，看来只有第一种可能了。于是，他从军统中抽调出最精悍的人员，组成了一个专门的班子，带领他们重点调查参加这次会议的人员，这当然是一件十分棘手的事。因为，参加此次会议的人员全部是高级将领，只有两个人不是军人：一个是蒋介石的侍从室二处主任陈布雷，另一个是汪精卫的秘书黄濬。在这种情况下，查起来是十分困难的。

转眼24小时内的限期很快就过去了，可戴笠却一点线索也没找到。但是，老蒋打来的催问电话却"响个不停"，使他难以招架。然而，一件意想不到的事算是救了戴笠的小命，为他提供了线索，缩小了侦察范围。事情是这样的：

8月11日夜，蒋介石鉴于上海的紧张而严峻的局势，决定调兵遣将，向上海推进，积极备战，不至于中日战争一旦爆发吃眼前亏。13日，当战争爆发后，谁知越来越激烈。在这关键时刻，蒋介石决定亲自前往上海到前线视察一下，一来了解一下战况，二来给前方的中国官兵鼓舞一下士气。但当时有一个情况对蒋介石的上海之行极为不利，威胁很大。这就是日军占尽了空中优势，牢牢掌握了制空权。他们经常出动飞机，对通往上海的各交通要道进行狂轰滥炸。在这种情况下，就很难说蒋介石坐的专车不出问题。

为此，白崇禧从安全角度考虑，向蒋介石提了一条建议，让他不要坐自己的专车，而改乘英国驻华大使冠尔的专车。因为，这辆车的车盖上有一个英国大幅米字形的国旗标志，就是日本军用飞机发现了也不会向它进行攻击，去冒同英国人闹翻脸的风险。

但是，蒋介石考虑再三，竟没有采纳白崇禧的建议。他的理由很简单，堂堂的国民党总裁去前线视察战况，不坐自己的专车而换乘英国大使的专车，从大的方面讲有失国体，从个人来讲也有失面子。因而，临时决定仍坐自己的专车，但行车时间却改为夜间行驶。

事后证明，老蒋这一念之差竟让他捡回一条命。原来，当英国大使冠尔的专车在通往上海的公路上行驶时，被日机发现。他们突然俯冲下来，用机枪对这辆专车进行了猛烈的扫射。因此，冠尔大使被他们打伤而住进了医院。

经过分析，戴笠认为此事出得很蹊跷，日本人似乎事先知道这事儿，否则不会冒这么大的风险对英国大使的专车进行扫射。这样一来，就立即把侦察范围缩小了许多。因为，通过调查已掌握到，白崇禧向蒋介石提出建议时，在场的人只有蒋介石、白崇禧、黄濬等几个人。自然，疑点很快就落到了黄濬的头上，因为只有他两件事都在场。

根据这一线索，戴笠立即布置人马，采取有效措施，集中力量重点加强了对黄濬的侦察。很快，他们经过深入查证，发现黄濬父子与一个叫廖雅权的女人来往频繁。而且，更加可疑的是泄密那天黄纪良与这位廖小姐有过接触。据此，他们又顺藤摸瓜，扩大侦察范围，进一步加强了对在汤山温泉招待所工作的廖雅权的侦察。没过多久，戴笠就搞清楚了这个廖雅权是个日本人。她的真名叫南造云子，是日军特务机关派到南京当卧底的。因此，泄密案由黄浚父子出卖给她，再由她告诉了日本人是肯定无疑的。

泄密案至此已有了头绪，于是戴笠下令，立即把黄浚父子和南造云子抓捕归案。就这样，军统局的几路人马分头行动，冲进了黄浚和南造云子的住处，将他们三人逮捕，关进了南京的老虎桥监狱。

命丧黄泉

仲秋的一个夜晚，阵阵微风已带有一丝凉意。在军统局一个不大的审讯室里，放着一张桌子和几把椅子，四周摆满了各种各样的刑具，站着几个身强力壮的大汉。为了威胁与折磨受审人的精神和理智，使用的一种紫而发白的灯光，给审讯室蒙上了一层惨淡阴森的气氛。这恐怖的阵式，不要说动刑，一般人就是看上一眼，也得有足够的胆量才能站住。

一会儿，只见戴笠阴沉着脸走进来，在桌边的椅子上坐定，他伸手按了一下电铃，很快黄浚被两名军统特工人员推了进来，在一把椅子上坐了下来。他抬头一看，大吃一惊，冷汗直冒，不免颤抖起来，在他面前的竟是有名的杀人不眨眼的魔王戴笠，他的为人黄浚再清楚不过了。在他吓得魂不附体时，只听到好像是从地狱传来戴笠那阴沉而又冷冷的声音：

"快点从实招来，免受皮肉之苦。"

"不，戴局长，我，我是冤枉的呀！请您明察。"

"什么，冤枉？"戴笠猛然拍案而起，大声吼道："你不要敬酒不吃吃罚酒！招不招？"

"您叫我招什么？"

"啪"的一声，戴笠把手枪抽出来，重重地放在了桌子上，怒声喝道：

"你不要自找死路，要不是看在原来的情分上，我用不着和你费那么多口舌，直接就把你拉出去毙了。"

"这，我……"黄浚吓得额上直冒虚汗，话也讲不出来了。

"我问你，南造云子是什么人？这事用不着我多说，你一定很清楚吧？"

这下黄浚如五雷轰顶，再也挺不住了，他的嘴动了动，可什么也讲不出来，继而垂下了头。一会儿只听到戴笠拉抽屉的声音，他从中取出一份案卷，往黄浚面前一扔，厉声说：

"你不说，可南造云子已交代了你，她什么都说了。你要是再装傻，别怪我不给面子，是你自找的死路！"

"我……我说……"

黄浚知道再顽抗下去是没有什么好结果的，况且，南造云子已把什么都讲了。原来南造云子被捕后，知道凶多吉少，活着出去的可能性极小，但她不想这么早就结束自己年轻的生命。她考虑到黄浚父子已暴露，对日本特务机关已没什么用处了，如果把他们俩抛给军统头子戴笠，争取"立功赎罪"也许自己还有一线生机。于是，她就主动坦白地交代了黄浚父子的所作所为。这一来，她不但没受什么皮肉之苦，而且还得到一定程度的优待。

泄密案审理得十分顺利，很快就水落石出了。审理结果，三名案犯都被判了重刑。其中，黄浚父子依法被判处死刑，南造云子因坦白有功，免于死刑，依法判处无期徒刑。

卖国贼黄浚父子这次总算走到了尽头。他们两人被押着走向通往老虎桥监狱的刑场上。随着几声"叭、叭、叭"的清脆枪声，黄浚父子应声倒下，两个罪大恶极的卖国贼受到了应有的惩罚。

可是，谁也没有想到，南造云子竟在这时，从戒备森严的老虎桥监狱中逃跑了。这下又使戴笠气急败坏。

南造云子为什么能逃跑呢？事后查明，她被判处无期徒刑后，想到自己年纪轻轻绝不能在监狱中度过，终生老死在这儿。因而，她下定决心要活着逃出去。

她分析了一下当时的处境，认为自己最有利的武器就是女性的美色。因此，她选中目标故伎重演，很快就和一个好色的看管人员偷偷勾搭上了。她除了满足这名牢狱的各种要求之外，还许以各种好处。这个利欲熏心的看管人员，在得到她的好处后，竟悄悄地潜出去，与日本特务机关接上了头，建立了联系。在得到一大笔金钱后，他和日本人里应外合，帮助南造云子逃出了监狱。

逃出监狱后的南造云子，很快就被日本特务机关安排到上海租界保护起来。当人们发现她同一名看管人员逃跑后，首先是军统内部乱了套。已被弄得疲惫不堪的戴笠，当即气急败坏地找来行动股长，当面交代：

"立即成立暗杀小组，只要一见到南造云子，格杀勿论。此事办得越快越好。"

接到命令后的行动股长，立即抽调精兵强将成立暗杀小组，从南京一直追到上海，但始终没有见到南造云子的踪影。原来，逃到上海租界的南造云子，也知此举是罪上加罪惹恼了军统。如果她此时抛头露面，就会必死无疑。因而，她一到上海租界，就秘密隐藏起来从不轻易出门。这样一来，弄得军统的暗杀小组毫无办法，一时难以得手。他们日夜秘密跟踪监视，只要一发现她出门，看见她的影子，他们便不顾一切地向她开枪射击。然而，由于南造云子十分小心谨慎，因此虽有几次机会，但行动小组都没暗杀成功，让她逃脱了。这样一来，反而助长了南造云子的气焰。

于是，她又开始猖狂地进行间谍活动。她经常出入上海租界，积极从事特务活动，大肆搜捕中国的爱国进步人士和共产党人。与此同时，她又身负日本特务机关的重要使命：协助汪精卫伪政权的特工总部76号，积极搜罗人员，发展组织，壮大门面，猖狂地进行特务活动。

这种局面的出现，无疑对戴笠是十分不利的，舆论界天天指责他。于是戴笠怒不可遏地又叫来行动股长，把他臭骂一通之后下达了限期令：

"近期内，一定要杀掉那个日本女人，否则，你们就自行了断，提头来见我！"

接到限期令的军统行动小组成员返回上海后，立即行动起来，决定全力以赴，尽快干掉南造云子。几天后，经过周密的侦察，机会终于被他们等来了。

那天，南造云子戴着一副大墨镜，驾驶着小轿车，骄横地在上海霞飞路上飞跑。然而，她哪里知道，她的死期到了，军统局一行动小组的三名精悍特工人员早已盯上了她。

当南造云子把车停在百乐门咖啡店附近时，一名军统特工人员就已举起了手枪，做出瞄准的姿势。她丝毫没有察觉死神已向她招手，打开车门走了下来。当她身穿紧身中式旗袍一步三扭地向前走，刚一进入伏击圈，只听到"叭、叭、叭"几声枪响，她来不及作出反应就气绝身亡了。从此，这个在中国大地上作恶多端的日本妖艳女间谍，受到了应有的惩罚，结束了她那年轻而又罪恶深重的一生。

希特勒厚爱的奥丽佳

法西斯头子希特勒生性多疑，暴戾无常，他狂妄地梦想一统天下，彻底改变世界，消灭地球上的一半人口。他蔑视一切，其中也包括女人。但是，他做梦也没想到，直到他临死之前，在他一生所喜欢的几个女人中，竟有一个是苏联的著名女间谍。正是这个女间谍在他身边活动了十余年，获取了许多核心情报发往莫斯科总部，帮助苏联红军打赢了这场反法西斯战争，同时，也把希特勒本人送进了坟墓。然而，这个鲜为人知的女间谍，在她的名字被埋没半个世纪之后，直到20世纪90年代中期才被披露出来，她就是俄国伟大作家契诃夫的内侄媳奥丽佳·契可娃。

演员间谍

1898年的一天，俄国著名作家契诃夫的妻子喜气洋洋，因为她得知娘家的兄弟又为她生下了一个侄女。她赶紧备下一份厚礼亲自送去，看看这位娘家的千金小姐。这位姑妈一见到侄女更是乐得合不拢嘴，白白嫩嫩的皮肤，红润的小脸蛋，再加上深蓝色的大眼睛，活像一个洋娃娃，人见人爱，真是让人看不够，喜不完，她感谢造物主为娘家送来这么一个女尤物。

这位千金小姐从小就备受家人的宠爱。奥丽佳也不负众望，不仅人越长越水灵，而且十分聪明伶俐。尤其是那漂亮的脸蛋和那楚楚动人而苗条的身材，一看就是当演员的坯子。她从小就立志当一名出色的演员。自然，家人也为有这样一位出众的女孩而感到骄傲和自豪。很快，这位千金小姐就考进了艺术学校。然而，命运却和她开了一个小小的玩笑，她在艺术学校学的是绘画专业，并非表演专业。尽管如此，但她要当演员的初衷仍然不改，她在努力学习绘画的同时，也不忘到表演专业去听课、看表演。

1916年，当奥丽佳18岁时，经家人与亲戚的撮合，与契诃夫的侄子米哈依尔·契诃夫结了婚。这门婚事既是亲上加亲，又是才子佳人的最完美结合。米哈依尔·契诃夫当时是苏维埃最高艺术学府莫斯科高尔基模范学术学院最优秀的演员之一。奥丽佳与其结合，真是天上一对，地下一双。同时，这种结合无疑对她的艺术生命，尤其是想当一名电影演员的理想有着十分重要的意义。生活在甜蜜中的奥丽佳不仅这时在绘画艺术上有着长足的进步，而且她对演技方面的知识也大有长进。很快，这小两口就增添了一位小千金，给美满生活又带来新的欢乐。

20世纪20年代初，新生的苏维埃政权在内外敌人的破坏下，在发展经济中遇到了不少困难，由于食物匮乏，人们纷纷要求离开苏联，移居国外。尤其是演艺界这种思潮更为突出。在这种背景下，身为艺术家的米哈依尔·契诃夫也想离开苏联移居德国。于是，他多次与想当电影演员的妻子奥丽佳商量此事。开始，她对移居国外并无多大兴趣。因为，她认为就是移居国外，对她进入电影演艺界并无多大帮助，弄不好困难更多。后来，在丈夫多次劝说下，并答应为她当一个电影演员创造条件。在这种情况下，她只好同意了。1922年秋，米哈依尔·契诃夫向当地政府递交了移居德国的申请。

按规定，所有离开苏联移居国外的申请，一律要送到苏联人民委员会政治保卫总局（克格勃的前身）认真审查。他们在审查过程中，奥丽佳的名字引起了该局外国军事情报处处长别尔津的极大兴趣。他认为，如果能发展奥丽佳为该处情报员，利用这次移民的机会，将她派往德国，长期潜伏下来，无疑对苏联有极大的好处。长期以来，德国与苏联作对。尤其是战后，德国社会很混乱，德国社会何去何从十分扑朔迷离。在这一情况下，如能派遣一个有合法身份掩护的间谍，打入德国上层社会，搜集有关情报供决策参考，无论是从现实的角度看，还是从长远来说，是对新生的苏维埃政权十分有利的，而且也是所必需的。

于是，别尔津在进行了一番调查研究后，约请奥丽佳到外国军事情报处进行单独谈话。奥丽佳在了解到别尔津的身份后问道：

"您能帮助我移民到德国吗？"

别尔津若有所思地看了她一眼说：

"当然可以，但我有个条件。"

"什么条件？"

"您到德国后，必须为我国情报部门工作。"

"不，我不能这样做。因为这事太危险了。一旦我出了事，我心爱的女儿就会无依无靠，没有人照顾她，作为母亲我不能这样做。再说，我为你们从事情报工作并非我所愿，从小我就只想当一名电影演员。"

"作为苏联公民您有义务为国家出力。至于您谈到女儿的事和当电影演员的问题，与此事并不矛盾，而且说不定还有好处，我们可以帮助您。我不强迫您作出答复，但希望您还是认真地考虑一下。我可以坦率地告诉您，除非您同意移居德国后为我们干事，才能如愿以偿地拿到移居证，否则，别无选择。"

就这样，第一次谈话不欢而散。后来，别尔津又多次找奥丽佳进行单独谈话，对她进行了大量的爱国主义教育，并告诉她：在从事情报工作中，如果出了问题，她的女儿国家一定会好好地照顾抚养她。与此同时，别尔津还向她许诺：做情报工作并不妨碍她实现当电影演员的理想。派往国外的情报人员一定要有合法的身份作掩护，才能站得稳，立得住，钻得深，才能搜集到所需的核心情报。因此，干情报工作与当电影演员不但不矛盾，而且在遇到困难时，还可以得到组织的帮助去实现自己的理想。

奥丽佳知道拗不过别尔津，在她解除各种后顾之忧的情况下，她同意移居德国后为外国军事情报处工作。这之后，别尔津将她送往特工学校进行专门的职业训练。

不久，她就以优异的成绩结束了特工训练，熟练地掌握了这门职业所必备的专业技术知识。别尔津也在等待时机，选择机会，准备将她派往德国。

派遣前夕，别尔津又再次单独接见了奥丽佳。首先，他向她祝贺，并对她取得的优异成绩表示满意。同时，他还特别嘱咐她说：

"到德国后，您不仅要尽快适应德国的生活方式，而且还要尽快进入德国电影演艺圈，提高知名度，打入上层社会。为提高知名度，在进入电影演艺圈后，任何情况下千万不要拒绝色情影片，如果需要，甚至可以演妓女。"

最后，别尔津告诉奥丽佳，她到德国后，他就会派人员同她接头，并让她接受接头人的领导与安排。

就这样，肩负重任的奥丽佳准备潜伏德国去执行上司交给她的神圣使命。

叛逃德国

1923 年夏，苏联应德国文化艺术部门的邀请，派出曾获列宁勋章和劳动红旗勋章的莫斯科高尔基模范艺术学院的演员，赴德国巡回演出。自然，演员中有该院最优秀的演员米哈依尔·契诃夫和其妻子天才艺术家和演员奥丽佳。

这次巡回演出大获成功，所到之处备受称赞，艺术团整天沉浸在喜悦之中。但是，谁也没有想到，在演出即将结束返回苏联的前夕，米哈依尔·契诃夫同其美丽的妻子奥丽佳却离开了剧团，跑到德国要求政治避难，整个剧团像炸了锅。他们声称尽管他们在苏联有很高的地位和声誉，但是因为政治原因，他们还是要出逃苏联。奥丽佳甚至对记者说：她仇恨布尔什维克领导下的政府，并愤怒地谴责列宁所制定的一系列对内对外政策。他们这种行动很快就获得了德国人的同情，德国政府也以最快的速度作出了反应，同意他们留在德国的要求。

在德国，奥丽佳想当电影演员的理想很快得到实现。她如愿以偿地成了一名名副其实的电影演员。由于她本身所具备的优越条件，加之她受过莫斯科高尔基艺术学院中艺术家的多年熏陶，因而刚一涉足德国电影界的奥丽佳，就获得了极大的成功，并给一些主要的电影导演留下了深刻印象。她牢记别尔津的教导，为了提高知名度，从不拒绝表演机会，并乐意演任何角色。很快，她所拍的《贞节女人》、《爱情神话》和《白色的疯狂》等几部影片受到影评界的高度重视和一致好评。此后，她的大幅美人照也广泛地被报刊刊登出来，并被陈列在商场的橱窗里。霎时，奥丽佳这颗新影星红极一时，风靡全德国，并登上了影后的宝座，成为影迷疯狂崇拜的偶像。就这样，奥丽佳将自己深植于德国这块土地上，为她今后从事情报工作，迈出了坚实可喜的第一步。

在奥丽佳的名字变得家喻户晓的同时，她的谍报工作也干得同样出色。在定居柏林的几个月里，她不仅与别尔津派来的人接上了头，而且经上司的介绍，她又结识了三个年轻的同伙。他们都是以冒名顶替潜入德国的苏联外国军事情报处人员。后来，他们都相继混入了柏林的军事学院，并以优异成绩毕业后被德军总参谋部所录用。由于他们的工作能力超群，精力充沛，深得上司的青睐，在总参谋部平步青云。在这种情况下，自然希特勒再也没有什么军事秘密能瞒得住别尔津所领导的外国军事情报处了。而这些重要情报就是通过奥丽佳的手交给报务员，发往莫斯科总部的。

　　但是，幸运的奥丽佳也并非一切都满意。正当她在电影界大出风头，并在情报工作取得巨大进展，大显身手之时，一件不幸的事降临到这位幸运儿的头上。

　　原来，自到柏林后，奥丽佳与丈夫好景不长，不久感情发生了危机。然而，这事是真的出于两个人感情不和，还是别尔津的有意安排，外界一无所知，也许永远是一个无法解开的谜。几年后，这对小夫妻竟离了婚。米哈依尔离开奥丽佳后，从柏林来到拉脱维亚首府里加，仍然从事他的演艺工作。

元首厚爱

　　离婚后的奥丽佳非但没有受到任何损失，反而行动更为自由，无拘无束。她的触角也很快伸向希特勒的最高领导层。在一次有上层人物参加的舞会上，奥丽佳偶然结识了党卫军首领鲍尔曼。鲍尔曼不仅屠杀成性，而且对女人，尤其是对漂亮女人有着如痴如狂的浓厚兴趣。这次与奥丽佳偶然相遇，竟成了她走上间谍之路的光辉起点。

　　很快，她就与希特勒的这位亲信，担任要职的党卫军首领打得火热。鲍尔曼被这位美丽的电影演员所深深吸引，一见便神魂颠倒，真有相见恨晚之感。他为了讨好主子希特勒，随后还决定将这位著名演员介绍给他。

　　一天，鲍尔曼在汇报完工作之后，见希特勒当时的心情不错，便饶有兴趣地与希特勒谈起了女人。他说："元首，您应该结识一下风靡全德国的名演员奥丽佳。"

希特勒与奥丽佳

　　希特勒看他一眼问道："为什么？"

　　"那可是从俄罗斯来的一位少有的大美人儿。"

　　希特勒听完鲍尔曼的回答后，用古怪的声调，满腹狐疑地说："我有必要结识一位斯拉夫女人，而且还是一位俄罗斯的女人吗？"

　　"亲爱的元首，太有必要了，只要我带来，您一见到她，您就会知道我为什么将她介绍给您了。"

　　"好吧，鲍尔曼，这次我就听你的，把她带来让我瞧瞧。"

"是，元首。"

正如鲍尔曼所料到的那样，希特勒一看到这位长着深蓝色大眼睛，有着几乎完美身材的漂亮女人时，竟情不自禁地叫起来：

"鲍尔曼，你骗我，对于各民族人类特点，我是颇有研究与独特见解的，俄罗斯妇女身体长得肥胖，而且颧骨又高，而这位美人不可能是俄罗斯人，她显然是一位纯雅利安人。只有我们雅利安人才是优秀民族，才会生出如此漂亮的女人来。"

就这样，奥丽佳从此受到希特勒的垂青，如果有些时日没见到她，他就会想念她，这位女明星已深植于元首的脑海深处。当她去法国进行巡回演出，然后又去美国访问演出时，希特勒不停地打听她的情况。

奥丽佳并不以认识希特勒为满足，她决定深入这位元首的家庭。这样，不仅可以获得许多核心情报，还可以避开盖世太保的监视。很快，她就和希特勒的情人爱娃交上了朋友。她们一起出入剧院、展览会和博物馆，还一起到意大利和法国去度假，久而久之，奥丽佳竟成了希特勒家里的"自己人"。她不仅和爱娃的关系密切，情同姐妹，和希特勒的姐姐、私人医生和速记员也混得挺熟。这时的希特勒已非常喜欢奥丽佳了，甚至发展到允许她去遛自己的爱犬。

奥丽佳受到希特勒如此喜爱，无疑是她在谍报事业上取得的辉煌成绩。就算抛开其他不谈，光希特勒本身的情况就是她取之不尽的情报源泉，他的一举一动都是苏联最高领导层所要了解和掌握的。

为了发展和巩固与希特勒的这种特殊友谊，并进一步扩大自己的影响和知名度，奥丽佳在得知他曾经是个三流画家，并以卖画来维持生计的情况后，决定举办一个个人画展。展品对于她来讲问题不大，因为她曾攻读过这一专业，而且还有较深的造诣。经过有关方面的精心策划与组织，她的个人作品竟在柏林最著名的画廊隆重展出。画展场面很大，规模空前。应邀前来参加开幕式的人员更是让人咋舌，不仅有柏林著名的艺术家，而且还有权倾一时的纳粹党党徒戈培尔、海德里希、希姆莱等政府、安全情报各部门的首脑。更让人惊叹的是连希特勒本人都事先收到了邀请信。开始，许多人认为这位元首是不会出席奥丽佳的个人画展的，然而，出乎所有人意料的是：当画展开幕时，希特勒不仅盛装出现在展厅，还让随行副官带来了一大束白玫瑰。开幕式后，希特勒饶有兴趣地观看了奥丽佳展出的所有绘画作品，并获得了这位元首的好评。他祝贺她的画展取得巨大成功，为此还向她献上了那束带来的白玫瑰。

两周后，奥丽佳又应邀对希特勒进行了回访。希特勒与爱娃设家宴盛情招待了她。自然，这种宴会家庭气氛是十分浓厚的。分手时，希特勒还特意送给奥丽佳一本十分漂亮的精装自传书《我的奋斗》。

受到希特勒如此厚爱，不要说对一个在德国的俄罗斯女演员是不可思议的，就是德国的纯雅利安人又有几人呢？自然，这事很快在柏林的政界和艺术界传开了，人们已对奥丽佳刮目相看了。

辉煌成就

奥丽佳利用自己的合法身份和优越条件，接近希特勒及上层党魁，为苏联外国军事情报处搜集了许多重要的核心情报，使自己的间谍生涯逐步走向光辉的顶点，成为第二次世界大战前后最杰出、最有名的女间谍。在她的一生中所获重要核心情报有：

一、在第二次世界大战前夕，当苏联情报机关和最高统帅部需要对希特勒统治德国后的战争决策作出评估时，奥丽佳详细地写出了对希特勒的评价材料，为战略决策作出了重要贡献。

奥丽佳举办个人画展不久，就应邀来到拉脱维亚首府里加的俄罗斯戏院演出。在那儿，她秘密与苏联情报部门的一个领导人格利维茨基接上了头。这位领导人当时交给她的任务是进一步与希特勒和纳粹高级领导人接近，从中获取有关情报。同时还告诉她，所获情报都送到柏林一家卖高档衣服的时装精品店，并从那儿接受上级的指令，时装店的女老板叫玛尔塔。

奥丽佳从里加返回柏林后，经常去这家高档时装精品店买服装，这儿也符合她的身份，自然不会引起人们的怀疑。奇怪的是她从没与该店的女老板玛尔塔见面。然而，她在一次例行光顾这家时装店时，玛尔塔太太却一反常规地走到她的跟前，轻声说："请你对希特勒作出全面的书面评价。你怎么认为的就怎么写，一定要客观。这一情报对莫斯科很重要。"

领受任务的奥丽佳明白，莫斯科总部与最高统帅部搜集这一情报的目的完全是为作出战争估评和制定战略决策所必需的，事关重大。于是，她立刻着手竭尽全力去完成此项重要任务。经过较长时间的周密观察和仔细研究推敲，她写出了一份评价希特勒的重要材料：

"希特勒的理想充满了虚伪，以至于不切实际。他准备彻底改变世界，消灭人类一半人口……希特勒有许多事是很难让人理解的，他经常去停尸房，一边狂笑，一边看尸体。他蔑视一切，其中也包括女人……"

这份对希特勒经长期观察的第一手翔实报告，无疑对苏联决策者在大战前夕，正确认识希特勒，正确评估战争，正确制定战略决策和计划起到了不可磨灭的作用。

二、准确地预报了苏德战争爆发的时间。20世纪30年代末到40年代初，奥丽佳曾多次向苏联最高统帅部上报了苏德战争爆发的时间。

在纳粹德国战争狂人刚开始制订全面进攻苏联的作战计划时，从日本拍片返回柏林的奥丽佳很快就获悉了此情，并向莫斯科情报机关发出了这一重要情报：

"德国最高统帅部已下令作好同苏联开战的巴巴罗萨计划，并积极着手准备，战争日期不早于1941年3月。"

当德国法西斯因准备不足而推迟计划时，奥丽佳又很快将另一份有关苏德战争即将爆发的情报发往莫斯科：

"巴巴罗萨计划因准备工作尚未完成，因而推迟至 1941 年 5 月 15 日。"

1941 年 4 月 21 日，奥丽佳应邀参加希特勒的生日庆祝会。就在这次生日庆祝会上，她获悉了有关苏德战争的更准确的情报。庆祝会刚一结束，焦虑不安的奥丽佳竟不顾个人安危，直接驱车前往玛尔塔的时装店，并破例径直走进她的办公室。很快，一份十万火急的密电即有关苏德战争爆发的准确时间的情报发往莫斯科总部：

"紧急情报，十万火急。从准确渠道获悉，希特勒已批准巴巴罗萨计划于 1941 年 6 月 22 日执行，并将在苏德边境全线开始发起攻击的军事行动时间从 3 时 30 分提前到 3 时。"

事后证明，苏德战争如期准时爆发。如果苏联最高统帅部能够充分重视，并能运用奥丽佳以及从其他渠道所获取的此类预警情报，认真做好战争准备，也许战争的进程不会如此，苏联也不会在战争初期如此一败涂地，损失极其惨重。

三、获取了大量有价值的军事情报。20 世纪 30 年代末，奥丽佳获取的最重要情报是德国法西斯航空工业部门的确切生产能力。她发出的情报称：

"至 1938 年年底，德国的 219 家飞机制造工厂，每天可以生产出 70 到 80 架军用飞机。"

这一情报不仅引起了当时每天只能生产 15 架飞机的苏联军方的高度重视。而且，还引起了斯大林的高度重视。在他的秘书波斯克列贝舍夫将这一情报向参加军政会议的将军们汇报时，斯大林当即给总理沙胡林下达指令，必须每天生产 90 到 100 架飞机，从而促进了苏联航空事业的发展，为最后打败希特勒法西斯作出了巨大的贡献。

苏德战争爆发前夕，奥丽佳又准确获取了战争初期德国空军的作战原则和战略攻击目标。她在一份发往莫斯科总部的重要情报中称：

"遵照希特勒的计划，苏德战争爆发后，德国空军将集中力量攻击苏联西部铁路枢纽、顿河流域的发电厂、莫斯科的航空企业、克拉科夫附近的空军基地等。"

1941 年秋，苏军统帅部因没有充分发挥苏德战争早期预警情报的作用，导致对战争的准备不足。因此，德军在苏联边境发起全线攻击时，苏联连遭败绩，全线溃退，约 100 万军人被德军俘获。他们遭到德国人的极大侮辱。一天晚上，希特勒约见奥丽佳，多次询问她对这些日子的所见所闻有何看法。她忍住极大悲愤，并化悲恸为力量积极从事间谍活动，搜集了许多重要的军事情报。半夜，她从希特勒的官邸返回住处后，立即将所获的重要军政情报发往莫斯科总部：

"目前德军正向莫斯科方向扩充兵力……德军在向莫斯科推进中，现已将坦克的 75%，全部兵力的 50% 布置在这条战线上。"

"据可靠消息称：日本政府不打算在远东做出针对苏军的军事行动。对此，希特勒怒不可遏。"

这些重要情报，对苏联统帅部调集东部战略预备队，全力投入莫斯科保卫战，打败德国法西斯起到了至关重要的作用。

奥丽佳所搜集到的重要情报数不胜数，上述所引用的只不过是其中最具代表、最典型的例子而已。从这些情报中，就足以看出她所搜集的情报是何等重要，何等的核心和价值连城，无法估量。半个世纪过后，人们称赞她是"战争史上最杰出的间谍之一"，这是毫不为过的。

正因为奥丽佳有如此巨大贡献，因而，她不仅长期受到苏联谍报机关的重视和爱护，而且他们不失时机地给她必要的奖励。一次，在她去日本拍片途经苏联时，被苏联情报机构的首脑专门请到莫斯科。在那儿，他们除奖励她的功绩外，还授予她上尉军衔，以资鼓励。

更让人称奇的是，奥丽佳在希特勒身边从事间谍活动十几年，所获情报价值无法估量，但丝毫没有引起生性多疑的希特勒本人及其他任何党徒的怀疑，而所获取的情报既可靠又核心，而且不必承担任何风险，这在谍报史上不得不让人称奇。50 年以后，当她的间谍生涯被公开披露以后，人们才得以知道她充分利用了自身的优势，不仅把自己塑造成为一位风靡德国的影坛明星，而且还将自己造就为谍报史上隐蔽最深、最杰出的奇才。

可靠渠道

奥丽佳所获重要情报的方法是其他间谍所无法采取的。她的情报绝大多数都是在社交场合出自希特勒本人及高层党徒和家人之口，出自从前线返回柏林的高级将领之口。因此，这些情报都具有最直接的战略战役价值。

有时，奥丽佳还能抓住机会，利用希特勒对她的信任，亲临其境去套取情报或传达口信。例如，在斯大林格勒保卫战正激烈进行时，德国统帅部以德军坦克正在攻入该城为由，举办了一次招待会。事前，希特勒邀请奥丽佳陪同他参加这次招待会。当德国对外情报工作机关的间谍头目希姆莱到场向希特勒表示祝贺时，他就请自己的这位爱将坐在他和奥丽佳的中间，并开始询问起俘虏斯大林长子雅可夫的情况。希特勒问道：

"他是否同意与我们合作？"

"没有任何可能！"希姆莱肯定地答道。

"这该死的家伙为什么这么固执呢？"

"元首，请让我来试试看，也许我和他谈谈，有办法让他改变想法。"奥丽佳不失时机地说道。

"好吧，也许我们男人办不到的事，让女人去办会更好些。希姆莱，你安排一下，陪同我们的女明星去见见斯大林的这位大公子如何？"

"是，亲爱的元首。"

事后，奥丽佳和希姆莱一起驱车来到关押雅可夫的集中营。雅可夫中尉并不因为奥丽佳的到来而改变立场，他仍然坚定不移。自然，奥丽佳也并不是为了改变雅可夫的立场而来，她是为了完成总部交给自己的重要任务而来。于是，她悄悄地告诉这位坚强的中尉：他的妻子罗莎和孩子都很好，并及时地向他转达了他父亲对他的问候：

"他为有你这样的儿子而骄傲，并为你的获释做了一切。我们一定会设法救你的。"

24 小时之后，斯大林便收到了奥丽佳上报的有关雅可夫详细情况的第一手材料，当晚，斯大林就在这份密电上作了明确批示：

"准备两支伞兵部队，几架运输机……"

其实，奥丽佳所获重要情报的绝大多数是来自纳粹德国的高层党徒及其家属之口。受到第三帝国元首垂青的奥丽佳，不仅与其情人爱娃有着特殊的关系，而且与戈林元帅的夫人、戈培尔夫人等也有着亲密无间的关系。这些太太与夫人，可出入任何上流社会的社交场所，十分广泛而又方便地同不同领域的法西斯高级官员接触。每当这时，这些多嘴多舌的官太太们和喜欢出入社交场所的高级官员们，就为她提供了大量及时可靠的核心情报。因此，奥丽佳只要应邀出席这类招待会，她必满载而归。返回家后，她都要仔细回忆所听到的一切有用的内容，并运用自己所学的专业间谍知识，把重要而有价值的东西进行系统整理，及时发往莫斯科总部。

奥丽佳所搜集到的具体战役战术情报，主要是从前线返回的将领们口中得到的。在德军进攻斯大林格勒前夕的一个晚上，剧院里突然来了一位从前线回来的国防军上将。他盛情邀请奥丽佳参加为他回来举办的宴会。宴会上，将军们十分高兴，个个喝得酩酊大醉，说话也毫无顾忌，保密规定早已丢到九霄云外了，什么军事秘密都谈，这次奥丽佳又获大丰收。

宴会散后，奥丽佳一回到家，立刻进行回忆整理。第二天，苏联情报机关就收到了德国保卢斯集团军正开往斯大林格勒的重要情报。电文中不放过任何细节，尤其对军队士气、装备、给养等情况反映得十分详细。与此同时，她发回了一份德国正在加紧赶制"V-2"火箭的重要情报。

长期以来，奥丽佳所获的一切情报，都送往柏林的一家卖高档衣服的精品时装店。为了不引起人们的怀疑，避免不必要的麻烦，她本人很少与时装店的玛尔塔会面。联络人玛尔塔收到奥丽佳的情报后，再转给秘密信使送往瑞士，再通过代号为"棋手"的苏联间谍负责人斯达布兰·姆拉奇科夫斯基所领导的"罗兰"谍报电台发往莫斯科，其情报的传递和上报渠道十分畅通和安全。

幸运女间谍

奥丽佳在自己近 20 年的间谍生涯中，总的来说是十分幸运的。但中间也遇到过一些大大小小的麻烦和挫折。然而，每次困难和危险都被组织和她个人克服了、战胜了，都是有惊无险。

奥丽佳在获得了第三帝国领袖们的垂青之后，在 20 世纪 30 年代初，曾一度失宠过，而且，还差一点就断送了一切。此事引起的原因是她滥用自己的名声救了一位犹太电影导演。纳粹党的首脑对其特别不满。此后，他们不但不再邀请她出席上流社会的招待会，而且其行动自由也受到了很大的限制，只允许她在剧院里演出。为此，奥丽佳的日子开始不好过。到后来，她甚至要靠变卖东西来维持生计。

苏联情报机关在得知此事后，为了不失去这个隐藏得很深的重要间谍，除了立刻给她寄钱外，还想方设法帮助她恢复名声。一方面，派出官员告诫她，无论德国国内发生什么冲突都不要介入，应尽力去做一个遵守德国官方制度的人。另一方面，经总部安排，她与一些制片商签约前往欧洲去拍摄电影。这事对奥丽佳来讲是很容易办到的，因为，她的第二个丈夫是一位年轻而又文雅的电影制片人，许多欧洲影片中都有他的劳动成果。

这以后，奥丽佳不仅慢慢地回到了她曾熟悉的圈子里，而且主管文化和宣传的纳粹党首脑戈培尔又重邀"国家演员"奥丽佳登台演戏，投拍电影。从此，她重新获得了第三帝国领袖们的厚爱。

1939年，发生的一桩间谍案，再次强烈地刺激了奥丽佳的精神世界，使她刻骨难忘。这年年初，纳粹党的秘密警察盖世太保在柏林破获了波兰人索斯诺夫斯基所领导的庞大间谍网。这个间谍网的人员几乎遍及德国所有的军政部门。有两个被索斯诺夫斯基利用的痴情少女，不遗余力地为他从德军统帅部和国防部里搞到大量惊人的核心情报。

对索斯诺夫斯基间谍案的审理持续了一个月，这个间谍网中的大多数人都被处以死刑。尤其是索斯诺夫斯基本人和那两个痴情少女死得最惨。奥丽佳忍受不了这种场面，顿时晕了过去。她的精神世界受到极大的打击，一想起此情此景，她就害怕，浑身起鸡皮疙瘩。为此，她还害了一场大病。幸好，苏联情报机关及时采取措施，让她到瑞士接受疗养和治疗，经过两个多月的精神和身体医治，她才得以恢复正常，重新开始工作。

在奥丽佳的间谍生涯中，还遇到过一件十分尴尬的事。1941年，德国决定拍摄一部描写第一次世界大战中该国著名女间谍玛塔·哈丽的电影。对这部电影希特勒也十分重视，亲自提名推荐奥丽佳来扮演玛塔·哈丽的角色。尽管她很不情愿去扮演这位德国著名女间谍，但她简直找不出任何推辞的理由。尤其是在希特勒亲自推荐以后，更无法推诿。

应该说，奥丽佳比起哈丽来是十分幸运的。她们两人有许多共同点：同为漂亮的女人，同为红极一时的演员，又同是间谍。然而，她们的命运和结果是大不相同的：玛塔·哈丽的间谍身份暴露后，被法国政府送上断头台，而奥丽佳却有一个好的结果，她功德圆满，过着优裕的生活，直到81岁时才寿终正寝。她在世时，从未向世人吐露自己的秘密。

1945年3月，奥丽佳间谍生涯中遇到的一次最危险的情况，是她的身份被暴露，若不是她与希特勒和爱娃有着特殊的关系，希姆莱几乎要了她的命。

3月的一个晚上，一件任何人都意想不到的事发生了，盟军飞机轰炸柏林时，竟把精品时装店的玛尔塔太太炸成了致命伤。这位太太在临终时向牧师忏悔说："我是苏联女情报人员的联络人。"

牧师听到此情后，立即让人给她注射了一剂强心针，并大声地对她嚷道："那位苏联女情报员是谁？"

"她……她是……女演员……奥丽佳。"

奄奄一息的玛尔塔太太断断续续地说完就咽了气。

牧师获悉此情后，急忙找到主管情报与安全的党卫军首脑希姆莱，把事情的前因后果统统告诉了他。希姆莱听到此事后大吃一惊，立即决定逮捕奥丽佳。

一大早，希姆莱亲自率领党卫军乘着 8 辆 "奔驰" 和 "沃尔沃" 车杀向奥丽佳的私人住宅。一路上他做着美梦，一定要从她嘴里了解苏联红军进攻柏林的计划来挽救摇摇欲坠的法西斯政权。

可是，当希姆莱到达奥丽佳的私人住宅时，一件意想不到的事把他的计划全部打乱了。他撞进去以后，只见奥丽佳与希特勒和爱娃正在一起兴致勃勃地玩耍。在这种情况下，希姆莱知道绝不能打扰元首的雅兴。于是他只好知趣地溜走了。

等奥丽佳送走希特勒和爱娃后，盟军的飞机又飞临柏林上空进行猛烈轰炸。她趁希姆莱惊慌失措无暇顾及时，驾车急忙逃到马格堡附近的一个村庄隐蔽起来。

在这次盟军飞机的大轰炸中，奥丽佳在柏林的房子、剧院全被炸成一片废墟。这事又帮了她的大忙，希姆莱确信她已被炸死无疑。因而，彻底放弃了对她的追查，才使她躲过了盖世太保的密探。

功德圆满

1945 年夏，苏联红军首先攻进柏林。6 月，一辆苏军吉普车停在奥丽佳当时暂时栖身的农户附近，从车上走下 3 名苏联军官。他们径直走向奥丽佳。经短暂交谈后，他们就把她带走了。接着，他们对她进行审查。奥丽佳将人所共知的有关情况供认出来，其他的则闭口不谈。于是，他们决定把她送回莫斯科作全面审查。

7 月的一天，天气相当好，风和日丽。而破败不堪的柏林火车站却挤满了人。因为，德国投降后的第一辆开往莫斯科的旅客列车，今天要从这儿开出。

突然，一辆美式军用吉普车 "威力斯" 开进车站站台，不断地按着喇叭，缓缓穿过人群，径直驶向最后一节车厢。当车停稳后，只见从车上走下 3 名苏联军官和穿着时髦衣服的奥丽佳。当这伙人登上这节包厢后，列车便立即开动了。

到达莫斯科后，奥丽佳被送到郊外的一个秘密别墅。在那儿，她一次次地被提审。但她所招供的情况和在柏林的一样。幸亏贝利亚知道她的身份，才幸免于难。几天后，决定她今后命运的时刻到了。

一个深夜，奥丽佳被带到了斯大林的办公室，这晚对于她来说，真是生死攸关的时刻。在她来这儿之前，曾听说过苏联间谍机构的所有知名谍报人员都要走过斯大林这间放有一张擦得锃光瓦亮的大桌子的办公室。他们的命运只有到了这儿，才能得到最后答案。据说，以前走过这儿的知名间谍有的被派往列夫尔沃区，有的被流放到西伯利亚，有的被处决……而等待奥丽佳的命运又是什么呢？

奥丽佳走进办公室就看到：坐在办公桌后面的有斯大林、贝利亚、莫洛托夫和谢洛夫等大人物。她刚站定，就听到斯大林问其他人：

"你们看，我们该怎么处置这位太太呢？"

奥丽佳一听到"怎么处置"这几个字，不禁打了一个寒战。她想到自己为苏联出生入死，获取了大量重要的核心情报，为反法西斯战争，保卫苏维埃政府作出了杰出贡献，竟得不到丝毫的敬意，反而要"处置"自己，真是寒心。室内没有人作出反应，片刻，在其他人没有回答之前，又听到斯大林说：

"她在德国做了大量工作，帮了我们很大的忙。"

贝利亚说："我们应该奖励她。"

"对，要给予她奖励。贝利亚这事就交给你去办吧。"

"是。"

到这时，奥丽佳提到嗓子眼的心终于放了下来。

从斯大林的办公室走出来之后，有人向奥丽佳建议，她应回到祖国来，成为苏联公民，这样她就可以享受设备齐全的住房和过着优裕的生活。然而，她不想留在苏联，仍然愿意回到西德她自己的住所。她的要求不仅意外地获得了贝利亚的批准，还给了她一大笔奖金，她真没想到自己如此幸运。

奥丽佳离开苏联返回西德后，在好几个城市住过。自然，她仍然从事着演员工作，只不过这时她已改头换面不再叫奥丽佳了。至于她的真实经历，除苏联少数人物知道外，还有东柏林几个上层人物知道。战后的西德人全被蒙在鼓里，对她从事间谍的经历一无所知。

1960年，在奥丽佳62岁时，她才离开了舞台，来到汉堡附近。后来，她拿出自己的积蓄，在那儿办了一个小型化妆品工厂。

1979年，奥丽佳81岁时，因病逝世。

"月亮女神"与密码

辛西娅，即为"月亮女神"之意。它是第二次世界大战中英国的一个女间谍的代号。这个女间谍不仅名扬四海，而且被列为20世纪世界六大间谍之一。她为盟国，尤其是为英国立下了巨大的功勋，作出了难以估量的贡献。有人甚至认为她起到了改变第二次世界大战进程的作用。尽管这种说法有失偏颇，但她在获取德国"恩尼格玛"加密机，窃取意大利和法国维希政府的密码上所作的贡献，是无与伦比的。而且，正是她的这些贡献，才使英国的布莱特莱庄园攻克了所有轴心国的密码，使英国走进了获取情报的汪洋大海，开发出丰富的情报矿藏，从而加速了第二次世界大战的进程，使无数善良的生灵免遭涂炭。

《密码破译者》一书的作者，美国密码协会及纽约密码协会两组织的前主席戴威·卡恩在谈到辛西娅对英国密码破译的作用时，曾高度赞扬说：

辛西娅

"英国某些最重要的通信系统情报，无论如何不是来自沉默寡言的密码分析员的冥思苦想，而是来自一个英国秘密情报员的具有爆炸性的特殊魅力。她打开了不少男人的心，使英国走进了浩瀚的情报宝库。尽管她全力地以各种手段去搞情报，并能精确地报上去。她所提供的原情报，对英国，甚至对整个战争有多么重要，她自己肯定也不清楚。她只是不由自主地以极大的热情进入了这一激动人心的间谍角色。"

这清楚地说明，辛西娅所作出的巨大贡献不是那些具体的情报，而是交给了英国打开情报宝库的钥匙。正是她为英国找到了情报源，发现了可供英国开采情报的金矿，使之取之不尽、用之不竭。这种贡献有谁能比得上呢？

同时，从卡恩的赞扬中，我们还可发现，辛西娅取得密码情报的方法是靠那种女性所具有的"爆炸性的特殊魅力"，靠"打开不少男人的心"。所以，有人说，辛西娅的巨大成就和她的传奇故事，都源于纯粹的性享乐的追求和对冒险、刺激的爱好。这话一点儿都不假。

与众不同的贝蒂

1910 年 11 月 22 日，辛西娅出生在美国尼苏达州的明尼阿波利斯城，原名叫艾米·伊丽莎白·索普，爱称又叫贝蒂。她父亲乔治·赛勒斯·索普少校是一个海军陆战队的军官。第一次世界大战期间，他们全家住在古巴。贝蒂就是在那儿长大成人的。尽管当时她总是沉默寡言，但她很快学会了西班牙语，熟悉了淳朴的西班牙风土人情，以及惊心动魄的斗牛场面，这一切都给她留下了美好的印象，这就导致了她日后对西班牙的巨大热情。后来，她家搬到了华盛顿。1921 年又随父亲来到夏威夷。她父亲那时是珍珠港的海军陆战部的指挥官。

也许是随父亲在世界各地生活，涉猎广泛，也许是父亲性格的遗传，贝蒂从小既聪明好学，又调皮捣蛋，喜欢干冒险、刺激的事，显露出天不怕地不怕，敢作敢为的大胆而不同凡响的性格。

贝蒂年龄不大，但却早早地成熟了。她 14 岁时曾被人勾引，而且深陷情网。家里人，特别是贝蒂的母亲对这个未成年的小姑娘很不放心。于是，让她姐姐陪伴她到瑞士的日内瓦精修学校去学习。这是一所专门培养青年女子进入社交界所需知识和能力的学校。毕业后，她由姐姐带着周游了欧洲。返回华盛顿后她又进了马萨诸塞州韦尔斯利的达纳·霍尔学校。在那儿，她系统地学习了各种知识，并取得了优异的成绩。

中学毕业时贝蒂才十几岁。但从她的身材和容貌看，已成长得极为丰满。在精神情感的成熟方面，也远远地超出同龄少女。这时贝蒂不仅已成为一位惊人漂亮的女郎，而且经过专门培训的她，也已成为一个有主见、风度高雅的姑娘。当身材苗条，金发闪光，眼睛妩媚的贝蒂一进入社交圈，就吸引了众多的追求者，尤其是她那双眼睛，往往使男人们看一眼就心醉。她的一位崇拜者在形容她的那双大眼睛时说："像荡漾在一泓清澈的白兰地里绿色的美酒。"

另一位追逐她的英国外交官说她的眼神是挑战性的，"总是在鼓励别人去同她一起干某种事，不论是打马球，还是深更半夜出去野餐，或是和她一起上床"。

然而，在贝蒂情窦初开，如饥似渴地强烈需要男性青年的时候，在各种国籍，不同肤色的人种中，有千万个漂亮而潇洒的帅小伙可供她选择，但出人意料的是她竟看中了英国驻美国大使馆商务处的二等秘书亚瑟·帕克。这又是一个她与众不同之处。帕克比她大 20 多岁，而且还在一次大战中受过伤，健康还有些问题。据说，他们是在离她家不远的"美人鱼酒家"相识的。当时，喝了两杯啤酒的贝蒂正要交款时，发现钱包被人偷了，急得她快要哭起来了。恰巧也去交款的帕克问清情况后，便替她交了款。一场危机就这样被化解了，她对他感激不尽。从此开始了交往。贝蒂认为帕克比其他小伙子更老成，更通情达理。她很想找一个足以让自己依赖的丈夫。这样，帕克就自然而然地打动了她的芳心。在当时，这叫许多人不可思议。然而，更让人不可思议的是，他们于 1930 年 4 月 29 日结了婚，当时贝蒂还不到 20 岁，原因是她已怀上了他的孩子。

婚后不久，贝蒂便移居英国。很快，她就发现这种婚姻是不合适的，在生活中不断发生激烈的争吵，起因是孩子。开始，帕克坚持要她去做人工流产，但她坚持不肯做，他就千方百计地怂恿她去骑马及从事大运动量的体育活动，以引起小产。

1930 年 10 月 2 日，当他们的孩子出世后，帕克又坚持要对此事保密。因为婚前不正当的男女关系，可能会毁掉他的前程。贝蒂只好心碎欲裂地将儿子送给他人抚养，以后就失去了联系。

这事对刚满 20 岁的贝蒂精神打击很大。她与帕克的感情从此产生了永久的裂痕，并最后导致了他们的离异。正是从这以后，她产生了一生都不曾改变的对男人的偏见：女人对于男人，几乎只是性的对象；那么男人对于她，不也应该只作为性的对象而已吗？于是，她便开始从一连串的情人中寻求慰藉。尽管这些风流韵事让大多数人反感，但她还是不能自控。

1931 年，帕克调到南美洲的智利任商务专员。贝蒂随他来到圣地亚哥后，一次偶然的机会，她认识了一个富有的智利人，并通过玩马球成为他的情人。

这些并不能说明贝蒂是见一个爱一个，而只是许多男人实在禁不住她的挑逗和诱惑。也就是在这时，贝蒂引起了英国谍报机关的注意。他们有些人开始细心跟踪观察她，看她是否有做谍报工作的才能。有人说，贝蒂在西班牙就开始参加秘密情报工作。但确切地说，她那时只是在协助英国情报机构工作，而只有到了波兰后，她才成为地地道道的秘密女间谍。

初窃密码机

1936 年西班牙爆发了内战，贝蒂便已开始协助英国情报机关，积极参与秘密情报工作。这时，她的丈夫帕克正好要准备调往华沙任职。然而，在去波兰之前的短暂时间内，她经过多方努力，利用各种手段打通关系，又神奇般地把被捕入狱的西班牙情人安东尼奥及其他飞行人员，从监狱里解救出来。

1937 年夏，帕克调往波兰任职，她随同丈夫来到华沙。抵达此地后，她才真正开始了间谍生涯，被英国秘密情报机关正式招募，代号叫"辛西娅"。她的任务是利用在上层的社交活动，尽全力搜集情报。

这时，纳粹德国的扩军备战已经进入高潮，英国紧张地注视着希特勒的动向。紧邻德国的波兰，很明显将是希特勒的首要目标。而且，波兰又是夹在德、苏两大强国中间的缓冲地带，自然就成了这两大强国谍报人员活动的热点。所以，从波兰的动向中将会搞到有关德国和苏联的很有价值的情报。

由于辛西娅善于进行广泛的社交活动，因而很快就成为波兰外交部一些有身份、有地位的年轻人的宠儿。他们低三下四地向她大献殷勤，围着她团团转，有问必答。就这样，她十分顺利地获得了一些情报。当她把这些情报送给英国军情六局时，该局驻华沙的情报负责人除了给予高度评价外，同时还指示她："这样的情报要尽量搜集，多多益善。"

　　这个时期，英国在波兰的情报工作特别弱，因此，无论辛西娅获得的情报价值大小，都备受欢迎。上级不但要求她事事小心，绝对保密，而且，就是对她的丈夫也应绝对不能暴露自己的身份和工作性质。这事对于她来说只不过是小菜一碟儿。因为，她是一个特别细心和善于周旋的女人。对于这种冒险而又神秘的间谍活动，与辛西娅的个性十分吻合。她以极高的热情投入其中。

　　当时，德国已经成功地研制出了"恩尼格玛"加密机。这是一种线内式加密机。它首先将输入的明文信息转换成为一种难懂的扰频，然后再用一种以点和划表示字母，并利用灯光或无线电发报机发出的莫尔斯电码发送出去。波兰人首先从华沙邮局德国邮袋的档案中，看到了德国商界买来了商用"恩尼格玛"加密机的原机。不久，波兰破译人员则研制出了"恩尼格玛"的模拟机，几乎与德国所用的这种加密机相差无几。

　　1938年9月，年轻的波兰破译人员向参加法、英、波兰第一次密码工作会议的英国密码破译工作负责人丹尼斯顿中校谈到了破译"恩尼格玛"加密机的情况。但是有很大的保留，省略了真正的进展和穿孔制卡机的研制。毫无

密码机

研究成果的英国，自然对其仍一无所知。然而，这事难不倒英国人。他们的谍报机关不仅引起了对这种加密机的高度注意，而且还决定窃取这样一部样机，并将这一任务下达给了辛西娅。她一接到任务，就以极大的热情投入了这场新的冒险活动中。

　　很快，辛西娅便使波兰外交部长约瑟夫·贝克上校的机要副官迪卡尔坠入了她布置的情网。她事后对自己的传记作者说：

　　"我一听说他的职务就拼命勾引他，即使他长得像撒旦我也会这样干。但是让我高兴的是情况并非如此。"

　　辛西娅真是很幸运，迪卡尔不仅是一个非常称心如意的情郎，而且他的重要之处在于他得到贝克上校的绝对信任，经常到德国和捷克斯洛伐克执行秘密任务，并且能够接触各式各样的机密、绝密文件。辛西娅运用她的女性优势，弄得这位副官神魂颠倒，心甘情愿地把一些机密文件从贝克的办公室拿出来给她，复制后再送回去。

　　一次，辛西娅竟意想不到地看到迪卡尔副官为她偷来了德国"恩尼格玛"加密机的详图。小伙子十分兴奋地对她悄悄说：

　　"亲爱的，德国的这种加密机是当今世界最先进的自动加密机器。它加密的电文，还没有哪个国家能破译。我们时时需要了解这个强大邻国的打算。总参谋部第二局密码破译处为了加快破译过程，已经成功仿制了这种复杂的设备。贝克上校对此事也很感兴趣，这就是他要来研究的"恩尼格玛"加密机的详图，相信你看后，一定会很高兴。"

　　毫无疑问，对迪卡尔副官这种行动，辛西娅自然给了他需要的特殊酬劳，并将这一详图拍照后，迅速送到了英国。

1939年年初，她又将一架最先进的"恩尼格玛"加密机搞到手，送到华沙英国大使馆，交给了密码破译负责人丹尼斯顿中校。这一切，简直使英国秘密情报局吃惊得有点难以置信。

"起初，我们简直不能相信自己的眼睛。"丹尼斯顿中校谈起当时的情景时，情不自禁地说。因为，他从波兰返回英国后，便集中了布莱特莱庄园一大批密码破译专家，建立起庞大的专门破译班子，用尽了各种办法，东一点西一点地搜集有关情况，然而，没有获得有效成果。而这时，辛西娅送来的详图和样机，无疑是他们最意想不到的成果。它在某种程度上为破译这种最高最先进的密码机提供了物质基础。

有了"恩尼格玛"加密机的样品，要达成破译尽管容易多了，但离真正破译它还有遥远的路途要走。首先，要对它的加密方法、原理等进行全面还原，这绝不是一朝一夕就能做到的事。其次，最关键的是要设法弄到这种加密机的密钥。这一艰巨的重任又毫无疑问地落到辛西娅的身上。

没过多久，辛西娅确信她可以从迪卡尔副官那儿获得这种密钥。因为，她已知道，迪卡尔副官又担起一项新的任务，不但负责"恩尼格玛"加密机的保护，而且，他总是夜宿机要室，只要她能进入其中，密钥就很容易到手。

这之后，有很长一段时间辛西娅和迪卡尔副官形影不离。因为，当时她的丈夫正在外地养病。这是否是英国秘密情报局的计谋不得而知。这样一来，竟使波兰人几乎没有想到她是英国人的妻子，甚至没有想到她曾结过婚。人们都认为迪卡尔副官交了桃花运，他将有一位如花似玉的妻子。

然而，辛西娅却不这么想，她有她的打算。在处理他们两人之间的关系问题上，她表现得特别冷静和理智，几乎做到了恰到好处。一方面，她竭力勾引迪卡尔，与他一起参加舞会，出入酒吧与夜总会，像一个痴情而又天真的少女，完全沉湎于初恋之中。另一方面，在条件成熟之前，绝不轻易与他发生性关系，以便使自己对他保持足够的神秘感和巨大的诱惑力。

终于，迪卡尔副官禁不住辛西娅的诱惑，把她带到机要室，有时竟到深更半夜。当然，辛西娅也就有机会拿到不少重要的机密文件，复制后再送回去。这使英国秘密情报局认识到：她是个有着令人难以置信的才能的间谍。

当辛西娅了解到迪卡尔只喝人头马白兰地时，一次，她嘲弄地对他说：

"这种酒是女人才喜欢喝的，真正的男子汉都喝威士忌。威士忌才是力量的象征。亲爱的，我希望我的心上人是个真正的男子汉。"

辛西娅说话的语气，和她的目光具有不可抗拒的挑逗性。迪卡尔在她的唆使下，从食品柜中拿出一瓶威士忌。

"亲爱的，来，为您永驻的美貌和我们永恒的友谊干杯！"

迪卡尔说着，高举起盛满威士忌的酒杯，激情地与辛西娅一碰，不知怎么，他的手哆嗦了一下，酒杯掉在地上碎了。

忽然，她的灵感来了，喝了足足一大口威士忌含在嘴里，然后捧起他的脖子，嘴对嘴地给他喂酒。

就这样，一瓶威士忌很快从辛西娅的嘴里，顺利地流进了迪卡尔的胃里。看来，现在他确实是醉了。于是，她娇滴滴地说：

"亲爱的，我不喜欢这个像监狱一样的地方。咱们找个旅馆快活一下多好呀！"

"不，那……那可不行！这是机要重地，我……我必须……守在这里，这是……我的……任务。"

"你说谎，你骗人。我知道你是舍不得花钱。"

"不，宝贝，我……我不会……骗您。"

迪卡尔说着，摇摇晃晃地扑向辛西娅。她机灵地一闪，躲开了，并嗲声嗲气地说：

"我不信，难道对于你还有什么比我更重要！"

激动的迪卡尔借着酒劲，一下子从衣袋里掏出钥匙，东倒西歪地走到保密柜前把它打开，从里面拿出一沓密码本对辛西娅说：

"你……你看看，这……就是我……我的命根子。丢……丢了它，我的小命……就……就保不住了。"

就在这时，辛西娅惊喜地发现，那沓密码本上的封皮上醒目地写着"德国国防军密钥"几个大字。她再也无法控制自己的情绪，这日久以来想要的东西不就在眼前吗？千万别错过机会。在他还没来得及锁住保密柜前，她激动万分地扑上去，紧紧地抱住迪卡尔，亲吻着他。此时，她呼吸急促，眼里闪着水汪汪的泪光对他说："迪卡尔，我爱你。"

"我……我也爱你……宝贝。"

迪卡尔含混不清地附和着，随后，他便瘫倒在她的怀里不省人事了。

辛西娅十分顺利地完成了任务。第二天，一卷拍摄下来的"德国国防军密钥"的微型胶卷，火速地送到英国布莱特莱庄园丹尼斯顿海军中校的手中。英国布莱特莱庄园的密码破译专家在谈到他们看到辛西娅送来密钥的情景时，是这样描述的：

"这正是我们关于'恩尼格玛'的情报整个链条中所缺的一环。你知道，搞到'恩尼格玛'加密机的秘密本身就是一项重大的间谍活动，参与其事的有很多人、很多部门——秘密情报局、海军情报局、作战部等，而在这时，辛西娅带来了最意想不到的成果。"

不久，英国布莱特莱庄园的密码破译人员就破解了"恩尼格玛"加密机。从此以后，德国国防军再也没有什么密可保了。每天成千上万份密码电报源源不断地被破译出来，送到各要员和前线指挥官的手中。这时，战争的主动权完全由英国和盟军掌握了，从而加速了夺取第二次世界大战的胜利进程。

巧取意大利海军密码

辛西娅一进入间谍生涯就取得如此巨大而辉煌的成绩，使英国秘密情报机构对她刮目相看。他们断定她是一个天才的间谍，可胜任更重要、更艰巨的谍报任务。尤其是英国安全协调局的情报头子威廉·斯蒂芬森，更是对她佩服得五体投地。

　　为此，英国秘密情报局为了掩盖辛西娅为英国从事谍报工作，使她能安全从华沙撤离，便搞了一个假象来迷惑人们。他们散布谣言，说她在华沙正通过迪卡尔副官的渠道送情报给波兰人，而迪卡尔正好又是波兰亲纳粹的一伙。涉嫌如此之大，她的撤离也就在情理之中，人们也容易理解和接受。但辛西娅本人对此却一无所知，对于离开华沙非常恼火，认为这是她平时所讨厌的那位英国驻波兰大使夫人与她争风吃醋所使用的离间计。

　　经过英国秘密情报部门的幕后安排，帕克被派到智利，这是一个受德国影响较大的国家。英国情报局认为，能说一口流利西班牙语的辛西娅，到该国定能发挥更大作用。但英国安全协调局的头子斯蒂芬森却有一个更长远而又周密的计划，决定将她派到美国去，在那个更为广阔、相对自由的环境里大显身手，充分发挥其对付敌国和中立国外交官的才能。为此，他让她去当一名记者，出名后好迁往美国。

　　辛西娅在智利首都安顿下来后，便以记者的身份露面，为一家当地的报纸撰写文章。这对于她来讲，也是一件轻而易举的事。因为，她10岁时就曾写过小说，有文学天赋，再加上她那迷人的姿色和高超的交际手段，很快她就实现了斯蒂芬森的预想，成了一个名记者。另外，辛西娅还有一个十分有利的条件是：迄今为止，除英国外，在任何国家的情报档案里从未有记载过她有什么间谍的嫌疑字眼。

　　英国情报机构在关键时刻，总是把辛西娅安排到最需要的地方去发挥作用。1940年，她又回到了美国，在华盛顿的上流社会居住区用她的真实姓名进行活动。同时，她还向人们明白无误地表示出她已经与丈夫彻底分手了。在她离开他时，留下了一封自控不忠的信，如果他愿意的话，他可以借此离婚。

　　英国安全协调局为辛西娅在华盛顿的乔治城租了一栋红色的两层楼房，这便是后来被人们称为传奇式的"红房间"寓所。正是在这所红房间里，她早晚要把她那些崇拜者们诱入情网。

　　当时，斯蒂芬森向辛西娅下达的第一个任务是：想尽一切办法，一定要完成猎取意大利海军密码的任务，以便破译其密码，获取大量情报，为英国海军更有效地在地中海对意大利海军作战提供情报保障。

　　然而事有凑巧，第一个被诱入这张情网的竟是辛西娅的老相好，时任意大利驻华盛顿大使馆武官处的海军武官艾伯特·莱斯上将。他们早在西班牙期间，就相知相交。这一次，他们又在"她飞奔俱乐部"门口不期而遇。这真是一种缘分。莱斯一看到她眼睛一亮问道：

　　"您怎么到美国来了？"

　　"随波逐流呗。"

　　于是，辛西娅十分随便地给他讲述了一通流浪史，其中没有几句是真话。故知重交，加上几句知心话，一下就把旧情给激活了。一切进展得十分顺利，让人们始料不及。

　　莱斯是一位中年男子，行伍出身，身体十分健康，精力也很充沛。他对海军武官工作的日常琐碎事情有些不耐烦，因而总想什么时候顺便找个外遇。为此，他不时来到"她飞奔俱乐部"去寻找点刺激。这次巧遇辛西娅，正好给他提供了这种机会。很快，他便成了她的感情奴隶，甚至为此可以不惜牺牲他的事业以及生命。

通过一段时期的交往，辛西娅发现这位意大利海军上将对墨索里尼与希特勒搞在一起有明显的抵触情绪，他倒希望意大利从轴心国的桎梏中解脱出来。同时，她也知道他家里人多，手头较紧。于是，在他们两人一次交谈中，她向他暗示自己在美国情报局有朋友，如果他不反对的话，他们可以合伙做一笔生意。这是一次不小的冒险，但比直接暴露她为英国人工作有利。

"这么说，您需要我的帮助了。"

莱斯一听就感兴趣。因为，他正在寻找一条挽救他的祖国声誉的特殊渠道，而这个渠道只能从当时还处于中立状态的美国去寻求。

"谢谢您，如果您不感到为难的话能不能……当然，您放心，我绝不会亏待您的。"

他们一拍即合。当晚，莱斯便兴高采烈地住进了辛西娅的红房间里。与此同时，意大利海军的密码本以及将电文译成密码用的密码表，也马上被影印复制出来，并被紧急送往英国的布莱特莱庄园的密码破译人员手中。

辛西娅又为英国建立了奇功异勋。她所获取的意大利密码这一巨大成果，在地中海战场取得了快得惊人的效果：

1941年3月28日，英国皇家海军在地中海的作战中，取得了巨大胜利。意大利的海军舰队在希腊马塔潘海角被他们打垮，坎宁安海军上将指挥的英国舰队，击毁了意大利的"阜姆号"、"波拉号"和"扎拉号"三艘巡洋舰。事后，英国首相丘吉尔在谈到此次海上战役胜利的重大意义和原因时说：

"此战清除了在关键时刻对地中海东部英国海军制海权的一切挑战。它之所以能取得胜利，在很大程度上是因为英国顺利地破译了意大利海军的密码电报，从而获取了大量意大利海军的核心情报，使我们能够准确地调兵遣将，伏兵设阵。"

这就清楚地说明，由于辛西娅窃取意大利海军密码的巨大贡献，才使得这次海战取得了惊人的辉煌胜利。

下一步如何对付莱斯，这又被提到辛西娅的议事日程。很显然，莱斯不会提供比密码情报更重要的情报了，他的油水不多、潜力也不大，英国再也不需要他了。而且，如果他继续留在华盛顿的话，在许多方面可能会给辛西娅带来麻烦，或招致更大的危险，所以必须让他尽快离开美国。

具有讽刺意味的是辛西娅利用莱斯自己搬起石头砸自己的脚：她用他给她的情报，将莱斯驱逐出华盛顿。

莱斯上将曾告诉辛西娅：德国和意大利准备在美国采取联合破坏行动，将停泊在西雅图等港口的美国船只炸沉。辛西娅把这一情况上报给英国政府秘密情报局，该局又将此情转告了美国联邦调查局，联邦调查局又马上报告国务院。国务院得知此情后，立即宣布莱斯上将为不受欢迎的人，并被立即驱逐华盛顿，而返回罗马城。

更让人笑破肚皮的是辛西娅到港口去为他送行时，他们除挥泪告别外，莱斯上将还把向辛西娅提供密码情报的另一名意大利武官处官员的住址告诉了她，这足以证明莱斯对这个女人爱到何等程度。

智取法国密码

　　英国安全协调局对辛西娅在意大利驻美国大使馆巧妙窃取密码的情况非常满意，并给予了很高的评价。与此同时，为了更有效地打击希特勒在法国的傀儡政权维希的反动军事力量，他们又拟向她下达新的任务：让她同样施展其绝招，获取法国维希政府驻华盛顿大使馆的密码机密。这个冒险计划自然要比勾引意大利莱斯上将困难得多、危险得多。因为一切都要从零开始，不仅要寻找新的有用目标，而且最好能"猎取"一个接触法国大使馆的高层人物。

　　为此，1941年5月的一天，英国安全协调局的头面人物斯蒂芬森亲自来到华盛顿辛西娅的住宅，对她进行再次考查。经过一个下午的交谈，尽管他没有暴露自己的身份，但辛西娅已猜到了他是谁。而他更坚定了以前的认识，辛西娅是一个具有惊人素质的间谍天才。最后，他向她下达任务说：

　　"目前，法国维希傀儡政权已心甘情愿充当希特勒的帮凶，他们尝到了国土被别人占领的滋味，同时也想让英国尝尝。为此，他们的驻美大使馆正在想尽一切办法，阻止美国参战。为达到这一目的，他们的行动方法除了宣传、破坏外，还可能搞暗杀。请千万要当心，要特别注意他们。因为你也是他们暗杀的对象。"

　　"接的是什么任务？"辛西娅急切地想听到新的任务究竟是什么。

　　"你一定要千方百计获取法国维希大使馆与欧洲之间的一切来往函电、密报和密码。其中，最重要而又迫切需要的是密码、密钥和乱数。"

　　"还有吗？"

　　"完了，我也该走了。请珍重。祝你顺利成功。"

　　斯蒂芬森戴上帽子、手套，同辛西娅握手后，头也不回地径直走了。

　　辛西娅送走上司之后，想到这次任务是让她打入法国维希政府驻美大使馆，去获取以密码为重点的机密情报。危险实在太大了，弄不好，他们安插在大使馆的秘密警察就会要了自己的小命。看来这事只能智取，不能强攻。为此，事先得做好充分的准备，选好突破口才能下手。

　　经过周密调查和详细分析之后，辛西娅决定先不从众目睽睽的华盛顿下手，而从外围开始，先从纽约下手。因为，在纽约住着一个嫁给了一位德国伯爵的智利老朋友和一名当了维希法国商人太太的英国妇女。经探望后，从她们那里，她对法国维希政府驻美国大使馆自大使以下的人事情况有了一个比较全面的了解：大使加斯顿·亨利在和一个已婚妇女私通，而且不喜欢美国政界人士，尤其不喜欢美国国务卿科德尔·赫尔。于是辛西娅说：

　　"我是新闻记者，他们谁管新闻事务呀？"

　　"你问他呀，是一个可令女人着魔的人。他叫查里斯·布鲁斯，过去曾是德国海军里一名战斗机驾驶员，上尉军衔。他忠于维希，却不喜欢德国人。"

辛西娅的智利老朋友向她介绍完后，她已经拿定主意，突破口就选在新闻处，主攻对象自然是布鲁斯，而不是大使。但她首先必定得采访大使，又必须得通过新闻专员联系，才能得到允许。她和布鲁斯联系好后，约定了采访时间。

为了这次至关紧要的会见，辛西娅进行了精心修饰。尽管漂亮潇洒，但衣着却很素雅。她知道，法国男人是很注意女人对衣着的品位的。她准时来到法国大使馆。

这是一座独立的花园式邸宅。头一个接待她的就是这个确实使女人着魔的新闻专员布鲁斯。他40来岁，英俊漂亮。接过辛西娅的护照后，他上下打量着她：一个30岁左右的成熟女人，处在黄金时期，不但相貌美丽，而且衣着十分得体。一件绿色弹力大开领连衣裙，使她的脖子和前胸恰到好处地暴露着，同时也充分显示了她颀长、丰满的身段及各部位的线条。尤其是那金色的长发披在肩上，像夕阳下的绿色草地上奔腾的一条欢快的小河，热情而富有活力。他仔仔细细地打量了一番，被她的美貌和气质所折服。

在大使到来之前，辛西娅同布鲁斯聊了好长一段时间。他们谈得很投机，也很投缘。好像早就是老朋友了，尤其是布鲁斯，在她面前，无话不谈。他说，他曾是海军里的一名飞行员，以及在短短的战时服役期间所被授予的称号。还说他曾结过3次婚，这表明他精通女人之道，并专心致志于追求美丽的女性。他俩一见倾心。布鲁斯还不厌其烦地指点她如何同大使打交道。辛西娅想，终于要上钩了，他已在替她打算了。

辛西娅在向大使采访时，布鲁斯也在一旁陪同，不断地向她点头，表示赞许她态度的得体。采访结束后，他送她到门口，吻着她的手说：

"您说想帮助法国，是真的吗？"

"真的，可是我需要您的合作。"辛西娅用一双大眼睛深情地盯着布鲁斯说。

"愿意为您效劳，从您的眼睛里我看得出，我们一定会合作得很好的。"

第二天，布鲁斯就送给辛西娅一束红玫瑰，并热情地邀请她共进午餐。几小时的接触之后，他就被带到辛西娅的住处。布鲁斯迫不及待，辛西娅也丝毫没有推辞之意。于是，他们便开始了一段长长的热恋期。对辛西娅来说，这次不仅仅是间谍事业的需要，也是一种真正的享受。布鲁斯不愧为一个情场老手，精通床上功夫。相比之下，她感到以前的爱情经历，特别是床上生活真是黯然失色。而布鲁斯和她在一起，更觉得满足、有趣和刺激。他们有着相同的爱好，喜欢美酒佳肴，寻欢作乐，又都感情奔放、机智幽默。

正当辛西娅和布鲁斯热恋的时候，有一天，法国大使突然派人来找布鲁斯，通知他要精简法国在华盛顿的工作人员，他必须返回法国。布鲁斯一听，首先是感到吃惊，接着对让他回国提出抗议。后来，大使总算作了让步，说如果他想留下的话，则只能发半薪。而半薪对布鲁斯这样一个喜欢社交、花钱大方、养活妻小的人来说，是远远不够的。于是，他找辛西娅商量对策。他认为唯一的解决办法是辛西娅同他一块回法国。辛西娅答应说让她好好考虑一下。

而实际上，辛西娅要请示英国安全协调局的负责人斯蒂芬森，提出怎么能把布鲁斯留下来。起初，这位负责人不同意，认为她在爱情上陷得太深。辛西娅颇为委屈地说：

"我当然喜欢布鲁斯，可更重要的是能在维希使馆内打开缺口，能给我们提供情报，搞到密码，除了他还有谁呢？"

最后，斯蒂芬森终于同意辛西娅的建议，留下布鲁斯，钱不成问题，由他们给。但辛西娅应向他表明她是联邦调查局的工作人员。

几天以后，在布鲁斯和辛西娅一阵热烈做爱之后。她向他摊牌，当布鲁斯听说能把他留在华盛顿，钱不成问题，并接过辛西娅递过的薪金时，立即表示：

"好，为了您，为了钱，我听您的。"

一天，布鲁斯突然在办公桌上看到法国海军部长古尔朗海军上将发来的一份密件副本，要求他搜集在美国船坞停泊维修的英国舰和商船的情报。对于为德国海军办事，他非常气愤。因而，晚上他就带着它和武官处的其他几份复电去找辛西娅。复电称：

"英国的'击退号'在费城，巡洋舰'马来亚号'在纽约，航空母舰'辉煌号'在弗吉尼亚州诺福克的船坞上检修等。"

辛西娅对布鲁斯这么快就作出反应，尽管有点出乎意料，但她更兴奋。比起以前的那些情人，他们只是一群色狼，一些有生命的性机器，而布鲁斯确实是条汉子。后来，她嫁给了他，不能说与此并无关系。

此后，凡是辛西娅感兴趣的，布鲁斯尽量搜集，如信函、电报、文件，以及大使会见了谁，陆海军武官做了些什么等。他干得非常出色，而且效率也高。结果，他成了一个最勤奋的情报提供者，她的宝贝。

1941年年底，斯蒂芬森在纽约与辛西娅紧急会面，向她下达了新的任务：

"丘吉尔首相为了让英国海军夺取法国维希海军控制下的马达加斯加岛，以免使该岛沦为日本的潜艇基地。同时，为了尽早在法国维希政权控制下的阿尔及利亚、摩洛哥等北非登陆，顺利地执行'火炬计划'，急需搞到法国维希政府海军使用的密码。"

最后，这位情报头子认为，为了辛西娅的安全起见，她应该搬迁到布鲁斯和他妻子住的沃德曼公园旅馆。这样，可避免他们两人频繁而有规律的接触被人发现。对辛西娅的搬迁，布鲁斯欣喜若狂。但不久，当她要他帮她窃取维希政权的海军密码时，他却生气地说：

"你的老板一定是个疯子。亲爱的，你知道吗？密码本有厚厚的好几本，只有大使和译电员两个人知道保险柜的密码，我连涉足密码室的权利和机会都没有，怎么能搞到密码呢？"

"那么，译电员是谁？"

"贝努瓦，一个几周后就要退休的老头。接替他的人是德·L伯爵。"

"很好，只要你协助我，一切事就好办了。"

"怎么协助？"

"到时我会告诉你的。"

这之后，辛西娅和布鲁斯共同合作，在贝努瓦退休后，立即又用计除掉了德·L伯爵，铲除了窃取密码的最大威胁。危难之中见真情，辛西娅不仅感谢布鲁斯，而且更加信任他。布鲁斯也把命运与辛西娅拴在了一起，生死与共。为此，他只能拼命帮助她完成任务。

辛西娅与布鲁斯最后商议，唯一的办法就是夜入使馆，撬开保险柜盗出密码。英国安全协调局的头目斯蒂芬森同意他们的计划，并派来了一个擅长撬保险柜的专家，外号叫"盗贼乔治亚"。

为保险起见，辛西娅又说服布鲁斯找借口进入机要室，弄清保险柜的位置和型号。布鲁斯找借口进入了机要室，但该室的工作人员只让他待了几分钟。当他返回向乔治亚描述保险柜的大致情况时，这位专家说只需要一个小时左右的时间，便可把保险柜打开。

第二天，布鲁斯告诉大使馆的警卫，他有一堆积压的工作需要加几个夜班，还有一位女友要陪他在一起。他悄悄地对警卫说：

"我不能带她去旅馆，那样我妻子会怀疑的，明白吗？你可千万要替我保密，不许对任何人讲。"

这位警卫很感谢上尉把秘密告诉了他。为此，他额外得到了一笔丰厚的小费。

此后，连着几天晚上，布鲁斯都带着辛西娅去大使馆，警卫也就司空见惯。他们一边在办公室里幽会，一边看着手表，记录警卫每巡视一次时间间隔多久。不长不短，刚好一小时。这对于撬开保险柜来说是无论如何都不够的，必须设法让他睡上一觉才行。

一天晚上，警卫又准时巡视到办公室，看到布鲁斯和辛西娅正在喝香槟酒。

"今天是我们初次见面的纪念日。来，你也与我们喝一杯！"

警卫开始推说不会喝，后来在布鲁斯的再三邀请下喝了几杯。但他无论如何没有想到，辛西娅在他喝的第一杯香槟酒中就下了速效安眠药，足足让他睡了5个小时。

乔治亚被放进了大使馆，但花了很长时间才把保密柜的门打开。原因是布鲁斯因观察时间短，提供的情况不太准确。眼看时间快到了，他只好在纸上记下打开保密柜暗锁的密码，让他们两人以后自己去开。但他们却没有打开保险柜，必须将乔治亚第二次请进来。但这次再也不能用安眠药来对付警卫了，必须另想办法。

这天晚上，布鲁斯与辛西娅照常又来到大使馆，在办公室门口的客厅沙发上聊天。当警卫又要准时来到时辛西娅急忙对布鲁斯说："快脱衣服，亲爱的！"

俩人随即关了灯，一丝不挂在长沙发上紧紧地抱在一起。警卫来到时，用电筒照了一下室内，看到这种情景，忙结结巴巴地道着歉退了出去。此后，就再也没来打扰他们。

乔治亚进来了，他只用了几秒钟就打开了保险柜。他们从布鲁斯的办公室窗户处把密码本递给了等候的安全协调局人员，再送到一辆汽车里一页页地拍下来。三台照相机同时工作，用了将近一个小时的时间才拍完。后来又被送回来，按原样放进了保密柜。这时，辛西娅与布鲁斯如释重负，一颗悬着的心终于放下来。

这一招自然很灵也很绝，密码本被窃，而法国人却被蒙在鼓里，全然不知，他们还以为自己的密码本万无一失呢。被窃取的密码本，很快又被送到布莱特莱庄园的密码破译人员手中。他们利用这些密码本译出了所有维希政府海军的密码电报。从此，法国维希政府海军的密码本，对英国以及其间接地对美国都是无价之宝，其海军再也逃不出同盟国的视线了，他们对法国维希政府海军的活动了如指掌。

辛西娅利用各种手段不仅搞到了维希政府的密码本，而且还搞到了该国驻华盛顿大使馆几乎所有的明文收发的电报抄件。从而使英国能破译截获的有关电缆电报，无线电电报以及舰队信号密码。这对英国乃至盟国获得战争的主动权，夺取最后胜利起了十分重要的作用。

美军在北非登陆后，与法国维希政府断交，法国使馆人员被扣留在宾夕法尼亚州赫尔希的一家旅馆。布鲁斯也没逃出这一厄运。

1944 年夏，辛西娅获准与获释的布鲁斯一起去西班牙的里斯本。1945 年 11 月 3 日，她的前夫，当时在英国驻阿根廷大使馆供职的亚瑟·帕克自杀身亡。恰巧这时，布鲁斯也与妻子离婚。1946 年，这对情人终于结婚。

后来，辛西娅和布鲁斯又回到法国南部，在一座具有中世纪浪漫色彩的城堡中定居下来，过了十几年幸福美满的生活。不幸很快就降临到他们的头上。由于辛西娅大量地吸烟，1963 年 10 月她死于口腔癌。10 年以后，布鲁斯却面目全非地被烧死在电热毯上。

辛西娅在从事间谍生涯中，以自己美丽的容貌去勾引外交官，从而窃取了德国的"恩尼格玛"密码机、意大利的海军密码和法国维希政府的大使馆密码。欧洲主要轴心国的密码她几乎都窃取到了，使英国与盟国打开了他们的情报宝库，从中获得了巨大的利益，加速了战争的进程，拯救了千千万万的盟军官兵的生命。她在间谍生涯对英国谍报机构以及整个战争所做的一切，功劳有多大，也许在她离开这个世界前也没搞清楚。

佐尔格的高徒索妮娅

古人云："名师出高徒。"这话一点儿也不假。

1930 年，苏军总参情报部（格鲁乌）的著名间谍佐尔格曾发展过一名女间谍，收为弟子。后来，这位女间谍在间谍生涯中游刃有余，功绩卓著，一点儿也不亚于佐尔格，甚至有过之而无不及。这个女间谍的真实姓名叫露思·库克津斯基。其化名不少，而她最著名的名字还是佐尔格给她起的代号"索妮娅"。一提起索妮娅，经历过第二次世界大战，凡知道一点谍报史的无人不知，无人不晓。后来，一直到她去世，人们只知索妮娅，而几乎忘了她的真实姓名。

索妮娅确实是一位间谍之星，她曾在中国的上海、沈阳、北平，瑞士的日内瓦，英国的伦敦，以及波兰的坦泽、华沙等地方从事过间谍活动，是第二次世界大战前后最活跃、最杰出、最卓有成效的女间谍之一。她无论到哪儿，都能出色地完成任务，因而，在她的间谍生涯中，曾获得两枚格鲁乌授予的红旗勋章和一枚反法西斯战士奖章，并被授予中校军衔。这对于一个女间谍来讲，不能不让人称奇。然而，更让人称奇的是这个女间谍在从事谍报活动过程中，传奇般地几

佐尔格

乎没遇到过什么危险，战后竟又回到她的出生地德国，住在梅克伦堡州距波罗的海不远的地方，过着优裕而幸福的晚年生活。

1977 年，索妮娅将自己的传奇经历写成回忆录《索妮娅的自述》一书，竟成了畅销书，共印了 40 万册，同时还上了电视。为此，她又一次成为名人，一时间成为人们谈论的焦点。

佐尔格的女门徒

1907 年，索妮娅出生于柏林，她的父母都是犹太人，而且都是知识分子，父亲名叫雷内·库克津斯基。他不仅是一位著名的经济学家、大学教授，而且是一位"左"翼人物，但不是共产党员。她的母亲是一位艺术家。出生于这种家庭，其生活是相当富裕的。在西柏林郊区的一个湖边别墅里，父母把她们兄妹 6 人抚养成人。

1934 年，在德国仇视犹太人伊始，索妮娅的父母带领全家从柏林逃到英格兰，并在伦敦牛津大学任教。1935 年，她的哥哥和妹妹也来到英国定居。

索妮娅从小不仅长得十分漂亮，而且生性乖巧、聪明伶俐，更是深得父母喜爱。由于从孩提时代开始，就受到父亲"左倾"思想的影响，因而她的思想一直比较激进。在她还是一个十几岁的孩子时，就到柏林郊区的森林里学习使用左轮手枪进行射击。她对第一次世界大战前后德国人民的大规模失业情况感到非常气愤。不仅如此，早在 20 世纪 20 年代初期，当年轻的苏维埃政权刚成立不久，索妮娅当时是一位年轻的姑娘，她就十分同情苏联，并参加过柏林工人组织的庆祝十月革命节的盛大游行活动。1925 年，18 岁的她加入了德国共产党，决定把自己的一生献给共产主义事业。

不久，索妮娅就爱上了一个"左倾"建筑师，他的名字叫鲁道夫·汉伯格。1930 年，她的丈夫在中国找到一份工作，即在上海的英国市政会当建筑师。从此，他们就从德国来到中国上海谋生。

索妮娅从小就过着富裕的生活，当她到上海看到中国如此贫穷，她深感震惊。同时，她作为一名共产党员，也为中国共产党所领导的革命而欢欣鼓舞。虽在异国他乡，但献身共产主义的理想使她十分同情中国的革命，她自愿要为中国共产党做一些地下工作。很快，一位来访者帮她实现了这个愿望，从而改变了她的人生道路。

一天傍晚，汉伯格夫妇在寓所的门口迎进了一位高个儿同乡。这位男子一张开朗的脸上已经有几道深深的皱纹，在那浓密的卷发下，一双漂亮迷人的蓝眼睛炯炯有神。他就是后来鼎鼎有名的苏联间谍佐尔格，当时 35 岁。

佐尔格的祖籍是德国，但他本人出生在俄国。当他长大成人后又返回德国，并在那儿当了一名士兵。后来被共产国际情报局招募。接着，他们又把他转给当时的苏联红军第四处（苏联的军事情报机构，即后来的苏军总参情报部，又称格鲁乌），成为该处一名军官。

20 世纪 30 年代前后，中国正在进行第二次土地革命战争，蒋介石调集大量军队对弱小的红军进行围剿，内战不断，中国完全处于分裂状态。与此同时，日本开始积极准备侵华战争，并于 1931 年入侵了东北三省，1932 年又发动了对上海的进攻。此时，中国人民处在水深火热之中，被捕的中国共产党人几乎都遭到了处决。面对如此情景，身负苏军情报部门重任的佐尔格要求索妮娅帮助他，为中国人民的革命做些事情。

尽管索妮娅当时已有 7 个月的身孕，但她还是毫不犹豫地答应了佐尔格的要求。佐尔格为慎重起见，又向她讲述了从事间谍活动的责任与危险，尤其向她讲述了从事这项工作有生命危险，随时都有可能被逮捕、杀头。如果她现在拒绝做这项工作还来得及。就这样，索妮娅夫妇被佐尔格吸收为苏军情报机关的间谍，在中国从事地下工作。在以后的日子里，佐尔格对这位女门徒进行间谍的专门训练，并在实际工作中向她传授了许多做秘密工作的方式、方法和技术。索妮娅自从从事这项工作以后，学习很努力，进步也很快，不久就担负起重任，并成为佐尔格培养出来的一名高徒。

出色的交通员

佐尔格发展索妮娅后，开始只让她做交通员的工作，要她提供一间房子作为接头地点。同时，他还和她详细地讨论了如何在她提供的房子里安排同需要见面的同志进行会晤的细节，并明白无误地告诉她，她的任务仅是提供房间，无须参加谈话。

从此以后，索妮娅的家成了联络点，她为佐尔格担任了交通员的角色。佐尔格也开始利用她所提供的房子会晤中国的革命者。第一次，佐尔格在索妮娅提供的房间里，与人会晤进行得很顺利。

初来上海的索妮娅，当时住房条件有限，并无自己单独的寓所，而是住在同乡，即一家德国康采恩的代表家里。尽管这位同乡对她十分友好，但地下工作需要绝对保密，无论是房东、仆人，还是自己的亲人与孩子，都不应该知道来找她的人是谁、做什么事。对此，稍有疏忽，就会招来杀身之祸。尤其是在上海，外国人居住的巡捕房以残忍而出名。只要是间谍嫌疑犯，就往往会遭到他们的毒打致死，有时还残忍地斩首示众。

面对如此险恶的环境，自然要求每一个从事地下工作的革命者都十分小心谨慎。索妮娅在担任佐尔格的交通员期间，却从没出过问题。原因是上帝给了她一个聪明的头脑。为了掩护佐尔格与革命者的会晤，她的点子特别多：有时利用举行酒会的机会招待这些远行归来的朋友，有时利用一楼灯红酒绿，人们纷纷沉浸在舞场之时，她把佐尔格及其要见的人请到二楼交谈秘密事宜。

这样做从短时间看是很不错的，但时间一长，也会引起人们的怀疑，又不免让索妮娅担心起来。为此，她必须想出一个既合情合理，又能掩人耳目的好办法。功夫不负有心人，一次偶然的机会，使她找到了万全之策。那是索妮娅与一位美国商人的妻子在闲聊中得到的启发。那位美国商人的妻子对她说：

"一次，我和丈夫到上海郊区玩，一个农民听说我丈夫在上海住了30年，只学会讲3句中国话时，就说'10年学一句中国话'。中国话是难学。"

"对，学中文，这是一个很好的办法。"索妮娅听完美国商人太太的一番议论之后，脑子里很快就闪过这个念头。

于是，索妮娅向大家说出了学中文的想法。很快，她就在丈夫和亲朋好友的帮助和鼓励下，开始学起中文来。事实证明，这一招真灵，确实是一个很好的办法。自那以后，尤其是佐尔格要见的人，他们都以中文教员的身份来到索妮娅这儿会面，有的堂而皇之地走进来，有的则是看到接头会面暗号后，在夜幕的掩护下前来接头。这些中国革命者无论是白天来，还是晚上来，他们都以索妮娅的中文教员身份作掩护。

这一来，自然佐尔格就能安全地同中国革命者会面了。索妮娅清楚地记得，曾经有一位年轻漂亮的中国姑娘也来过，这位姑娘的父亲是国民党军队的将军，因为她自愿嫁给一名工人，参加了革命而被赶出了家门。佐尔格在索妮娅的住处，除会见中国革命者外，也会见其他国家的革命者，如苏联政委、通晓六国语言的保罗，1944年11月7日，与佐尔格一起在东京被杀害的日本作家尾崎秀实，西班牙内战英雄克莱伯将军……

佐尔格利用索妮娅为其提供的房间，在上海两年的时间里，进行了无数次的接头会晤，从未出过问题。许多中国革命者和外国革命者在这儿躲过了敌人的搜捕，安全脱险。与此同时，佐尔格还把自己的备用电台装在一个小皮箱内，存放在索妮娅的衣柜里。两年里，索妮娅不但出色地完成了交通员的任务，而且主动地帮助他了解和分析舆论情况。

在两年的接触中，索妮娅也发现佐尔格不仅喜欢饮酒，而且喜欢追求女性。英俊潇洒的佐尔格确实很有魅力，为此索妮娅极力控制自己，绝不坠入他的情网。然而，她也不否认，她十分崇拜自己的这位上司和师长。事后，她谈及此事时说：

"我崇拜他，就像一位女学生崇拜一位教师那样。我欣赏他的聪明才智和仪表。但是，我不知道如果他想让我做他的情人时，会是什么样子。"

"索妮娅"这一代号就是佐尔格为她起的，她是他招募训练的，也是他以从事间谍的实际行动带出的一个高徒。索妮娅在以后漫长的间谍生涯中，之所以能出色地完成总部交给的各项任务，都与佐尔格在这一时期对她的言传身教分不开。

1932年12月的一天，正当索妮娅在举办一个"极其令人厌烦"的宴会时，电话突然响了。佐尔格给她打来告别电话，他说：

"索妮娅，我马上要离开这儿，去从事更重要的工作。你要记住，你从事的工作现在仅仅是个开始，今后的道路还长，还有许多工作要做。但无论何时，你都要时刻保持高度的警惕。"

索妮娅听到此消息后两腿发软，只有此时她才真正意识到，她对他是多么依恋。由于她的客人在隔壁房间里等着她，因而她又不得不努力控制自己，不让真实感情流露出来。

自那以后，索妮娅再也没见到佐尔格。战争结束后，当索妮娅翻阅一份杂志时才得知，佐尔格由于犯了间谍罪，于1944年11月7日被日本政府绞死。

女性佼佼者

佐尔格走后不久，索妮娅被召到苏联受训。一到莫斯科，苏联军事情报机关的首脑就告诉她，佐尔格对她的评价极高。尽管如此，他们又对她进行了全面系统的审查。此时，她清楚地知道，这样一来，她的婚姻算完了，而且要长时间同孩子分离，并立誓效忠苏联，过贫穷的日子。这一切都没有动摇她的革命意志和立场。

索妮娅在莫斯科除了接受一般的间谍知识和情报搜集的训练外，重点是进行报务和密码训练。她学习了无线电收发报技术，通信联络的一般程序和方法，呼号、时间、频率的使用和变换，电报的加密和脱密技术，真假报文的鉴别，收发报机的保管、使用和维修，通报过程中的注意事项，紧急危险信号的使用方法，以及在无线电通信中如何躲避敌人的测向定位和搜捕……

结束训练后，总部派索妮娅和里斯特一起到中国沈阳从事地下工作，主要任务是帮助中国共产党所领导的游击队抗日。里斯特是一名老特工，也是她今后的领导。她担任他的报务员。

1934年夏，为避人耳目，索妮娅和里斯特乘了三个星期的火车，从意大利的里亚斯特回到上海。到上海后，她又立即与留在上海的丈夫告别，带着小儿子作掩护来到沈阳，在日本人占领下的东北进行谍报活动。

到达沈阳后，索妮娅和里斯特住进了该市的大和旅社。这家旅社的房费比较便宜。因为他们的身份只是上海一家兼营打字机的小书店的商务代表，不可能住进豪华旅馆。

谁知，索妮娅他们刚住进旅馆就被便衣特务盯上了。为了消除便衣的疑虑，他们在进城办事前，故意漫不经心地把名片、证件和商品说明书放在客房内十分显眼的地方。索妮娅看了一眼心里想：

"来吧，天这么热，省得你们这可怜的密探满头大汗地乱找。"

便衣在没有拿到什么证据后，接着又发生了一件事。一次，索妮娅被日本军方安全官员叫到办公室。开始，这名日本安全官员用英语向她盘问。问着问着，这个日本人冷不防用俄语说："请坐。"

这时，索妮娅如稍一走神而应声坐下，其后果不堪设想。好在她思维敏捷，对此她没作出任何反应，只是茫然地用德语反问："对不起，您说什么？"

日本安全官员的诡计落空了，索妮娅平安无事地返回旅社。

索妮娅原以为上海滩已是贫穷的极限，但一到沈阳后，发现这里更可怕，更加破烂不堪，满目疮痍。此情此景使她不止一次地想起受训时，苏军情报机关领导人对她的嘱托和肩负的重担：

"中国人民正处在水深火热的苦难中，他们是我们的兄弟，我们应该像兄弟那样去帮助他们。"

索妮娅从心底发誓："对，我们一定要帮助那些为了祖国而进行地下斗争的中国爱国者。帮助那些缺乏经验、缺少武器弹药的中国抗日游击队。"

索妮娅深知她和里斯特带去的无线电电台，就是中国爱国者同苏联朋友联络的工具，是由莫尔斯电码的点和划架起的友谊桥梁。

在沈阳，索妮娅按规定每周出来联络两次，通过苏军情报机构设在东部的中继站，向莫斯科总部发出所搜集到的各类情报。发报中由于环境不好，如果遇到严重干扰，往往就要冒更大的风险，重发好几次。这样，就为日本人的无线电测向定位、搜捕提供了充足的时间。但她把这些都抛在脑后，不顾个人安危，按时把类似敌军团部被炸、军列出轨、火车站上敌军被歼、中国游击队越战越勇等情报，准确无误地发往莫斯科苏军情报中心。

正当索妮娅全身心地投入中国人民的抗日事业时，一件不幸的事情发生了。1935年她的丈夫在上海被捕，并被判刑关在监狱中。不久，苏军情报中心电示索妮娅和里斯特：

"速离沈阳去北平……"

到达北平不久，索妮娅又接到了另一项任务，苏军情报总部让她到波兰去，担当反对纳粹德国的间谍。不用说，这是一项非常危险的工作。但她毫无怨言，毫不犹豫地踏上了征途。

在波兰的华沙、坦泽（现名为格坦斯克）索妮娅又卓有成效地从事着间谍活动，十分出色地完成了总部交给她的各项任务。1937年，正当索妮娅全力以赴地在希特勒占领的坦泽进行谍报活动时，她接到总部发来的一份意想不到的电报，总部让她迅速返回莫斯科。至于什么原因，密电中只字未提。

到达莫斯科后，才得知苏军情报机关为奖励索妮娅在以往的谍报活动中所取得的巨大成绩，破格提升她为中校，并且还授予她一枚红旗勋章。这是苏联红军的最高勋章。事后她在回忆录中是这样描述当时的情景和心情的：

"我们这批获奖者被请到克里姆林宫。几分钟后，一位头发花白的老人走进大厅，他就是加里宁。加里宁长时间地紧握我的手，在场的红军官员热烈鼓掌，也许因为我是获奖者中唯一的女性。我只佩戴了一天勋章，这是侦察员的老规矩。"

这枚象征功绩与荣誉的勋章，一直长期地被索妮娅保存着。

发展组织

获奖两天后，索妮娅的手里就已经拿到了新的外国护照，姓名改了，个人经历也变了，她将要带着两个孩子立即去瑞士工作。为了安全起见，自然她不能从苏联直接去瑞士。因为那样，人们会立刻认出这位领着两个孩子的少奶奶，就是两天前在克里姆林宫被授予红旗勋章的苏联侦察英雄。她准备经长途跋涉绕一个大弯再到达瑞士。

在索妮娅离开莫斯科前夕，苏军情报机关的领导再次告诫她：保密、克制、坚毅是侦察员的第二天性。于是，她牢记领导的嘱托，踏上了新的征途。

1938年，索妮娅几经周折，终于来到中立的瑞士，并在日内瓦的蒙特勒山顶上的一幢不大的别墅里安了家。家里有她的两个孩子和一个德国保姆。很快，她就从一个叫维拉的年轻美貌的女间谍那里接管了苏军在瑞士境内谍报网的领导工作。

就在索妮娅接替维拉工作后不久，突然被瑞士安全部的官员叫去。这个安全官员先是东拉西扯，后来他突然单刀直入地说：

"我们已掌握了确切的情报，你使用了莫尔斯发报机，食品店的女服务员听到过。"

索妮娅听完他的问话以后并没有惊慌失措，她立刻想到临行前领导的告诫。她认为食品店的女售货员，根本不可能听到自己在夜里的无线电发报机声。同时，她还立刻想到：这是我给儿子买的玩具发报机，只要一安上电池，就可发出莫尔斯电码声，这小家伙每天早上都要玩。于是，她的脸上竟露出了揶揄倨傲的晒笑，反客为主地问道：

"使那位姑娘芳心不安的发报机随便在哪个玩具店都可买到，要不要我陪您去买？或是现在就请您光临寒舍，亲眼看看我儿子玩的那件'罪证'？"

瑞士安全部的这个官员怎么也没想到这位少奶奶会来这么一手，一时间竟不知如何回答。一场风波瞬间化险为夷。

1938 年 9 月，索妮娅与从英国来的苏联间谍富特接上头，这是总部的有意安排。

艾伦·富特出生于英国约克郡。1937 年西班牙内战期间，他在国际旅的英国营服兵役时，被苏联情报机关招募。1938 年 8 月，他负伤后被从西班牙送回了英国，显然是让他出席 9 月份在伯明翰召开的共产党代表大会。

这之后，富特在伦敦市郊的圣约翰·伍德里的一幢恬静的房子里，会见了一位显然是有些身份的家庭妇女。事后证明，她就是索妮娅的姐姐，她用略带外国口音的语调向他下达命令说：

"你要立即准备动身去日内瓦。在那里，有人会同你接头，并给你进一步的指示。"

接着，她又向富特交代了在瑞士接头的一些细节。她告诉富特，一定要在指定的那天中午站在熙熙攘攘的日内瓦邮政总局外面的台阶上，戴上一条白色围巾，右手再拿一条皮带。当时钟敲响 12 点时，就会有个女人接近他。这个女人左手提一个线织的购物袋，袋里装有绿色包裹，右手拿一只橘子。接头暗号是她将问他皮带是从哪儿买的，然后他要问哪里能买到她手中那样的橘子。她回答说她愿以一个英国便士把橘子卖给他。

富特如期赶到日内瓦，在那儿一个迷人的女人准时与他接头。此女子 30 岁出头，给富特的印象是：体态娇美，两条大腿甚至更好看些，黑色的头发梳得整整齐齐，左手提了一个线袋，内装约定的绿色包裹。过路的人一定认为她是法国领事馆一个下级官员的夫人。他们俩接上头后，就到一家咖啡馆里喝咖啡。这时她告诉富特，她的名字叫索妮娅，并要他以后就这么称呼她。

在以后的几天里，索妮娅和富特又在日内瓦市内不同的公共场所会过面。她询问了他的一些基本情况，但关于她自己的事却什么也没说，看来她对他十分满意，并给他下达了第一个指示：他应以一个旅游者的身份到慕尼黑去，在那里学习德语，尽量广交朋友，并留心多看看、多听听。与此同时，她还交给他 2000 瑞士法郎作为活动经费，让他 3 个月后到洛桑去见她，地点是在市政邮政总局的台阶上。这之前，可以自由活动。

富特本来就善于交际，他到慕尼黑后，不仅德语学得很快，而且结交了不少朋友。最让他开心的是，他在那儿找到了自己的意中人艾格妮思·齐默尔曼，这是一位年轻漂亮的姑娘。然而，更让他意想不到的收获是：他经常去吃饭的一家餐馆的店主，是希特勒在第一次世界大战期间的好朋友。在过去的十五年里，这个纳粹领袖几乎一周之内要去该餐馆两三次。富特经常看见希特勒及其随行人员急急忙忙穿过那熙熙攘攘的饭厅，到后面专为他们保留的房间里吃饭的情景。

在到达慕尼黑的第三个月月末，富特按时应约回到瑞士的洛桑与索妮娅见面，并向她报告了自己在德国的情况，以及希特勒经常去奥斯利亚·巴伐利亚餐馆吃饭的情况，这一切显然是令人十分满意的。索妮娅终于向他说明了他们是为苏联红军总参情报部工作的。

苏军总参情报部的"部长"仔细地审查了索妮娅上报富特的全部材料，并同意接纳他为该部间谍，月薪 150 美元，外加全部合理开销。既然富特已正式成为苏军总参情报部的间谍，他们给他起了一个代号叫"吉姆"，并告诉他万一与索妮娅失去联系，如何同莫斯科总部取得紧急联络的方法。

1939 年年初，索妮娅告诉富特，可能有另外一个间谍去见他。他们两人将奉命去执行一项破坏任务，"部长"将从报纸上对执行的结果进行检查。此外，她还指示他应一如既往地继续工作，并交给他 900 美元，以支付他今后三个月的工资和活动经费。

4 月，富特会见了索妮娅所讲的另外一个间谍。原来此人也是英国人，他在西班牙内战时期认识的一个老朋友，名叫比尔·菲利普，但瑞士警察局则把他叫作利昂·查尔斯·伯顿。其实此人的真实姓名叫莱思·布鲁尔。后来，索妮娅根据总部的指示与他结婚，这是后话了。

事后，富特才得知，原来总部对他报告的关于希特勒在奥斯利亚·巴伐利亚餐馆吃午饭的情况很感兴趣，除了需要更多的有关情报外，同时，领导层中有人指示富特制定一个暗杀德国元首，被称为"希特勒计划"的行动方案。后来，富特在与布鲁尔研究执行这一计划的可行性时发现：如近距离开枪，他们两人在打死希特勒后都无法脱身、必死无疑。此时，他们都没有想当烈士的念头。但是，如果用炸药包炸死希特勒，此方法就很容易成功。但他们让索妮娅提供 1 公斤伪装成公文包的定时炸弹时，她却拿不出来，计划因此被搁置起来。

8 月，富特和布鲁尔俩人又在蒙特勒山顶上索妮娅的小别墅里集会，研究讨论炸掉格拉夫·策佩林飞艇计划。但是，也是因为找不到合适的器材而搁浅。用索妮娅的沙发垫进行放火试验，几度失败后，他们又放弃了这次行动。

8 月 23 日，富特登上了返回德国的火车，准备回慕尼黑。但在开车之前索妮娅出现了。她鉴于战争形势的恶化，英国有可能对德国宣战。如果那样，富特在德国就有可能被捕或拘留。因此，把他留在瑞士会更有利。后来，富特又把布鲁尔从德国召回瑞士。随后，他们两人也在蒙特勒山上距索妮娅的别墅不远处找到一家公寓，并每天按时去她那儿学习间谍业务和无线电收发报技术、电报加密方法等专业知识。

此时，索妮娅除训练他们外，还与总部保持着不间断的联系。每月联络一次，向总部发回政治、经济、军事、外交等方面的情报，同时，还向他们索要经费。

会见雷多

1939 年 12 月，索妮娅又接到总部发来的命令，让她与潜伏在瑞士的另一个间谍小组领导人桑多·亚历克斯·雷多接头，并把她的发报机交给他使用。

雷多是一个匈牙利的地理学家，年轻时就一直在欧洲各地流亡。1935 年 10 月，他在莫斯科时，经一位匈牙利籍的新闻记者介绍，被当时担任苏军总参情报部部长的塞米扬·彼得诺维奇·乌里斯基直接招募为间谍。同年 12 月，他奉命带领全家来到中立国瑞士从事谍报活动。他在日内瓦的塞谢隆区洛桑大街 113 号的一幢大楼的第 5 层找到了一套再好不过的住房，并雇有佣人。就这样，雷多在地理新闻社的掩护下，积极从事间谍活动。

1938 年 4 月的一天，雷多从苏军总参情报部原瑞士境内日内瓦地区负责人柯利亚手中接管了间谍小组。柯利亚告诉他："总部任命你为瑞士地区主任。"

与此同时，柯利亚又将一个叫奥托·庞特（代号帕克博）的间谍小组负责人也介绍给雷多。后来，庞特及其间谍小组也由雷多统一管理。自这以后，他们所搜集的情报逐渐增多。

1939 年，随着欧洲形势的日趋紧张，以及因慕尼黑会议和臭名昭著的"张伯伦绥靖政策"引起的德国对苏台德地区的占领，莫斯科总部要求的东西越来越多。

这年夏季，尽管雷多搜集了许多政治、军事、经济、外交等情报，但因当时已宣布战争开始，瑞士关闭了它的边界。因而，没有无线电电台联络的雷多，原来靠法国全部邮电联系的通路也被切断，无法同莫斯科总部进行联系。12 月有人向雷多的信箱里投放了一封信，信中说，总部的一个代表将于几天后同他会见。

此后不久，就来了一位妇女、高高的个子、头发乌黑、身材纤细、容貌妩媚，身着一件紧身羊毛裙，很有气质，年纪在 35 岁上下。雷多把她引到自己的书房。当只有他们两人时对上暗语后，她笑着说：

"是部长派我同您联系的，我的代号叫'索妮娅'。"

接着，索妮娅把总部的来函交给了雷多。原来，部长想了解雷多最近的情况，如经费够不够，现在搜集情报的难易程度，架设一部电台有什么困难，需要多长时间，以及他是否能通过联络员同在意大利的间谍与总部保持联系等。对此，雷多向索妮娅一一作了回答。

雷多说，地理新闻社仍然在营业。尽管在瑞士关闭了西部边界后，新闻社失去了许多订户和很大一部分收入。但是，它的生意依旧很好，一直在向瑞士、意大利，甚至德国的订户供应地图。他已经搜集了大量有用的情报，还能够通过他自己的间谍和庞特的间谍小组搜集到更多的情报。然而，他一直无法把这些情报发往莫斯科总部，因为他目前没有这种手段。如果通过进出意大利进行联系，既困难又危险。他迫切需要一台自己的无线电收发报机，需要呼号、密码、波长、收发时间表以及经过训练的报务员。因为，他同妻子莱纳对无线电通信联络都是一窍不通。但这一切都需要时间。为此，他建议在电台架起来之前，让他通过索妮娅和她的电台同莫斯科总部保持联系。

索妮娅将雷多的答复情况及时整理出来，向莫斯科总部作了详细汇报。总部收到她的报告后，回电称：部长同意他们的建议。就这样，1940 年 1 月，索妮娅领导的间谍和雷多领导的间谍开始在一起工作，通过同一条渠道向莫斯科上报情报。此时，索妮娅的电台大部分时间都由富特具体操作，同总部进行通信联络。从此，瑞士地区的间谍网在索妮娅的操办下已基本形成。

1940 年 3 月，索妮娅收到部长发来的一封电报，说一个重要间谍将要会见雷多，并给他带来架设无线电通信电台的机器、呼号、波长、通信联络时间表，以及他同总部进行联络的其他具体指示。此人还为他们两个间谍小组带来了活动经费。电报最后告之这个间谍的代号叫"肯特"。

肯特是苏军总参情报部在布鲁塞尔间谍网，即后来被称为"红色车队"谍报网的二号头目。他真的带来了密码本和总部的指示。根据这些指示，雷多将架设起自己的无线电通信电台，直接同莫斯科总部进行联络。为此，肯特又花了许多时间教会了雷多加密和解密技术，以及有关秘密无线电通信电台的通联规则等方面的知识。

当雷多送走肯特后，原本经费紧张的他此时更显紧张。于是，他又通过索妮娅的电台向总部又要了一大笔钱，以使他领导的间谍小组正常运转起来。

招募培训哈梅尔夫妇

随着情报的增多，雷多迫切需要无线电台和报务员，但如何在瑞士找到合适的人呢？这是一个很大的难题。因为，当时在瑞士仍在严格执行关于禁止使用未经批准的电台的法律，无法得到发报机的零配件。为此，雷多决定违反秘密工作规定，冒险寻求瑞士共产党领袖莱昂·尼科尔的帮助。

尼科尔给雷多物色了一对合适的夫妇。这对夫妇男的叫埃德蒙·哈梅尔，女的叫奥尔加，她的这个俄国名字是她的父母为了向 1917 年前逃离沙皇俄国后旅居瑞士的难民表示敬意而起的。这对夫妇当时在日内瓦卡鲁热大街 26 号开了一个无线电商店，距雷多的办公室不远。于是，雷多决定要索妮娅去对他们进行考验。

一天，索妮娅来到这个工人区的无线电商店，要求买一些无线电零件。哈梅尔二话没说，按她的要求，提供了那些所需要的零件。几天后，索妮娅又到那个小店去，这次她交给哈梅尔一张采购无线电零配件的单子。哈梅尔对她说：

"对不起，您所需要的零配件中，有些需要到外面去订购，现在不能马上给您凑齐。"

"不要紧，只要能把这些零部件配齐就行。"

"好吧，请太太留下您的姓名、地址，到时我给您送去。"

"不必，一星期后我会自己再来这儿取的。"

当索妮娅两手一摊，耸耸肩，做了一个鬼脸，装出一副无可奈何的样子。机灵的哈梅尔马上意识到，她是在试图修理一部电台，却遇到了困难。索妮娅坦率地对他说：

"我听人说，你们是一对可靠的反法西斯夫妇，所以十分信任你们，并相信你们一定能帮我这个忙。"

哈梅尔点点头表示同意，并向索妮娅建议说：

"您如果信任我的话，请把电台交给我来修理，要不然，我为您组装一台新的无线电发报机，这对您来说也许更好一些。"

索妮娅从哈梅尔与她的谈话中，明白无误地证实了她所掌握的情况。他不仅没有将这事向警察局告密，而且同妻子商量过这事，并愿意向她提供帮助。

于是，索妮娅带着十分满意的心情走出了商店，她告诉哈梅尔，她很快还会再来的。当她再次来到商店时，哈梅尔夫妇不仅同意为她组装一台电台，还同意作为雇佣间谍来操作这部电台。他们的代号分别叫"爱德华"和"莫德"。

　　哈梅尔的无线电知识是在巴黎的一所法国商船学校里学到的，因而他受过船用无线电报务员的训练。1933 年，他回到日内瓦后，就开起了这个无线电小商店，在商店的后面建有一个车间，车间有一个后门可以进出。同时，在商店的二楼还有一套房间，它不仅有后门，还有楼梯与商店相通。这样的布局与结构，自然非常适合做秘密工作。

　　由于哈梅尔曾经接受的是船用无线电的专门训练，因而尽管他早已是个熟练的无线电报务员，但他对秘密电台通信的专业技术，以及电报的加脱密却仍然一窍不通。而他的妻子在这事上就更是一个白丁。为此，他们不得不学习莫尔斯电码的收发和其他一些技术。这事又由索妮娅来担任。她在教了一段时间后，又把它交给了富特和布鲁尔。

　　哈梅尔在原有的无线电基础知识上，学习进展得十分顺利。但奥尔加的天才更让人感到震惊。她从零开始，很快就成了一个连她丈夫都望尘莫及的报务员。这时，他们决定把训练和实际向莫斯科总部发报结合起来，边干边学。

　　然而，当他们真的开始发报时，却谁都不敢相信已经同莫斯科总部取得了联系。因为，总部的报务员技术水平实在太差了。后来，随着情报数量的增加，为了适应日益增加的发报量，哈梅尔又组装了第二部电台。

　　与此同时，索妮娅认为无线电商店是隐藏发报机的理想地方。于是，她把自己的发报机也搬到了哈梅尔的住处。这时，哈梅尔的无线电商店，几乎成了苏军总参情报部潜伏在瑞士间谍网的无线电通信中心。

再次结婚

　　1939 年 8 月 23 日，苏联为了延缓苏德战争爆发，争取时间充分进行战争准备，同希特勒统治下的德国签署了互不侵犯条约。这两个最大的仇敌，突然一夜之间言归于好。这对于像索妮娅那样深入敌后，致力于反法西斯的间谍来说，犹如晴天霹雳，一时转不过弯来。

　　条约签订以后，苏军总参情报部命令各间谍小组的地区主任，从德国撤出他们所有的外国间谍，并切断与住在那里的外籍间谍们的联系。索妮娅当时尽管不理解，但还是执行了这一命令，及时把富特与布鲁尔从德国撤回瑞士，进行间谍知识和无线电收发报技术训练。

　　另外，索妮娅还遇到了另一件麻烦事，那就是自瑞士关闭边界后信使已无法把现金带进该国，她的活动经费一时间又成了大问题。好在她平时有准备，于是她就动用了原来储备的经费，继续维持间谍活动的开展，直到莫斯科情报总部能作出新的安排为止。

　　在索妮娅招募哈梅尔夫妇后，她又搬了一次家，把孩子以及她那台发报机全都搬到日内瓦郊外的一幢小木房子里。

　　当德国法西斯军队大举进攻、横扫西欧，并关闭了它同瑞士接壤的边界时，索妮娅开始担心起她的孩子们的安全来。因为，如果德国人占领了瑞士，甚至只要向这个国家施加足够的压力，她害怕像她那样的德国公民就会被强制遣返。但在当时仍有一线希望，可以经由法国南部和西班牙进入葡萄牙，再从那儿前往英国。可是，索妮娅因没有接到组织的命令，她是无论如何都不能离开瑞士的。

然而，此时对于富特来讲却是求之不得的事。因为，他一直等着接管索妮娅的间谍网，担任地区主任，进而控制整个瑞士的苏军间谍活动。为此，他鼓励她离开瑞士，并积极向她提供了一些富于同情心的劝告，以增强她的恐惧心理。

富特还向索妮娅建议，她应同莱恩·布鲁尔结婚，以便取得一张英国护照，为去英国做好准备。但据索妮娅事后说，实际上想做她的新郎官的是富特，而不是布鲁尔。只是在最后一分钟时，他才突然退出。当时，他解释说，他同一个英国姑娘订了婚，并建议她同布鲁尔结婚。他还说布鲁尔默默地爱着她已经有些日子了。同时，富特又对布鲁尔说索妮娅同布鲁特是再好不过的一对。

布鲁尔确实也长得潇洒，很惹人喜欢。他和索妮娅相处得也特别融洽。但是富特这位月老的真正目的是控制索妮娅负责的间谍网，并赶走一个令人讨厌、对他了解得过多，致使他不得安宁的英国同志。然而，事后证明，索妮娅与布鲁尔却是真心相爱。但他们两人的结合，并非遵从富特的建议，而是苏军总参情报部的有意安排，为索妮娅今后潜入英国做准备。

1940年2月23日，索妮娅与布鲁尔举行了婚礼。他们选在这天结婚，是因为当日正好是苏联红军的建军节，有着不同寻常的意义。从此，布鲁尔就住进了索妮娅的小木屋。当索妮娅前往英国，布鲁尔也在完成训练奥尔加的任务后，回到她的英国住处。在此之后，他们一起生活了50年，日子过得十分美满。

1940年12月，索妮娅在完成了对瑞士间谍网的组建工作后，接到莫斯科总部上司的命令，调她前往英国，协同派驻伦敦的机构一起执行一项重要的任务，接任她负责整个瑞士境内间谍活动领导工作的是雷多。后来，这个由索妮娅一手创建的瑞士间谍网又被称作露西谍报网，它是第二次世界大战中最负名望、最卓有成效、最杰出的间谍组织之一。它所提供的情报的准确性是令人难以置信的。不仅提前预报了希特勒在苏联西部边境发动大规模入侵战争的准确时间这类战略性情报，而且随着战争的深入，它能对苏联统帅部的军事领袖们提出的如"在东方战线南部的哪一个点位上德军将发动攻势？使用多少兵力？部队向哪个方向推进？以及进攻的具体日期是哪一天？"等具体的战役战术情报作出精确的反应。由于它提供了准确的情报，因而使得苏军在1943年7月的库尔斯克战役中取得了决定性胜利。这是历史上最大的一次坦克战，卷入其间的约有6300辆坦克、200万人，但战场面积不足50英里，纵深不过15英里。这次巨大的钢铁战争机器吞噬了成千上万纳粹士兵的生命，使德军一败涂地，从此再也没有恢复元气。德军的失败使得纳粹德国要征服苏联的狂妄野心化为泡影，从而改变了战争的进程，这些都是后话。但它与索妮娅的功劳是分不开的。正因如此，苏军总参情报部为表彰她的巨大功绩，战后，再次授予她红旗勋章。同时，她还获得了一枚反法西斯战士的荣誉奖章。

指挥原子间谍

1940 年 12 月，索妮娅同她的两个孩子取道西班牙和里斯本动身去英国。由于她的家人都在伦敦，因而她很快就把家在牛津附近安顿下来了，并在牛津乔治街 50 号的无线电台找到一份工作。1942 年 7 月，英国驻日内瓦领事馆用米勒的假名，又为布鲁尔办了一张返回英国的护照。于是，他取道葡萄牙也回到英国牛津的家。

索妮娅来到英国的目的是来经营一批在英国活动的秘密间谍。她的上司是苏军总参情报部驻英国工作站的站长西蒙·克雷默，当时化名叫亚历山大，名义上是在苏联驻伦敦大使馆武官处担任秘书的职务。关于这点是从发往莫斯科的密报中得知的。1972 年，英国军情处 5 局在大英国图书馆找到一本 20 世纪 30 年代的贸易统计手册，从而破译了克雷默当时发给莫斯科总部的密报。他报告了同索妮娅会面的情况，谈到1941 年，她正在经营一大批间谍，还开列了她向这些间谍付款的清单，以及她自己发报的次数和持续时间。在索妮娅经营的间谍中就有著名的原子间谍富克斯。

克劳斯·富克斯是一名德国物理学家。1933 年至 1934 年冬，他以难民的身份抵达英国。在来英国之前，他就已加入共产党。当第二次世界大战爆发后，他曾一度被拘留，罪名是一个有敌意的侨民。1941 年获释，并让他同另一名德国难民鲁道夫·派埃尔斯教授一起研制原子弹。当他得知这项工作的目的后，他在同事的介绍下，便向苏联告密长期充当他们的间谍，窃取原子弹秘密。

索妮娅与富克斯第一次会面的地点是在班伯里附近的一个十字路口。这是一个适合接头的地方，它正位于富克斯上班的伯明翰和索妮娅上班的牛津乔治大街 50 号无线电台的中间。当时索妮娅是骑自行车去的。当他们两人见面对上暗语后，便手拉着手像一对情人一样，顺着当地的一条胡同走下去。

他们两人边走边谈，谈论政治和戏剧。他们穿过了一块块布满牛群的牧场，以便寻找一个合适的密室藏文件。最后，索妮娅找到了"一棵从四面八方都看不见的树。"并且用手在树下刨了一个坑。

从 1941 年到 1943 年 10 月，富克斯离开英国去美国之前，索妮娅与他每隔几个月就见一次面。因为，那个坑里藏着一本大约有 300 页的蓝皮书，里面有许许多多的物理或化学公式。索妮娅说：

"在我看来，这些公式像是用阿拉伯文写的。虽然我不懂原子弹，却认识到了它的重要性。"

后来，索妮娅把这本有关制造原子弹的蓝皮书交给了她的上司西蒙·克雷默。那次她和克雷默在牛津以北的 A40 与 A34 的交叉点以西，大约 7 英里处碰了面。当时，她把那本蓝皮书秘藏在自行车带物架上托小孩用的一个垫下面。后来，她对这次重要资料交接情况和心情作了如下描述：

"我走进了树林，把自行车放在那儿，然后朝主街走去，东瞧瞧，西望望，十分谨慎，保持着高度的警惕。接着，我上了克雷默的汽车，把书交给了他。我们在一起待了几分钟，然后，我就回到了家。回到家后，我为把这本书脱手和不再对它负有责任而感到松了一口气。"

这本书不到 24 小时，就由信使送到莫斯科总参情报部。从此，苏联就有了制造原子弹的蓝图。

自 1941 年开始，索妮娅在英国为苏军总参情报部搜集了政治、军事、外交、科技、经济以及政府官员等各方面的情报。她甚至把间谍工作变成了全家人的事。

索妮娅的姐姐伯格特·刘易斯早期曾发展索妮娅的第二个丈夫莱恩·布鲁尔为苏军总参情报部的间谍。索妮娅与富特在日内瓦的第一次会面，也是她在伦敦市郊圣约翰·伍德里的一幢房子里通知富特的。

索妮娅的哥哥茹尔金·库克津斯基教授，有教养的前共产党员和工党议员约翰·斯特雷奇也参与进来。斯特雷奇的父亲斯塔福德·克里普斯从 1940 年到 1942 年，担任英国驻莫斯科的大使。在此之后，他又担任了飞机制造的国务大臣，直到 1945 年。克里普斯同她父亲闲聊时经常谈到对战争时内阁的看法，如援助苏联是浪费，因为德国军队进入苏联"就像刀子切黄油一样"十分容易等。诸如此类的看法，都被索妮娅搜集整理，定期使用无线电台发报机发往莫斯科情报总部。尤其是克里普斯对苏联很快会失败的预言，更加被看成是表明丘吉尔观点的重要看法而为莫斯科所接受。因此，她又获得了苏军总参情报部部长的个人表扬电。

早在 1941 年，就是索妮娅的哥哥茹尔金·库克津斯基教授将同事富克斯介绍给苏联驻伦敦大使馆的情报官。1946 年 6 月，富克斯从洛斯阿拉莫斯调回英国伯克郡哈韦尔原子能研究所，并担任该研究所物理理论研究室主任、科学副所长的职务。他回英国后，由于发生了加拿大的原子间谍案丑闻，曾一度失去同苏联情报人员的联系。1947 年年初，当他判定可以重新开始从事间谍工作时，也找过茹尔金教授，但他已去美国。后来，一位英国共产党员叫他去同索妮娅联系，才接上了关系。

1947 年夏，接到命令与富克斯重点联系的索妮娅，只与他见了一次面。后来情况就发生了变化，她离开英国返回了她的出生地德国。从此，住在东德的索妮娅就再也没有返回英国。在那次见面中，她只是给了富克斯一个详细的新的接头地址，即伦敦北部伍德格林的一个沙龙酒吧。这就是他在被捕以前见到的，与他接头的最后一名苏联情报官。

返回东德

1947 年秋，索妮娅接到莫斯科总部的命令，让她停止间谍活动。原因是原在瑞士的部下艾伦·富特已于 8 月将她出卖了，他向英国保安局密告了他们夫妇在瑞士从事间谍活动的情况。

1948 年 8 月末，得到富特密告的一名英国保安局官员威廉·斯卡登在一名当地刑事调查部官员的陪同下，登门拜访了索妮娅夫妇。当时，他们已住在科茨沃尔德山区奇平诺顿市附近的一个叫大罗尔顿的地方。这两名官员是以调查索妮娅重婚罪为由，而对她进行探访的。他们自称是保安局的人，并说已知道她曾经是苏联间谍，在瑞士为苏联从事谍报活动，但对她在英国搞谍报的事只字未提。

当时，索妮娅正好接到通知，要与富克斯去接头。这次突然探访对她来说，无疑是一个可怕的预兆。开始一听他们的讲话她确实打了一个寒战。但她的反应完全是英国式的，不慌不忙而又有礼貌地请这两个官员去喝茶。

这两位官员见她如此，为了打消她的疑虑，接着说他们知道她已不再活动了，他们这次来只是问她是否仍然还是鲁道夫·汉伯格的合法妻子，有没有犯重婚罪。

这时，索妮娅才知道他们并不知道她仍在英国从事间谍活动的情况。于是，她告诉他们，她与鲁道夫·汉伯格早就解除了夫妻关系。她虽然坦白地承认自己一度充当过苏联特工，但她又说：

"既然我现在在英国，我就是一名忠实的英国公民，我的过去已成为历史，只是过去而已。我们已很久就不是共产党员了，也早就不再和苏联人接触了。"

这两名官员向她保证说："我们知道你是一个忠诚的英国公民，这次来访并不是逮捕你，只是要求同我们合作，把在瑞士从事间谍活动的情况告诉我们。"

索妮娅拒绝回答。她承认她对共产主义不抱幻想，但这并不意味着她准备反对这一事业。她坚持说：

"我同莱恩结婚以取得英国公民权之前的活动，与保安局的事毫不相干。"

后来，这两个官员又要求当时正在花园里干活的莱恩同他们合作，谈谈在瑞士从事间谍活动的情况。他的反应同妻子完全一样，拒绝谈论富特和在瑞士的情况，也拒绝同他们进行合作。其理由是：他是一个前共产党人，但并不是反共人士。

这两名官员离开索妮娅夫妇时，显然已相信了他们所讲的话。自然，以后再也没有人打扰他们了，也没有人监视过他们。然而，他们已充分认识到他们在英国的工作已结束，并制订了逃往东德的计划。

不久，索妮娅夫妇要求去东柏林度假。当政府批准他们的要求后，他们返回东柏林就再也没有回英国。后来，她的哥哥也从美国回到东柏林。

20世纪80年代初期，仍然健在的索妮娅夫妻生活过得十分美满。她在72岁时，还是军队中的一名中校。当时，他们住在东德梅克伦堡州距波罗的海不远的地方，过着半退休生活。1977年，她将自己传奇般的间谍生涯写成回忆录《索妮娅的自述》一书。该书出版后就轰动一时，立刻成了畅销书，共印了40万册。同时，还上了电视，索妮娅再次成为名人。一时间，这位佐尔格的高徒，这位昔日的间谍之星又成为人们议论的焦点话题。

欲置希特勒于死地的情妇

1981 年 11 月 6 日，冬天已经笼罩着伦敦，人们来去匆匆，高速行驶的汽车不停地在大街小巷中川流不息。突然，街头横飞来的车祸使一位老者身负重伤，血肉模糊。人们急急忙忙地把伤者送进医院。但为时已晚，老者伤势过重，流血过多，不一会儿便死在手术台上了。

死去的老人尽管脸上已布满了皱纹，但她漂亮而坚毅的脸孔，以及只有贵族才具有的高雅气质，使所有在场的人无不感到惊奇。人们不难想象这位老人年轻时，不仅是一位绝世美人，而且是一位尊贵的小姐，在她的血管里一定流着显赫贵族家庭的血液。

当死者的亲属赶到医院时，人们才知道这位死者是谁，以及她那不同寻常而富有传奇色彩的经历。死去的老人叫南希·布鲁克福德，一位英国杰出的女性。正是这位声名显赫的非凡女人，在第二次世界大战中，听命于丘吉尔，在纳粹德国秘密为英国情报局工作，利用自己的美貌和聪明才智，忍受着祖国人民和家人的误解、咒骂，勇敢地周旋于以希特勒为首的纳粹德国元凶们的周围，使英国获取了大量的核心情报，并多次策划、参与谋杀希特勒的行动，为反法西斯作出了卓越的贡献。

人们得知 71 岁的南希不幸去世的消息后，都通过不同的方式来表达对她的悼念。各种舆论工具都以最显赫的位置作了报道，英国政府还为她举行了隆重的葬礼。这些举动都充分表明了人们不仅爱好和平，而且也表明了人们愿意用最崇敬的心情和最好的行动来报答那些为和平和正义作出过贡献的人。

酒吧艳遇

1910 年的一天，在伦敦的一个贵族家庭里诞生了一位千金小姐，她的父母给她起名叫南希·布鲁克福德。南希的父亲就是显赫一时的亨利·布鲁克福德伯爵。贵族的家庭出身，使南希从小就过着无忧无虑的优裕生活。她是伯爵最小的女儿，也是最受宠爱的一个女儿，再加上她不仅长得漂亮，而且聪明伶俐，特别招人喜爱。

说来，南希也有点生不逢时。当她还在幼年的时候，就爆发了第一次世界大战。这次大战也使英国遭到了很大的打击，经济不景气的情况随处可见。然而，战争并没有影响她的生活，她仍然过着饭来张口、衣来伸手的贵族小姐生活，并且受到良好的贵族式教育。由于她聪明好学，不到十五岁便精通三国语言，琴、棋、书、画样样在行、门门精通。尤其是对钢琴，更是具有独到的演奏韵味，并且懂得上流社会的社交礼仪。总之，还处在少女时期的南希，与同代人相比就已经光彩照人、鹤立鸡群了。

正因如此，南希从小就梦想着出人头地，成为一位声名显赫、地位尊贵的太太。于是，刚长成人的南希初恋时就迷上了一位英国王储。根深蒂固想当贵夫人的念头，使她一迈进爱情的门槛就爱得死去活来，并不顾一切，近乎疯狂。但是，那位王储并非真心爱她，只倾慕于她的美色。不久，便把她抛弃了。这次初恋的失败使她终生难忘，对她的打击也特别沉重。从此，她玩世不恭，怀着一种复仇的心理去玩弄男人。

1930 年，失恋的南希来到德国，想到异国他乡来寻找新的刺激。此时的南希已迷上了开飞机，她要开着飞机翱翔蓝天。这在当时来讲，无疑是一个大胆而罕见的举动。

然而，南希这种想法在来德国之初并没有实现。当时，战败的德国经济比英国还不景气，到处乱糟糟的。人们的思想也很混乱，各种思潮都有，形形色色的社会团体与组织也如雨后春笋般地冒出来。德国何去何从一时成了大问题。

在这种情况下，孤身来到柏林的南希，生活也自然不会过得诗情画意。迫于生活，她在柏林一家出版社供职，担任翻译工作。为打发和消磨闲散的时光，她时常光顾一家"艺术酒吧"。

所谓的"艺术酒吧"，是汤姆逊·柯尔特一家经营的酒吧，坐落在柏林汉堡街 8 号的一幢别致的小洋楼里。它之所以被命名为"艺术酒吧"，是因为老柯尔特想以此来吸引德国青年到这里来谈艺术和人生。因为，他酷爱钢琴，浪漫一生，不至于使自己落得晚年孤独、寂寞。为此，这个酒吧在布置上也颇具匠心：首先是格调显得十分高雅，其次是灯光也比较柔和，而特别引人注目的是酒吧中央摆放着一架旧式钢琴。老柯尔特正是通过它获得了他的爱情和浪漫幻想，同时也吸引着千千万万钟情艺术的浪子。

在通常情况下，每次节目进行到尾声时，老柯尔特是要安排一个观众参与节目的，唱歌、跳舞、发表演说，任其自选。他这样做的目的无非是想让观众也来展示一下自己的才华。一天晚上，当主持人宣布观众参与节目时，情绪特佳的南希十分潇洒地走过去，很有礼貌地问钢琴师：

"我能试试吗？"

"非常欢迎，请小姐演奏。"

南希在琴凳上坐下后，微笑着向观众点头致意，便开始正式表演起来。只见她一双纤细的玉指，欢快地在琴键上蹦跳着，肖邦的名曲《即兴狂想曲》随即便慢慢地流淌出来，回荡在整个酒吧。美妙的琴声使人陶醉，也忘记了时间的流逝。

突然，巨大的掌声从酒吧的角落里爆发出来，所有的人也仿佛从梦中惊醒，随之也拼命地鼓起掌来。被激情包围的南希这时羞怯得不知说什么好。更让她感到难为情的是当其他人停止鼓掌以后，那个带头鼓掌的人仍然在鼓掌。此人不是别人，正是青年希特勒。

原来，参加过第一次世界大战的士兵希特勒退役后，以卖画为生。因此，这个三流画家也以艺术家自居，时常来到这个"艺术酒吧"独斟独饮，慢慢地品尝着香槟酒，显得孤独专注。希特勒个头不高，两肩瘦削，留着两撇小胡子，其貌不扬。但他有一个怪脾气，喜欢哗众取宠，极尽夸张地表现自己。当他第一次看到南希时，就同所有的男人一样，为她的美貌所倾倒。再加上她与生俱来的贵族气质，没有一个男性不被她所吸引。希特勒倾倒归倾倒，但他并没有引起南希的注意。希特勒事后回忆说：

"我关注这位有着浓重贵族气息的南希小姐已有些时日了，却一直没能找到感觉。好不容易这天晚上总算让我找到了。我鼓掌，穿过走廊来到南希的身边，并勇敢而不顾一切地说服了这位美人，让我亲吻一下她那具有艺术修养的手。"

当时，南希小姐感到十分吃惊。尽管眼前这个男人貌不惊人，但其勇气和蓬勃的朝气却让人佩服。因而，她破例让他亲了自己的手。吻完南希的手之后，希特勒并没有欣喜若狂，而是稳重严肃地回到自己的角落。

希特勒和南希因"艺术酒吧"而走到一起，因肖邦的《即兴狂想曲》而相识，因"艺术"而相知，竟达到了互相爱慕的境地，最后是南希投入了希特勒的怀抱，成为他除爱娃之外的唯一情妇。希特勒因为得到南希而有感情的慰藉，消除了孤独感和忧郁感，开始练习用不同的手势发表演说，在政界越走越顺。而南希之所以能接受希特勒，自然不是看中了他在政界蓬勃上升的势头，而是他身上所散发出来的无所畏惧的精神。正是这种精神，使身在异国他乡的南希能找到情感的依托，忘却初恋失败给她带来的痛苦。为此，希特勒在柏林郊外特意为她买下一幢阳光充足、视野开阔、颇具田园牧歌情调的别墅。自然，这幢别墅也是他们的爱巢。他们在这里幽会，诉说着男欢女爱的故事，沉浸在幸福与欢乐之中。

随着时间的推移，希特勒把南希弄到手，并稳稳把持住以后，取代当初的欢乐与甜蜜的是性虐待。因为，希特勒本来就是属于那种既疯狂又独裁的人。随着时间的消逝，他那施虐的倾向便暴露无遗。为了刺激与满足他的私欲，他让南希摆出各种姿势，并不惜花重金请来摄影师，将他虐待南希的所作所为拍摄下来，再放给南希看。此时，南希的贵族典雅、英式浪漫情怀，被战争狂徒希特勒消磨得一干二净。

南希在多次试图摆脱希特勒这种性虐待失败之后，便要求去当一名女飞行员，以便从痛苦中寻求新的刺激。然而，她这种罕见的要求竟出人意料地得到了希特勒的同意。他不允许她离开他半步，却同意她去蓝天飞翔，这事说来有些荒诞。

这以后，南希便开始与纳粹德国法西斯的其他党魁们交往频繁，与后来担任秘密警察头子的希姆莱、保安局局长的海德里希等成了好朋友。

听命丘吉尔

1939 年 8 月 31 日，南希在柏林西郊的别墅里进一步看清了希特勒卑劣的丑恶面目。那是进攻波兰的前夕，希特勒撒了一个弥天大谎。他在电视里用极其夸张的表情和造作的手势对世人说：

"诸位都知道，我曾一再作出努力，争取在奥地利问题上，以及随后的苏台德地区、波希米亚和摩拉维亚等问题上，通过和平途径澄清事态，并取得谅解，但是一切归于徒劳。整整两天，我和我的政府在等待着，看看波兰政治家是否方便，能够派遣一位全权代表前来。但是，我再也看不到波兰政府有任何诚意同我们进行认真的谈判。

而且大家知道，就在昨天夜里，波兰正规军已经开始向我们的领土发起第一次进攻。我们已于清晨5时40分起开始还击。从现在起，我们将以炸弹回敬炸弹。"

这番纯属子虚乌有的讲话，自然是天大的谎言。它充分反映出战争狂徒希特勒在制造谎言与骗局上也堪称一流，这点没有谁比南希更清楚了。

9月1日，疯狂的法西斯头子希特勒终于按捺不住他那颗跳动着的狂暴之心，命令150万军队，大举进攻波兰。从此拉开了第二次世界大战的序幕，把全世界热爱和平和正义的人们带入了人类有史以来最剧烈、最残酷、规模最大、死伤

希特勒

人数最多的战争深渊。从此，这个混世魔王开动着他的战争机器，在世人面前张牙舞爪起来。南希再也找不出最初吻过她的手的"青年艺术家"的那点浪漫和温情了，她的作用也因此降到仅仅是为"劳累忙碌"、发狂的希特勒解除性烦恼。

南希一天也待不下去了，她下决心要尽快离开这个恶魔。然而，这是异想天开，希特勒几乎采取类似软禁的方法，把她整天藏在别墅里。这种让人心烦意乱的日子，一直到1940年5月才有所转机。

一天，南希收到一封从英国寄来的信件。她打开信，只见里面写着：

"在你与希特勒的接触中，我们是明白你的立场的。虽然部分英国人，其中包括你的亲人，将你视为叛徒，但我们心里是有数的。现在，不知你是否愿意为祖国做点事情……"

南希一眼看出，此信是出自父亲的好友巴士康比·邓巴之手。她是一位有着皇族血统的贵夫人，也是一位和蔼可亲、气质不凡的女性。看完信后她才知邓巴已担负起英国情报部门的领导工作，在此之前，已对她的情况作了详细调查，而且确认她能为英国做些别人不能做到的事情后，才冒险给她写了这封信。无疑，邓巴是代表英国政府同她这个希特勒的情妇谈此事的，信的最后还详细地告诉了她到巴黎之后的联系办法和地址。南希决定去巴黎。

那天晚上，希特勒又兴致勃勃地来到别墅。南希拿出女人的看家本领，也特别温顺地侍候了他，体贴又周到，使他感到特别满意。在希特勒情绪特别好时，她搂着他的脖子亲昵地说着情话。后来，她又把话锋一转，说自己身体不好，想到巴黎去散散心，疗养一下。希特勒同意了她的要求，同时还告诉她，巴黎在不久的将来应纳入他的版图之内。

5月10日拂晓，希特勒以10个装甲师、3000余辆坦克打头阵，集中136个师的强大兵力，向西欧各国宣战，发动了人类有史以来最强大、最猛烈的闪电战。由于德国打破以往主要攻势在法国北面发起的规律，大胆采用在南面冲过陡峭而森林密布的阿登山区。这一奇妙而独特的战略攻势，不仅大出法国人乃至整个同盟国所有战略家的

预料之外，而且恰巧击中了法国整个军事防线的软肚皮，给其以粉碎性的致命打击。

就在边境炮火连天的日子里，南希来到巴黎城。此时，希特勒的钢铁大军已打到索姆河边，巴黎的沦陷只是个时间问题。对于这点，法国政府的官员们是最清楚不过了，他们正在忙碌着烧文件，以便撤离。

南希按照信上写的地址来到巴黎最繁华的街头，在那儿好像漫无目的地走着。一会儿，一个年轻的女人向她走来，到跟前后便说：

"小姐，借个火。"

南希用左手拿出火柴，递给了她。只见这位小姐在接火柴时，用极其流利的英语悄悄地对她说：

"今晚请到伯利维德街圣杰门餐厅用晚餐。如果到 21 时 30 分还没来和你接头，就走到圣杰门教堂门口等候。"

在巴黎无所事事的南希按照约定的地点早早地来到餐厅。这是一个很别致的餐厅，与她的身份十分相符，她点了饭菜之后，便开始用餐。在她即将吃完时，一个侍者过来递给她账单说：

"夫人，外面有车来接您了。"

南希走出餐厅来到门口时，果然一辆挂着黑色窗帘的小轿车停在那儿。她上车后，车里漆黑一团，她似乎觉得有人坐在她的旁边。当车子启动后，只听见那人用英语说：

"您好，南希女士。我们要走一小段路。"

一会儿，车子就"嘎"地停在一条黑暗而又狭窄的街道上。当他们下车后那车就很快地开跑了。

南希与和她一道坐车来的人来到一幢楼房的二层，在一扇门前，那人向她躬了一下身子，拉开门让她进去后，就把门关上了。南希就在这儿见到英国最杰出的公民，今后主宰着这场罪恶战争命运的最伟大人物，刚上任不久的丘吉尔首相。这是她无论如何都未曾想到的，事后南希在回忆此事时说：

"那是一幢破败的房子，整幢楼显得潮湿、昏暗、肮脏，而且散发着一股霉味。但门厅两侧以及距门不远的楼梯上布满了人。"

丘吉尔坐在一把旧的转椅上，神情沮丧，好像随时要散架似的，他对南希说：

丘吉尔

"真高兴见到您。可是，在我待在法国的几个小时里，可能是我一生中最泄气的一段时间，也是终生难忘的一段一时间。"

"法国，以及整个西欧被打败了，是吗？"

"对！目前看来希特勒有这个实力，只要他集中力量，就能突破任何防线。我们已经孤立，马上就要面对希特勒的军事势力进行单独作战了。"

暗淡的灯光在丘吉尔的脸上投下了一道深深的黑影，但嘴里叼着大烟斗的脸部神态却异常坚定，同时嘴边掠过一丝轻蔑的表情。南希似乎受到感染与召唤，迫不及待地问道：

"我能为国家做些什么事情呢？"

"所有对祖国有利的事，你都可以做。请千万记住，我讲的是所有有利的事。"

"假如我能杀死希特勒，也许事情会变得好办些。"

"你能干吗？"

"只要我想干，就能办成。"

"这要拿生命作抵押的，你不怕吗？"

"我知道，为了国家，我不在乎个人的生命。"

"什么时候能办这事？"

"这可拿不准，要等待时机和抓住机会，看什么时间我能单独和他在一起，可能回去后一两天内，也有可能几个星期、几个月甚至半年，这可没准头。不管怎么说，我有与他单独在一起生活的机会，我会尽量去做这件事，并且努力把它办好。搞好了，也许他们不一定能抓到我。"

听到这儿，丘吉尔深深地吐出一口气，并用慈祥而充满深情的目光望着南希。她当然知道这位伟人在想什么。尽管她现在已是一个文静、自信而高贵的夫人，但在他的眼里，她仍然是一个小孩子。当她表示为了国家，不在乎个人生命，要用自己的命去换希特勒的命时，丘吉尔站起来，挺直身子然后伸出有力的大手，紧紧握住南希的纤纤玉手，语重心长地说：

"很好，有骨气，我祝贺你。我十分愿意有人为祖国、为和平和正义去做这件事。在德国我们有许多特工人员，但他们谁也代替不了你，没有人比你更重要。同时，我还坦率地告诉你，此事除了你我之外，只有少数人知道你将要干什么。而现在，你却一直背着罪名，被祖国人民甚至你的亲人看成是叛逆，而我仍然不能对他们说清楚这件事。为此，我很抱歉。你正在为祖国作出最大牺牲，承受着一切。请相信我，我以个人名誉向你担保，即使我们失去了你，我们也会把你该得到的荣誉都给你，祖国和人民知道你是一个英雄的日子很快就会到来。"

"我希望能看到那一天。"

"公正而伟大的上帝一定会保佑你看到那一天的。"

随后，为防万一，南希又从丘吉尔手里接过一个比口红还要小的黄铜管。铜管里装着一个更小的黑橡胶软管。软管里还有一个更小的瓶子，里面装着致命的毒药——氢化物。丘吉尔告诉她如何使用，以及在什么危险情况下放进嘴里，让自己毫不痛苦地死去。南希勇敢地接过这种致命的药物，尽管她当时的心情极其复杂。

最后，南希与丘吉尔拥抱道别。当她离开这幢破败的楼房时，她再一次回头看了看，似乎想要记住什么，又像是想要从这儿获得某种启示。这次谈话给她留下的印象太深刻了，许多年过后，她在回忆当时的情景时，颇有几分自豪地说：

"我不敢说我与丘吉尔的谈话是'二战'以来最精彩、最有意味的。但至少在浪漫的巴黎，在那幢肮脏、破败的楼房里，见到首相这件事本身对我来说，都是十分愉快的。"

未成功的毒杀

其实，要想暗杀希特勒，干掉这个战争恶魔的不仅是英国，在德国也大有人在。他们在德国形成了两股势力：一股势力是以纳粹保安局局长海德里希为首的德国实权派人物。另一股势力是以陆军为核心的军人集团。尽管各派在干掉希特勒的动机上各不相同，但在要干掉他这件事上却是一致的。

南希领受暗杀希特勒的特殊使命后，又回到了希特勒给她在柏林郊外买的别墅里。她在这儿等待机会，并筹划着这件事。很快，她就找到了合作伙伴——纳粹保安局局长海德里希。南希选定他作为第一合作者是自有道理的。

首先，南希看到了海德里希与希特勒的矛盾，并想利用这种矛盾。纳粹德国实权派人物海德里希是个有野心的人，他想干掉希特勒以使自己取而代之。因此，他利用阻止希特勒的疯狂扩张、以谋求欧洲和平为借口，骗取了南希和英国人的信任。他身为保安局局长，也知道南希是一个英国间谍，但他要与她合作，以便借她之手，达到个人夺权之目的。

其次，从个人交往看，他们两人的私交甚笃。海德里希不仅是一个野心家，整天梦想着取代希特勒。同时，也是一个好色之徒。他早就被南希的美丽所倾倒，拜倒在了她的石榴裙下。南希为了祖国的利益，以及女性本能地对优秀男人的幻想，与之合作得很好。

一天，海德里希交给南希一支镀金的小钢笔，并告诉她说：

"这支钢笔内充满了置人于死地的毒气。只要把它的盖子往左边拧开，瓶子里就会发生很小的爆炸，而任何人一旦吸入爆炸后的毒气两分钟内就会因心脏窒息而死亡。"

南希听后打了一个寒战，海德里希似乎已觉察了什么，他立刻又拿出一瓶解药对她说：

"亲爱的宝贝，你不用害怕，我需要你，绝不会伤害你的。这是一瓶解药，在你行动之前服下它，哪怕吸入那种毒气，也不会发生任何事情，你将安然无恙地回到我的身边。"

海德里希说着做了一个鬼脸，接着又说：

"今晚10时左右，希特勒将召见你，这是一个大好机会。祝你成功！我将在保安局里等着你干掉希特勒的好消息。"

果然，那晚希特勒在办公室召见了南希。当她坐到他的身旁时，他把一只手放在她的膝盖上。接着，他撩起了她的短裙，并抚摸着她的大腿。希特勒对自己心爱的女人如此放肆，这早已不是第一次了。他扭歪着疲劳不堪的脸，忧心忡忡地叹口气说：

"天使，我即将去新的指挥部——'狼窟'。在那儿，我将指挥我们的勇士全面进军布尔什维克和斯拉夫人民。这是一场为文明而进行的伟大战争，我也因此将作为一个使欧洲彻底消除东方斯拉夫流氓威胁的人而载入史册。在这次新的战争取得胜利之前，我将每晚都和士兵一起度过，我不知道要过多久才能见到你。"

"狼，我想时间不会很长的。"

"天使"和"狼"是只有他们两人在一起时的相互称呼，不为外人所知，自然是再合适不过了。南希一边说着，一边把一只手放到了他那只撩起她的短裙而又摸到大腿的手上。

"天使，今晚我请求你不要离开我，和我在一起过夜好吗？"

尽管南希从感情上不情愿，并害怕遇到此事。但她一想到任务，便喃喃地说：

"狼，我无话可说。今晚我更不能拒绝你的要求。"

"天使，只有你才最理解我。来吧，我们去卧室。"

于是，南希跟着希特勒来到他的卧室。卧室极其简朴，一张床、一张桌子、一个箱子，外加一把直柄刮胡子的剃刀和一把已经秃了的牙刷。这是她首次看到希特勒的卧室。在卧室里，希特勒几乎用请求的口吻对她说：

"天使，脱了衣服好吗？浴室就在那里。"

他用手指了指浴室。南希顺从地脱光了衣服走了进去。为了祖国的使命，她要痛苦地献出自己的肉体。浴室里没有她穿的衣服，于是她赤身裸体地走出来喊着：

"狼……"

"天使，你太美了！我从见到你的第一天开始就爱上你了。"

希特勒说着走到南希的身边，用惊奇而又色眯眯的眼睛打量着她。她不动声色地看了一眼装有毒气小金笔的坤包，她自己早已服下了瓶中的解药。

"狼，能得到你的爱，我太高兴了。"

"天使，你能给我读点东西吗？"

希特勒说着走向书桌，拿着厚厚的侵苏动员演说稿递给了南希。于是她接过念道：

"德国的士兵们！你们正在进行一场严酷的、必要的战争，这是因为欧洲的命运，德意志帝国的未来，日耳曼民族的存亡，现在都系在你们的身上……"

在南希给他读完这篇演说稿后，希特勒又高兴地说：

"天使，我们一起再来审阅这篇演说稿，我很想听听你对它的意见。"

希特勒戴着金丝眼镜，神情专注地审阅着演说稿。南希赤裸着身子紧靠在他的身旁，表面装得若无其事，但内心却十分不耐烦。演说稿还未审阅完，金色的晨曦已透过窗帘布照射进来。他似乎对讲稿仍不满意，便把它推向一旁。看着太阳，他揉着摘下眼镜的双眼，然后起身微笑着转身搂住南希，仰面朝天地躺在床上，叹口气对南希说：

"我几乎每天晚上都要工作到这时候，从未在这以前睡过觉……"

看来希特勒确实很困了，他说话的声音渐渐弱下去了。他朝她转过身，用手轻轻地抚摸着她，疲倦的眼睛也随之闭上了，一边深吻着她，一边心满意足地进入梦乡……

第二天一大早，当南希见到海德里希时，看他身边无人才亲切地说：

"海德里希，昨晚是无法执行计划的，真的，是不可能的。"

"宝贝，这就是你的精明和可爱之处。"

海德里希不仅没有责备南希，而且还献媚地赞扬她。原来，他原想除了干掉希特勒之外，还必须干净彻底地干掉盖世太保头子希姆莱，及其他一些有碍于他实现梦想的人，但都没有得手。如果南希昨晚真的杀死了希特勒，他海德里希也许早已去见上帝了。

暗杀行动

南希在与海德里希合作计划干掉希特勒而未得手之后，便去寻找与军队的合作。她早已知道，德国军队的将军们也正在策划着暗杀希特勒。因为，自希特勒挑起第二次世界大战以来，就将德国人民拉入了战争的深渊。同时，他们还预感到这个战争恶魔，还会使德国面临新的更大灾难。他们要清除纳粹暴政和专制，成立军人政府。为此，他们也在寻求英国的帮助，并知道南希不仅是他们元首最钟爱的情妇，也是丘吉尔在德国的最大间谍。很自然，他们与南希联手干掉希特勒，也是情理之中的事。所以，他们的一切密谋均有南希在场。

在他们策划的暗杀希特勒的行动中，最初比较杰出的一次行动，要算希特勒乘飞机巡视苏德战场后方的那次。他们成功地把一颗定时炸弹放在了他的座机里。但不知什么原因，那颗炸弹后来没有爆炸，希特勒因此而捡回了一条命。若不然，他必死无疑。

人们也许会说，作为希特勒的情妇南希，要暗杀他还不是轻而易举的事吗？但事情并不像人们想象得那么简单。这因为：一是作为元首，希特勒的起居饮食受到严密的监视和保护，如果弄不好，事情不但办不成，还要把自己的性命赔进去。二是尽管南希能单独见到希特勒，但她的行动也受到了不同程度的限制，并非人们想象得那样自由。

在飞机炸弹事件失败之后，他们又秘密策划了一次行动，拟炸死希特勒，但同样没有办成。

希特勒发动全面侵苏战争前夕，将自己的统帅部大本营搬到了东普鲁斯腊斯堡附近的一处秘密丛林里，并取名叫"狼窟"。他的军事参谋班子设在森林中央，方圆几公里内绝无人迹。这儿戒备森严，岗哨林立，进入"狼窟"要经过许多关卡。希特勒本人及其随从都很少走出这个阴暗的森林。

这次行动就是在"狼窟"进行的。当时他们商定，一旦暗杀成功，便立刻通过南希与英国政府联络，然后里应外合，一举占领柏林。

此次暗杀活动的核心人物是冯·亨德逊上校。他是国内驻防军总司令弗洛姆将军的参谋长，一个十分强烈的反战主义者。他的优势在于能面见希特勒。当时，计划由南希将炸弹装在手提袋里带进"狼窟"。因为，她作为希特勒的情妇，进入"狼窟"与元首幽会是不会受到阻拦的，再由亨德逊上校完成爆破任务。一旦时机来到，亨德逊上校就趁面见希特勒的机会使计划付诸实施。

一天早晨，南希刚起床想听新闻广播，亨德逊上校就来到她的房里。他将一颗微型定时炸弹交给南希后说：

"你把它带进去，要尽量靠近他。我将尽量设法在你不在场，而海德里希等人和他在一起时动手。如能把他们一起干掉，那样就最好不过了。"

机会终于让他们等来了。一天下午5时整，南希应召来到了希特勒在"狼窟"的住房里。当时房里除了他本人外，还有鲍尔曼、希姆莱、海德里希等人。鲍尔曼正在大口大口地吃威尼斯甜饼。希特勒手拿着茶杯，一边品着茶，一边看着一张俄国西部的地图，其他俩人就站在他的身后。当他一看到南希走进来，异乎寻常地迎上去，热情地与她拥抱、亲吻。然后，又去研究他那地图。南希走到坐椅边坐下，并将已经按计划装好炸弹的手提包放在身旁。炸弹在南希离开后由亨德逊来引爆。因为，希特勒要听取国内驻防军参谋亨德逊报告关于紧急补充兵员的供应问题。

当亨德逊走进来时，希特勒威严地问道：

"联络官先生，准备好了吗？"

"亲爱的元首，早就准备好了。"

"好，开始报告吧。"

于是，亨德逊一边报告，一边逐步接近南希那只装有定时炸弹的手提袋。他看都没有看南希一眼，好像根本就不认识，或她不存在似的。可此时，南希的脑袋像是煮开了锅的粥一样上下翻滚，非常活跃，她想在这么狭小的房间里，愿意献出自己生命的亨德逊终于找到了把这四个恶魔一起都干掉的机会。只要一声爆炸，历史将改变进程，人们生活得将更美好些……

南希闭上眼睛，她早已把自己的生命置之度外，只要能杀死希特勒这个战争狂人，她南希什么都不在乎。然而，当她睁开眼时，却看见希特勒正在打发亨德逊走。

"联络官先生，太感谢你了。"

亨德逊上校微笑着提起公文包，举起手臂向希特勒敬礼，随后走出了房门。这是南希苦心经营的暗杀希特勒计划中最好的一次机会，但失败了。事后，她才得知亨德逊上校也在暗恋着自己，他不忍心看着自己心爱的人死去。他认为暗杀的机会有的是，也许有更好的办法能达到同样的目的。果然，在希特勒发动侵苏战争不到4个月的时间里，亨德逊上校又在火车上实施了一次暗杀希特勒的行动。

1941年10月3日晚上23时30分，急着要赶回柏林发表演说的希特勒乘专列离开拉斯坦堡，南希也由海德里希陪同登上了这列舒适的元首专列，并走向自己的包房。随后，海德里希又邀请她陪他到元首的车厢去话别。南希透过警卫士兵的身影，看到手提公文包的亨德逊上校。只见亨德逊上校匆匆走了过来，向一名士兵打听了一下情况后，便在那名士兵的指点下，慌忙跳上了元首车厢后面的那节车厢。

南希在餐车里用餐时，亨德逊上校也走过来了，并在她和约德尔面前躬身打招呼后端起咖啡壶走向另一端，给自己倒了一杯咖啡，还拿着一盘点心找好地方坐下来。随后，他就闭上眼睛，像是在默默祈祷。过了好大一会儿，他才慢条斯理地吃起来。

　　就在亨德逊上校坐下来后，希特勒也走进了餐车，并微笑着示意所有站起来的人坐下。随后，他便在南希和约德尔坐着的那张桌子旁边坐了下来，开始了他那高谈阔论的梦想。亨德逊上校对此毫无兴趣。他突然站起来，向他们三人鞠了一躬后，就离开了餐车。

　　人们在餐车里坐着，一分一秒地熬着时间。当坐立不安、连连打着呵欠的希特勒得知没有新的电报时，已是凌晨4时了。于是，他轻声对南希说：

　　"天使，我们该休息了。"

　　希特勒又要南希陪他睡觉。她点点头站起来，希特勒挽着她的胳膊向卧车走去。

　　这时，列车上除了希特勒的车厢门开着外，其他车厢的门都关着，或许人们已进入梦乡。希特勒的车厢是由两部分组成：一套元首的房间，一间电台室和两名报务员住的房间，走进元首房间后，希特勒把帽子脱下来放在会客室的桌子上，然后打开卧室的房门。卧室里也是一间比南希那间稍大一点的包厢。固定在包厢墙上是他希望与南希共寝的一张十分狭窄的行军帆布床。希特勒刚迈进卧室，突然又转身走了出来。

　　"对，对，我们应该再到电台室去一下，再看看有没有新电报，也许有什么重大的消息向我报告。"

　　希特勒一边说着，一边搂住南希的腰走出那套房间，走向电台室。

　　就在这时，只听到"轰"的一声，车厢剧烈地震动起来。南希本能地扭头看了看，只见希特勒的包厢木质墙板熊熊地燃烧起来，已着火的破木片四处横飞。希特勒这次又幸运地躲过了死神的召唤，活了下来。他只擦伤了一点皮肉，并没有伤到要害处。而亨德逊上校随着爆炸声的响起便掏出随身携带的自卫手枪自杀了。

　　虽然暗杀希特勒的行动屡遭失败，但南希并不灰心，从未停止过这种暗杀活动。自然，作为英国神秘的间谍，暗杀希特勒只是她在间谍生涯中执行的任务之一。而在这期间，她向盟军提供了不少德国攻打苏联制定的夏季攻势等重大绝密军事情报，为苏德战场中盟军的胜利作出了巨大贡献。

　　1942年深秋，南希在德国的使命已胜利完成，丘吉尔没有忘记向她许下的诺言，他派专机把南希和她的德国丈夫接到伦敦。到军机场欢迎她凯旋归来的人群，用掌声和鲜花迎接这位长期被误解的英雄。南希看到如此热烈的场面激动地流下了泪水。她为自己的同胞能理解她而高兴，她也无愧于祖国，无愧于人民，为了正义与和平，她献出了自己的一切。

第一个被派回国的女特工

在第二次世界大战中，促使法国妇女参加抵抗运动的原因之一，是法军突然遭受重大的损失在她们心头激起强烈的愤慨，还有对纳粹的深仇大恨和想要从外国人的统治下解放出来的愿望。

琼妮·伯希克就是成千上万积极参加法国抵抗运动的妇女中的杰出代表。

我要去战斗

当法国陆军元帅贝当宣布法国投降 24 小时之后，1940 年 6 月 18 日，德军就开进布列塔尼的主要港口布雷斯特郊区。这天傍晚，伯希克从火药厂急匆匆跑回家，往提包里塞了几件换洗的衣服，便急急地向港口跑去。

到达港口时，那儿已挤满了人，有老百姓，也有士兵，都向停靠在那儿的船只涌去。伯希克一到达，便向船员们打听有没有去英格兰的船。终于，几经周折，她找到一位拖船的船长。一个罗纳河的难民，答应让她坐自己的船渡过英伦海峡。那条小船足足挤了 100 多人，有许多像伯希克一样的难民，也有法国和波兰的士兵。

在一片混乱之中，有的人立刻逃离法国继续战斗，其中包括戴高乐将军。他是这天早晨乘最后一次航班飞离法国的。当伯希克乘坐的拖船离开码头时，戴高乐将军通过英国的 BBC 广播电台，向法国人民发表讲话，号召大家拿起武器抗击侵略者，不要认为失败已成定局。他说：

"难道一点希望也没有了吗？不！请相信我，法国并没有失败……这场战争是世界大战，我欢迎所有在英国或者将要到英国的法国军官和士兵，有武器的或没有武器的，都来和我联系。不论发生什么事情，法国抵抗运动的火焰不能熄灭，也不会熄灭。"

第二天早晨，在黎明的雾霭中那条超载的拖船抵达普利茅斯。英国和法国当局立刻把伯希克和其他难民集中起来进行审查：问他们为什么来英国，为什么离开法国？还问他们的家庭情况，问他们是否还想回法国去。伯希克对他们说：

"我讨厌那个老迈的贝当。我为法国背叛盟国而羞愧。我对他们说，我想参军抗击德国侵略者。"

"你会讲英语吗？"

"我会。"

伯希克实际上只会讲一点点英语，她详细地向审查人员讲述了她的情况。当时，她只有 21 岁，她的父亲是参加第一次世界大战后退役的老兵，后来做推销工作。因此，她从小就随父亲走遍了法国西北部布列塔尼地区的大大小小城镇。她本人是化学系的大学生，战争爆发后就到火药厂工作，对硝酸盐特别有研究，她没有告诉他们。而她一直被战争故事深深吸引，尤其迷恋第一次世界大战中的女英雄。政府当局自然很清楚地看到，这个年轻姑娘是个反纳粹的积极分子，但他们不知该怎么安置她。因为，当时英国的妇女预备队还没有吸收难民的政策，戴高乐将军领导的法国解放阵线也还没有把妇女包括进去。于是，他们把伯希克分配到一个英国人的家里看孩子，以此换取膳宿，并学习英语。这种安排使她越来越灰心丧气，尤其是在德国空军开始轰炸伦敦后，这种情绪越来越明显。

当然，逃到英国并要求参加战斗的法国妇女并不只有伯希克一人，而是有成千上万的法国妇女。6 个月后，由于自愿参军的人越来越多，而且为补充正规军兵力不足，成立预备队的需要也越来越迫切，戴高乐将军终于决定成立妇女军团。

1941 年 1 月 6 日伯希克作为第一批志愿兵参加了预备队。战争期间，这支部队扩大到 4000 人。预备队是按照英国陆军地方预备队的模式组建的。法国妇女在英国陆军地方预备队学校里接受基本训练，着装也同英国妇女一样。

伯希克是报名参军的前 5 名法国妇女之一，因而和 100 名英国妇女一起在伯恩茅斯的预备学校训练。她们渐渐习惯了部队的环境和生活。

法国志愿军由难民，或嫁给法国人的英国女人和法国殖民地的妇女组成。基本训练结束后，她们被分配到法军工作。当时分配伯希克去当护士助理，她烦透了这项工作。因为她是学化学的，受过科学技术教育，并在火药厂工作过。再说，她从法国逃出来，不是为了做这些给伤员包扎伤口的事。于是，她找遍了上司，向他们诉说。对此事，她很顽强，也很固执。最后，上司经不住她长时间的请求，终于让她做了爆炸试验室的实验员。她是唯一从事这种特别保密实验的女实验员。

当时，试验室建在乡村，雷管放置在四周的草坪上。他们用任何一个药房都可以买到的化学药品做试验制造炸药，但配方保密，直到现在还是秘密。做爆炸实验自然是很危险的事，事故时有发生，几乎所有试验人员都受过伤。

英国和法国在向法国境内空投特工人员参加抵抗运动的时候，派人来向伯希克学习爆破的基本知识。英国有一个特别的情报网，专门训练特工人员空投到被德国占领的国家，收集并向上级汇报抵抗运动的情况，刺探德军的军事情报。可能的话，就将分散的抵抗运动成员组织起来。凡是此类组织都接受伦敦的援助，并且和伦敦保持军事和政治上的一致。这个特别的情报网后来演变为特工部。

戴高乐将军为了维护自己作为一个流亡政府的权威，并且尽量独立自主地开展工作，不受丘吉尔政府的左右，他也建立了自己的情报网。

1941 年中期，英国特工部开始雇用女间谍，把她们空投到包括法国在内的许多敌占区。但是，法国的情报机关还没有派出任何妇女去充当间谍。这时，伯希克想出一个好主意，她下决心要将它付诸实施，使自己成为一名特工人员，并作为法国的第一个妇女从英国空投回国，深入敌占区，走上最前线去打击侵略者。

伯希克想，既然自己可以在伦敦教人们学习爆破，为什么不可以在法国做这件事呢? 那不是更方便、更合情理吗? 于是, 她就把这个想法向上级作了汇报, 并请求把她派回法国去。她说她想直接参加战斗。这本是一个极好的主意, 但他们回答她说: "不行, 女人不行!" 于是, 她不停地在墙上撞头。因为布列塔尼人天生就执拗, 不达目的绝不罢休。她一遍又一遍地请求, 最后他们也没办法, 只好同意了。就这样, 她走进了法国中央情报局, 成为一个名副其实的女特工人员。

严格训练

在派往法国敌占区之前, 伯希克接受了严格的特工训练。

在一所农村学校, 伯希克接受了体能测试, 如跑步、穿越房脊、跨越壕沟等。她还接受了心理上的测试, 锻炼自己的记忆力, 学习特殊情况下解决问题的能力和办法。她学会了无线电收发报技术、抄收莫尔斯电码、对电报进行加密或解密。

然后, 伯希克又被送到苏格兰的一所专门从事破坏活动研究的学校。她是这所学校里唯一的女学员。在校学习中, 他们要求她掌握武器的射击要领。起初, 她笨手笨脚, 可是, 没多久, 她就和别人一样麻利了, 并学会了完全凭直觉射击。这种射击主要靠快速反应, 而不是靠仔细瞄准。教员在房里安上了移动靶子, 让他们进行射击练习。另外的课程就是学会使用各种雷管和定时炸弹。

学校还开设了一些更为新奇的课程, 如教会学员如何不用钥匙, 就能打开保密柜的各种暗锁。

学校的教员还让他们学习如何杀人而又不使死者发出一点声音的方法。这实际上就是一种空手道、擒拿术和使用匕首杀人的结合。学会如何把人打昏, 甚至赤手空拳杀人的本领。

虽然, 接受了这些训练, 但是伯希克还是怀疑自己是否能打赢一个身强力壮、敢于拼命的男人。不过有一点她心里非常清楚: 如果男人处于没有防备的状态下, 肯定是会输给她的。

不管怎么说, 这一阶段的学习使她对自己的潜在能力充满了信心, 而战斗精神对于她来说是至关重要的。

下一阶段的学习是跳伞。伯希克来到英格兰的一所跳伞学校接受这种训练。她从来没有坐过飞机, 原来希望通过别的途径返回法国去, 但上司坚持要使用空投的方法。他们一行去接受训练的有 8 个人, 而只有她是个姑娘, 因而, 她只好把心底的恐惧隐藏起来, 不让它外露。

教员在地面上插上标杆, 标明这就是他们应该着陆的地方。当时参加训练的特工人员分成好几个小组: 有法国人组成的小组, 也有波兰人组成的小组。作为女人, 伯希克带头第一个跳下去, 别的人就跟着她鱼贯而下。跳伞训练中法国人跳得比较好。她认为是由于她参加的缘故。因为, 凡是有女人在场的时候, 法国男人们就很勇敢, 他们当然不愿向女人认输。总的来说, 他们对她不错, 就这样接纳了她。

他们是在英国人开办的学校接受训练, 教官也是英国人, 法国人也就不再提什么异议了。当时，英国人已经开始派妇女到法国从事地下工作，所以英国人的态度很好。对妇女的歧视主要来自法国情报部那些一开始就不同意妇女卷入战争的男人，这可能与法国人信奉天主教有关。

事实上，当时在法国就已有成百上千的妇女积极投身到抵抗运动中去。她们印刷和散发宣传品，建立无线电台，掩护盟军战士，把他们送到安全地带，运送武器弹药和钱到游击队和马基组织（注：抗击纳粹的法国地下组织）。而法国最大的，由 3000 多人组成的情报网"同盟者"，就是由一个叫玛丽·马德利妮·方凯德的女人领导的。她起用了不少妇女。英国情报部门的 53 名妇女，法国情报局的 10 名妇女将被空投到法国去。

伯希克进行最后阶段的一个训练是在一所安全防卫学校里完成的。她在那儿学习如何在法国生活、工作而不暴露身份。自从她到英国后，法国已发生了很大的变化，和她离开时简直有天壤之别。维希政府和德国占领军推行了严格的法令，实行宵禁。居民不管到哪儿旅行都要携带身份证。法国人已经划分成好几个派别：心甘情愿与纳粹狼狈为奸的，出于无奈与他们同流合污的，不愿苟同和起来反抗的。这些派别相互怀疑，褊狭固执。

了解这些变化就显得十分重要。伯希克被派到法国去，她要在许多地方工作，而对这些地区的情况必须了如指掌。否则，她就站不稳脚跟，更谈不上开展工作了。

与此同时，上级机关对伯希克的所有生活用品也进行了严格的检查，任何英格兰生产的东西都不能带回法国去。她的衣着打扮不能露出任何破绽，连鞋也不能穿新的。香水也不许使用，因为这东西在法国很难看到。

教官还告诉他们，在任何时候、任何情况下，都不能无意中讲出英语。对此，伯希克很容易做到，因为，她认为回到自己的祖国，肯定不会失口讲出英语。但事实却与她想象的相反，她在派回法国后，第一次在巴黎地铁中就和一个德国兵撞了个满怀，无意中就说出了英语。这事还算她走运，那个德国兵听不懂她的话，所以并没有惹出什么麻烦来。

当整个训练完毕后，伯希克希望的那一天终于向她走来。上级通知她去设在伦敦的法国中央情报局接受任务。她很快就要返回自己的祖国，与德国侵略者进行面对面的斗争。为此，她激动不已。

被派回国

法国中央情报局派伯希克在 M3 号地区开展工作，那正是她的家乡布列塔尼省，她接受任务后非常高兴。有关部门已为她准备了一套假身份证，她的代号是"拉提欧"，意思是"靶子"。因为，所有从事破坏活动的特工人员都有一个以花园里的工具命名的代号，自然她也不例外。他们还给了她毒药氰化钾胶囊，使她感到很不安。这是为那些怕被敌人抓住经受不住酷刑折磨而说出实话的人准备的，以防意外。一拿到这东西，伯希克就下决心永远不用它。因为她是天主教徒，她要靠自己对上帝的信仰来鼓励自己战胜灾难。

上司还给伯希克一支手枪和一笔转交给加里里的钱。但是，她却飞行了三次才在法国成功地着陆。

第一次空投时，伯希克乘坐"赖山德"号飞机飞往预定地点。因为没有座位，她就坐在随身携带的小包上。飞机飞临法国上空，接近约定好的空投地点时，驾驶员变得焦躁不安。他在天空盘旋了两圈后，没有发现火光，便掉头飞回英格兰。后来才弄明白，敌人正在那一带进行大搜捕，没有人敢来接应他们。

第二天因为天气不好被迫取消。

1944年1月初，伯希克作为法国中央情报局第一个派回去的妇女，第三次跳伞回国获得成功。这次她乘坐的是一架轰炸机，当时得从飞机底部的一个窟窿中往下跳，而不是从机门口。开始她很害怕。因为，只有一个降落伞，生怕在跳伞过程中出现问题。

伯希克跳下去后，没有准确地降落在预定的地点。她四下张望看见一堆火在与她隔着三块农田的地方闪烁。她解开降落伞，换上老百姓的衣服，掏出手枪，朝那堆火走去。走到一农夫跟前，看见他正在藏一把降落伞。她不知该对他说什么好，便随口道了一声"晚上好"。却把他吓得够呛。因为，他们正在等一个名叫拉提欧的人，但是谁也没有告诉他们拉提欧是个女人。伯希克对他说："我刚到，我是拉提欧。"农夫听后这才长长地舒了一口气。

"我们的头儿加里里在哪儿？"

加里里个子特别高，他看见农夫陪着伯希克走了过来。跟他相比伯希克越发显得矮小，加里里说：

"怎么回事，他们开始往这儿派小孩了？"

"我不是小孩，是个女人。"

他们把伯希克安排在一个农夫的家里过夜。第二天一大早就出发去巴黎。对于伯希克的到来，事后普莉吉迪是这样叙述的：

"伦敦往布列塔尼地区派了一个专门搞爆破的教官，代号叫拉提欧——靶子。谁也没有想到，这位"靶子"是个女人。直到她跳伞之后，灌木丛中传来那可笑的，细弱的声音，然而，当大伙儿看到她的时候，谁也不再怀疑她的讲授将意味着什么。谁也不再怀疑，当他们跳上一辆疾驶的汽车或者炸一列火车的时候，她可以跟他们一起行动。"

第二天，伯希克和战友普莉吉迪才在巴黎会面。当时在场的有加里里和另外一个特工帕特丽霞。他们是在地铁站见面的。后来，他们就到一家饭店吃午饭。那儿熙熙攘攘，德国人很多。伯希克很紧张，但普莉吉迪告诉她不用担心，他们经常在敌人眼皮底下活动。后来，他们开始在餐桌上翻译一份急电的时候，还是让伯希克大为震惊。

在巴黎待了几天的伯希克，急于回到布列塔尼，因为那是她的家乡，她熟悉的地方，更想立刻就投入工作。

到达布列塔尼后，伯希克首先回到吉尼斯看望父母。父亲见到她后，第一句话就说：

"这回你可以在家里跟我们待在一起了。"

伯希克笑了起来，极力向他们解释，告诉他们："仗还没打完，现在还不是高枕无忧的时候。"

父母替伯希克担心，但很理解她所从事的事业。她从家里取走了自行车，这是她的交通工具。从此，她便转入地下工作。

伯希克跑遍了布列塔尼，不过主要在南部。她住在农村，和支持游击队的农夫住在一起，或者就住在抵抗运动成员的家里。因为，她是布列塔尼人，所以冒充那儿的村民不会出什么问题。德国人拦住她查看证件时，她就编造假话糊弄他们。

伯希克教的第一个学生是个年轻小伙子。没用两个小时，他就掌握了爆破技术。在以后的几个星期之内，她又教了另外十几个男人。她还教会了一个神父搞爆破。后来，这个神父被敌人抓住了，受尽折磨。

为了安全起见，伯希克经常转移。在坎佩尔她到一所大学里传授爆破技术，她的学生居然都是教授。在那个年代，几乎所有的人都站起来进行斗争了。

就这样，伯希克在农村为法国抵抗运动培养了一批又一批的爆破人才。

配合登陆

为了反击纳粹德国，同盟国集结了大批军事力量，准备开辟第二战场，在法国诺曼底实施登陆作战，以便尽快结束第二次世界大战。

1944 年 3 月，法国各武装力量按照戴高乐将军的命令，团结一致建立了法国国内武装力量。伯希克训练了一大批新的爆破手，还负责安排从英国空投武器弹药。布列塔尼是法国人口最稠密的一个省，派到这个省的德国人也很多，他们经常驻扎在该省的军队竟多达 15 万人。布列塔尼的法国国内武装力量负责钳制这支 15 万人的大军。一旦盟军在诺曼底发起登陆作战，这支部队则要负责切断德国军队增援的道路。为此，他们还制定了一个代号为"绿色计划"的行动方案，同时，在不同地点切断所有通往诺曼底的铁路线。具体时间定在 5 月 6 日到 7 日。伯希克负责炸毁从迪南到奎斯特姆伯特的铁路。

诺曼底登陆

"绿色计划"开始实施的前一天，装有雷管的弹药箱空投下来，可是数量不够。伯希克把现有的雷管分发给各小组之后，赶快自己想办法解决问题。跟她有联系的地区药店为她提供了化学药品。虽然时间已非常紧迫，他们还是赶在 5 月 6 日午夜完成了任务。

这时，BBC 广播电台传来开始行动的暗语：

"芦苇一定要生长，叶子在沙沙地响。"

绿色信号弹也升上天空。将近午夜时，伯希克带着她的 4 个学生组成的小组，拿着手枪爬上一辆卡车。卡车熄灭车灯在乡村的偏远公路上行驶。万籁俱寂，汽车马达声听起来令人难以置信地大。突然，他们看见一辆大车，赶车的是个农夫。伯希克脑中迅速地闪现出这样的问题：深更半夜他在这儿干什么？暗探还是搞黑市交易的人？可那人比他们还要害怕，一紧张把车赶到沟里去了。他们从他旁边飞驶而过，在离火车站不远的地方停了下来。

此次行动，伯希克领导的小组是要炸毁离火车站 50 米远的一段路基。在她的 4 个学生掩护下，她把一包包炸药埋到道岔下面，把雷管插进去，再接上导火线，最后安好定时器，让它半小时以后再爆炸。一切安排停当以后，她又检查一遍，觉得没有任何问题之后，便从铁路上撤下来。他们藏在一片丛林里等待着……

此时此刻，半小时好像一个永恒，是那样的难熬。这时有人点着一支香烟，计算着时间。30 分钟过去了，没有爆炸。"失败了！"不知谁说了一句。就在这时，铁路那边爆发惊天动地的巨响。整个山野仿佛都在摇动。村子的狗拼命吠叫，混乱对他们十分有利。他们冲上卡车，沿着刚才来时那条僻静的公路向小镇飞驰而去。很快就各回各家。此时，伯希克的心咚咚地跳着，不知是因为兴奋，还是因为激动，也许两者兼而有之。

第二天，伯希克听说别的小组也都爆破成功。这是抵抗运动第一次联合行动，德国人对此非常愤怒。于是，他们更加加紧了搜索和盘查。

6 月 5 日，法国在布列塔尼发起第一次联合行动，比诺曼底大规模登陆行动提前一天。英、法、美三国的特工部队从天而降，来帮助法国国内武装力量抗击德国侵略者。莫里邦地区几百居民跑到他们降落的地方。4 年来，农民和他们的妻子儿女们第一次看到身穿军装的同盟国士兵。有人跑来告诉伯希克：

"有许多穿军装的人刚刚着陆，他们说是从英国来的。"

"现在还说不清，也许是德国侦探。不管怎样，快去瞧瞧，看看究竟是谁。"

于是，伯希克便跟着他们去看个究竟。这些士兵真是威武雄壮，大伙看了都非常激动。

第二天，伯希克听说盟军在诺曼底海岸大规模登陆作战成功。当时，她正在执行另一个任务的路上。她坐在火车车厢里，不能表现出内心的欢乐。从此以后，伯希克就和法国国内武装力量一起工作，住在莫里邦地区圣马赛尔城外森林里的宿营地。部队匆匆忙忙训练招来的士兵，教他们使用武器的基本方法。与此同时，大约 2500 名男女士兵在营地里工作，为司令部建造房屋，还盖起了一座野战医院。降落伞的伞盖充作帐篷，法国国旗在营地中央高高飘扬。吉普车和刚刚空投来的武器弹药随处可见。参加战斗的人戴着臂章，俨然是过着严格军队生活的军人。

夺取胜利

6月18日，对于伯希克来说，是一个让她永远不能忘怀的日子。4年前，就在这天，她如丧家之犬般离开法国逃到英国。4年后的这天，她又遇到一次大劫难，几乎丢掉性命。

那天，一支德国巡逻队发现了他们的宿营地。法国国内武装力量准备立刻行动，神父在降落伞伞盖搭成的帐篷里做最后一次布道。要求战士们为"反击而不是为复仇而战斗"。最后他说："让我们准备战斗。"

德国军队在黎明时分发起进攻。伯希克和她领导的小组当时正住宿在一个农夫的家里，他们被猛烈的枪炮声惊醒。德军先派来一个连进行攻打。接着就派来一个团的兵力。到后来，他们派来了一个师。战斗很快就在森林里、农村里、麦地里和乡村公路等地展开。

伯希克向伦敦发出了急电，告诉他们营地正在发生的事情，并且请求指示。然后，她去找头儿要一挺机关枪，想亲自上战场打仗，但遭到了拒绝。争论了半天，最后她只得走开。

于是，伯希克开始给最近的一个阵地送手榴弹，还跑来跑去传递消息。他们让她给另外一个连队送信，告诉他们一支新来的伞兵队伍什么时候在什么地方降落。她和另外一个特工骑着自行车在公路上飞跑，那封信藏在她的乳罩里。

突然。几个德国骑兵迎面跑来，挡住他们的去路。伯希克暗暗祈祷，但愿德国人不要搜查她。她又想起她的手提袋里面还有一张地图，圣马塞尔营地一带有许多手指印迹，如果仔细看准能辨认出来。于是，她屏住呼吸露出一个微笑，极力让自己镇静下来。他们搜出地图便问她为什么带着这东西。她便谎称：去看祖母，因为对这一带的地理不怎么熟悉，所以带了一张地图。后来，他们终于摆了摆手，让她走。伯希克跨上自行车后，便使劲蹬着自行车的踏脚板，在公路上疾驰。追上她的战友后，她不得不停下车来，在草地上整整休息了一刻钟。因为她的腿抖得厉害。

仗整整打了一天。到下午2时，德军增援部队又一次发起进攻。游击队坚持战斗，双方对峙了半小时，直到英国皇家空军的飞机在天空中出现，开始轰炸德军的阵地，包括城里的瞭望台、钟楼和当地的磨房。森林和小镇燃起了大火。

德军包围了整个营地，但他们错误地估计了营地的面积，在西面给游击队留下了一条退路。晚上8时游击队开始撤退。他们把约60名伤员背出森林，安置在农民家里。其他人把能带走的武器全部带走，把剩下的300吨重的武器弹药全部炸毁。然后，分成小组撤离了这一地区。

500名德国士兵在这次战斗中丧生，游击队只损失了30人。但是附近村庄的老百姓在德军后来的报复行动中，受到残酷的洗劫，付出了沉重的代价。伯希克认为这次行动从头到尾就是一个错误。假如继续打游击战，而不是集合许多没有经验的新兵打所谓的阵地战，效果肯定会更好些。后来也不会遭到德国人如此惨重的报复行动：将

2600 名游击队战士和老百姓围困起来，进行集体屠杀。

战斗到第二天，伯希克和另外 9 名战士藏到一个农民的谷仓里。那天早晨，她本来要到一个接头地点去见几个同志，可是鬼使神差她竟破例没有按时出发，晚走了两个小时，到达目的地后，一位磨坊工人迎来，他脸色苍白地说：

"你的朋友们今天早晨刚被德国人抓走了。"

很幸运，要是按原来接头时间提前两个小时来，伯希克也肯定成了德国人的阶下囚。后来，那些被抓走的男人都被德国人枪毙了，妇女则被他们送去了集中营。

几天以后，伯希克的另外 3 个游击队战友在公路上被德国人抓住，给当场打死了。她本来也应该和他们在一起，但到最后一刻她改变了主意，决定骑自行车单独走。她在恐慌之中，逃到坎佩尔，想找个地方先住下来。

要住旅馆就要得到警察的批准。让伯希克填写登记表的一个德国人，看起来还有点同情心，他说：

"楼上有的是空房间，干吗要去住旅馆。"

伯希克毫不犹豫地住到楼上，她认为没有什么地方比这儿更安全。德国人绝对想不到，他们自己居然隐藏了一个态度最坚决的敌人。

7 月 9 日，卡昂被盟军解放。伯希克知道胜利的日子已经不会太远了。

8 月 3 日，BBC 广播电台在法国人民的企盼中，传来要求布列塔尼地区各武装力量采取统一行动的密电。各战斗单位立即进入戒备状态。他们计划在每一个地方攻击德国人，并且阻止他们逃跑。

伯希克跑到指挥部准备要一挺机关枪，至少要弄到一支美式步枪。因为，那儿武器弹药有的是。法国国内武装力量的指挥员没什么意见，可是有位队长坚决反对，他说：

"不行，这不是给妇女准备的玩意儿！"

他们不给伯希克枪，这使她非常难过。本来，她盼望了很久，甚至还给自己做了一套军装，一位法国警察给了她一顶帽子，一位英国警官给了她一对肩章。她不愿意总待在后方，尽管她没有枪，但仍然和在前线战斗的男人们待在一起。她坐着他们的坦克，帮助他们向退却的德国军队发射火箭筒。和她在一起战斗的男人，并不觉得她与他们有什么不同，他们始终把她看作他们的同志。然而，那些职业军人却把她排除在战斗之外，这让她想不通。

经过战斗，坎佩尔终于获得了解放。

8 月 8 日早晨，抵抗运动的士兵们排着整齐的队伍开进镇中心广场，法国国旗高高升起，人群欢呼着、跳跃着。穿着军装的伯希克也在这队伍中大踏步地前进。

在布列塔尼解放之后，伯希克被派到英国法军司令部工作，直到法国彻底解放。9 月下旬，她随同司令部回到巴黎，直到 1945 年 8 月才离开部队。以后不久，她嫁给在抵抗运动中认识的一个法国人。

1945 年 5 月 30 日，戴高乐将军授予伯希克一枚军功十字勋章。艾森豪威尔将军为表彰她的勇敢精神，还向她颁发了奖状。

1946 年 6 月 19 日，伯希克生下了孩子，这以后不久，她便和丈夫离婚了。后来，她开始教书，很少和朋友们谈起她在战争中扮演的角色。但是，她几乎每天夜里都梦见那难忘的岁月。

伯希克在布列塔尼村工作一段时间之后，来到巴黎，住进了一幢豪华的公寓里。她的那些已掌权的抵抗运动中的战友对她都非常友好。

1975 年，伯希克把自己在抵抗运动中做特工的经历，写成一本自传体纪实文学书出版了。在谈到写这本书的目的时，她说：

"记录我的经历作为历史的见证留给后人，同时可以省去我回答别人提问的许多时间。"

斗牛行动中的母老虎

命运好像时常与人开玩笑似的，有时给你带来希望与成功，有时给你带来懊悔与悲痛。然而，艾琳·格里菲斯小姐却十分走运。当她20岁大学毕业时，因长得花容月貌，个子又高挑，很快就被纽约市颇有名气的哈黛卡内基模特公司录用。当模特自然是很不错的，不仅收入高，而且还经常穿着最新、最时髦的服装，在大庭广众面前展示自己。但她认为这种生活不够味，希望找到一份更具冒险性而又更富有刺激性的工作。就这样，在一次偶然的机会中，她被美国战略情报局录用，并经过短期训练后，派往西班牙从事谍报工作。当时，正值第二次世界大战盟军进入反攻阶段。为配合军事行动，艾琳在西班牙同德国间谍进行巧妙的周旋，配合盟军取得了"铁砧行动"的成功，为这次登陆作战作出了杰出贡献，被当时的盟军司令艾森豪威尔将军誉为这次行动的功臣而轰动一时。与此同时，她还在上级情报部门的安排下，圆满完成了清查潜入美国战略情报局的德国间谍任务。从而保住了盟军这次登陆行动的秘密，出其不意地出现在敌人意想不到的地方，打乱了他们的军事部署，为盟军的胜利创造了十分有利的条件。

从模特到间谍

1943年9月的一天清晨，进入纽约市卡内基模特公司而刚满20岁的大学毕业生艾琳·格里菲斯小姐匆匆赶来。与同事们打了招呼后，她便急忙赶到化妆室进行化妆，准备着即将举行的服装表演。化妆时，从镜子里发现女友艾米·波特不仅头发很乱，而且整个人也好像没睡醒一样，感到十分异常。于是，她便问道：

"昨晚又在外面疯玩没睡觉？"

"是的，玩得太开心了，一直到凌晨四五点还没睡觉。"

这位玩疯了的小姐尽管很疲惫，但从她的回答中，仍然掩饰不住自己内心的兴奋。接着，她又神秘兮兮地问艾琳：

"如果你也想去玩，今晚我就带你去享受一下夜生活的无比快乐与幸福，怎么样呀？"

艾琳对着镜子做了一个不置可否的鬼脸。

"你刚毕业，钱也赚得不多，难道不想利用业余时间再多赚一点钱，使你生活得更好些吗？"

"能多赚钱自然是好事，但我更希望能找到一份冒险而富有刺激性的工作。"

"太好了，也许我能帮助你，说不定今晚你就能走好运，找到自己理想的工作。"

艾琳点点头，继续化妆，再也没说什么。

当天晚上，艾琳就跟艾米小姐走进了一家十分豪华的歌舞厅。在一个男子身边，艾米站住了，向艾琳介绍说：

"这位小伙子就是我那臭名昭著的弟弟约翰·德比。"

约翰冲艾琳一笑，随着乐曲的响起，他做了一个手势，请艾琳去跳舞。于是，他们双双走进舞池。随着音乐节拍，他们跳了起来，并低声地交谈着。

"你想做一位名模吗？"

"不，我从来没有这样想过。"

"是吗，那是为什么？"

"我渴望到前线去拿起刀枪，参加战斗，到硝烟弥漫的战场同敌人真刀真枪地干一场。"

"真没想到，像你这么美丽动人的姑娘，却有着与同龄人不同的理想，想到前线去为反法西斯战争贡献力量，而不想在远离战火的纽约，找个心爱的男人结婚，生孩子，过着舒适的生活。我问你，现在有男朋友吗？"

"这与我要到前线去参加战斗有关系吗？"

"也许你应该考虑一下！"

"用不着考虑，因为我现在没有男朋友。再说，就是有又怎么啦？那也改变不了我要上前线去的决心呀。"

约翰若有所思地打量艾琳一下之后问道："你学过外语吗？"

"读大学时学过，主修法语，选修西班牙语。"

"很好，可爱的小姐。今晚你没白来。也许我能帮助你实现自己的理想。"

"真的？"

艾琳听后用惊奇的目光看着约翰，他贴近她的耳朵轻轻地说：

"男人无戏言。告诉你，我在陆军的一个单位工作，我想只要努力，也许有办法为你找到一份既神秘又富有刺激性的冒险工作。"

"太好了，能去国外吗？"

"这就要看你自己了。如果你通过努力，能经受得住艰苦的训练，我想不会有什么问题的。好啦，此事就谈到这儿。为了实现你的理想，10 天以后，有一个叫托姆林森的先生将和你联系。到时你就会知道怎么回事了。"

10 天过后，艾琳果然与一个叫托姆林森的人联系上了，并会了面。他对艾琳说：

"我受陆军一个部门的派遣来和你联系。我们完全能为你安排一个你希望干，而又有意思的工作。但一个月以内，你必须去华盛顿。如果没什么意外的话，也许你再也用不着回来了。"

"真的？那太好了。我一定会准时到华盛顿。"

"记着，你走时告诉家里与公司，就说你在部队找到一份新工作，需要面试，其他再也不要说什么。另外，带上一只小手提箱，装上几件适合乡下穿的衣服。但不能在它们上面做任何标记，一切与你的真实身份有关的东西都不能带。从此以后，要使人们再也无法辨明和弄清你的真实身份。请千万记住，当你到达华盛顿之后，就直接到陆军部 10 号楼。这是具体地址，祝你成功。"

一个月后，艾琳按照托姆林森的吩咐来到了华盛顿陆军部的 10 号楼，按具体地址找到了那个办公室。而接见她的竟是约翰·德比。他热情地接待了她，并十分坦率地对她说：

"请坐，小姐。自上次与你分手后，我把你的情况向上司作了汇报，他们同意你到陆军部来工作，如果你也没什么意见的话。从此后，你的名字就叫'老虎'。另外，还给你一个代号叫'527'。"

约翰与艾琳见面后，几乎没有客套话，直接就进入了正题。艾琳坐在那儿专心地听他讲话，就像一个刚上小学的学生听教师上第一堂课一样，心怦怦直跳。

"也许你感到太突然，同时还会觉得神秘兮兮的。不要紧，现在我告诉你一些真实情况。我们的工作任务之一，就是招募愿为国家献身的有志青年。而现在又迫切需要一个特殊的姑娘去执行一项特殊的任务。曾有许多人向我们推荐过，我见过并调查过不少候选人，但当我第一次见到你时，感觉告诉我，你是最适合的人选：年轻、聪明、有较高的学历，懂两门外语，人也长得漂亮迷人。而且，更重要的是你有献身祖国、不怕牺牲、敢于冒险的勇敢精神，这正是我们要从事这项特别任务的先决条件。为此，我们对你的家庭背景作过调查，一切情况都很好。现在，就看你能否经受得住考验，不要使我失望。"

事情来得这么快，艾琳没有一点思想准备，深感太突然了。她不知是激动，还是惶惑，睁大双眼，死死盯着约翰，耳边回响着他那有意放慢的讲话声：

"今后几周你将经历人生道路上的不平常日子。但无论如何，你绝对不能向任何人透露你的真实身份。当你离开这儿后，直接去海亚当斯旅馆。旅馆门口将有一辆牌号为'TX16248'的黑色雪佛莱轿车等你，只要你问司机'这是汤姆先生的车吗？'他就会送你到训练的地点。好，祝你成功。"

事已至此，看来没有商量的余地，艾琳只好照办。她和约翰握手后，走出了这座大楼。

艰难的训练

在海亚当斯旅馆门口，艾琳找到了那辆牌号为"TX16248"的黑色雪佛莱轿车。司机把她送到华府郊区的间谍人员训练学校。迎接她的是两个男人，其中一位个头较高的走上前来说：

"你好，如果我没猜错的话，你就是'老虎'。我是'威士忌'，他叫'皮埃尔'。"

艾琳同他们一一握手。

威士忌毕业于西点军校，在法国的圣西尔军事学院干过一年。后来，到英国的训练基地工作，担任白刃战的教官，专门训练派往敌占区的加拿大和英国的谍报人员。

这次担任教官。当皮埃尔和艾琳握手时，她深深地被他吸引住了，心怦怦地直跳，但表面仍然装作若无其事的样子。可以说，皮埃尔是艾琳见过所有的男人中最具吸引力的一个。他和艾琳在一起接受训练。

晚上7时，威士忌召集新队员开会，他拖着长腔儿向他们介绍说：

"这里是美国的第一所谍报学校，在这里你们将被培养成为杰出的特工人员。如果你们能通过这里的训练，就可以成为最近才成立的战略情报局的一员。但我不得不事先告诉你们：在你们当中，可能有人甚至连两个星期的训练都坚持不下来。无论是吃不了苦的，还是智力不能胜任的，都将被淘汰。今后，你们面对的将是十分艰苦而紧张的训练。而且，从今以后，你们必须养成听从指挥，服从任何命令的良好习惯。"

听完威士忌的训话，艾琳昏头昏脑，不知如何是好。她对自己能否通过训练的考验，心中无底，脑中空荡荡的。但威士忌却一直给她打气：

"'老虎'，应充满信心。只要朝着目标努力，我相信你会干得像男人一样出色。"

从第二天早晨8时开始，他们就正式接受训练。训练的第一课就是保密教育。一个上尉军衔的教官向他们讲解：一个秘密情报机关的工作人员，为什么要特别强调保密，它与个人生命和组织的生死存亡是什么关系，保密的内容包括哪些，以及如何保守机密等。最后，他提高嗓门反复强调说：

"在没有得到允许的情况下，如果把在这里听到的任何情况告诉他人，包括你的父母、兄弟、姐妹或是亲朋好友，那么不管他是谁，官衔有多大，都将以叛国罪受到严惩。"

最后，他又分析了战场形势，以及一些和谍报工作有关的其他问题。

接着是意志训练。这种训练，除在艰苦环境中进行锻炼外，还有一种特别的训练方式，就是看电影。自然，这绝不是一般的电影，更不是娱乐性的影片，而是一些战争恐怖片的场面和镜头。尤其是不同国家，不同情报机关的工作人员被敌方抓住后，那些遭到杀害时惨不忍睹的场面和镜头：有的被拦腰砍断，有的被一点点割死，有的被绞死，有的被卡死，有的被枪毙……不管使用什么手段，每个被害者死后的样子都十分吓人，他们看后毛骨悚然，不寒而栗。尤其是艾琳，看着这些镜头，全身发抖，有时甚至要昏过去。但就是在这当中，他们的意志在不知不觉中受到了很好的磨炼，使他们日益顽强起来。

另外一项特殊训练就是打开保险柜。教员乔治拿出一把锉刀对队员们说：

"你们每天早晨起床洗刷完毕，第一件事就是要用这把锉刀锉自己手指上的皮肤。记着，不是让你们锉所有的手指，只要锉两只手的大拇指和食指就行。这样做以后，你们在探测密码锁上的标记时，就会十分敏感。这不仅是一门艺术，而且还是一门最精深的艺术，希望大家努力学好它。"

此后，他们又相继进行了一系列从事间谍工作的技能技巧训练。就这样，艾琳在近两个月的短期严酷训练里，每天从黎明到午夜，坚持不懈地进行着刻苦训练。靠着自己顽强的毅力和拼搏精神，把自己逐步训练成为一个真正的间谍高手，学校领导和教师对她特别满意。看来，她即将要走上战斗岗位了。

接受任务

一天，艾琳正在复习打靶。突然，威士忌来到她身边说：

"'老虎'，别打靶了，赶快换衣服去华盛顿，朱比特在等着见你。"

朱比特？一个陌生的名字，艾琳搞不清是谁。管他谁呢，到时就会知道的。她坐着她来训练学校时那辆黑色雪佛莱轿车，来到一所极普通而有些低矮的楼房前，一个早已在那儿等候的助手，把她领到一个办公室门口。打开门让她走进去，随后又关上了门。

"好呀，'老虎'，你干得很出色，这比我当初想象的要好得多。"

出乎意料，约翰·德比热烈地欢迎了艾琳。原来，他就是朱比特。从他的爽朗话语中不难听出，他对她的训练成绩是非常赞赏的。她在他对面坐下，心里暗想：

"我不知死活的拼命训练，不光是来听几句赞美语言的，而是能否胜任到国外去从事间谍工作。"

"看得出，你是急着想到国外去工作。不过，我还有一个问题需要再问你一遍。你真的能保证不怕牺牲吗？"

"能，我保证！"

"太好了。那么，我们给你安排一项任务。我们需要你去……西班牙。"

"西班牙？真没想到。原来我以为会派我去法国、瑞典或瑞士，没想到去西班牙。"

"这不要紧，现在知道也不晚。但在去西班牙之前，你必须做好充分准备。比如，熟悉这个国家的历史、地理、风土人情、熟记并辨认出当今的政治人物。但同时要保密，千万不能让人知道或注意你对西班牙感兴趣。明白吗？"

艾琳点点头道："这项任务很刺激吗？我可不喜欢平平淡淡的工作。"

"哈哈，你放心。西班牙可是下一步战争的关键。请你相信我，这项工作特别带劲，需要有冒险精神。"

"那就太好了！"

"'老虎'，你已被分配在秘密情报处工作，具体任务由该处处长惠特尼·谢泼德森告诉你，到时他会找你的。但有一点我可以明白无误地告诉你，我们即将在南欧发起登陆作战，代号叫'铁砧行动'。但在行动之前，迫切需要掌握德国人的行动，越清楚、细致越好，因此你去那儿是关键。你要去迷惑德国人，使他们无法知道我们的行动计划。是我从纽约回来后推荐你的，我现在仍然相信你一定能胜任这项工作。如果你失败，也就是我的失败。"

约翰的一席谈话使艾琳激动不已，她十分渴望去完成这项不寻常的任务。

很快，秘密情报处处长谢泼德森就在办公室接见了艾琳。他与她握手后说：

"你的教官对你十分满意。我不明白，像你这样漂亮迷人的小姐，为什么这么积极地想去参战，想去冒生命危险。"

"处长大人，坦率地说，在我所认识的男青年中，包括我的两个哥哥，都去打仗了。我也是一个青年，也和他们一样热爱祖国，愿为她去冒险贡献一切。如果只允许男青年报效祖国，这无论如何是不公平的。"

"很好，小姐。这次我们挑选你去完成的这项任务特别重要，同时也十分危险，这也是选中你的原因。我们接到潜伏在盖世太保内部的一个内线报告，说希姆莱手下有一名最精干的间谍在马德里活动，他领导着一个高效率的谍报网，专门负责搜集盟军有关'铁砧行动'的情报。你的任务就是要挖出这个间谍。我们需要你打入马德里的上层社会。你到达马德里后，我们的特工人员会去接你的，并会向你介绍几个人，告诉你注意事项。谁会想到，在西班牙竟是一个女子，还是一个妙龄女子在从事着这种工作。西班牙崇尚斗牛，那么，我们这次行动的代号就叫'斗牛行动'。可爱的小姐，立即出发吧。请记住，你的公开身份是美国石油公司西班牙办事处的工作人员。愿上帝保佑你，一切平安。"

潜伏西班牙

当晚深夜，艾琳就提着简单的行李登上了火车，开始前往西班牙的第一段旅程。她乘的是第一节车厢，空空荡荡的车厢里只有一个乘客。当她放下行李坐好后，看了那位乘客一眼，不禁大吃一惊，他竟是与她在同一个训练学校受训的皮埃尔。他特别温柔地对她说：

"我帮你把行李放到行李架上去好吗？"

"哦，不行！我必须换个车厢。因为，按规定我们同时受训的学员不能私自见面的。"

"不必担心，这节车厢里除了你我之外，再也没有第三者。"

于是，他们默默无言地坐着。过了一会儿，皮埃尔点燃一支香烟吸着。当火车开到终点时，他们又一起走下车，皮埃尔替艾琳拦了一辆出租车。接着，他颇有感情地对她说：

"再见了，老虎。也许这是我们最后一次见面。"

说完，他猛然抱住了她，并深情地望着她。是的，近两个月的朝夕相处，他们相处得十分融洽。许多甜蜜的回忆涌上心头，艾琳微微闭上眼睛。他将嘴凑上来，他们紧紧地、长久地亲吻在一起，足足有 5 分钟之久。最后，艾琳向他道别，但彼此谁也没问谁到哪儿去。

1943 年 12 月 31 日，艾琳终于到了西班牙首都马德里。美国战略情报局驻马德里情报站的特工人员埃德孟多·拉萨尔接待了她。几天后，她又按照指示来到市中心一栋大楼的二层，那儿挂的牌子是"美国石油代表团"。她在该代表团的代表华特·史密斯的带领下，来到另一个楼梯。走到一间办公室前他敲敲门，里面传来雄壮的男声：

"请进。"

在宽大的办公桌后面，坐着一个高大的男人。他见是艾琳进来，于是立即站了起来，并同她握了握手。当艾琳坐在室内唯一的一把椅子上后，他便说：

"欢迎你，艾琳小姐。我叫菲利普·哈里斯。"

哈里斯是美国战略情报局驻马德里情报站的站长。艾琳来这儿是领受具体任务的。他一见到她，自我介绍后，便开门见山地说：

"艾琳小姐，我一直等着你的到来。在整个西班牙，我们只有 12 名情报员，而德国间谍多达几百人。所以，我的人手十分短缺。原因是一个三面间谍，他同时为德国人、西班牙人和我们干事，使我们近半数的秘密工作人员暴露。要记住，到这儿后，一定要随时随地保持高度警惕，小心谨慎处事。否则，就容易暴露，惹来杀身之祸。"

接着，哈里斯告诉艾琳：

"你在马德里的联系人是'高帽子'，就是接待你的埃德孟多·拉萨尔。他会带你去见一些人。而你所执行的'斗牛行动'计划，在马德里除我之外，再没有人知道。因而，千万别向任何人泄露。今后，你就担任'高帽子'和我之间的联络人。所有情报都必须送到我这儿来，知道吗？"

"知道。"

当哈里斯向艾琳交代具体任务时，他的语气加重，表情异常严肃，给人的感觉是对他的每句话都不能产生丝毫置疑。

"你到这儿来的具体任务就是要挖出希姆莱派到这里来的高级间谍头目。由于时间很紧，你必须争分夺秒地工作。因为，据估计有可能在发起'霸王行动'的 10 天以内，就要进行'铁砧行动'。而这次盟军在欧洲南翼登陆能否成功，主要取决于我们马德里情报站提供的情报。我们就是要确保'铁砧行动'万无一失的顺利实施。"

哈里斯抬起头看了看艾琳又说：

"有关德军行动的情报，一部分由欧洲情报员亲自送到这儿，一部分由报务员用无线电发到这儿来。我们将它们集中后，再发回美国总部。"

说着说着，哈里斯似乎有些激动，他紧握拳头猛地击了一下桌子说：

"这地方就是'铁砧行动'成功与否的关键。艾琳小姐，如果你不严格遵守命令，就有可能使数以万计的美国士兵因此而丧命。"

艾琳吓得不敢说话。这时，只见哈里斯拿出一张纸递到她的手中，并说：

"现在把这份报告念一遍，并且要默记下来，不许忘记。"

报告上列有 3 个人的姓名，其中之一是希姆莱派在马德里的间谍头子。这 3 个人是：尼可拉斯·黎连索王子、葛洛莉亚伯爵夫人和汉斯·拉萨。报告上还对每个人作了一个简单的

希姆莱

介绍。

在接见快要结束之前，哈里斯又特别向艾琳交代了两件事：

一是不得暴露身份，一定要遵守上下班的工作时间，要使人感到她确确实实是石油办事处的职员。

二是不许谈恋爱。如不遵守规定，一旦发现此类问题，立即就会送回华盛顿。讲到此事时，他说昨天就有一名女间谍员，因同手下的一名葡萄牙间谍坠入情网而被迫自杀。

最后，哈里斯打开抽屉，拿出一把小巧的 2.5 毫米口径的"贝雷塔"手枪交给艾琳，并说：

"我建议你随时带着它。"

艾琳打开手提袋，把它放了进去。

从哈里斯的办公室走出来后，艾琳确实感到自己的责任重大，决定要尽最大努力去完成上司交给她的任务。从此后，她以美国驻马德里石油办事处职员的身份作掩护，活跃于舞厅、宴会、夜总会等上层社交场合。以此跻身于达官贵人之间，同隐藏在马德里的纳粹间谍展开了一场你死我活的惊心动魄的斗争。

马拉加之行

哈里斯交给艾琳的第一个具体任务是将东西送往马拉加的"黑家伙"那儿。那天正好是周末，哈里斯在办公室向她交代说：

"你去执行一项任务，今晚就动身，搭乘 22 时开往马拉加的火车。但你要装扮成一个轻浮的美国姑娘利用周末外出游览，看看这非同一般的国家。"

哈里斯说着，拉开抽屉，从里面抽出一样紧紧地包在透明信封里的东西对她说：

"你在训练时肯定知道微型胶卷，这可是一项突破性新技术。在这卷胶卷里，有一些西班牙人的姓名和地址，他们将掩护并帮助我们在马拉加至比利牛斯一带的地下交通线上活动的特工人员。这是我们一年来辛勤工作的结果。佛朗哥的秘密警察如果获得这东西，他们会得多少奖赏……我简直不敢想象。你必须把它及时送到'黑家伙'手里。他是你在马拉加的接头人，刚从阿尔及尔来。但你见到他时，不要跟他讲任何话。"

哈里斯拆开包装上的一层胶条，用两个手指头夹着胶卷。然后，他让艾琳站起来，把微型胶卷绕在她的腰间。

"你这么带着它，也许保险些。"

接着，哈里斯又拿出了一个硕大的公文包，里面放着一支乌黑发亮的小型"柯尔特"自动手枪。他把它交给艾琳时特别交代说：

"这些都是送给'黑家伙'的礼物。你到达旅馆后，就把它们放到公文包里，并要在接头前设法把缠绕在腰间的胶卷也取下来，放进去。这些都是预防措施，为的是不让敌人找到情报。为了能够安全交接，你千万记住：第一次接头时间是明天下午 2 时

30分，第二次接头时间是明天18时30分，第三次接头时间是次日的下午2时30分。接头地点是马拉加市中心的大教堂里。'黑家伙'的标志是脖子上围着一条白围巾，并坐在后排座位上等你！"

最后，哈里斯拿出一张火车票对艾琳说：

"按规定乘火车要带旅行证。但我们没有这个证件，也许会遇到一点麻烦。不过，以你的年龄和其他条件，估计没有旅行证，也能混过去。如实在不行，则设法把胶卷毁了就行。"

艾琳提着装有发报机和手枪的箱子，登上了马德里至马拉加的火车后，并没有坐进豪华的车厢。她摸摸围在腰间的微型胶卷。突然，这时有人在敲门，使她因第一次执行任务而紧张的心情更显得不安。进来的是一名乘警。

"小姐，请出示你的护照和旅行证。"

艾琳将护照递给了他。他看了一下后说：

"你的旅行证呢？"

"什么？旅行证，你指的是什么？"

"小姐，这是最近的新规定，外国人离开马德里外出旅游，一定要有旅行证。否则，就只能待在马德里。"

"外出旅游还有这规定？很抱歉，我确实不知道。"

"既然如此，那么只好麻烦小姐，明天上午跟我到马拉加警察局走一趟。"

遇到这种事，使艾琳一个晚上都不能安眠。她老盘算着明天如何出站。第二天早上，当火车到达马拉加时，刚走出车厢的艾琳就看到警察早已在门口等着她了。她拿出一沓厚厚的钱，装作无可奈何的样子对他说：

"我只在这儿待两天，只两天，请高抬贵手。这点小意思，您先拿去用吧。"

"小姐，我可不吃这一套，从不收受贿赂。你一下车，还是跟我去警察局吧！"

乘警提着艾琳那装有危险品的箱子，很快就把她带到马拉加警察局。但他们被告知：负责处理此类问题的官员唐何塞已去看斗牛了，必须耐心等待。可是，一直等到中午一两点钟，这位官员仍然没有回来。艾琳十分焦急。因为，这事对她来讲特别难受，每度过一分钟都将对精神产生很大的压力。

第一个接头时间下午2时30分已过去了，但仍不见唐何塞的影子。等得十分心烦的艾琳以防万一，她把手伸进上衣，取出缠绕在腰间胶卷上的胶带，十分小心地将它紧紧缠绕在一个小卷轴上，之后又把它放进了裙子的口袋。

第二个接头时间下午6时30分又过了，唐何塞还没回来。熬过漫长下午的艾琳这时感到有些绝望。因为，警察对她看得特别紧，寸步不离。她的一举一动都逃不出他们的眼睛。看来她没有丝毫能逃离这地方的希望。她想，要是明天下午2时30分最后一次接头时间还被错过的话，这就宣告了这次执行任务的失败。如果这样，她决定将胶卷扔到厕所里冲掉。

这天晚上，艾琳在警察局熬过了一生中最难过的漫长夜晚。其间，她曾试图贿赂两名换夜班的警察，但都无效。第二天上午，眼看又要过去了，可唐何塞仍然无丝毫踪影。艾琳绝望到了极点，难道最后一次接头的机会真要丧失吗？快到下午 1 点时，唐何塞总算被等来了。他无意中看到艾琳便问：

"那位小姐是谁？"

极度忍耐的艾琳给他一副笑脸。一个警察赶紧说：

"她是一个美国小姐。"

"为什么你们如此对待这位漂亮迷人的小姐。实在对不起，小姐，热烈欢迎你来马拉加。"

唐何塞一边说着，一边把手伸进铁栏杆和艾琳握手。同时，他讨好地对她说：

"你大可不必担心，一切会好的。不管你有什么问题，我都能帮你解决。"

当艾琳走出铁栏杆，把前后经过向唐何塞叙述一遍后，他便打开办公桌的抽屉，拿出纸笔和图章放在桌上，对她说：

"这事好说，我们立即把它办妥。只要在你的护照上签字、盖个章，一切就解决了。"

接着他龙飞凤舞地在艾琳的护照上签好名、盖上章。等到一切办妥时，已是下午 2 时 15 分：离最后一次接头仅剩下一刻钟了。心急如焚的艾琳急忙奔向教堂。

艾琳走进教堂后，在昏暗的大厅内找好座位坐下来。她希望"黑家伙"不要来得太晚，千万别让她再在这儿心烦地等他。几分钟后，就有人走近她那一排座位，在离她不远处跪下祈祷。几秒钟之后，她看见他围着一条又脏又旧的白围巾。艾琳连看都没看他一下，只悄悄地把用丝围巾包好的手枪从长凳上推过去。他一伸手，一秒钟后又把丝围巾还回来。接着，她又把装有发报机的手提包推过去。最后，她把胶卷放在手心里朝上伸过去，在她没有任何感觉的情况下，"黑家伙"把它拿走了。

一切进行得非常顺利。当艾琳走出教堂时，脸上露出了笑容。尽管经过了千辛万苦和不少坎坷，但最后还是圆满完成了这次任务。

希姆莱与皮埃尔

艾琳在马德里的工作也很快就开展起来了。她在"高帽子"的带领下，在舞厅、宴会、夜总会等场合，结识了一些社交圈子里的人士。其中，包括据说是马德里消息最灵通的人士之一的蜜莫莎侯爵夫人，"高帽子"的一位好朋友。但她无论见过什么人，或搜集到什么情报，都要向莫扎特（即哈里斯的代号）汇报。

在马德里工作时，对她一生中最重要的一个晚上是她偶然发现德国秘密警察头子希姆莱密访西班牙。

那天晚上 23 时，正在贺丘餐厅用餐的艾琳和"高帽子"，发现一个年约六十岁而又矮胖的男人走进来。她便好奇地小声问"高帽子"：

"这人是谁？"

"德国大使馆新闻处的汉斯·拉萨，马德里出了名的社交人士，但他的真实身份谁也不清楚。"

一听到说是汉斯·拉萨，艾琳很高兴。因为，名单上3位可疑的重要人物之一出现了。但她表面仍像什么事也没发生一样。

只见拉萨走到餐厅后面，打开一扇门走了过去。艾琳便又问道：

"那是什么地方？"

"专门用来招待德国上层人物的贵宾室。"

正在这时，餐厅门口的一大批侍者又将一位漂亮的妇人迎进来。这个女人个头高，身材苗条，穿着黑色晚礼服，脖子上戴着闪闪发亮的珍珠项链。他们看着她走入餐厅，也走进了那扇门。

"这女人是谁？"

"葛洛莉亚伯爵夫人，马德里有名的美女。"

"也许她就是拉萨的贵宾。"

"不一定。我看那房间里也许有德国的重要官员。"

经"高帽子"这么一说，艾琳来了兴趣，望着那扇门出神。她想设法查清里面到底有些什么人。不久，3名侍者走向那间小房子，看来要上主菜了。这时，艾琳脸上露出了笑容，一个好主意已从脑中产生。正当第一名侍者打开房门向里走去时，艾琳假装向"高帽子"示范刚学会的网球动作，用手一挥，"碰巧"打翻了旁边放香槟酒的水桶，酒瓶、冰块和水全部滚落到正打开的那间小房门口，而且有少量的滚到了房内的红地毯上。见状，几名侍者赶忙走来清理，大家手忙脚乱地慌作一团。而房内餐桌上的人不知发生了什么事，也纷纷回过头来看。就在这时，艾琳清楚地看到了坐在伯爵夫人身边的那张男士的脸。很快，小房子的门就关上了，餐厅内恢复了平静。艾琳手拿面包将头伸过去对"高帽子"轻轻地而又缓慢地说：

"喂，你猜我刚才看见了谁？希姆莱。"

"胡说，这是不可能的。小姐，再说，希姆莱到西班牙这么大的事，我会不知道吗？你的神经没出问题吧。"

"'高帽子'，这可是千真万确的。"

"太离奇了！他已有3年没来过西班牙，更不会在这时候来。不过，不管怎么样，我们还是要把它查个水落石出。"

此事在艾琳回到住所时，就有进一步的旁证材料。当她在电报室接收了当晚最后一份密电译出后，内容如下：

"西洋旗致莫扎特：据可靠线民报告，希姆莱最近到过马德里和巴塞罗那，请紧急查证此事。"

很快，艾琳被哈里斯叫到办公室。

"你说说，在贺丘餐厅你看见谁跟希姆莱在一起？"

艾琳详细地向他汇报了在贺丘餐厅的所见所闻后，等待哈里斯的进一步指示。

"小姐，一定要设法调查清楚希姆莱到此的所有细节，他和什么人在一起？来过多少次？曾在哪儿停留过？所有这些问题，都必须一个不漏地查清楚。"

哈里斯说到这儿，突然往椅子上一靠，转换话题地问道：

"艾琳，最近你见过什么人？干了些什么？"

"我见过黎连索王子的女儿卡洛拉，并与她交上了朋友。"

"太好了！什么时候你能见到她父亲？"

"卡洛拉已约我下周到他们家的乡村别墅去度假。"

"艾琳，好好干，我祝贺你。"

就在这事后不久，艾琳又遇到了一件意想不到的事，那也是一个晚上。那晚 10 时，"高帽子"约定来接她去参加美联社记者举行的招待晚宴。当她在更衣室穿好一件丝质红色洋装，正化妆涂口红时，突然听到一阵奇异的响声，使她大吃一惊。从声音判断，像是有人正企图打开隔壁阳台的百叶窗。

艾琳迅速取出手枪，悄悄走进房内，急忙隐藏在窗帘后。这时只见阳台的玻璃被人缓缓推开。接着，一只男人的手拨开花边窗帘布。本来艾琳想立即朝他开枪，但最后她还是想看看这是谁。当那人跨出窗帘时，她惊叫起来：

"皮埃尔，你来这儿干什么？"

吓呆了的艾琳，早已把枪口对准了他的胸脯。但他镇静地向她走来，拿掉手枪后，笑着吻了吻她的手说：

"'老虎'，你好！没想到我也会来马德里吧？"

"你什么时候到西班牙的，又怎么知道我在这儿呢？"

"干我们这行就有这个本领，你说呢？不谈这些。来，坐下，我们好久没见面了，不能谈些其他的？"

"你偷偷到这儿来干什么？要知道，刚才我差点开枪打你。"

"你不必问这么多。同时要记住，也不能让其他人知道我来看过你。"

皮埃尔搂着艾琳的腰走向沙发。刚坐下，他又像发现什么似的突然跳起来走到桌前，从花瓶中拿起一枝红玫瑰，然后又坐到艾琳的身边。他折断花梗，把花插在她的头上。

"对不起，现在只好将就一下，等以后有机会，我一定要买一朵最漂亮的花，来配你这张一直令我无法忘怀的迷人脸蛋。"

他说着，把艾琳拉过来热烈地吻着她的脸。接着，他紧紧地抱住她。这时，艾琳沉浸在爱之中，无法抗拒他。正在此时，突然门铃响了。皮埃尔赶忙站起来问道：

"是谁？"

"'高帽子'，我的联络人。真糟糕，他要带我去参加美联社记者举行的宴会。"

他们两人赶忙走向阳台。

"千万别让人看到我。'老虎'，这以后，不知何时再能相见。请千万别忘了我。"

皮埃尔说完后迅速热吻了一下艾琳，然后消失在窗帘后。

侯爵夫人和王子

周末，艾琳应约来到黎连索王子的乡间别墅，卡洛拉热烈地欢迎了她。当她一见到艾琳，就跑过去和她拥抱，并在她脸上吻了一下。

"艾琳，你的到来，使我特别高兴。来，我把你介绍给我父亲。"

卡洛拉拉着艾琳走向大厅的另一角。她又用手钩着一名威严高大的男子撒娇地说：

"爸爸，我对你说过，我新近结识的好朋友艾琳·格里菲斯，你还记得吗？"

"记得，记得。宝贝闺女的好朋友，我怎么会忘记呢。艾琳，很高兴见到你，欢迎你常到这儿来做客。"

环顾四周后，使艾琳大吃一惊。替纳粹盖世太保工作的康斯坦丁·卫得斯克坐在壁炉边，葛洛莉亚伯爵夫人正和汉斯·黎连索王子在另一群人中喝茶，蜜莫莎侯爵夫人也来到这儿。太好了，名单上的三人竟然有两人同时在这儿出现，艾琳决定在周末假期结束之前查查他们的房间。一小时之后，她已坐在自己的房间内，正思索着如何采取行动。突然，传来轻轻的敲门声。

艾琳打开房门，惊讶地发现站在门口的竟是蜜莫莎侯爵夫人。几周前，她们在一次宴会上见过一面。这时，侯爵夫人的神情沮丧令人害怕。

"夫人，进来吧。你怎么啦？"

这位瘦骨伶仃的女人走进来，在壁炉前的椅子上坐下来，她紧张而又胆怯地对艾琳说：

"上次，我们只见过一面，我既不知道你是谁，又不知道你是干什么的。但我现在十分害怕，然而却又找不到可叙说的人。我只知道你是埃德孟多的朋友，所以冒险来找你。我真害怕，如果他们一旦知道我了解他们的秘密，就会杀死我。同时，假如他们发现我把秘密告诉你也会杀掉你。"

"你讲的是谁呀？"

"我，太危险了，我不敢告诉你他们是谁。但你一定要相信我，亲爱的。德国人计划暗杀佛朗哥。我已知道他们的计划，也知道由谁来主持。因为，佛朗哥没听从德国人的命令。所以，他们不满意，计划干掉他，扶持另外一个人就任。一旦此人上台，则马上宣布西班牙加入轴心国，向同盟国宣战。"

"你为什么不向佛朗哥报告此事？"

"你不知道，小姐，我是保皇党。再说，我也不认识他，他能听我的吗？"

"你是想让我替你做点什么吗？"

"不，小姐，你可替你的祖国做些事，在这场可怕的战争中去保护自己的同胞。我告诉你，有个与美国人经常接近的人也参与了这项阴谋。此人表面上是替美国人做事，但实际上却是替德国人卖命。"

侯爵夫人说完颓然地靠在椅子背上，双肩下垂，毫无力气。她最后的讲话，明确地告诉艾琳，一个德国间谍已打入美国人之中。她听后目瞪口呆，感到有些茫然。但理智告诉她，必须查清此事的来龙去脉和它的可靠性。

"侯爵夫人，你也许弄错了，怎么会有此事呢?"

"不!我绝没弄错。这是千真万确的，是我亲眼所见、亲耳所听，这还能错? 不过，这纯粹是在偶然的情况下发生的。昨天，我去梅里安公爵的王宫里参加宴会，因为十分疲劳，便想找个地方休息一下。后来，我在一个没人的房间里找到一个椅背正对着门口的大靠背躺椅。谁知，我刚坐下不久，他们就进来了，但没发现我，而我却从装在房间的一面镜子里看清了他们。我原想出声，但当我发现他们之中有我认识的一个人，而且非常熟悉。按理他不应该出现在西班牙。所以，我屏声息气。他们也就谈起了暗杀佛朗哥的全部细节。我吓坏了，十分害怕。你说，我现在该怎么办?"

看得出，这位侯爵夫人确实害怕到了极点。一天多过去了，她仍感到惊慌失措，不知如何是好。

这次周末假期艾琳玩得很愉快。当周日返回马德里她正要上床睡觉时，突然电话铃响了。她拿起话筒，只听到"高帽子"用很奇怪的声音问道:

"你是不是坐着?"

"怎么了? 我已躺在床上。"

"告诉你一个坏消息，蜜莫莎侯爵夫人突然死于心脏病。"

艾琳听后吓呆了，连话也说不出来。第二天，她向莫扎特报告了此事。他深感惋惜，喃喃地说:

"很可惜，这对我们是一个莫大的损失。"

艾琳知道，若不是这位侯爵夫人死去，他们完全可以从她的口中查出潜伏在他们之中的德国间谍是谁。是谁杀死她的，他们无从下手，没有一点线索。不久，连她的女佣也不明不白地失踪了。

几个星期后的一天晚上，当艾琳和"高帽子"一同赶往他们的一个重要情报来源布鲁姆的住处时，他也被人杀死了。他原说有重要消息要告诉他们。这是谁干的呢?他们仍然一无所知。

第二天，艾琳又赶紧把此事报告莫扎特。他听完沉思一会儿后，做了一个下定决心的表情。接着，他弯下腰，打开办公桌最下面的抽屉，拿出一个铁盒，从里面取出一个小药盒，交给艾琳说:

"作为你的上司，我完全有责任把它交给你。"

艾琳知道，这是剧毒药丸。只要放到嘴里咬破，不到2秒钟就会毫无痛苦地死去。

"艾琳，你必须十分小心，什么事都可能发生，当然，我们也会尽量设法保护你。但以防万一，你最好带上它。因为，我们每一个间谍都有这种药丸。"

从莫扎特的办公室回到机要室后，恐惧占据了艾琳的整个心房，她害怕到了极点。蜜莫莎侯爵夫人和布鲁姆相继遇难，下一个会轮到她吗? 这个问题谁能回答。从布鲁姆的惨死分析，他死前肯定遭到逼供拷打。莫扎特给她毒药盒子不是没有道理，谁希望自己的下属在遭到严刑拷打下出卖组织，出卖他人呢?

一天，艾琳刚从外面回到办公室，桌子上的电话像长了眼睛一样立刻响了起来。

"小姐，我有急事要告诉你，请马上到布拉多博物馆来见我好吗？"

"好，黎连索王子，我马上就去。"

他们两人一见面，黎连索王子就急忙说：

"任何人都不知道我约你到这儿来，包括卡洛拉在内，我希望你把它当作我们两人的秘密。小姐，不知我能否信任你？"

"这点请放心，毫无问题。"

当他们在空旷的博物馆大厅里走着时，艾琳把装有手枪的手提包夹在腋下。她必须时刻保持高度警惕，小心提防，谁知道会发生什么事？谁也不能担保凶手不会在博物馆出现，把她干掉。黎连索王子接着对她说：

"我是一个德国人，一直以此为荣。但现在我发现希特勒好像是一个毫无理智的精神病患者。像目前这样，他不仅要毁掉德国，也会毁掉全世界。因此，我不希望德国打赢这场战争。"

"我最近得到一个对盟国十分重要的情报，但我无法，也不能去找美国大使，告诉他这件事。那样做，肯定会引起德国人的怀疑，所以，我秘密邀见你，因为你是我唯一可信任的美国人，想把这事告诉你，并请你转告美国当局。"

"谢谢你对我的信任，我将尽力而为。"

艾琳若无其事地随口答道。但是，黎连索王子却非常严肃地对她说：

"我的一位在意大利盖世太保头目伍尔夫将军办公室的王族亲戚，最近偷听到伍尔夫和希姆莱的一次电话通话内容。"

说到这儿，黎连索王子显得有些紧张。他看看艾琳，再看看四周，当他确信没有人会听到他的讲话时，才继续说：

"希姆莱告诉伍尔夫，他安排了一名间谍潜伏在西班牙的美国情报站内。"

艾琳听到此话后，像触电一样被猛击了一下。这是她第二次听到此事，她极力控制着自己的情绪，不让它外露。看来这事是千真万确的，这名潜伏在内部的德国间谍到底是谁呢？"高帽子"？莫扎特？还是其他什么人？这些问题在她脑子里不断出现。她百感交集，几乎是蹒跚地走出博物馆的。

当艾琳回到办公室时，莫扎特早已下班。于是，她来到机要室，反锁上门后，便向华盛顿总部发出一份密报：

"'老虎'致电朱比特：黎连索王子今天告诉我，一位在意大利盖世太保总部工作的王族，偷偷听到伍尔夫和希姆莱的电话谈话，指出有位德国间谍潜伏在西班牙的美国情报工作站内部。请指示，我是否向莫扎特报告此事。"

第二天，当莫扎特问艾琳，昨天黎连索王子向她说了些什么时，她用话搪塞了他，但他仍然劝她要小心。

九死一生

自从艾琳知道德国间谍已渗透到美国驻西班牙情报工作站内部后，接连不断地发现美方特工人员及其为他们服务的人员惨遭暗杀。这种暗杀正如莫扎特所预料的那样，也很快降到艾琳的头上。由于她的运气，机敏和果敢，才使自己化险为夷，幸免于难。

由于工作需要，艾琳时常要接待一些从法国过来的传送军事情报的女特工人员。然后，再将这些情报发往伦敦的盟军总部。尤其是在盟军制定"霸王行动"和"铁砧行动"前夕，更需要这类情报，因而从法国经常有人过来。

1944年4月6日，艾琳又接待了两名从法国过来的女特工人员。其中一名负了伤，她叫玛尔塔。而另一名叫马德莱娜，情报是她搞到的。玛尔塔对艾琳说：

"我们没有身份证，必须在这里等着搭车回边界去。小姐，你能同意我们住到下星期吗？"

"没问题，而且你们之中一个人还可住在我的房子里。因为，周末我正好外出参加一年一度的升天节的仪式。"

但当星期一的清晨，艾琳返回住处时，房里情景使她一下惊呆了。床上到处溅满了血，一个女特工的太阳穴挨了一枪，披散着长长的黑发，满脸血污，样子十分吓人。而且，她的右手边还放着一支左轮手枪，看样子像是自杀的。

艾琳半天才醒过神来，她战战兢兢地拿起电话，和莫扎特通了话。但他只说了一句：

"你千万别乱动，一定要等着我。"

电话很快就断了。不一会儿，莫扎特就来到了艾琳的住处。经检查，这个死者就是玛尔塔。由于她负了伤，手上缠着纱布，根本无法扣动扳机，显然不是自杀而是他杀的。于是，莫扎特非常严肃地对艾琳说：

"这是错杀。因为，凶手绝不是冲着玛尔塔来的，而是冲着你来的。他们并不知道你外出，更不知你的床上睡着玛尔塔。从现场分析看，他们是在夜晚很近的距离内错杀了她，然后从窗口逃出去。你必须换个房间，因为他们一旦知道你没死，是会再来找你的。"

很快，艾琳就换了一个住房。

真危险，如果这两名女特工人员不来，玛尔塔不住在她的房子里，如果她不参加升天节活动仪式，后果将不堪设想……

如果说这次脱险艾琳靠的是运气，那么，在6月的另一次脱险中，她完全靠的是自己的机智和果敢，才死里逃生，免遭毒手。

6月4日，盟军已攻占了罗马。

6月6日，盟军在诺曼底登陆迅速展开，并进展得十分顺利。看来在欧洲南部的"铁砧行动"计划也要马上实施了。就在这天晚上，艾琳收到朱比特发来的密电：

"派皮埃尔前往马德里从事特别任务，派'老虎'做他的联络人。"

　　得知皮埃尔要来马德里，他们很快又要见面，艾琳感到无比欢乐和喜悦。可是，当她把密电送给莫扎特过目时，他对此事却看得很平常，只淡淡地对她说：

　　"你和皮埃尔的接头，我会安排你们在公开场合见面。"

　　一天，莫扎特把艾琳叫到办公室对她说：

　　"23 日，在普耶塔乡村俱乐部有场舞会，希望你能参加。"

　　几经周折，好不容易艾琳才弄到了邀请卡。当她走进舞场时，人已坐满了。很快，她在众多的宾客中发现了皮埃尔。这时，他也看到了她，但他们装作互不相识。与此同时，她的许多"老朋友"黎连索王子、葛洛莉亚伯爵夫人、拉萨、卡洛拉等也在场。莫非莫扎特有意安排自己和皮埃尔在这儿相会。于是，她找一个位置坐下，与大家交谈起来。

　　一会儿，皮埃尔又出现了。他在艾琳的那张桌子边的一个空位子上坐下，然后很有礼貌地对她说：

　　"小姐，可以请你跳支舞吗？"

　　艾琳看看卡拉洛，装出很惊讶的样子。与他走进舞池，许多人看着他们，尤其是葛洛莉亚伯爵夫人。在舞池拥挤的中央，皮埃尔紧紧地抱住她说：

　　"'老虎'，今天我们又见面了。"

　　"小心点，我叫艾琳。"

　　"什么危险？谁对我不利。"

　　"不知道，但你还是小心为好。见到我高兴吗？"

　　"像梦一样，太高兴了。"

　　"过一会儿我就要走。但一小时后，我会在俱乐部门口等你，让我送你回家。"

　　不久，皮埃尔便消失在人群中。

　　艾琳又和其他人跳了几支舞曲，眼看一小时过去了，她匆匆走向门口。皮埃尔在门口左边阴暗处等着她。他笑着走上去迎接她，使她浑身充满了暖流。当他们刚在雷诺牌小轿车里坐定正要启动时，突然有人跑过来，大声喊叫着：

　　"佛兰西斯科，佛兰西斯科！"

　　艾琳发现来者是葛洛莉亚伯爵夫人，她是皮埃尔的女友，但说是他的情人更恰当些。她一边跑着，一边喊着他的真名。皮埃尔伸出脑袋问道：

　　"葛洛莉亚，你有事找我吗？"

　　"我想同你谈一件很紧急的事，而且是生死攸关的大事。现在就谈。"

　　"艾琳，对不起，她像有急事。我找司机把你送回家去。"

　　皮埃尔下车走向停车场。一会儿从那儿领来一个矮胖但很结实精壮的小伙子走来对他说：

　　"把这位小姐安全地送回家后，再把车开回来。"

　　汽车开动后，沿着盘山路而下。驶上宽阔的公路后，一会儿司机又将方向盘向右一打，驶入另一条路。接着，他七拐八拐地将车开到一条荒凉的路上，艾琳问他：

　　"怎么走到这路上来了？"

"走它要近些。"

看着这荒无人烟的开阔原野，景色越来越荒凉，艾琳不觉警惕起来。突然司机把车猛地停在路边。车子刚一停稳，她迅速地跳下去，拼命地朝路边的灌木丛中跑。但后面追赶的脚步声也越来越紧。她毫不犹豫地边跑边掏出手枪。后面的脚步声也越来越急，越来越大。尽管四周一片漆黑，伸手不见五指掩护了她，但要躲过追赶是很困难的。谁知这时她的裙子被灌木丛中的荆棘刮住，鞋也跑掉了一只，但后面的人仍穷追不舍。她立即转身蹲下，朝约15英尺开外的那个黑影开了一枪。糟糕，没有打中。他猛扑过来，用双手紧紧地掐住她的脖子，想把她掐死。呼吸已十分困难的艾琳，使尽最后一点力将枪对着司机，就在她即将失去知觉的一刹那，枪响了。随即四周一片寂静。

几秒钟后，昏过去的艾琳又苏醒过来了，但司机却已经死了，他的尸体仍然压在她的身上。当她站起来后，翻动了一下尸体，从他身上搜出了证件、香烟和一把绑在小腿内侧的匕首。她为自己这次虎口逃生而感到兴奋不已。

第二阶段行动

一大早，艾琳被电话的铃声吵醒，她懒洋洋地拿起电话。

"昨晚怎么啦？"只听到皮埃尔在电话里问道，"司机为什么没把我的车开回来？"

艾琳约皮埃尔在白天鹅俱乐部咖啡厅等她，他仍是她心目中的白马王子。从在训练队的初次见面开始，她就被他的魅力所征服。而且，他也深深地爱着她。这点作为一个女人，她心里是最清楚的。

当他们两人在咖啡厅见面坐好后，艾琳便把昨晚发生的事情详详细细地告诉了皮埃尔。他听后既惊讶又愤怒，自责地对她说：

"'老虎'，全怪我，怎么会找这么个人去送你。我去找司机时，他第一个自告奋勇地答应送你，谁会想到他竟是一个杀手。我敢打赌，他肯定是德国人花钱雇来的。"

说话越来越激动的皮埃尔，紧紧地握住艾琳的手，不停地安慰她。接着，他问道：

"最近，你有没有听到此次登陆的有关消息？说心里话，我在这儿见到你心里十分高兴。但我更渴望到敌后的法国去战斗，在那里干最过瘾、最带劲。请告诉我，莫扎特对我的下一步工作有什么安排吗？"

"没听说过。他只是让我把知道的一切情报详细地告诉你，并让我担任你和他之间的联系人。"

"听说，'铁砧行动'即将开始，我绝不会放弃参加这次行动的机会。"

"最近机要室来的所有电报，都是围绕这件事的。"

"是否已选定了登陆地点？"

"到目前为止，还没有这方面的消息。据我所知，登陆地点还未最后定下来。"

"若有这方面的消息，请立刻告诉我。另外，你告诉莫扎特，我截住了一名德国高级指挥部的信使，从而获悉：德国第一军司令波托埃斯特将军改变方向，离开了他原来的行军线路，正向比斯卡地区开拔。这支部队有 750 名军官，18850 名士兵和若干坦克。你必须立即将上述情报报告莫扎特。"

艾琳答应了他。当他们分别时仍然依依不舍，他深情地吻了她一下。

回到办公室，艾琳把与皮埃尔会面的情况向莫扎特作了详细汇报。他听后高兴地对她说：

"皮埃尔经历不凡，一直是我们最好的情报员之一。你能同他在一起工作，真是一件荣幸的事。不过，有关我们内部渗透德国间谍的事，除你我之外，没有人知道。你也一定要保守秘密，对任何人都不能泄露，并要和过去一样，不能有丝毫的引起人们怀疑的变化。"

说到这儿，莫扎特停下来，走了几步后，他又转过身来对艾琳说：

"朱比特来电表扬了你在'斗牛行动'中第一阶段的出色表现。同时，要你继续做好第二阶段工作。第二阶段工作的好坏，是'铁砧行动'的成败和成千上万名美军官兵生死存亡的关键。从现在起，我通知机要室，所有密码电报均由你一人负责。最近一两个星期朱比特将发来一份十分重要的电报，你收到后，立即通知我。"

8 月 8 日，这份重要的密码电报终于发来了。当艾琳译出后，内容如下：

"朱比特致老虎：十万火急，最高机密。通知莫扎特立即展开第二阶段行动。"

艾琳拿着电报，尽管不知它的含义，但她知道这是一份十分重要的电报。她一分钟也没耽误，拿着它急忙闯进了莫扎特的办公室。他看完电报后，轻松地出了一口气，脸上露出了满意的微笑，并拧开收音机的开关放大音量，以使别人无法听到他们的谈话：

"'老虎'，这封电报的意思是说登陆作战在法国的马赛展开。搞好了，它就意味着战争的结束；搞糟了，它就意味着几千名同胞命丧黄泉。这也是我们把皮埃尔调到马德里来的真正原因。"

接着，他又用极其严肃的口气对艾琳说：

"立即与皮埃尔联系。告诉他，上级命令他将他领导的特工人员全部带到马赛去，以便部队登陆时随时处于支援位置。有关登陆地点是最高机密，绝对不能泄露；不能让任何人知道，甚至对他的部下也不能提及此事。这点，你务必要向他讲清楚，绝不能有丝毫含糊，明白吗？"

艾琳什么也没说，只是肯定地点了点头。

"为确保这一最高机密万无一失和行动的迅速，我决定不让他冒险越过比利牛斯山返回法国，以免中途出事。我将用飞机把他们送到阿尔及尔，再把他空投进去。你告诉他，今晚我们有一架专机飞往那儿，晚上 9 时用我的'派克'轿车送他到机场。他何时空投到法国，目前我不知道准确时间，但我会告诉你以便你与我们一起收听无线电来了解他是否安全到达。"

几小时后，艾琳和皮埃尔又在白天鹅俱乐部的咖啡厅里见面了。在朦胧的灯光下，他们十分亲密地靠在一起坐着。他紧紧地握着她的手，用急切但很亲切温柔的声音问道：

"亲爱的，这么急着要与我见面，有什么事吗？"

"刚收到一份最高机密的电报，莫扎特让我专门向你传达一项重要任务。"

接着，艾琳把莫扎特的指示极其详细地告诉了皮埃尔，他听后很高兴：

"太好了，这一天总算来临了。"

皮埃尔紧紧地握着艾琳的手，他有些激动，深情地望着她问道：

"我什么时候出发？"

"今晚9时，莫扎特派一辆黑色'派克'轿车到旅馆接你。记住，这辆车挂着外交牌'CD406'号。车子把你送到格塔贾军用机场后，再由专机送你到阿尔及尔。"

"'老虎'，我们马上要分开了。请相信我，从受训一见到你，我就深深地爱着你。你一定要等着我，我会回来的，我也会想念你的。"

"我相信，我也一样地爱你。祝你平安归来。再见吧，皮埃尔。"

突然，皮埃尔紧紧地抱住艾琳，并长时间地吻着她。然后，他转过身去，大步朝相反方向走去。

真相大白

1944年8月15日晨，突然，艾琳从收音机里听到了一个震惊的消息：

"9.5万名盟军已成功地在坎城的圣托比兹的渔村附近登陆。率先强行登陆的是特拉斯科特将军率领的第六军，尾随其后的是法国拉特尔·德塔西尼将军的军团，担任后卫的是帕奇将军率领的美国第七军团。他们虽然遭到了德军的抵抗，但因为这次登陆是以突然袭击的方式出现，德军被打了个措手不及，象征性地抵抗了一会儿以后，就大败而逃。因此，盟军的伤亡也不像两个月前在诺曼底登陆时那样大。"

"铁砧行动"无疑是大获成功的。但艾琳却不敢相信自己的耳朵，一种不安的心情占据了她的整个心房。这地方距马塞太远了。而她告诉皮埃尔的登陆地点却是在马塞，哈里斯为什么要这样？她直奔哈里斯的办公室。同事们都在那儿热烈庆祝，她冲着哈里斯大声质问着：

"你为什么不相信我？为什么要把假情报告诉我并让我传达给皮埃尔？"

哈里斯并不急着向艾琳作解释，只冲她微微一笑。只有他才知道她生气的原因。这时，艾琳恍然大悟，原来希姆莱派来的间谍就是皮埃尔，把假情报告诉他，就会使德国人做出错误判断，把兵力和注意力引到马塞，盟军才能突袭成功。

"艾琳，为什么要这样，难道你不高兴吗？要知道，这次登陆的成功，可是有你的巨大贡献。如果不是你出色地完成任务，我们今天能在这儿开庆祝会吗？说不定我们数以千计的同胞会因此而断送性命。再说，这样做也是为了你的安全，为了保护你。你想想，如果你的任何行动，哪怕一点点能引起皮埃尔的怀疑，他会放过你吗？"

呆呆站在那儿的艾琳这时只知道拼命摇头，就是高兴不起来。不管哈里斯怎么解释，她有两点还是一下子接受不了，一是不能改变哈里斯对她缺乏信心的事实。二是原先她最信任、最亲近的人突然成了敌人，在感情上她一时也难以拐过弯来。

几天以后，当艾琳回到住处时，女仆安古斯蒂亚斯告诉她，有一位先生在房子里等她。她一走进房子里，只听到一个熟悉的声音在向她打招呼：

"喂，'老虎'，你的气色不错嘛。"

原来是他，约翰·德比。艾琳赶忙上前同他握手。

"你来这儿干什么？一向好吗？"

"很好。"

他们一起坐在沙发里，像久别重逢的老朋友似的。约翰看了看艾琳说：

"我是从法国南部来这儿的。首先，我代表谢泼德森向你表示祝贺。他听说你工作得很出色，十分高兴。现在他把发现你这个人才的功劳，记在他头上了。噢，我们不谈这些。但我要告诉你，皮埃尔是混入我们内部的间谍。你看一下这个报告，也许它可以解开你心中的疑团。"

约翰说着，从口袋里拿出几张折好的纸递给了艾琳。她走到窗前，打开纸张，"有关海外情报部工作人员皮埃尔的报告"一行字赫然展现在她眼前，使她明白了一切：

"佛兰西斯科·费罗尼叶，1916 年 7 月 17 日生于法国尼斯。父亲乔瑟夫·费罗尼叶，母亲西西莉娅是马德里圣奎斯侯爵的女儿，也是蜜莫莎侯爵夫人的姐姐。费罗尼叶在校学习英文，毕业后在维琪的美国领事馆工作，盖世太保秘密付给他报酬，请他窃取美国作战计划情报……经过调查后，终于确定他是潜伏的德国间谍。上级将他召回马德里，表面上是命令他协助情报人员通过边境地区。事实上，则是将他留在马德里，等待适当时机，利用他把错误的'铁砧行动'登陆地点情报告诉德国人。此一项诱敌计划已由海外情报处马德里工作站执行成功。但 8 月 15 日盟军登陆当天，皮埃尔失踪了，而且，再未出现他的行踪。盟军已将他的姓名列入战犯名单。"

看后，艾琳陷入沉思。

"艾琳，我们非常感谢你，这次你作出了无法估量的重大贡献。我敢担保，你给皮埃尔的假情报，在迷惑德军方面起到了关键作用。同时，你应该明白，哈里斯是非常敬重你的。要不是他大肆称赞你，也许我不会专程来这儿看望你。"

这些话，使艾琳的疑团顿时烟消云散，也像给她注射了一支兴奋剂。她听后十分激动，欢乐的笑容在脸上扩散开来，就像绽开的美丽花朵。

事后，盟军总司令艾森豪威尔将军高度评价了艾琳在"铁砧行动"中所作出的杰出贡献：

"在我们的'铁砧行动'中，她是这次胜利的功臣。"

一个女间谍能得到如此高的殊誉，在世界谍报史上也是屈指可数的。

九死一生的女特工

在第二次世界大战德国占领法国期间，法国妇女和其他被占领国家的妇女一样，以她们女性特有的技巧和胆识向世界人民证明：女人在地下工作中具有特殊重要的意义。伊丽莎白·普莉吉迪·佛热恩，就是这千千万万法国妇女中参加抵抗运动的一员。

加入 BCRA

1924 年 11 月 23 日，普莉吉迪诞生于巴黎的一个中产阶级家庭。父亲是一个思想开明的商人。她是家中唯一的女孩，从小父母就鼓励她大胆思索、畅所欲言，而且要胸怀大志，在学业和事业上都要有所追求。

1940 年 6 月，德国法西斯的军队入侵占领了法国。当时年仅 16 岁而又刚上大学的普莉吉迪便和弟弟一起参加了学生运动，反对德国占领者。她因为在午休时，往黑板上抄写戴高乐将军在 BBC 广播电台上发表的讲话而被学校当局开除。后来，又因为在学校窗户上画了一个当时象征法国自由运动的"洛林"十字架，并写了一个"胜利"的缩写字母"V"而受到惩罚。自然，她和同学们还干了许许多多非常危险的事。比如，在地铁里偷德国兵的武器。他们在十分拥挤的地铁火车里，凑到敌人身边趁混乱之机，从枪套里抽走他们的左轮手枪。有时，他们溜进餐馆，从衣帽间里偷他们的武器。

"二战"中的法国女兵

战争初期，德国兵经常把手枪放在外套的口袋里。另外，当时巴黎到处都有德国人的宣传橱窗，他们也找机会砸烂它。干这些事自然风险很大。

大学里的同学当时都知道她想更多地参加抵抗运动的活动。后来，她的理想终于实现了。

1943 年 9 月，法国中央情报局一位特工来到巴黎，接替该国西北部抵抗运动领导人的工作。因为，原领导人奉召调回英格兰。这位新来的领导人就是吉恩·佛朗西斯柯洛伊特·代思布鲁西斯，代号"加里里"。他是奉戴高乐将军之命而来扩大和调整中央情报局地下工作网的。加里里是一名法国空军的指挥员。1941年夏，他翻越比利牛斯山，从法国逃到伦敦戴高乐将军的麾下。

在英格兰时，加里里就从一位与他和普莉吉迪两人共同相识的一位朋友那儿听说了普莉吉迪的事迹。于是，当他被派回法国后，便和她建立了联系。当她退学后，就变成了他的助手，成为法国情报部门的一名正式特工人员。他们取她姓名的中间部分普莉吉迪为她在单位的名字，而代号叫"加里里2号"。尽管她喜欢伊丽莎白，但是"从那以后，我就一直以普莉吉迪的面目出现在世人面前"。

当时已是特工人员的普莉吉迪，仍然住在巴黎父母的家里，但她并没有告诉他们所从事地下工作的情况。好长一段时间，父母还以为她仍在大学里读书。那时，她已学会了使用无线电收发报机，并将它藏在床下，经常整夜地译伦敦发来的密码电报。同时，她还帮助加里里吸收特工人员，组织在山区空投武器和士兵。她是加里里的"信使"和得力助手，所以，比情报网里的其他人都更了解情况。

1943年11月，巴黎开始实行宵禁，从零时到凌晨5时，路上不准有行人。这就使得普莉吉迪感到住在家里很危险。因为，如果她晚上10时以后回家的话，就得把名字告诉公寓管理员。而她又总是在每晚宵禁前一会儿才回来。这样，公寓管理员就每晚都能听到她的名字。如果长期如此，自然会十分危险的。因为在那年月，巴黎的年轻姑娘绝不会每天晚上都在外面跑。假如这样的话，就很容易引起怀疑。除此之外，她每个周末还要到乡下去一趟，安排跳伞的事。有一天，她父亲把她叫到书房说：

"我怎么越来越觉得你不对劲儿，你的生活很不规律。你对我们说，你在学校里温习功课，每天都要到午夜。这是假话，我不相信。你只告诉我是个人的事，还是政治上的事？我只想知道这一点。"

"是政治上的事。"

"好！你去收拾东西吧，我把你妈叫来。"

普莉吉迪的母亲来后，慈母特别关心她。那时法国的天气特别冷，而取暖的煤却很少。所以，母亲就问她带没带暖和的睡衣、睡裤和手帕。尽管母亲嘴里问这问那，说些无关紧要的话似乎情绪很平静，但实际上她此时十分难受，眼里含着泪花，极力忍着不让它掉下来。

从此以后，普莉吉迪便转入地下工作，行踪也很不固定，有时住在旅馆，有时住在朋友家里，没有固定的住所。

经普莉吉迪的不懈努力，他们的情报组织在日益扩大，人数也越来越多。这些人主要是她的朋友，他们把认为信赖可靠，而又愿意同纳粹作斗争的朋友也介绍给了她。

这期间，普莉吉迪已经学会了打枪，加里里还教她对着镜子里自己的影像瞄准。对此事，后来她写道：

"我练得可以蒙上眼睛拆开手枪再重新装好。我还学会了擒拿格斗，知道用胳膊肘子打哪儿能把一个人打昏过去。后来，我甚至可以投手榴弹，投得很远。"

另外，当时普莉吉迪在法国的情报组织里，还有一项十分重要的工作，那就是选择空投和飞机着陆的地点。他们先在地面上找目标：一般选择在农村或农民的草地。

而且，所选地点要离大路尽可能远一点，离电线也远一点。农民十分支持他们这项工作，都让他们用其草地，同时还愿意为他们隐藏空投下来的武器。

当他们把场地选好之后，普莉吉迪就用无线电发出密报，告诉伦敦总部所选择的空投和着陆地区的具体坐标，以及地面标志等。总部收到密报后还要再查看一下，是不是与其他组织选择地点有冲突，如果总部同意了，他们就用无线电广播告诉普莉吉迪。每一个空投或着陆的地方都用暗号代替，如狗、猪或者树，以及一两句用电码编成的话。

每次月圆之前，普莉吉迪他们要向总部提供十几个空投物资的地方和两三个着陆地点。飞机能否安全着陆，物资能否平安到达，全靠月光的帮助。

如果伦敦经考证后，同意派人来或者同意空投物资，就在BBC下午1时30分的新闻节目时间之后，念一句用密码编成的暗语。为避免错漏，晚上9时再重播一次。如果普莉吉迪听到两次广播，就知道当天晚上必有行动：空投或飞机着陆。对每次空投或飞机着陆，她都怀有极大的兴趣和特殊感情。在这事过去许多年之后，她曾写道：

"亲临空投现场并非是我的职责，但是我愿意去，我们总在盖世太保的鼻子底下工作，神经绷得太紧，到跳伞现场实在是一种休息、放松，是最好的馈赠。看到降落伞飘飘而下，对我们的士气真是极大的鼓舞，我们看到了自己冒死工作的成果。对我们来说，飞机代表伦敦、母亲、安慰。它仿佛是我们与母亲相连的脐带，让我们一群在黑暗中战斗的战士，感觉到没有被母亲抛弃。"

出卖被捕

经过一段时间的工作以后，普莉吉迪渐渐适应了地下工作。但是她发现自己的神经还是经常处于崩溃的边缘，整日里担惊受怕，犹如惊弓之鸟。有时候坐在餐馆里吃饭，如果有什么人多看她一眼，她就怀疑此人是不是盖世太保，总是疑神疑鬼。在地铁或者别的什么地方，倘若有人完全出于偶然，在她身后走路，她立刻想到他是盖世太保。总之，她的神经已经脆弱到了极点。

然而，巨大的压力并没有使情报组织中的特工人员相互反目或者争论不休。而恰恰相反，他们是一个相互关心、相互爱护的战斗集体，好像一个单独与整个世间抗争的战斗堡垒。他们赞美战友们表现出来的勇敢，就像一家人一样亲密相处，总是尽全力相互保护。

在盖世太保的鼻子底下从事谍报工作，自然是十分危险的，尤其是普莉吉迪。她在巴黎期间，由于担任联络工作，每天都从一个秘密接头的地点到另一个约会的地点，迎送来往于英国和法兰西之间的特工人员。因而，时常搞得心神不宁，生怕要去会面的那个人已经被捕，禁受不住折磨，说出了这个碰头地点。所以，要是会见的人即使迟到一两分钟，她也会心惊肉跳。

长期处于这种高度紧张的状态下，普莉吉迪有时脑海中也会冒出一些稀奇古怪的想法，如"我可再也受不了啦，让他们把我抓起来算了"。当然，想归想，一旦她和大家在一起，就想方设法调剂一下紧张的神经，使它放松下来。

普莉吉迪和加里里的关系也很密切，相互间的尊重和朝夕相处，更加深了这种关系，在谈到与加里里的关系时，她说：

"过了一段时间，一种情感得以发展。我和他的关系性质是这种情感的基础。在一种生死攸关的气氛里，每天在一起工作16个小时，你不可能无动于衷。要么恋爱，要么憎恨，这都是浓烈的感情。我们都把生命安全交给对方，有一个例子足可以说明这种信任对我们来说是多么重要。"

有一次，维希政府要召见加里里。他左右为难，不知他们是发现了他在从事秘密工作，还是一次例行公事。为了避免引起敌人的怀疑，他决定亲自去一趟。因为，一旦引起维希政府的警觉，就会殃及他的父母和兄弟姐妹。他对普莉吉迪说："我被敌人发现的可能是百分之五十。如果我被两个男人押着走出大楼，你就开枪把他们打死。"

当时，普莉吉迪的口袋里确实装着一支口径为4.5毫米的特科尔特牌手枪，并一直在大楼的外面等着加里里。手枪很重，她是一个不错的射手。不过，加里里却从来没见过她打枪。但当她一想到他对这个年仅19岁的姑娘如此信赖，既感到惊讶，心里同时也觉得格外温暖。幸好还算走运，这只是一次例行召见，她用不着向任何人开枪。事后，普莉吉迪回忆此事时写道：

"那时候男人需要女人，但我们不从你是男人还是女人的角度考虑问题。战争期间，我们只是一个战斗的集体。男人信赖我们，很听从我的意见，甚至服从我的命令。我们都是一个大家庭的成员，觉得自己是一支和整个世界相抗争的力量。"

在1943年的一年时间里，大约有5万个法国人因涉嫌为抵抗运动工作而被捕，几千人被杀害。与此同时，这一年同盟国在军事上取得了很大的进展。因此，在1944年新年来临时，戴高乐将军在新年祝词中宣称：要在这一年解放法国。但是，这年头几个月，法国的形势非常严峻，抵抗运动遭受了挫折，数以千计的特工人员被逮捕、被处决。尤其是法国的南部损失更加惨重。

2月，加里里间谍网中最重要的两名特工人员也被捕了，并且押解到设在雷尼斯的盖世太保总部。其中，一个叫皮埃尔·布鲁塞里提的特工，在雷尼斯的一幢大楼的第五层窗口跳下来自杀身亡。但是，加里里间谍网里却没人知道这个情况。

恰巧在这时，一位著名的英国间谍，皇家空军飞行中队指挥官热思特·托马斯，其代号叫"谢利"或者"白兔"。他在预定发起总攻的日子之前回到英国，代表法国抵抗运动向丘吉尔汇报了这件事情，并且还决定营救皮埃尔。

谢利和加里里、普莉吉迪在一起工作。他们计划营救时让两个特工人员化装成德国宪兵，驾一辆盖世太保的警车到监狱去，谎称他们接到命令要把布鲁塞里提转到巴黎的弗伦斯尼斯监狱。同时，将营救的日子定于3月21日。

对于谢利，普莉吉迪在许多年以后，一见到他仍然充满深情。她和情报网里的许多特工一样，非常赞赏他。他和戴高乐将军关系密切，而且还可以说服丘吉尔给法国抵抗运动更多的支持和援助。为了表示她的友情，她送给谢利一只小狗。以后不久，他们两人接了最后一次头。

他们约定 3 月 1 日上午 11 时，在巴塞地铁站接头，最后一次商量营救布鲁塞里提的细节，谢利问普莉吉迪能不能先去见一个人，替他送一封信。她回答可以。于是，他们安排那天上午 9 时 30 分，普莉吉迪在阿尔玛地铁站和一个叫盖伊的年轻人见面。然后，在 10 时她又到特罗卡德罗水族馆和另一个叫乔治的人接头。最后，11 时与谢利见面。

可是，那天普莉吉迪总觉得不对劲。因为，她还是小孩时，在特罗卡德罗就发生过一件让她讨厌的事，一直留在心里。在英格兰受训时，头儿就告诉过他们，如果有某种感觉就要跟着感觉走。于是，在吃晚饭时，她便对加里里说了心中的感受，他说：

"你如果讨厌那个地方，就不要去，我们另派一个人去。"

普莉吉迪接受他的建议，打算派一个正在接受训练，准备当联络员的小伙子替她去办这件事。但是，她后来一忙，竟忘了通知他。第二天已来不及了。按规定是不能错过接头时间的，否则会可能失去联系，这样一来，她只好自己去了。

那天上午 9 时 30 分，普莉吉迪准时会见了盖伊，并且把谢利的信交给了他。盖伊对她说，他一直在找一个叫乔治的特工，但不知道他在哪儿。她竟鬼使神差似的告诉他："我正要到特罗卡德罗去见他，你就跟我走吧。"

按秘密接头原则，是不允许带另外一个人去接头地点的。盖伊也没有告诉普莉吉迪，乔治已有两次没有在预定时间和他接头了，要不然她也不会冒这个风险的。

为了磨时间，他们决定步行去那儿，担心去早了在附近转悠会引起别人注意。在到达那儿时，差一点点就 10 时。普莉吉迪看见水族馆门前站着一个男人，她心里想，这么冷的一大早，这人站在那儿干什么？他们便向花园走去，与两个讲外国话的男人擦肩而过。这时，她意识到有危险，于是说：

"这是盖世太保，我们已掉进陷阱里了。"

"镇静点儿，女孩子总爱神经过敏。"

普莉吉迪听后很生气，便顺着塞纳河望去，看见另外两个男人正横穿花园向他们走来，其中一个还在打手势。她说：

"看谁神经过敏吧！你想怎么干就怎么干，我可要跑了。"

普莉吉迪说完拔腿就跑。刚跑到花园门口，就被埋伏在那儿的八个男人盯上，并纵身向她扑来。为首的那个家伙还说：

"普莉吉迪，可把你抓住了！"

"你是谁？"

这时，普莉吉迪极力装出一副清白无辜的样子。站在她旁边的那个男人笑了，要看她的证件。她刚把手慢慢伸进手提袋，他便又大喊起来：

"举起手来！"

普莉吉迪像闪电一般，左手紧抱右拳，向左转身，右肘猛击他的太阳穴。他倒退了几步。她便拔腿就跑，转眼间已经冲上大街。但可惜的是时间太早，行人少，因而，她无法在人群中藏身。全部暴露在外面，她一边跑，一边想：

"我知道得太多了，知道上司和应征去伦敦的抵抗运动成员的姓名，知道如何译出密码电报，还知道跳伞的地方……绝不能让他们抓住。被他们抓住了，一旦使用酷刑，能保证自己不招供吗?"

就在这时,只听到三声枪响。他们朝普莉吉迪开枪了,一颗子弹打中了她的脊背,从肚子上穿过去,她倒下了……

普莉吉迪原以为自己很快会死去,但她面朝前倒下去后,就地打了个滚,仰面朝天地躺在马路上,膝盖也碰破了,耳边传来了人们的嘈杂声。她并没有失去知觉。于是,她睁开眼睛,看见树枝在蓝天下摇曳。周围的人们在喊叫,在发号施令。有人说:"把她的裙子放下来。"

这时,普莉吉迪才真正相信自己没有死。枪伤似乎并不是很痛,真正疼痛而又难忍的却是碰破的膝盖。她想直起身子看看膝盖上的伤口,可挣扎了好一会儿,也坐不起来,只是抬了抬头而已。她见到自己用右手捂着肚子,而手已浸在血水之中。她立刻感到一阵剧痛、颓然地倒在血泊之中。一个德国人站在她身边说:"小姐,对不起,我用了一支威力很大的手枪,一枚威力很大的子弹。但你应该明白,现在是战争。"

"谢谢,我明白。"

说完,普莉吉迪竟哈哈大笑起来。她笑一个盖世太保居然为他威力很大的子弹而向她道歉,觉得很好玩。

不屈的女特工

德国人的一辆小汽车开了过来,他们把普莉吉迪抬到车里。汽车开到医院门口,他们把普莉吉迪从车里拖出来,把她抬进专门为恐怖分子开设的病房,送到急救室一张手术台上。护士们开始弄干净她身上的血水,一个盖世太保说:"把裙子脱掉。"

普莉吉迪这时没有脱裙子的力气,再说她也不想服从他的命令。她胸前别着一枚胸针,她想用牙齿把它咬掉。这时有人打了她一个耳光,他以为她想服毒自杀。

医生想要检查普莉吉迪的伤口,但盖世太保却开始审问她、打她。那两个医生对他们的做法非常不满,便用德语和他们大声争论起来。最后,两个医生十分憎恶地举起手离开了急救室。护士们在她的伤口上敷了一个急救包也走了出去。子弹是从她的身体内穿过去的,但没有损坏内脏,这实在太离奇了。

医生和护士走后,盖世太保便不停地审问普莉吉迪:"你的上司现在在哪儿?"

普莉吉迪抬起头,看看墙上的挂钟,心想:"我是不会说的。"

后来,他们又把普莉吉迪打昏过去。事后,她才知道,这时谢利也被盖世太保逮捕了。他是被盖伊领到巴塞地铁车站后被盖世太保抓住的。他们把他直接带到盖世太保总部,然后就是严刑拷打。但是,他什么也没说。后来,他们便把他送到弗伦斯尼斯的监狱。

普莉吉迪再次醒来时,已躺在专为恐怖分子开设的病房里。她头晕恶心,口渴难忍。她需要止痛药、需要水，盖世太保却连一片阿司匹林都不肯给她。他们叫喊着：
"不给恐怖分子止痛药！"

盖世太保在普莉吉迪的床前又开始审问她、打她。但她连哼都不哼一声，什么也不说。

当他们拿走普莉吉迪的手提包时，发现里面的挂钩和普通的挂钩不一样，就以为里面装着什么爆炸物，没敢马上打开。接着，他们问她住在哪儿？她第一次回答了他们的问题，说："住在阿尔玛桥下。"有个盖世太保一直站在旁边等着记她的口供，当记到一半发现上当时，便劈头盖脸地打她。这一次，他们打得更加凶狠。

后来，盖世太保终于打开了普莉吉迪的手提包，里面装着她的真实身份证。本来平常她都带着假身份证，可那天带的却是真身份证。原因是她事先得到消息说：巴黎城里对所有持乡村发放的身份证的人要进行审查。而假身份证都是乡下印制的。所以，为了躲避搜查盘问，她就带了真身份证。这下盖世太保便来劲了，他们不仅知道了她的真实身份，还知道了她父母的住址。于是，他们立刻派人去她父母的家里。幸运的是，她在法国政府工作的哥哥那天正好在家里，因而他们既没抓他，也没抓她的父母。但他们回来却告诉她：已把她的家人"一网打尽"，如果她还不说实话，还不招供，就把她的亲人统统枪毙。这对普莉吉迪来说是一个难题，她感到十分痛苦。因为，这盖世太保讲的都是实话，说到做到，他们经常就是这么干的。最后，她考虑再三，决定还是不回答他们的任何问题。

以后，盖世太保又告诉普莉吉迪，他们的四名特工人员和谢利在 20 号和 21 号被捕，并都已招供。这当然是假话，事后她得知：除乔治以外，谁也没有招供，她就是被乔治出卖的。盖世太保同时还对普莉吉迪说，如果她要是顽固坚持不招供，就把她给枪毙了。但普莉吉迪视死如归，没有招供。

在普莉吉迪被捕后，加里里和他手下的特工人员曾进行过营救。当她还在医院治伤时，他们就搞过一次营救行动。他们弄来医生和护士的衣服，还有一辆黑色轿车。但是，那次营救行动最后失败了。

后来，加里里听说普莉吉迪要被转移到巴黎郊区的弗伦斯尼斯监狱之后，再次准备营救她。一般来讲，法国抵抗运动的特工人员被捕之后，都被关在这座监狱里，直到他们被处死，或者被送到集中营。

普莉吉迪被送到弗伦斯尼斯监狱后，在那儿关了七个星期，其间，她每天都被盖世太保提审。一天，当她走进审问室，那个审问她的盖世太保情绪很低。他若有所思地对她说：

"普莉吉迪，你比我幸运多了。你的家人都活着，可我的家人昨晚却被轰炸柏林的飞机炸死了。"

直到这时，普莉吉迪才知道她的父母和哥哥并没有被处死。这对于她来讲，无疑是个极大的安慰。

在监狱里，普莉吉迪听说谢利也被关在同一所监狱，便与他联系，并设法送给他一个纸条，上面写着：

"普莉吉迪向你致以最美好的祝愿！"

谢利害怕是盖世太保耍的花招，就捎过来一张只有普莉吉迪才能看懂的纸条：

"普莉吉迪，我的小狗丢了。"

普莉吉迪收到后，立即给他回信说：

"普莉吉迪非常难过伟大的诗人丢了他的小狗。但是听到他的消息非常高兴。她会设法把有关他的消息传递到外面去。"

这时谢利才知道普莉吉迪也被捕了。

后来，加里里用英国战争办公室投来的一笔钱，收买了一个盖世太保的特务，使普莉吉迪和另外几个特工人员，以及谢利免于一死。

1944 年 5 月 10 日，普莉吉迪离开弗伦斯尼斯监狱，被盖世太保发配到拉文斯布吕克。这是一个坐落在德国北部专门关押妇女的集中营。

人间地狱

普莉吉迪和其他妇女被盖世太保推进了一辆装牲口的卡车里。大家挤在一起，没吃没喝，汽车整整行驶了五天，其间，有几个妇女在路上死了。到达拉文斯布吕克集中营已是凌晨。当太阳升起时，集中营呈现在她们眼前：铁丝网后面是一排排绿色的房屋，一座瞭望塔楼高居于房舍之上，流动哨走来走去。毒气室在马路那边，伪装成医院的门诊部。

据说，战争期间，拉文斯布吕克集中营经常关押 2 万名不同国籍和民族的妇女，总共有 13 万名女人走进了这个集中营的大门。她们饱尝了苦役、饥饿、疾病、毒气和医学试验的折磨，死于法西斯令人发指的暴行之下。说它是人间地狱一点儿也不为过。

法国妇女都被关在第 5 区。到第二次世界大战结束时，总共有 1 万名法国妇女在这里受苦。这些人中有 35% 是因为参加法国抵抗运动而被送到这里。因此，她们遭到德国特工处的藐视。

来到集中营，普莉吉迪发现了"人身上最糟糕的东西"，囚徒们的脸上、变形的身上无不表现出这种糟糕。剃光了的头上布满脓疮，发出阵阵恶心的臭气，满身的虱子乱窜，深陷的眼窝里只有死亡的影子。事后，她写道：

"对于一个 20 岁的姑娘，领悟人类可以坏到这样的地步，实在是重大发现，那种丑陋，远比你在战斗中看到的东西更令人心悸。人们没有希望，彻底的绝望。饥饿，为每一口气而挣扎，为每一块干面包或者一个发了霉的萝卜而斗殴。为了这些，人们可以相互残杀。我见过人们用舌头舔洒过汤的地方。"

后来，普莉吉迪又被转移到捷克斯洛伐克的兹沃丹集中营。那时候她已经生命垂危。听说自己得了肺结核那天，她哭了起来。这是她在那艰难岁月中第一次掉泪。她心里明白，如果这次不摆脱病魔，她将和其他"白吃饭的嘴巴"一起被送进毒气室。

集中营的医生仿佛是救苦救难的天使，不顾个人安危救了许多人的命。医生把普莉吉迪安排到靠近窗户的一张病床上。普莉吉迪有时精神有点错乱，她觉得窗外的树木是巴黎宽阔街道两旁的栗子树。因为离窗口近，呼吸起来稍稍轻松了一些。集中营特工处的人要把重病号送到毒气室处死时，医生对他们说：普莉吉迪患的是传染病，那些人便不再往她那边去了。医生就这样一次又一次地救了她的性命。

1945年1月23日，普莉吉迪刚满21岁，那时她还没有从死神手里逃脱。两个亲密的朋友来看她，她们费了九牛二虎之力，弄来一个土豆，插上一根竹签。普莉吉迪说这个"生日蛋糕"是她有生以来收到的最好礼物。

3月底，苏联红军已打到捷克斯洛伐克。特工处加紧调动集中营的囚犯，把她们送到大规模杀人"机械化程度更高"的地方。

4月16日，普莉吉迪和另外两个朋友随同最后一批1600名妇女被送往达豪。一路上，各种消息都在流传：美军离这儿只有18英里，苏联军队只有25英里……

然而，大家更担心的是不等盟军来到，德国人就把她们处死了。普莉吉迪和两个朋友几次想逃，终于在5月8日这天夜里逃了出来。那天正好是签订停战协定的日子，但她们一无所知，更不知道希特勒已经死了五天了。

她们跑到苏联人的防区，希望向西再走一段路找到巴顿将军的部队。后来，普莉吉迪和她的朋友终于找到了美军。美军通过有关国际机构将她们移交给负责战俘事务的法国政府官员。

等了几个星期，普莉吉迪终于登上了开往巴黎的火车。她在半夜时分到达巴黎，然后被送到法军战俘收容所，回答了一位法国军官就她参加抵抗运动提出的种种问题。她在一间冷清的办公室里等了许久。直到第二天早晨，她吃了人家送给她的一块头天晚上烤的半生不熟的冷牛肉，打了一个吨之后，才被送回家。

终于看到了那熟悉的车站庞波。走出地铁车站后，这时高大的栗子树下只有她的脚步声，三百米以外，她的父母正在熟睡。她想重新进入她童年的世界，慢慢品味从地狱回到人间的滋味。这滋味已经在痛苦的幻梦中整整盼望了14个月。

普莉吉迪比大多数集中营的难友晚回家一个月。父亲以为她早已离开人世，整整2个月没有说话，她深有感触地说：

"我们又回到文明世界却得不到人们的理解……我发生了那么大的变化，已经不再像家里的人，更像我那些受尽折磨的难友。"

当然，后来还有许多有趣的插曲。当她体重增加，身体恢复过来以后，人们都以为她已经"全好了"。但是，战争无可挽回地改变了她的生活，她还时时被死亡的阴影笼罩着。她曾深有感触地写道：

"自从走进集中营的大门，我总在想死亡。在那儿整整14个月，死亡是我的伙伴。在那人间地狱里，没有不与死亡擦肩而过的时候。"

20世纪60年代初期，普莉吉迪离开了大都市巴黎，到她曾经战斗过的法国南部赛戈纳安了家。

这位在第二次世界大战期间九死一生的法国抵抗运动中的特工人员，后来成了一位多产作家和法国电视台的战地记者，她的作品曾多次获奖，继续为法国作出了巨大的贡献。

解放马尼拉的女功臣

本该有个美好家庭、美好前程的菲律宾少女胡艾·蔡罗德却因日本侵略者的入侵，一切美好的憧憬都化为泡影，从此她失去青春时代的一切。然而，成熟、沧桑、使命感使她变得异常坚定和执着。她在亲眼目睹了日本强盗的烧杀抢掠，横行霸道的残暴情景后，就一改学生时代的娇弱、文静，勇敢地走上了反法西斯战争的战斗岗位，成为菲律宾游击队的一名英勇无畏的年轻女战士，后来又成为盟国情报局的一名杰出的女间谍，为解放马尼拉作出了巨大贡献。

锋芒初露的少女

1921 年，在菲律宾一个种植园农场主的家庭里，诞生了一位千金小姐，她被父母取名胡艾·蔡罗德。

第二次世界大战爆发，日本帝国主义的铁蹄践踏了她的国土。她的父母也被这些强盗残酷地杀害了，一夜之间，她从人间天堂掉进了黑暗的地狱。父母之仇不共戴天，从此仇恨的种子已根植于她的心中。因此，在她参加游击队，成为一名英勇无畏的反法西斯战士之前，就有过"徒手斗敌"的上乘表演。

珍珠港事件发生不久，日本侵略者就穷凶恶极地踏上了菲律宾的国土。不可一世的日本兵大摇大摆，耀武扬威地走上了马尼拉街头巷尾。一天，当胡艾·蔡罗德与其他两个同伴在大街上行走时，迎面碰见五个喝得酒气熏天，一步三晃的日本兵。他们勒令

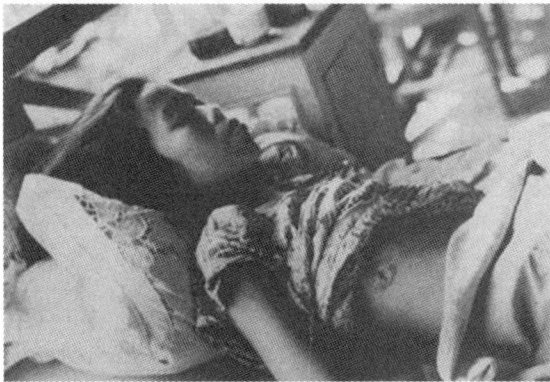

一名菲律宾妇女因反抗强奸被日军用刺刀刺伤

这三名少女停步，并团团围住她们死磨硬缠，还用极其下流卑鄙的言语污辱她们。胡艾·蔡罗德的两个同伴，早已被日本兵的这些举动吓得哭叫起来。因此，日本兵越发肆无忌惮，动手动脚，上前搂抱她们。胡艾·蔡罗德尽管身处恶境，但她与同伴采取了相反的态度，镇定自如，不卑不亢。她既没喊叫、逃跑，也没打算与日本兵硬拼。因为，这样做对自己是没有任何好处的。她紧抱双肩，眼睛死死地盯着对方，考虑如何对付这个恶徒。其中一名日本兵误以为她被吓呆了，因而更加助长了他施虐的欲望。

他厚着脸皮，歪斜着凑到她的跟前，要去摸她的脸。她躲闪着。于是，这个日本兵扑上来，伸手要摸她的下身。这时，只见早有防备的胡艾·蔡罗德迅速地举起手中的雨伞，狠狠地向他头上扎去。这个日本兵立即脸上开花，血从鼻孔中冒了出来。她并没有就此罢休，而是紧接着就是第二下、第三下……以更凶狠的行动教训着日本兵。其他几个日本兵一看吓呆了，他们以为这个平凡的女子身怀绝技、武功高强，因而吓得屁滚尿流，丢下她的同伴落荒而逃。

从此以后，胡艾·蔡罗德在同伴中名声大噪，她勇斗日本兵的事迹也越传越神。人们甚至称呼她为"英勇无畏"的少女。一个晚上，她突然接到一个女朋友的电话，她说：

"今晚你到我家来吧！"

"有事吗？"

对方没有回答她的问话就挂了电话。当她来到朋友家时，朋友与丈夫热情地接待了她。他们让她描述了当时勇斗日本兵的情景，并为此而哈哈大笑。这时，朋友的丈夫以试探的口气说：

"像你这种具有英勇无畏精神的女人应当参加游击队。"

"我是很想参加游击队，去打日本侵略者，为我们的祖国做些事情。但是我什么都不懂，参加游击队能干什么呢？"

"你参加游击队后，可以做很多事情。而且，你具有从事秘密工作的许多优越条件。正是我们所需要的那种人。"

直到这时，胡艾·蔡罗德才清楚朋友的丈夫不仅是一名光荣的游击队员，而且还是一名了不起的间谍人员。一种为父母报仇雪恨，一种被民族神圣使命感所召唤的正义良知在撞击她的心房，她同意了。

最初，游击队只交给她一个尝试性的任务，就是让她住在日本兵营的对面，24 小时监视兵营里的行动。如统计一天内有多少人出入，来往多少车辆，人和车辆从什么方向来，什么时间等。

不久，胡艾·蔡罗德圆满地完成了任务。她带着一本记得满满的笔记本，按时来到指定的地点同游击队的间谍人员接头。他们对她的工作十分满意，并决定接受她为一名正式的游击队谍报人员，让她在一份表示保密和永远忠诚的宣誓书上签名。从此，她参加了菲律宾"我的悄悄之战"游击队，成了一名谍报人员。在以后的整整 3 年里，她为此而忙碌奔波，并献出了自己的一切，包括少女神圣的贞节。

胡艾·蔡罗德参加游击队成为一名谍报人员后，接受的第一个任务是到马尼拉海滨去进行侦察，找到日本在那里的高射炮群，并将准确位置和分布情况等带回游击队。

马尼拉海滨对胡艾·蔡罗德来说再熟悉不过了。那是一个非常美丽的地方，她对那里的一草一木，以及各种隐蔽的小路径都一清二楚。因为，她曾和三五成群的画友多次来到这里绘画，每次描绘都有不同的感受。但是，这次她来这儿却是带着别样的心情，身负使命而来的，要用自己的行动夺回这块美丽的土地，使她重新回到祖国的怀抱。同时，她也为自己刚参加游击队就能得到领导的信任，交给她如此重要的任务而由衷地感到高兴，并对自己能完成这一光荣任务而充满信心。

胡艾·蔡罗德按照游击队领导的意图与安排，将自己进行了一番精心打扮，装扮成一个纯情少女，或是装作在那儿游泳避暑，长时间地进行观察。就这样，一连几天，她把海滨日军高射炮群的准确位置和布防情况，了解得一清二楚，并偷偷地绘出了草图。

但怎么把草图带出去呢？这却成了一个十分棘手的问题。因为，海边的日本兵很多，而且防守严密。凡是过往的人员要想离开此地，一律都要受到搜查。

经过较长时间的考虑，终于胡艾·蔡罗德想出了一个好办法。于是，她便依计划行事。从树上摘来一大一小两个苹果，把小的那个掏空，然后，将画好的草图十分小心地塞进去藏好，从外面看，没有丝毫破绽。同时，为避免日本人太多的搜身纠缠，并能吸引他们的注意力，她故意穿着三点式泳装，线条十分明显，一扭一扭地离开海滨，走向市区。

胡艾·蔡罗德还没走几步，就见一个巡逻的日本兵走了过来，看上去他的态度十分严肃，做着手势，并用日语喊叫着让她过去。尽管她当时并不懂日语，但她明白这个日本兵的意思。于是，顺从地走过去。当那个日本兵看清走近的是个美丽而纯洁的少女时，他的眼睛都看直了，心在怦怦乱跳。他以搜身为幌子，在她身上一阵乱摸乱捏。胡艾·蔡罗德为尽快通过关口，并没因受到屈辱而发怒。相反，她妩媚地朝着那个日本兵甜甜地一笑。这一笑，使那个日本兵更是欲火中烧，难以自控。他微闭双眼，沉浸在异国情调的男欢女爱的梦幻之中。这时，胡艾·蔡罗德迅速将一个苹果塞进他那快要流出哈喇子的口中。等到那个日本兵从幻觉中醒来的时候，她已经走出很远了。他只有望影兴叹。让胡艾·蔡罗德感到十分幸运的是，她在慌乱中塞进日本兵口中的苹果不是那个藏有草图的小苹果，而是没有藏草图的大苹果。

就这样，胡艾·蔡罗德顺利地通过了岗哨的搜查，安全地将草图带回交给了领导，圆满地完成了上级交给她的任务。她带回的那张草图，1944 年 9 月，在美军逼近马尼拉的大轰炸中，起到了不可估量的作用。他们按照图上标明的位置和分布情况，十分轻松地就把这个高炮群彻底摧毁了，避免了日军的设防给其空军带来不利后果。

身负使命当妓女

1944 年，随着盟军在太平洋战争中的反击，日本已失去了昔日的辉煌，显得处处被动，到处挨打，它已从战略进攻转入战略防守。解放马尼拉的日子即将来临，这只是一个时间问题。为此，胡艾·蔡罗德欢欣鼓舞，她要用自己的实际行动迎接祖国即将解放的日子。

然而，不久一个噩耗传来，使胡艾·蔡罗德备受打击。她的唯一亲人——丈夫在一次战斗中光荣牺牲了。作为女人的她，只有默默地承受这无情的打击。她决心要加倍地工作，以此来忘掉这巨大的痛苦，并为失去的亲人报仇。

10 月 8 日，她又接到一个神秘的电话，约她晚上 8 时 30 分务必准时赶到皮里埃罗工厂大门接头。今晚她在约会地点又会接受什么样的新任务呢？

当胡艾·蔡罗德按时到达皮里埃罗工厂门口时，她发现在时隐时现的灯光中，有一张极其熟悉的男性的脸。此人名叫马纽埃尔·柯雷可，原是山麦·汤麦斯大学的一名生物学教授。战争爆发后，他毫不犹豫地放弃了为之奋斗多年并付出大量心血的心爱专业，加入盟军情报局，成了一名优秀的间谍，从事着情报搜集活动。如今他已是盟军情报局的一名上校。她因工作关系，曾和他有过多次接触。今天，他找她不知为了何事，接头后，他问她：

"你能为盟军做一些事吗？"

"我能做什么呢？"

"现在，盟军已开始进入全面反攻阶段，其推进速度要比我们想象得快，这无疑是件好事。但由于日军在马尼拉苦心经营其构筑的防御体系坚如磐石，加之戒备森严，他们那一套防御体系，以及设置的雷区，除了军中少数高级将领知道外，无人知晓。这会给盟军攻克马尼拉，解放菲律宾带来前所未有的困难，千百万盟国军人也会因此而丧生。"

"我能完成吗？"

"经我们再三考虑，你有足够的条件来完成这一极其艰巨而光荣的任务。到目前为止，我们还没找到一个比你更合适的人。现在急需你打入日军兵营，从高级将领手中窃取马尼拉防御图和地雷分布图。"

原来，胡艾·蔡罗德在游击队从事谍报活动早已出了名，而这次盟军所需的日军马尼拉防御图和地雷分布图是属于绝密的核心情报，锁在日军城防参谋长的保密柜子里。不要说获得它绝非易事，就是接近它也非常困难。唯一的办法就是要派专人打入日军内部，才有可能完成此项任务。要打进去，派男性是不可能的，只有派女性，才是唯一的好办法。这点马纽埃尔·柯雷可上校在接受任务时，他的上司在充分考虑，并综合了各方面的情况后，就清楚地向他作了交代：

"你只有物色一位年轻漂亮的女性，既懂性爱方面的技巧，又有谍报活动经验和技术知识的人，才能完成此任务。"

接受任务后的马纽埃尔·柯雷可上校经再三考虑，才选定了聪明、漂亮而又勇敢富有谍报活动经验的胡艾·蔡罗德。但现在的难题是要说服胡艾·蔡罗德去红灯区做一名妓女，才有可能接近日本军官，打入指挥部。对此，马纽埃尔·柯雷可上校感到十分为难。正当他不知如何启齿之时，只听到她问道：

"那么请问，我应怎么活动，通过什么方式才能打入日本军营呢？"

"这事只要你肯作出最大的牺牲，我们自然会帮助你。你知道卡尔街的红灯区吗？那儿经常可以见到日本军官，你首先应该去那儿生活一段时间。"

"你是说让我去红灯区当妓女？"

"是的，除此之外，我们没有找到比这更好的途径。"

此刻，在"女性的贞洁"和"对祖国的责任"这一对巨大矛盾冲突中，经过激烈思想斗争的胡艾·蔡罗德决定选择后者。于是，她抬起头痛苦地说：

"好吧，如果我的牺牲与付出，能够使更多的姐妹们享受到自由和快乐，能加速祖国的解放，能为父母报仇，我服从组织的命令，一定设法完成这一重要任务。"

"谢谢，祖国和人民不会忘记你，不会忘记你作出的最大牺牲。"

接着，胡艾·蔡罗德被送到盟国情报局间谍训练中心，接受正规的间谍训练。无论进行何种训练，胡艾·蔡罗德都很刻苦认真，一丝不苟，并且学得很精通。两个月后，她以优异的成绩结束了训练，返回马尼拉，开始进行高级间谍活动。而领导和指挥她进行活动的上司，就是马纽埃尔·柯雷可上校。

目标日本军官

卡尔街是马尼拉市有名的红灯区，妓院一个挨着一个，到处都飘荡着淫笑。一天夜晚，胡艾·蔡罗德也加入了这一行列。她的打扮和气质十分和谐，使她显得异常年轻和纯真，给人的感觉是一个刚刚走出校门的纯情少女。对于这种刚出道的雏妓，有几个嫖客见了会放过呢？

很快，一个大腹便便，肥头大耳的男人就凑到她跟前，伸出他那胖得看不到指节的手，在胡艾·蔡罗德的脸上抚摸着说：

"想不到爷儿们今天有艳福，一到这儿就碰上了一个大美人儿，是新来的吧？走，跟我进去，我有的是钞票。只要你今夜让我高兴，我绝不会亏待你的。"

这人说着，就动手想拉着胡艾·蔡罗德进房间。她虽说是第一次混迹于此地，但她的目标是十分明确的，她要等的嫖客是日本军官。因此，对这个淫棍自然无动于衷。

"怎么啦，还不想走啊？你不就是为了钱吗？老子有的是。"

"先生，对不起，今晚我已约了人，改天再说吧。"

"什么，改天再说！不行，今晚你就得跟我走。别人出多少钱，我加倍给你，怎么样？"

"实在对不起，我不能失约，这是我们这一行的规矩。"

"什么规矩，老子在风月场上这么多年，还从没听说过。今晚你去也得去，不去也得去，此事由不得你了。"

这地痞说着就要动手抢人。正在胡艾·蔡罗德十分为难之时，只见不远处一个日本军官模样的人，神气十足地走过来。她灵机一动，便用日语大声喊"救命"。

兴致勃勃赶来此地寻花问柳的日本军官，突然间听到一个少女用日语大呼"救命"，他先是一愣，对异乡中的乡音反应十分敏感。随后，他看清了前面一个男人正粗野地对一个少女动手动脚，十分无礼。于是，他大步流星地赶过去，上前给了那个无赖两个耳光。这个原本气势汹汹的肥汉看到日本军官来到跟前，吓得屁滚尿流，摸着被打痛的脸，如丧家之犬一样，赶快逃跑了。

"小姐，没有吓着您吧？"

"先生，十分感谢你的搭救。"

这时，胡艾·蔡罗德才发现这个日本军官既年轻又英武，目光刚毅，身体健壮，但举止间露出一股杀气，让人生畏。他自我介绍道：

"我叫山本伊次郎，在军营里当营长。你叫什么名字？"

山本说着，就伸出一只手去抚摸胡艾·蔡罗德的头发。看得出，这也是风月场上的老手，比起刚才那肥头大耳的莽汉要温柔得多。她向山本投去了多情的目光，并妩媚地对着他一笑，脸上露出两个甜甜的大酒窝。

"我叫胡佛。刚才那男人十分粗野，让人讨厌，他一走过来就想……"

"你不用怕他。我再找个机会揍他一顿，给你出出气。"

此时，山本没有丝毫占领者的优越感，而是用讨好的口气对她说。经验告诉他，要玩女人，就得抛弃军人善于使用的暴力手法。尤其对美丽少女，更应如此。

"谢谢长官。"

"你怎么会讲日语？"

"我在坂田大学学习。"

胡艾·蔡罗德按照受训时盟军情报局事先给她编好的假履历，轻松自然地回答着。

"一个大学生为什么来这儿？"

从问话的口气和目光中，胡艾·蔡罗德已明显地感觉到山本已对她关心起来，这正是她要达到的最初目的。于是，她将双手放在两腿间，用拘促而又不安的眼神望着他，显出既敬畏又亲近的表情接着说：

"我父亲叫坦尼尔·加利·胡佛，是专门为大日本帝国运送武器弹药的军火商。前不久，因在运送军火中不慎，引起弹药爆炸而身亡。从此，我就失去经济来源，成了一个无依无靠的人。所以，不得不中途辍学来到此地谋生。同时，我也担心盟国的保安机关来找麻烦，躲到这儿，他们是无法找到我的。"

胡艾·蔡罗德继续说着盟军情报局给她编造的假履历，为的是引起日本人的注意和好感。因为，她所讲的坦尼尔·加利·胡佛确有其人，只不过他是菲律宾的败类。他原以商为业。当战争爆发后，他便做起军火生意，专门为日本运送军火到菲律宾来打自己的同胞。为此，游击队便处死了这个败类。同时，还派出人员捉拿他那在日本坂田大学学习的女儿，此时，不知她身在何处。因此，胡艾·蔡罗德用这套谎言来蒙骗日本人是毫无破绽的。听到这些，早已被她的美貌所打动的山本，眼睛一亮，装出对她的不幸遭遇深表同情的样子说：

"你父亲为日本做了不少事，我和我国政府对你父亲效忠天皇这一行为表示十分敬佩。现在事情既然出了，望小姐不必过于悲伤，而应节哀，注意保重自己的身体。"

"难道长官也认识我父亲？"

胡艾·蔡罗德用饱含泪水的眼睛，深情地望着山本，而又装出惊喜的样子问道。她想不到盟军情报局为她编造的假履历竟能如此快地见成效。山本看着她泪水涟涟的漂亮脸蛋，更加显出怜香惜玉的表情。他的目的是要尽快把她弄上床去。因而，他颇有感触地说：

"半年前我见过你父亲，万万没想到他已去世，丢下如此美若天仙的千金，在这儿靠出卖自己来谋生，真是可惜，可惜。不知小姐现在何处安身？"

"不远，你看，就在前面的一幢楼房里。如果长官方便，又肯赏光的话，请到屋里坐坐如何？"

胡艾·蔡罗德用手指了指房子，然后回过头来，用多情的大眼睛看着山本，以便进一步刺激他，撩拨起他的欲望。这自然是山本求之不得的，看着她那双让他心醉的眼睛，他仿佛被磁铁吸引住了似的。于是，他更亲昵地搂着她的细腰，像一对情人那样，朝着小楼走去。

这是盟军情报部门专为胡艾·蔡罗德租下的房间。房间的布置既简朴又温馨，整个色彩的搭配十分符合一个妓女的身份，能使每一个走进来的男人产生欲望和幻想。山本一走进去，就闻到一股奇香。这香气很快就激活了他的性欲，使他热血沸腾，心跳加快，浑身难耐。这时的山本，也顾不上和对方说些调情的话了，他一把抱起胡艾·蔡罗德，轻轻地放在床上，便宽衣解带地朝她扑去……

这一夜，确实使山本营长难以忘怀，他的脑中不时闪出和胡艾·蔡罗德在一起的欢快和幸福情景。他下定决心要把这个世间少有，人间绝无，身怀床上绝技的奇女子搞到手。但军队严格的纪律，要办成这事，他也深知绝非容易。

思前想后，经过苦苦思索，山本终于想出了一个解决此事的最好办法。他想：如果此女子真是胡佛，因其是日军功臣之后，他就出师有名，便可大大方方地将她接进军营。于是，他便与本土的情报机关取得了联系，到坂田大学去查"胡佛"的档案。不久，山本营长便收到了调查结果的回信：

"胡佛是为大日本国运送军火的坦尼尔·加利·胡佛之女，原系坂田大学自制科学生，学习成绩优异，在校担任学生联谊会干事，属亲日派，后因故辍学。"

看完调查材料后，山本营长喜出望外，心里比喝了蜜还甜。于是，他便以坦尼尔有功于日本，需要对其女儿进行抚恤为名，将"胡佛"接进了营部。同时，他还声称：要将她训练成从事谍报工作的特工人员，去进行秘密活动。就这样，进入军营里的"胡佛"便与山本营长过起了战争年代特殊的夫妻生活。不仅如此，在这个理由的掩护下，胡艾·蔡罗德还可以出席各种各样的社交活动。而她的美丽，能歌善舞和高雅气质，往往使她成为各项活动的中心人物而受到日本军官们的青睐。不久，她便和军营里的军官们打得火热，甚至连日军指挥部的军官们对她也很熟悉。

在这期间，胡艾·蔡罗德把所看到和所听到的有用材料，整理成情报通过秘密途径发出去。她的成绩很快就受到了上司的称赞，但是她此行的主要目的却仍然没有达到，需要作出更大的努力和付出更沉重的代价。于是，她耐心地等待机会。不久，机会终于来了。

好色的参谋长

随着美军在太平洋地区的大举反攻和节节胜利，日本侵略军已完全处于防御的态势之中，战争主动权已全部丧失，败势也已不可避免地显露出来。但为了拖延时间，他们仍然进行着垂死挣扎。在菲律宾，尤其是在马尼拉，日军为了抵御美军的进攻，又进行了周密的部署。

1945 年 1 月下旬，美国军队已攻破吕宋岛，成功地在该岛实施了登陆，并逐步扩大和巩固了登陆场，把战争推向纵深，解放马尼拉也是指日可待。为了减少牺牲，顺利地攻占该市，他们急需马尼拉日军防御图和地雷分布图。

一天，胡艾·蔡罗德买回一支口红，于是，她便来到洗澡间。拴好门，开大水龙头，水哗哗地响，她装着洗澡化妆。当她打开口红，取出说明书后，立即拿来显影水往上一涂，瞬间一行小字出现在她眼前：

"速将城市兵力防御图和地雷分布图取回送总部。"

胡艾·蔡罗德看后，把口红说明书撕碎，再用水浸透，然后将已变成纸浆的说明书倒进便池，再用水将其冲入下水道，没有留下丝毫痕迹。她一边洗澡，一边思考如何完成这一任务。

突然，胡艾·蔡罗德想起一个人来了，他就是佐山将军，一个 50 岁左右的老军人。山本曾告诉她：佐山将军是驻马尼拉日军作战指挥部的参谋长，是他的上级。从他平常的言行看，在日本军营里有至高无上的权威。像这么一个大人物，一定掌握着马尼拉日军的重大机密，要想搞到盟军急需的情报，看来只有从此人身上下手了。

经过一段时间的观察和打听，胡艾·蔡罗德知道佐山将军除打仗之外，还有两个业余爱好：一是跳舞；二是茶道，尤其是对茶道更是入迷。要接近他，只有投其所好。好在她对跳舞与茶道都很精通。女人的直觉已告诉她，她要让这位将军拜倒在她的石榴裙下已有五成把握了。

一个周末的舞会上，经过精心打扮的胡艾·蔡罗德显得特别清纯、漂亮，充满青春活力。她那出色的舞姿和卓然超群的激情，很快就成为周末舞会的得宠天使，使所有在场的人无不为之赞叹。

当胡艾·蔡罗德刚刚跳完一曲华尔兹坐下来与追求她的舞伴品尝着香槟酒时，一位极有风度的将军走到她的身边，十分礼貌地对她说：

"小姐，请跳个舞好吗？"

胡艾·蔡罗德伸出手，将军紧紧地握住她那纤巧的手。这时，她有些得意。因为，当她走进舞厅时，就看见了佐山参谋长。她今天刻意打扮自己的目的，也就是要引起他的注意，想不到他这么快就自投罗网了。

参加周末舞会的人都认识佐山将军，此时尽管众多的追求者对胡艾·蔡罗德蠢蠢欲动，但这位将军一出场，谁也没有胆量与勇气来和他争。他们只好偃旗息鼓，主动退出。拉着胡艾·蔡罗德的手走进舞池的佐山参谋长显得特别高兴。随着音乐的节拍，他们跳起了激情高昂的探戈。看得出，长期在军队工作而又身在异国他乡的佐山将军，似乎对军队刻板的生活有些烦闷。现在，有位绝代美人陪他跳舞，他是求之不得的。

他们两人一边轻快地跳着舞，一边说着悄悄话。

"请问小姐叫什么名字？"

"胡佛。"

"噢，你就是坦尼尔·加利·胡佛的千金。"

"正是，将军怎么知道？"

"山本营长向我谈起过你。"

"将军你是……"

"佐山参谋长，你父亲的好朋友。"

"原来将军就是佐山参谋长。父亲在世时，经常谈起你，说你特别喜爱茶道，并有很深的造诣。"

"造诣谈不上，只不过爱好茶道而已。"

"受父亲的影响，我对日本茶道也有浓厚的兴趣。如果将军有空而又不嫌弃的话，望能到寒舍指点一二，你看如何？"

"真想不到小姐不仅人长得美丽，还钟情我们日本茶道，看来你真心喜欢日本，与我们日本大帝国有缘了。对如此漂亮而又爱好茶道小姐的邀请，我能不去吗？"

佐山说着，用色眯眯的眼睛看着胡艾·蔡罗德的脸蛋，身体与她靠得更紧了。她已明显地感觉到这位将军人老心不老。是的，他早对她动过念头。于是，她也趁机用胸脯紧贴他，并用手指在他的手心上划了一下。佐山的心在激烈地颤动着，他又像是在指挥作战一样，开动脑筋，如何部署才能把这个完美的女子弄到手。胡艾·蔡罗德看出了他的心思，于是娇声娇气地说：

"一言为定，我回去后，一定置好茶叶和茶具，到时就洗耳恭听长官关于茶道的教诲。"

"好啊！你准备好后，只要打个电话给我，我就一定会去的。"

音乐在一阵激烈的敲打过后，又响起了一阵悠扬而轻柔的乐声。这声音就像魔鬼的咒语，直搅得佐山心乱如麻，神魂颠倒。他浑身像着了火，热辣辣地难以忍受。他终于熬不住，将他那布满皱纹的脸，凑近胡艾·蔡罗德细腻而白嫩的脸，轻声说：

"小姐，请不要忘记今晚的舞会，更不要忘记我们俩一道研究茶道。"

"将军，我绝不会忘记的，我会在寒舍等着将军的光临，品味茶道。"

胡艾·蔡罗德从舞会返回家后，将舞会上遇见佐山参谋长的情况，向刚执行完任务返回家中的山本营长叙述了一遍。他一听说佐山参谋长要来他们家，并和妻子一道研究茶道就十分高兴，为自己有这么好一个女人做妻子而感到无比自豪，他对她说：

"佐山参谋长能答应你来我们家，这是莫大的荣幸啊。"

"是的。"

从这天起，一个计谋在胡艾·蔡罗德的头脑中升起。她要这两个男人为她争风吃醋，趁机清除山本这一障碍，网住佐山这只大猎物，与他建立起牢不可破的男女关系，进而设法窃取日军马尼拉的防御图和地雷分布图。

于是，胡艾·蔡罗德开始重新温习在训练中心所学到的茶道技艺。同时，还托人买来上等的好茶和昂贵的茶具。山本对她如此潜心研究茶道，更是喜悦得自不待言。他也开始做起了美梦，心想如果妻子真的与佐山参谋长有了共同爱好，拉上关系，他山本升官发财就有时机了。

一天，夕阳西下，收拾好办公桌上文件的佐山参谋长在转椅上伸了一下懒腰，感到十分疲劳，正准备下班时，突然电话铃声急促地响起来了。他拿起话筒，就居高临下地吼叫起来：

"喂，哪里？"

但话筒里却传来一个娇滴滴的女人声音：

"哟，参谋长大人，怎么这么大火气，难道你就忘记了舞会上的诺言？"

"哎，胡佛小姐，实在对不起，我以为又是下属打来的烦人电话。"

"怎么样呀？将军如果有空的话，今晚请一定来寒舍品茶，千万莫错过良机哟。"

"有空，有空，绝不辜负小姐的美意，我马上就去你那儿。"

正愁着不知如何打发今晚时光的佐山参谋长，接到胡艾·蔡罗德的电话后，像打了兴奋剂一样，喜出望外。他要借品茶的机会，好好再与这位美如桃花的女人叙叙情。于是，他急忙回到房间里把自己打扮了一番，脱下军装，换上西服，打好领带，虽说少了几分威武，却显得文雅而风度翩翩，人也像是年轻了许多，与女人打交道就该如此这般。

不一会儿，佐山参谋长就来到胡艾·蔡罗德的住处。一进房间，他就看到漂亮的地毯上放着十分精致的日本式茶几，昂贵的茶盘、茶壶、茶杯等一应俱全，整整齐齐地摆放在那儿，旁边一个特制的暖壶正在突突地冒着热气……

一切都像佐山将军想象得那么美好，他被这里特有的温馨气氛所感染。然而，让他奇怪的是房子里却空无一人，更没看到胡佛小姐出来迎接他。于是，他便叫起来：

"胡佛小姐，胡佛小姐……"

"请长官稍等一下，我马上就来。"

胡艾·蔡罗德应承着，声音好像是从洗澡间传出来的。它和着哗哗的水声，如同美妙的音乐一样，飘进了佐山参谋长的耳朵里。顿时，被情欲之火点燃的佐山，循声悄悄来到洗澡间的门口站定，透过一个小孔，偷偷地窥视沐浴中的胡艾·蔡罗德。

这一看不要紧，一下就把佐山给弄得眼发直、心乱跳、血往上涌，血管像快要爆炸似的，一种奇特而异样的冲动使他浑身难受。尽管佐山走南闯北，见多识广，阅历颇丰，但这幅有声有色的仕女沐浴图，还是他有生以来第一次所见之妙境。

佐山早已呆若木鸡。当胡艾·蔡罗德裹着浴巾走出来时，他还痴痴地站在那里一动不动。

"长官，长官，你怎么啦，怎么愣神地站在这儿呀？"

胡艾·蔡罗德用水淋淋的纤手推了推佐山，嗲声嗲气地问道。刚醒过神来的佐山，这时再也控制不住自己冲动的欲火，也顾不得将军的威严和面子，他走上前去，一把抱起她，一边向卧室走，一边发狂似的吻着她的脸、脖子和全身各部位，活像一只发情的老狗……

当佐山发泄完淫欲，享受到胡艾·蔡罗德给予他任何其他女人所不能达到前所未有的欢乐和心满意足时，他颇有感慨地说：

"宝贝，要是你是我的妻子那该多好呀！"

"只要将军真有这意思，我想这事也不难。"

"真的吗？宝贝。"

"我的将军大人，你就静候佳音吧。到时，我自有办法让你如愿以偿。"

"那就太好了！我听你的。"

佐山离开后，胡艾·蔡罗德心中大喜，这条大鱼总算上钩了。

窃获绝密图

一次的欢娱使佐山终生难忘，自那以后他像丢了魂似的，老是想着胡艾·蔡罗德。尽管佐山多次来电话催她，但她仍稳如泰山，不急着答复他。她之所以如此，是为了吊佐山的胃口，更加点燃起他的欲火，坚定他要把她弄到身边的信念。当她认为时机成熟时，便开始了她的第二步行动：摆脱山本，打入日军指挥部。

一天晚上，胡艾·蔡罗德打电话给佐山，让他来家中。有了上次的经验，他一放下电话便欢喜若狂，立即换好西服赶到胡艾·蔡罗德的住处。但出人意料的是迎接他的是山本营长。然而，山本营长的喜悦之情自不待言，认为上司能到他家中来做客，自然增光不少。

当这两男一女坐下后，便开始进行家庭气氛很浓的宴会。胡艾·蔡罗德自然是这台戏的主角。她坐在两个日本军人之间，不断地向他们敬酒、敬菜。这两个男人开始在她殷勤的侍候和合乎情理的调节下，都感到十分愉快和平衡。

喝着喝着，这两个男人便开始有些不胜酒力了，尤其是年过半百的佐山参谋长，摇摇晃晃，说话时舌根发直。头脑一直十分清醒而又控制着局面的胡艾·蔡罗德，眼看时机已经成熟，决定打破这两个男人之间的平衡，让他们为她而争风吃醋。于是，她热情地用手搭在佐山的肩上，撒娇似的摇晃着他说：

"别喝了，别喝了，再喝你会醉的。"

"宝贝，不要紧，我是不会醉的。"

佐山一边喷着满嘴酒气说着，一边轻轻地拍着胡艾·蔡罗德的手。血气方刚的山本，此时本来就喝醉了，又看着自己心爱的女人同佐山如此亲近，他岂能容忍这种情景。他也顾不得什么上下级关系了，气得把酒杯一摔，便破口大骂起来：

"好你个臭婊子，竟敢当着我的面勾引其他男人，给我绿帽子戴，看我不宰了你！"

说时迟，那时快，只见山本"嗖"的一声抽出挂在墙上的战刀，朝着胡艾·蔡罗德砍来。她见已经达到了预期的效果，于是便装作十分害怕的样子，拼命往佐山参谋长的怀里躲，紧紧地抱住他，并哭哭啼啼地乞求着说：

"将军，快救救我呀！你要是再不管，我会马上没命的。"

佐山尽管醉意蒙眬，但仍感到这是天赐良缘，是夺取这位美人千载难逢的好机会，只要他保护了她，她就会对他感恩戴德，名正言顺地归附于自己了。于是，他愤怒地对着山本营长狂狮般地咆哮起来：

"山本君，你冷静点，千万别如此鲁莽！你看，把她吓成什么样子啦？"

接着，他又抚摸着胡艾·蔡罗德的头，像哄小孩似的说：

"别怕，有我在这儿，你不用担心，一切都会平安的。"

被佐山参谋长一声吼叫，山本营长的醉意被惊醒了一半，立刻意识到自己的女人受到上司的保护，尽管他痛苦万分，但也无能为力。他把战刀丢在地上，抱头悲痛地大哭起来。这时，胡艾·蔡罗德借口怕山本要杀她，紧搂着佐山的腰离开了住处，从此结束了与山本的浪漫情调，钻进了佐山的被窝。

就这样，已完全取得佐山参谋长信任的胡艾·蔡罗德出入更加自由。她经常陪同佐山参谋长参加宴会、舞会以及其他的社交活动。在军营中也是成双成对出入，形影不离，俨然一对老少夫妻。

这样做的结果，自然又使胡艾·蔡罗德朝目标迈进了一大步。经过几天的细心观察和暗访，除了获取到大量有价值的军事情报外，她还搞清了绝密图纸的隐藏处。日军驻马尼拉的防御图和地雷分布图都放在指挥总部的机要室保密柜内，而机要室就在佐山住处的隔壁。保密柜的钥匙除机要员掌握外，佐山参谋长还亲自掌握一把。现在关键的问题是如何弄到开保密柜的钥匙。这事是难不倒她的。

在完全摸清了机要室的位置、地形、保密柜的存放处之后，一天晚上，当佐山开完军事会议，忧心忡忡回到住处时，胡艾·蔡罗德百般娇媚地迎上去，嗲声嗲气地问：

"将军，今晚为什么这么不高兴？"

"美军即将对马尼拉发动进攻了，这不能不让我担心。我害怕战争打起来后失去你这位美人。"

"不会的，不管战争进行得怎样，我都会侍候在将军的身边。"

"我的宝贝，你太可爱了。"

于是，佐山一脸的愁容顿消，搂着胡艾·蔡罗德狂热地吻起来。接着又发疯似的要她变换着各种姿势，发泄着自己的淫欲。不一会儿，佐山果然心满意足地抱着胡艾·蔡罗德入睡了。

此时，胡艾·蔡罗德迅速地戴上早已准备好的白手套，从佐山的腰带上取下钥匙，悄悄地潜入机要室内，打开了保密柜的门，从中拿出城市防御图和地雷分布图，沉着而又快捷地将它拍入微缩胶卷内，顺便又拍了一些其他有用的军事情报。当这一切干净利落地干完之后，她又将图纸和文件按原样摆放好，锁上保密柜的门。就这样，她又神不知鬼不觉地返回到佐山的身旁躺下了。

随着战争的日趋紧张，佐山参谋长再也无力将自己心爱的女人留在身边了。一天，他对胡艾·蔡罗德说：

"马尼拉战役即将开始，我自己生死未卜，已无力保护你了。不过，宝贝，我不能失去你。我想用车把你送到一个安全的地方去，你一定要等着我。战争结束后，我一定会去找你的。"

胡艾·蔡罗德泪流满面，装成一副依依不舍的样子。离开这个老色鬼，其实她内心的喜悦之情是无法形容的。因为，她正愁着无法将已拍摄好的日军马尼拉防御图和地雷分布图送到上司的手中。这一离开，如同离笼的小鸟一样，她再也用不着在这些仇人、野兽面前强作笑颜了。为了完成这次任务，她付出了一个女人宝贵的一切。而且，更可怕的是这些恶徒早已使她染上了严重的性病。尤其是最近几天，越来越严重，不管病情多么严重，她决定要尽快将窃获的绝密情报送到盟军手中。

艰难的归途

坐在转移卡车上的胡艾·蔡罗德微闭着双眼，装着似睡非睡的样子。可是，她的脑海里却像煮沸的水一样翻滚着，盘算着如何才能离开日本人的监视，找到游击队。当汽车开进山间小路，正在崎岖不平的山道上缓慢地爬行了一会儿之后，她突然要求驾驶员停车，说要下车方便。

也是天助人愿，在胡艾·蔡罗德刚解开裤子还没来得及蹲下之时，忽然听到"轰"的一声巨响，人们一下子像炸了锅似的，一片混乱不堪，不知发生了什么事。胡艾·蔡罗德顾不得这么多，她知道这是逃跑的大好机会。机不可失，时不再来。于是，她提着裤子拼命地朝旁边的山间小道跑去，沿着热带丛林去寻找菲律宾游击队。

从天黑找到天明，又从天明找到天黑，胡艾·蔡罗德始终没有找到游击队。他们已转移到新的驻地去了，但她不知道。她更没有找到自己的上司马纽埃尔·柯雷可。她孤身一人，无依无靠。她为不能将情报送出去心急如焚。几经周折，后来她好不容易从逃难的行人中打听到了担任主攻马尼拉的美国军队是第三十师。而这支部队目前正驻扎在马尼拉以北40公里的卡伦比特。

此时，美军第三十师也正在找胡艾·蔡罗德。这支部队在卡伦比特已驻守多日，但进攻的命令却迟迟不敢贸然下达。因为，他们对马尼拉的日军防御情况一无所知。上级通知他们说：据可靠消息，日军驻马尼拉的防御图和地雷分布图已被盟军情报局的一名女间谍所窃获，但她下落不明，至今还没露面。因而，整个美军第三十师的官兵都在等待着这个神秘的女谍报员送来防御图，否则是无法发起攻击的。

已打听到美军第三十师驻地的胡艾·蔡罗德，不顾病体，也不顾路途的遥远，她唯一担心的是如何顺利地通过封锁线，平平安安地到达目的地，将情报送到盟军手中。因为，在两军即将开战之际，各方的防守都是十分严密的，通往卡伦比特的路上到处都是关卡。日军以重兵把守，不会轻易地放过任何一个行人。他们对每一个过往行人都要上上下下搜查一遍。

开始，胡艾·蔡罗德为避免麻烦，趁着夜晚的降临拼命赶路。但由于几天饮食不周，睡眠不足，使她的身体更加虚弱。更加让她着急的是她的性病在急剧恶化、皮疹已开始向全身不断扩散。甚至连脸上也有红肿的血斑，这一切都清楚地告诉她，她的梅毒病已到了第二期。

为了争取时间，胡艾·蔡罗德不顾自己病情多么严重，反而决定以此为通行证，昼夜兼程赶路。于是，她把自己打扮得更加破烂不堪，身穿褴褛的衣衫，微微弯曲的背上背着一个皮囊，拖着沉重的步伐，向北行走着。刚到一个日本关卡，便被几个持枪的日本兵喝令站住搜身。面对凶神恶煞的日本兵，这个勇敢的女人没有丝毫的退缩和害怕，她袒胸露乳，让他们观看，并告诉他们说她有梅毒病。那些日本兵听说她有梅毒病，再看她那臃肿和皮疹斑斑的脸，以及周身的皮疹，他们早已吓得魂不附体了，哪还有勇气去对她进行搜身呀。就这样，她凭着自己被梅毒病伤害的身体作"通行证"，闯过了一道又一道日本兵封锁线，顺利来到卡伦比特美军第三十师的师部，从腋下取出日军驻马尼拉的防御图和地雷分布图等绝密情报，交给了盟军司令官。

美军第三十师上上下下的官兵们，为在进攻前夕得到这张宝贵的防御图而欢欣鼓舞。同时，也被这位为了自由、和平和祖国的解放与独立而献出一切的女人那种不屈不挠的精神所感动，决定用实际行动打好这一仗。

美军第三十师根据胡艾·蔡罗德提供的防御图，立即进行了研究，并迅速地调整了兵力部署，很快就对马尼拉发起了进攻。当战斗打响后，他们避重就轻顺利地通过了雷区和防御重点，常常出其不意地打得日军措手不及，使千百万美军官兵避免了不必要的流血牺牲，并且十分顺利地解放了马尼拉城。随之又夺取了菲律宾的全境解放。

当胡艾·蔡罗德得知她的上司马纽埃尔·柯雷可上校在战斗中受重伤、生命垂危时，迅速赶往医院看望他，躺在病床上奄奄一息的上校挣扎着伸出手，握住她的手说：

"你是我们民族的骄傲，干得非常出色，菲律宾人民不会忘记你的，我已向总局报告为你请功，他们会赞赏你的。"

不久，这位上校便离开了人间。胡艾·蔡罗德为失去一位好领导、好老师而痛苦不已。

第二次世界大战结束以后，胡艾·蔡罗德被送到美国的卡维尔医院治病。医生们都被她的英雄事迹所感动，专门为她设计了最好的治疗方案，选派最好的医务人员，运用最新技术和最好的药物为她治疗梅毒病症。在医护人员的精心治疗下，她的病情不但很快得到了遏制，而且不久就痊愈了。

为了表彰胡艾·蔡罗德在战争中作出的杰出贡献，美国政府授予她一枚"银棕榈自由勋章"。这是对一个公民在战时服务中所作出突出成就的最高奖赏。

下卷

冷战中的女间谍

使总理动情的女间谍

1948 年 5 月 14 日，在特拉维夫的博物馆里，以色列国第一任总理戴维·本·古里安从座位上站起来，怀着无比激动的心情向全世界高声宣告：以色列国诞生了！与此同时，他深知为了这一天的到来，多少人付出了血汗与生命，他们在公开战场或秘密战线为此奉献了一切，其中还有不少女性。就在不久前，古里安总理还为一位仍在埃及进行间谍活动的浪漫女间谍约兰德·加贝而担心。因为，随着独立日的临近，约兰德提供了越来越多很有价值的情报，其作用不可估量。这位总理不愿意让她用生命去冒险。于是，他向她下达了准备离开埃及的命令。但这位杰出的女间谍至今还没返回，这不能不让这位总理感到不安。

1952 年，当这位女间谍从巴黎返回以色列时，从不在大庭广众面前动感情的古里安总理，却在全体议员面前热烈地拥抱了她，以至约兰德激动得热泪盈眶。人们不禁要问，

约兰德

一个堂堂的国家总理，日理万机，为什么却总是念念不忘一个女间谍呢？原因很简单，因为约兰德不是一个平平常常的女性，而是一个奇女子，是一个为以色列国家开国建立过卓越功勋的女间谍。

西方化的犹太女性

约兰德走上间谍之路，并成为著名的女间谍，完全是一次偶然的机会，是她那天生具有的正义感把她领进了间谍世界。约兰德·加贝是由一对分别由西班牙和意大利出身的男女结合而组成的犹太民族家庭里的独生女。家境十分富有，周围奴仆成群。当她长成一位亭亭玉立的少女时，家人又把她送到法国巴黎大学深造。

巴黎的西方生活方式，几乎已使她乐不思蜀，对自己出身的犹太民族没有丝毫兴趣。她整日沉浸在西方的文化生活中，尽情享受人生。尽管如此，数年后，当她的父母要她回去的时候，她心里确实不怎么乐意，然而行动上还是服从了。她返回了故乡。

回到家中不久，父母又为她选择了一个富有的商人作为丈夫，把她嫁了过去。后来，约兰德和丈夫生了一个孩子，取名叫吉尔贝。但他们之间的夫妻生活从一开始就没幸福过。原因很简单，巴黎的几年生活对约兰德的影响太大了，可以说是根深蒂固的。她已经对西方的思想文化产生了浓厚的兴趣，再也无法忍受父亲和丈夫对她的绝对控制。于是，她大胆地向丈夫提出离婚。

戴维·本·古里安

当她离开了丈夫之后，过起了无拘无束、自由自在的生活。她十分喜欢夜总会和大饭店的刺激生活，每天出入其间。很快，就有一帮骑士活动在她周围，整天围着她转。在这些骑士中，有许多是英国军队的军官，其中一些人已完全坠入了她的情网。这时候，约兰德几乎每周，尤其是周末都要在家中举行宴会和舞会，广邀各方面的人士参加，人们也以得到她的邀请而感到光荣。

约兰德也时常接待一些在犹太旅中服役的巴勒斯坦人。这些在犹太旅中服役的巴勒斯坦人，都是被雇用的当地人。英国利用他们这些雇佣兵去进攻埃及的犹太人，进行自相残杀，从而坐收渔翁之利。这些雇用来的巴勒斯坦人拿钱干事，因而对英国人卑躬屈膝百依百顺。约兰德对他们这种生活方式和行径感到十分惊讶，难以理解也无法接受。她崇尚那些有英雄气概与民族气节的人，这在她的生活中也时常遇到。

义救赛内尼

一天晚上，约兰德正准备去参加埃及法鲁克国王主持的一个宴会。突然，两个犹太人闯进她的家，声称有紧急事情要找她，请求她帮忙。一见到约兰德，他们中的一个年纪较大的人急忙坦诚地对她说：

"我们来请求您帮忙。我是一个犹太人，我是以一个犹太人对另一个犹太人的身份来和您说话的。现在在开罗的一个监狱里，关着我们的一个朋友，名叫恩佐·赛内尼。我们十分担心他有生命危险。我们知道您在这儿上层社会交往很广，有许多做大官的朋友。我恳请您帮我们找到这位朋友，并伸出仁慈的手，救救他。"

这个同胞的坦诚与直率，以及在危急情况下的贸然请求和对朋友的真诚，激起了约兰德的仁慈和正义感，她毫不犹豫地答应了他的要求，并设法很快在几个小时内就打听到这个人的下落。这个以假名被逮捕的犹太人，已被关押在开罗的一个住满犯人的监狱里。约兰德又通过她那些有权势的英国朋友帮忙，后来竟把这个恩佐·赛内尼释放了。

当恩佐·赛内尼从朋友那儿知道自己被释放的前因后果之后，他决定亲自去感谢这位美人的义举，当面向她表示谢意。就在这次会面中，他们通过交谈，约兰德才了解了他的身世。

　　原来赛内尼不是出生在巴勒斯坦，而是出生于意大利的一个犹太家庭，在他十几岁时，才举家移居巴勒斯坦。当他到了可以当兵的年龄时，便参加了英国的犹太旅，成了军队中的一名战士。当时正处在第二次世界大战之中，他自愿要求加入伞兵部队，并请求派他到欧洲战场的敌人后方去。他愿意去那儿唤醒犹太人，用正义去激发他们对纳粹德国的抵抗精神。英国人对赛内尼的勇敢和请求十分欣赏，他们同意了他的要求，并很快对他进行伞兵训练。他们准备在他完成空降训练后，根据情况把他空投到他的出生地意大利去，以便加强那里正在蓬勃发展的反法西斯运动。然而，正在他进行紧张训练时，不知怎么竟走漏了消息。潜伏在开罗的德国间谍风闻他将担负的任务后，决定要惩治他。于是，他们勾结埃及警察，让他们无中生有地捏造罪名，把他逮捕投入监狱，并准备置他于死地。幸亏他的两个朋友找到约兰德帮忙，打听出他的下落，并很快告诉英国人。当英国人得知内情后，坚决要求埃及当局立即释放赛内尼，他才得以活命。

　　约兰德在听完他的身世之后，十分佩服他的勇气和正义举动，竟对这个意大利人一见钟情，他们很快成了一对情人。但是，当时第二次世界大战正在激烈进行中，因而没有时间，客观条件也不允许他们谈情说爱。他们这种处在萌芽状态中的爱情与友谊，只是发展成了一支短暂而又十分美妙的浪漫插曲而已，并没有取得真正的结果。

　　作为反法西斯战士的赛内尼很快完成了伞兵训练，并被空投到意大利。当他在意大利进行反法西斯活动时，被人告发。很快，意大利法西斯当局就残酷地枪杀了他。

　　对于赛内尼的死，约兰德感到十分伤心。她决心要履行自己对情人所许下的诺言：去他的家乡，去看看他的亲人，去参观赛内尼生前用诗一般语言向她描述的那座可爱的房屋。

不可忽视的人物

　　尽管约兰德救了犹太特工赛内尼，并带着浪漫主义的色彩一往情深地来到了情人的家乡。但她还是不能赢得正在为以色列国而战斗的特工部门人员的信任，尤其不能赢得特工部门头头儿的信任。依赛·哈雷尔就是这个特工部门中正在升起的一颗新星。这位特工部门的创始人是从苏联来到巴勒斯坦的犹太人，受理想主义原则的影响，是一个十足的清教徒。因此，他对约兰德的义举并没有看得太重。像犹太自卫军的其他领导人一样，对她的富有和生活方式斥之为"没落的资产阶级"的豪华。他们对她有些失望，并决定等她从赛内尼的家乡返回埃及后，就不再与之合作。

　　约兰德返回开罗后，她并没因犹太自卫军的领导和特工部门的头头儿对她的这些看法而改变自己的生活方式。美丽的她，穿着十分漂亮和华丽的服饰，仍在高级饭店和夜总会里度过她的大部分时间。她虽与埃及当局的最高层有着密切的关系，但她在哈雷尔等人的眼中，仍是一个轻佻而不严肃的女人。他们对她的重要性视而不见，充耳不闻。

　　当时犹太自卫军里一名最优秀的特工人员历瓦依·阿福纳哈米对此事的看法就与

其上司截然不同。他早已深深地被赛内尼送回特工部门颂扬约兰德正义感与良知的报告所打动。历瓦依出生于一个古老的巴勒斯坦家庭，他与出生在苏联的哈雷尔及其他人不同，既没有他们那些传统观点，也没有他们那么高的自制力。因而，几个月后，当上司让他装扮成英国军官到开罗执行任务时，他最先拜访的人就是约兰德。当时，他到开罗的主要任务是：

一是为犹太自卫军搞军火。买一批或者偷一批同盟军队当时库存在埃及的军火。如果条件允许的话，再弄一批德国和意大利军队在撤出非洲时所留下的武器装备。

二是在埃及建立间谍组织，发展谍报网，担负起秘密将犹太人从陆路移居到巴勒斯坦的接运任务。

三是搞清英国人的意图。开罗是中东的重要首府，也是英国人在中东进行谍报活动的中心和大本营。而英国政府早下定决心，要阻止被关在纳粹集中营里的犹太人战后大规模移居巴勒斯坦。因此，历瓦依到开罗的一个十分重要的目的，就是要设法摸清英国人的意图，了解他们未来的计划。

四是弄清楚在第二次世界大战结束后，阿拉伯国家将对巴勒斯坦人采取什么态度。这也是历瓦依到开罗的一个很重要的任务。

历瓦依知道，他完成这些重要任务对以色列国家的建立是十分重要的。而这些任务能否完成，约兰德却又是一个关键性人物。她交际非常广泛，无论是英军和埃及军队中的军官，还是英国派到埃及的行政官员和埃及政府官员，她都和他们打得火热。同时，还和埃及首都开罗的每个阿拉伯国家的外交官几乎都有很好的交情，尤其是与一个在巴黎大学结识的亲密朋友摩西·贝交情更深。此人当时正是阿拉伯联盟首脑阿查慕佩霞的私人助手。仅凭这些，历瓦依就认为她是无价之宝，他把自己担负任务的宝大部分押在她的身上。

约兰德不仅接待了历瓦依，还答应为他办事，并成为他的间谍组织一员。开始，她完全从单纯的兴趣出发的。她喜欢间谍这一神秘工作所具有的刺激性。但在这期间，有一件事却唤起她的良知，使她一跃而变成一个开始严肃对待谍报工作的坚定犹太复国主义者。

1945 年 3 月 22 日，两名刺杀英国驻中东的国务大臣谟英勋爵的年轻犹太人被处以绞刑，此事深深地震撼了约兰德的心灵。事情的经过是这样：

第二次世界大战爆发后，在巴勒斯坦的最大秘密组织犹太自卫军宣布暂时与英国休战，但极端主义组织"莱基"却拒绝和解。尤其是在 1942 年他们的领导人雅波纳汗·思特恩被英国人杀害后，这个组织不仅没有停止战斗，而且还掀起了袭击英军和英国人设施的恐怖浪潮。当英国驻中东的国务大臣谟英勋爵从开罗的住宅走出来时，被"莱基"组织的两名年轻成员依耐亚忽·哈吉姆和依耐亚忽·侏利毕击毙。开始，在埃及的犹太人、穆斯林和基督教徒对这种凶杀表示很愤怒。但当审讯两个年轻人时，他们慷慨激昂的政治演说，以及他们一再声称只有使用暴力，才是他们祖国获得真正自由和民主的唯一方式，并严辞谴责英国当局不让众多的犹太人移居巴勒斯坦，而让他们惨死在法西斯的集中营里的罪行。这样一来，人们不仅原谅了他们的暗杀活动，而且被他们的英雄行动所感动，成千上万的人自动结队走上街头，高喊着要释放这两个年轻人的口号。然而，英国漠视人们的呼声，于1945年3月22日将这两个年轻人处以绞刑。对于死亡的来临，两个年轻人视死如归，他们在临刑前扔掉了蒙住眼睛的布条，也不祈祷，而是高唱着《哈蒂史瓦赫》的歌曲。哈蒂史瓦赫即"希望"的意思，后来这首歌被定为以色列国歌。人们深深地被这两个犹太人的悲壮行动所感动，这之中也包括约兰德。他们的遭遇既唤醒了她的犹太人良心，又在心中产生了一股对巴勒斯坦犹太人的强烈同情感。正是这种感情，使约兰德自觉走上了间谍之路，并在其中发挥了极其重要的作用。

在组织犹太人秘密向巴勒斯坦的移居活动中，约兰德的重要作用首先被显露出来。这次向巴勒斯坦移居活动中，不仅有来自埃及和其他阿拉伯国家的犹太人，而且还有来自欧洲的犹太人。他们之所以能成功地进入巴勒斯坦境内，从某种程度上讲，多亏了约兰德在开罗为他们搞到了无数的假护照和假证件。她为打通关节而进行的行贿活动都非常有效。通过在开罗的社会关系特别是上层人物，使她清楚地知道哪些陆路和水路，在什么时候有岗哨和巡逻，什么时候没有，把军队和警察的活动规律摸得一清二楚，从而使移民活动和犹太自卫军的特工人员能够巧妙地避开英国警察。同时，她还知道从什么渠道可以搞到偷运犹太人到巴勒斯坦境内的船只、卡车和其他运输工具。正因为有约兰德的帮忙，无论是在开罗组织指挥秘密移民的特工人员，还是在亚历山大组织指挥的特工人员，都能得到准确情报和大力支持，顺利地利用火车、汽车、轮船，甚至骆驼，一直把犹太移民从各地送到内格夫的集体农庄安顿下来。

不仅如此，约兰德同时为历瓦依在开罗城外，找了一幢单独的两层楼房给他活动。由于约兰德对埃及人进行了大量的贿赂，因而这所名义上为盟军士兵设置的官方"驿站"，进行大规模频繁的移民活动不仅没有引起什么怀疑，而且埃及人对经过此地来来往往的妇女和儿童也是视而不见、充耳不闻，任其过往。

正因为有约兰德这样优秀的女间谍，犹太人的秘密移民活动才能进行得如此顺利和神速，才能使大批犹太人聚居到巴勒斯坦境内。

大显身手

正在为建立以色列犹太国而奋斗的特拉维夫的领导们，在大规模向巴勒斯坦境内移民的同时，急需了解如果真正在这块土地上建立起犹太国家的话，阿拉伯人会作出什么反应？阿拉伯穆斯林能否同他们友好相处？是把他们之间的关系建立在存在了许多世纪的友谊上，还是会把反对日益发展的犹太移民运动的斗争变为敌对状态而对峙下去？他们尤其要了解当时穆斯林的王公和中东阿拉伯国家的主要政治家们纷纷访问开罗的目的与意图，是否和他们的活动有关。

要完成如此重大的任务，特拉维夫的决策者们首先想到的是约兰德这个不平常的女间谍。他们已忘掉了她那"资产阶级的轻佻"，而把她看成一个非常重要的特工，看成真正的王牌，向她提出了一大堆有关政局的问题和要求。请求她想方设法找出答案，以便为他们作出决策提供可靠的依据。

约兰德不负特拉维夫的决策者们所望，全力开展活动，搜集有关情报。为此，她采取了三点措施：

首先，她选择了一批非常可靠而又有才能的助手，协助她的工作。她让这些助手充分利用她那十分广泛的社交关系，帮助她最大限度地发挥出她在高雅沙龙里苦心建立和经营的社会与政治关系的作用，为特拉维夫服务。

其次，她为了使自己的行动更自由，不受任何限制，又神奇般地为自己搞到了一张记者证。这样，她就可以利用这一身份作掩护，自由自在地来往于要地与要人间进行间谍活动。

最后，她进一步加强了与她亲密朋友摩西·贝的友情。她深知要完成特拉维夫决策者交付的重要使命，非找到阿拉伯联盟高层人士不可。因而，她丝毫不顾忌特工部门头头哈雷尔等人会反对她利用姿色进行间谍活动，充分发展和利用了她的老同学和情人摩西的情谊，神奇般地搞到了阿拉伯联盟会议的全部报告。正是这些报告披露：整个中东伊斯兰国家的领导人已制订了一项计划，要把可能诞生的犹太国扼杀在襁褓之中。

同时，她还了解到，在埃及的上层有几位政治家支持犹太人的行动。他们认为，不管怎样，与犹太人的问题是兄弟之间的问题，而与殖民者的问题才是根本问题，他们共同的敌人是英国占领者。因此，他们问约兰德是否可以通过她的关系活动一下，为有影响的阿拉伯人士安排一次同未来犹太国代表的会晤。约兰德利用她的记者身份，非常高明巧妙地安排了这次期盼中的会晤。尽管会晤由于受阿拉伯一些极端主义者的影响与控制而没有达到预期效果，但它充分体现了约兰德的高超间谍活动方式与手段，以及她在即将诞生的犹太国与阿拉伯世界之间的重要作用。

浪漫女间谍

以色列独立日的时间越来越近，而约兰德这时提供的情报也越来越多，价值越来越高。无论是政治的，还是军事的情报，都对特拉维夫的领导者们作出决策发挥了极其重要的作用。为此，戴维·本·古里安对她仍在埃及所冒的风险而感到不安。他不想让这位为以色列国建立而创造出奇迹的女间谍拿生命去冒险。于是，他以犹太国最高领导者的身份，毫不犹豫地向她下达了准备撤离埃及返回以色列的命令。然而，令古里安失望的是约兰德竟没有执行他的命令。她从容不迫，仍然无忧无虑地待在埃及。

原因是这位浪漫的女间谍正处在热恋中。这时，她正全身心狂热地同一个叫埃勃特·黑盂的南非校级副官谈恋爱。他们是 1947 年在亚历山大的一次晚会上偶然相识的。俩人一见钟情，很快就坠入情网。埃勃特虔诚地向她求婚，她欣然接受了。在埃勃特向她求婚几小时后，她就跑到了他的床边，原因是这位副官乘坐的飞机落地坠毁。他竟奇迹般地活了下来，但伤势很重，医生们劝她对这位恋人不要抱什么希望。但约兰德不顾这一切，她只有一个愿望，用自己的爱心使他重新获得生命。整整一个月，她顽强奋斗，日日夜夜守护着他，精心照料着他，并亲自为他换药，供应他所需要的一切。在这三十天中，她一刻也没有离开过他的房间。

埃勃特在约兰德的精心照顾下，又奇迹般地战胜了死神，活过来了。在他痊愈得到疗养假期时，他们两人便乘飞机来到了巴勒斯坦，并正式举行了婚礼。这对新婚夫妇在巴勒斯坦圣地住了一两个月，度过了约兰德自认为是她一生中最快乐、最幸福的时光。也就是在这块神奇的圣地，约兰德亲自把自己在埃及从事间谍活动的真实情况告诉了自己的丈夫。尽管这位南非军官知道她的真正身份后大吃一惊，因为在他们相处的日子里，他从来没有怀疑她进行过间谍活动。他原谅她，理解她，他们又订下了山盟海誓，不管遇到什么，俩人永不分离。埃勃特还同意以后和她一块儿到巴勒斯坦安家。

当他们在耶路撒冷圣地度完蜜月准备返回埃及时，以色列的特工部门提出了强烈的反对意见，他们不想让自己最优秀的女间谍再入虎口。约兰德几经周折，费尽口舌，终于与丈夫重返亚历山大城。在亚历山大城她又与丈夫一起愉快地度过了一个星期。在埃勃特完全康复后，他决定向部队提出辞职，永远和约兰德厮守。于是，他乘飞机返回基地拟向上司提出这一要求。然而，这次他却一去不复返，飞机又一次坠毁了。尽管这位副官当时并没有死，但死神已向他招手。约兰德得知消息后，急忙赶到医院。这时，她的丈夫正在昏迷中说着胡话，并不断地呼唤着她的名字。这次再也不会出现奇迹了，丈夫不可能恢复知觉，她眼睁睁地看着自己心爱的人咽下了最后一口气。

为了战胜自己的不幸和失望，约兰德并没因失去心上人而消沉下去。恰恰相反，她却以百倍的努力，重新投入间谍工作，卓有成效地进行了谍报活动。

使总理动情

化悲痛为力量的约兰德一经投入谍报活动，她在秘密工作中的潜在能量再一次得到了充分的发挥。很快她就发现在阿拉伯世界中，一种仇视犹太人的新极端主义气氛正在日益蔓延，并左右了埃及的法鲁国王。他们歇斯底里地在街上狂呼乱叫，要求对犹太人进行圣战。他们在一个叫哈基·阿明·阿尔侯塞尼的亲纳粹伊斯兰教教长的煽动下，叫嚷着要让犹太人付出生命和鲜血。他们准备一旦英国人撤出巴勒斯坦，便立即对犹太人开战。在阿拉伯世界中，许多军人和平民都自愿加入其中。而且，在埃及开罗和亚历山大两座最大城市中，已逮捕了好几百名犹太人，事态在进一步扩大。

尤其是1947年年底，形势越来越恶化。因为联合国在11月份经投票后作出决议，将原巴勒斯坦的疆域分成两个国家，60%的土地划为犹太国，40%的土地划为阿拉伯国家。阿拉伯人拒绝这种分配方法。因而，整个中东骚乱四起，在一些城市里，武装的阿拉伯人甚至冲进了犹太人的居住处，他们怒不可遏，几百名犹太市民死于他们手中。

这时，约兰德又获得了另一个对以色列来说更为可怕的情报：阿拉伯国家领导人正准备和美国、英国等断绝外交和经济关系。这一重要情报送回特拉维夫后，引起了古里安的高度警觉。但因没有从其他途径获得如此重要的情报，因而对这一关系到以色列国命运的情报，他们竟仅批上"不明确"几个字后，就把它封存搁置起来了。他们错误地判断：阿拉伯国家领导人不敢违反联合国决议。对这一精确情报所作出的错误分析判断，几乎把以色列国引到灾难的边缘，因为事实很快给出了答案。

1948 年 5 月 14 日，当古里安站在特拉维夫的博物馆里高声宣布：以色列国诞生了。他们立即招来了埃及和所有阿拉伯邻国的反对。他们的军队向以色列发动了进攻，而且还对国内的犹太人采取了行动，成千上万的犹太人在突然的搜捕中被捕，并被投入监狱。

在这次大规模反对犹太人的行动中，约兰德也未能幸免。她和千千万万犹太人一样，也被抓起来了。这次又多亏了她的老情人摩西，冒着生命危险，费尽周折才把她从监狱中救出来。接着，又把她带到巴黎。这时，遭受了打击的约兰德已身患重病。

为了表彰这位为以色列国建立而立下卓越功勋的女间谍，在她身患重病的情况下，以色列国仍然为她在该国驻联合国的使团中安排了一个高级职务。她那亲密的穆斯林朋友摩西，为了照顾她竟放弃了在阿拉伯联盟中的高级职务和优越条件，留在了她的身边。在巴黎，约兰德一直住到 1952 年。由于心力交瘁，精神崩溃，她决定返回以色列，以便与她的母亲和儿子住在一起，享受天伦之乐。

在她返回特拉维夫时，人们举行了隆重的仪式欢迎这位不平凡的女子。以色列国为了表彰和感谢她对这个国家所作出的重大贡献，在政府中为她安排了一个较高的职务。她的经历和事迹同时深深地感动了以色列国总理古里安。这位军人出身，从不在大庭广众面前动感情的总理，竟在一次全体议员开会之时，热烈地拥抱了约兰德，使约兰德感动得热泪盈眶。

1957 年，这位为以色列国建立过奇功的女间谍，在耶路撒冷的一家高级医院里被病魔夺去了生命。

莉蒂亚的惊人杰作

凡见过莉蒂亚·库兹卓娃的人，无不被她的美貌所倾倒，无不为她的非凡经历和出色的工作而赞叹不已。早在 20 世纪 50 年代初期，她被克格勃派到西德，在法兰克福建立性谍报网，干出了一番非凡的事业，并且成功地引诱和策反了一名美国中央情报局在欧洲的一所主要的训练和行动中心——戴维营里的雇员格兰·罗勒尔。而她凯旋般地返回莫斯科克格勃总部后，被提升为上校。莉蒂亚留在总部充当谋士期间，对在西德进行性谍报活动出谋划策。几年后，她被委以重任，担任由克格勃创建而名扬四海的韦尔霍内伊性间谍学校校长的重要职务，为克格勃训练出大批的"燕子"和"乌鸦"，搞得西方日夜不得安宁。西方各国不仅通过各种舆论工具大肆报道和揭露克格勃的性谍报活动，而且在大街上和各类公共设施中，不断地提醒本国公民别进入克格勃的性圈套。这一切，都由莉蒂亚的杰作所引起，都倾注了她的毕生心血。

戴维营和按摩院

第二次世界大战结束以后，世界形成两大对垒阵营，以苏联为首的社会主义阵营要把共产主义推向全世界，而以美国为首的资本主义阵营则要颠覆所有的社会主义国家，冷战从此开始。冷战时期，苏联与美国不但在公开国际场合对着干，而且在隐蔽战线也争夺得十分激烈。为对付苏联和东欧各国，美国在其保护下的西德领地，选择离法兰克福 10 英里的奥伯努泽尔的一块占地 12 英里的地方建立了一所秘密营地，取名叫戴维营。从外表看，该营地与美军在欧洲和西德的营地没有两样。其实不然，这个营地并非真正的美军基地，而是一所由美国中央情报局所建的欧洲主要训练和行动中心。欧洲和美国的间谍们在此接受着最严格的训练，然后派到苏联和东欧各国。

该营地实际担负着两种间谍的训练和派遣任务：

一种是专职间谍，他们自称为"黑人"。凡在此营地接受训练的"黑人"，不管他是男的还是女的，都要进行长期严格的训练，然后以伪造的身份，用完全伪造的理由，通过公开或秘密途径，进入苏联或东欧各国，从事间谍活动。

另一种是兼职间谍，他们自称为"灰人"。所谓"灰人"，他们的主要职业不是从事间谍活动，有可能是商人、新闻工作者，或者是旅游者。总之，能通过各种合法途径进入苏联和东欧各国的西方人员，并且也从事正当的活动。但他们被中央情报局招募，施以短期的间谍技术训练或特定目标的单一技术训练后，派往苏联和东欧各国。他们在正常的商业、新闻等活动中，也不失时机地从事一些间谍活动。

由此可知，戴维营是一个地地道道的间谍训练、派遣营地。从这里的中心控制大楼派出的一个个由特务、交通员和情报员组成的间谍网，一直伸展到苏联和东欧各国的心脏。正因为如此，它伪装得最巧妙，防卫得最森严，纪律最严密。然而，正是这一秘密营地，却引起了苏联克格勃的极大兴趣，他们决定不惜一切代价与手段，打进戴维营，从中策反一名掌握派遣核心机密的人员，搞清该营地的所有秘密。这一重要任务经过克格勃头目们的反复研究权衡，竟落到莉蒂亚这个不平常的女子身上。

20 世纪 50 年代初期，正处于青春活力十分旺盛的莉蒂亚在接受潜伏西德，搞清戴维营的重要使命后，只身来到法

克格勃的"燕子"

兰克福从事间谍活动，组建间谍网。为站稳脚跟，便于长期潜伏，她利用克格勃为其提供的雄厚资金，在法兰克福市中心附近开设了一家十分奢华而高级的按摩美容院。该院不仅装饰豪华，环境优雅宜人，而且一大群服务的姑娘都是经莉蒂亚亲手挑选的本地红粉佳人，一个比一个漂亮。她付给这些姑娘做高级娼妓的最优厚报酬，而她们从不多嘴向她打听任何事情。不久，这些姑娘就被她训练成了全法兰克福第一流的妓女。

很快，莉蒂亚的按摩美容院就在法兰克福赢得了好名声，立即火爆起来了。不仅吸引了许多重要的企业家、商人，而且还吸引了众多的外交人员、政府官员，甚至高级军官。他们一进门，立即有美丽的姑娘笑脸相迎，并伴送他们穿过华丽的前厅。在这里看不到任何带有色情色彩的东西，顾客们只是被其高雅舒适的上乘服务搞得心花怒放。但到楼房后面隐秘的小房间后，漂亮的姑娘会为顾客提供十分周到的性服务。

然而，这些到按摩美容院寻欢作乐的人们，做梦也没想到这密布的微型麦克风、录音机和摄像机，每时每刻都在记录他们最秘密的时刻任何性爱场面。他们所说出的每一句有情报价值的话都被录下。而这一切只有莉蒂亚一个人所掌握。她将窃听和窃照来的所有材料，通过秘密交通送往在东德的克格勃基地。然后，他们又用这些材料来对受害者进行讹诈和恐吓，迫使他们出卖秘密或从事间谍活动。也有一部分留作今后待用，一旦受害对象晋升到能够接近秘密材料时，就可作为恐吓和讹诈材料。

尽管莉蒂亚利用按摩美容院获取了众多的情报，出色地进行了间谍活动，但仍没有完成主要任务，打入法兰克福美国中央情报局的戴维营，发现其中秘密，并策反其掌握核心机密的人员。正当莉蒂亚为此而费尽心血时，戴维营基地内的一个叫格兰·罗勒尔的测谎器操作手闯进她的按摩美容院，使其顺顺当当地圆满完成了任务。真是踏破铁鞋无觅处，得来全不费工夫。

策反罗勒尔

戴维营尽管伪装巧妙，防卫森严，纪律严密，但并非铁板一块，无隙可钻。正是由于这些过于严格的措施，促使了在营地内的一些人的反常心态，格兰·罗勒尔就是其中之一。

罗勒尔早在 1955 年就被派到戴维营工作。他的任务就是操作测谎器，对返回戴维营的所有间谍，不论是"黑人"还是"灰人"，一律要使用测谎器进行检查。这是一个十分重要而又敏感的岗位，每个间谍都逃不过他这一关。对于如此重要位子上的人，自然在他来戴维营以前和所有的其他间谍管理人员一样，是经过了严格的安全审查的。他也知道戴维营基地的纪律是十分严格而苛刻的，如在婚姻上他不允许和外国女子结婚，违反此纪律，就会从这个高度敏感的位子上解职。不仅如此，在接触异性女子上，戴维营基地也有更严格的纪律，只允许他和同一女人约会 3 次，否则就违反纪律而要受到查处。

就这样，三十几岁的罗勒尔在戴维营基地过着十分无聊而又寂寞的单身生活。在这种不正常的情况下，罗勒尔耳闻了莉蒂亚开设的按摩美容院的情况。1960 年，这只孤雁于是悄悄光顾了这所法兰克福第一流的按摩美容院。他被这里的环境所吸引，尤其是这儿迷人和体贴的姑娘周到的服务，使他尝到了温柔的滋味。于是，他把戴维营基地严格的纪律忘得一干二净，并对上级隐瞒了这件事，频繁地光顾莉蒂亚的按摩美容院。

自然，莉蒂亚是求之不得的。当她了解到罗勒尔不敢声张到按摩院来的事，担心这些风流韵事会毁掉他前程的情况后，她很快就查清了罗勒尔的身份，知道所有戴维营派出的间谍在返回进行汇报盘问时，都要接受罗勒尔的测谎器的检查。因而，他知道成百上千名中央情报局派往苏联和东欧国家间谍的姓名、化名、伪装身份，还了解这些"黑人"和"灰人"的工作程序、工作地点、联系对象、联系方法，以及他们的工作成效等绝密情况。所有这一切正是莉蒂亚求之不得的。于是，她撒开了网，准备捕捉这条闯进来的鱼。

莉蒂亚很快就把罗勒尔网入网中。罗勒尔在一次与一个漂亮姑娘尽兴后，他被叫到莉蒂亚的房间。她将摄下罗勒尔做爱时的各种丑态放映出来，对他进行讹诈，并告诉罗勒尔，摆在他面前的有两条路：一条是同她合作，他将继续得到她经营的按摩院姑娘们的服务。另一条是拒绝合作，就会断送前程，受监狱之苦。刚享受到女人乐趣的罗勒尔，很快就被莉蒂亚俘虏了，同意为她提供所知道的一切情况。

起初，罗勒尔只是在莉蒂亚的恐吓与讹诈下勉强进行合作。以后，随着次数的增加，也就越来越自然和痛快了。后来，竟心甘情愿地提供他所知道的一切情况。就这样，每一个经过罗勒尔操作测谎器检查的间谍情况，很快就被莉蒂亚所掌握，并以最快的速度传到克格勃总部。

这样一来，中央情报局在欧洲苦心经营近 20 年的间谍工作，全部毁于罗勒尔和莉蒂亚之手。数百名派往苏联和东欧国家的间谍一个个遭到逮捕，有去无还，致使西方情报工作遭到致命的打击。

对于如此惨重的失败，终于引起了中央情报局的警觉。1965年，他们怀疑内部出了叛徒，于是进行暗查，很快就把疑点集中到了罗勒尔身上。但中央情报局这次又失算了。正当他们要进一步深入调查罗勒尔时，1965年8月，一名潜伏在西德反间谍机关的克格勃间谍获悉此情后，及时地通知莉蒂亚，中央情报局正在注意罗勒尔，让她迅速采取措施。

莉蒂亚接到通知后，立即通知了罗勒尔，并且当机立断策动他叛逃。这时的罗勒尔已六神无主，只有听从莉蒂亚的摆布了。他们设计了叛逃方案，罗勒尔依计行事。一天，他开着车假装外出。一离开营地，他立刻驾车飞速奔向德捷边境，在离捷克边境不远的地方，他弃车叛逃到捷克。当反间谍人员带着警犬追到边境的铁丝网下时，他们一筹莫展，只好垂头丧气地返回。

罗勒尔的叛逃也危及到莉蒂亚的安全。在她接到克格勃总部通知后，立即关闭了法兰克福的营业室，返回了莫斯科，汇报了所有的情况。

莉蒂亚圆满完成了任务，凯旋后她被克格勃总部晋升为上校。

神秘的女校长

从法兰克福凯旋的莉蒂亚再也没有接受外派任务。在起初的几年里，她被上司留在总部工作，担任相当于参谋的职务，对克格勃在西德进行的性谍报活动出谋划策。这行当对莉蒂亚来讲是轻车熟路，她出色地完成了有关方面交给的各项任务，获得了一致好评。

几年后，莉蒂亚被委以重任，担任克格勃创建而又有名气的性间谍学校校长的重要职务。作为原来的一只"燕子"和法兰克福按摩美容院的女老板，她对学校现在所教的那一套是太熟悉了。

这所学校位于苏联遥远而荒凉的韦尔霍内伊，它靠近喀山市。学校的整个建筑群类似营房。没有克格勃的特别许可证，任何人都不能走近韦尔霍内伊这所神秘的学校。在离学校较远的外围地方，有一支精锐的克格勃部队将它包围起来，整个学校周围都在严密的保卫之下。克格勃头目为把这个最高级的秘密学校掩盖起来，采取了各种严密的掩护措施。韦尔霍内伊这地方，不要说在任何地图上都找不到，就是苏联的老百姓也根本不知道有这么个地方存在。假如不是在此受过训练的"燕子"和"乌鸦"叛逃西方，陆续揭露出这所学校，世界上几乎无人知道竟会有这么一所不可思议的学校存在，就是讲出来也不会有人相信。

莉蒂亚一上任，她凭借自己丰富的经验，超群的才干，亲手确定了选拔"燕子"和"乌鸦"的标准，设计了大多数训练项目和课程。因为，她深知怎样利用男人和女人的性欲弱点。

韦尔霍内伊性间谍学校训练的"燕子"和"乌鸦"来自苏联各地。他们在被物色招募之前，就经过了克格勃的严格审查。这一关主要是保证政治上的绝对可靠。符合这一条后，在选择做"燕子"的姑娘和选择做"乌鸦"的男人身上还有一些其他标准。

对姑娘的选择条件：

第一条就是既要有美丽的外表，还要性感，具有较好的女性魅力，能够吸引男人，使他们拜倒在其石榴裙下。

第二条是聪明，头脑清醒，有较好的应变能力，能善于适应社会各阶层人物。根据不同人员能采取不同的对策去应付，以保证目标不脱钩而又不知不觉地进入性圈套。

第三条就是必须掌握一门外语，最好是英语、法语或德语。因为，她们工作的对象是外国人，或派到国外去从事性间谍活动。

对"乌鸦"的选择基本条件大致相同，但在长相上他们不一定要求都是相当出众的美男子。因为，他们未来勾引的女性目标是各种各样的，甚至有的是那种令人嫌弃的中年妇女，对于这类女人就用不着以美貌来引诱她了。"乌鸦"主要由克格勃的女官员来挑选。她们根据选择对象的个性或在性方面的吸引力来确定。同时也不一定都要年轻，有一些是选的中年男子，他们在各自的事业上已相当有名气。而且，克格勃还特别愿意选择非职业间谍来担任"乌鸦"这一角色。这类人员主要是完成一些临时或特定的任务。与此同时，还要挑选相当人数的同性恋者进行专职训练，以对付外国使馆和旅游人员中的同性恋者。

凡被选中的男女，克格勃招募人员都会秘密会见他们，向他们表示祝贺，并被告知他们已被提名去做党的机要和报酬优厚的工作。除许以高额薪金外，还可在莫斯科或其他大城市拥有一套相当吸引人的住房，以及名目繁多的福利。第一次谈话后，他们留有一定时间给招募对象考虑，并对其家庭、社会关系等背景情况进行进一步的审查。在第二次谈话中，他们会告诉招募对象一些更具体的情况，所从事的工作涉及国家的重要机密，如果同意接受训练，则要保证永远不泄露自己所知道的一切，甚至对自己最亲近的人也不能泄露。如果他们同意的话，则被送到莫斯科郊外学习4个月的基础课。

在课程结束后，这些男女仍然不清楚将接受何种专业训练，只有当他们被克格勃的专用飞机从莫斯科送到韦尔霍内伊性间谍学校时，他们才逐步被告知所训练的内容和从事的事业。这时，莉蒂亚才会告之被招募的男女：性自古以来就是一种间谍武器，用这种手段从事间谍活动，不光是神圣职责和爱国之举，而且是一种最行之有效的搜集情报的方法，所以个人的一切都必须服从党的需要。就这样，这些男女在莉蒂亚为国效力的幌子下变得人格堕落，接受由她所设计的各种性技巧训练。

桃李满天下

莉蒂亚为这所学校设计了十分卑鄙而又全面的性技巧训练课程。开始，教员对这些男女讲："要必须学会不为你们的身体而害羞，而应当把它看成是用在事业上的武器"。其目的是完全清除他们对性的压抑。接着，一步步地通过看性电影、观摩性爱表演和自己亲身实践等方法，被授以各种性谍报的技能技巧。要让学员实践每一种能够想象得出的性活动，表演和享受性行为的各种花样和动作，要求他们喜爱或装成喜爱所有的正常或反常的性交方式和方法。教导他们如何引诱对方的性欲，给予对方以最大的快乐。同时，这些男女学员都知道，在整个性活动过程中，他们的每一个动作都被暗藏的摄影机所拍摄。就是在这种情况下，仍然要做得自然和标准，不能有半点矫揉造作。教员还会把拍摄下来的每个人的各种做爱动作，通过教学方式向每个学员讲解，进行一番评论，指出其优缺点，使这种训练日臻完美，看不出有丝毫人为的痕迹。

在掌握性活动中各种技能技巧之后，为了使他们适应新的社会生活和性生活环境，莉蒂亚为男女学员设计出的最后一个课程是了解、熟悉和掌握未来将要潜伏的目标国对性的态度，以及性习惯和性风俗；让他们阅读那个国家出版的专给男人或女人看的杂志和书籍，并研究该国报纸有关两性关系新闻报道的方法；听该国性生活习惯和性生活环境的报告；观看大量目标国影片，尤其是最近放映的各种各样的影片和电视剧；包括一般商业性影视片、地下影视片，以及能收集到的各种类型的色情影视片，以便了解、熟悉和掌握该国最有特色的那些性习俗和性欲弱点，寻求对付方法。

为使这种训练逼真而又切合实际，不出丝毫纰漏，学校把未来的"燕子"和"乌鸦"完全置于按那个国家模式精心设计修建的环境中进行模拟训练，以求尽可能地符合他们将要被派往国的实际情况。这里是完完全全的目标国生活方式与环境的复制品，任何具体细节都不放过：如何逛商场、怎样买票进影剧院看电影和戏剧、怎样穿当地人的衣裳，进旅馆、宾馆、饭店如何点菜，给多少小费才得体等，都已成为学员日常生活的习惯，点点滴滴进行培养。

学校对学员的语言要求也是很严格的。一进入这一特定环境，他们就只能讲目标国的语言，任何时候与情况下都不能讲俄语。学校为了检查学员们遵守此规定的情况，有时故意专门举办各种宴会或酒会，把他们灌得酩酊大醉，看他们在这种情况下会做出什么举动。如稍不留意讲出母语，则要受到严厉的惩罚。

当上述一切训练完毕，经严格考试合格后，这些男女学员才被莉蒂亚放出去，派往世界各地。莉蒂亚的"燕子"和"乌鸦"弟子满天下。他们在世界各地大显身手，把西方搞得天翻地覆，尤其是西德政府要害部门的女秘书被她的弟子设计的性圈套，不知不觉地被接二连三拉下水，把大量情报奉送给克格勃。英国、法国以及整个西欧也被她的弟子搞得天昏地暗，惶惶不可终日。许多关系到国家或西方盟国生死存亡的重大核心机密，也不知什么时候竟被克格勃掌握得一清二楚。就是远离苏联的美国、加拿大、澳大利亚等国也丝毫没有逃脱这类灾难，也被搞得坐立不安，无可奈何。尽管西方国家在深受其害后，动用了大量人力、物力和种种宣传舆论手段，采取了多种措施来防范莉蒂亚的弟子们对他们的冲击，但这类性间谍活动仍屡见不鲜。西方各资本主义国家为此而大伤脑筋，吃尽了苦头。而莉蒂亚和她的克格勃头子对他们的杰作赞叹不已，为性谍报活动的大面积丰收而暗暗窃喜。

置格瓦拉于死地的女间谍

格瓦拉之死

1967 年 10 月 9 日，玻利维亚官方宣称：著名的古巴游击战英雄和领袖切·格瓦拉在与政府军的战斗中被打死，并刊登了他的尸体。这一惊人新闻立即轰动了全球。

然而，1989 年 10 月 19 日，一位曾是美国中央情报局老资格的特工人员费利克思·洛得利克斯在其所写的《阴影中的战士》一书中，以一章的篇幅详细地描述了切·格瓦拉生命中最后时刻的情景，并声称书中材料是"绝对真实的"。据他所说，切·格瓦拉并不是像玻利维亚官方宣传的那样，死于战斗，而是他亲自下令处死的。

洛得利克斯在 20 世纪 60 年代中期，曾担任过玻利维亚军队反游击战的顾问。当时，他化名为"马克斯·拉莫斯"，是玻利维亚军队

切·格瓦拉

的一名上尉。1967 年 10 月 9 日上午 7 时 30 分，当他得悉格瓦拉在伊格拉村被捕时，同玻利维亚陆军上校华京·森诺特乘直升机来到该村。当时，格瓦拉仅受轻伤。中央情报局对格瓦拉被活捉一事非常感兴趣，但玻利维亚最高军事当局决定要处死他。在处死他之前，洛得利克斯同他谈话数小时，他坦诚地告诉格瓦拉：

"尽管我做了最大努力，但你的死已是不可避免。"

格瓦拉回答说："最好是这样，因为我绝不应该死于囚禁。"

下午 1 时 10 分，洛得利克斯亲自下达了处决格瓦拉的命令。他对执行命令的玻利维亚陆军军士长特兰说：

"准备向他射击，但要注意不要朝脸部开枪，这样人们会认为他是在战斗中受伤身亡的。"

洛得利克斯不愿亲临行刑现场，但亲耳听到一阵枪声。就这样，古巴著名的游击战领袖切·格瓦拉死在了美国中央情报局和玻利维亚军队的枪口下。下午 2 时，洛得利克斯和华京·森诺特上校携带着他的尸体前往格兰达谷地。在那里，玻利维亚军队向报界展示了他的尸体。

　　人们不禁要问：从古巴游击战的枪林弹雨中摸爬滚打过来，而又经验丰富的切·格瓦拉为什么会在玻利维亚开展游击战时，竟如此一败涂地，惨遭杀害呢？要知此事的前因后果，还得从一个曾经爱过他，后来又背叛他的克格勃女间谍说起。

　　出卖格瓦拉的是他的情人塔玛拉。这位长着美丽金发的女人有着一段了不起的惊人故事。根据官方记载，她早已死了，她那满是弹孔的尸体已经腐烂在玻利维亚森林深处的一个无名坟墓里。可是，她仍然活得很好，安静地住在莫斯科的一幢公寓里，并且克格勃早已指派她在对外谍报局第二分部担任对拉丁美洲国家进行非法谍报活动的教官，死去的只不过是她的替身。

　　这个女人的案子是西方情报机关档案里最离奇的一件。同时，它也表明，那些肩负克格勃重任的"燕子"们，其欺骗活动是何等高明和天衣无缝。切·格瓦拉在东柏林认识了她，爱她，并信任她。但是，在他活着的时候，却从来不知道自己的情妇竟是一个克格勃间谍。正是自己的这位情妇，把他的每一个秘密详详细细地密报了莫斯科。而最后她又根据克格勃总部的命令，把他出卖给玻利维亚当局，致使他惨遭枪杀。

东德情妇

　　1937 年 11 月 19 日，在阿根廷首都布宜诺斯艾利斯一所大学的语言教授家里，诞生了一个十分可爱的女婴，他们给她取名叫海蒂·塔玛拉·朋克。塔玛拉的父亲是一个德国人，叫艾里希·朋克。他不仅是名语言学教授，还是一个坚定的共产主义者。母亲叫娜嘉·白德，波兰人。

　　1952 年，15 岁的塔玛拉已长成亭亭玉立的少女，决定离开南美洲的阿根廷，到东德的斯大林施塔特去上中学。在那儿毕业以后，又进入洪堡大学学习药物学。塔玛拉由于从小就受父亲的影响，对共产主义就有坚定的信念。上中学时，她就已成为一个忠诚的共产主义分子。不久，她就被同克格勃有着密切联系的东德秘密情报机关安全部所看中。他们认为她有充当间谍，被派到拉丁美洲国家从事间谍活动的良好素质和潜在能力。为此，她在洪堡大学学习期间，东德国家安全部就同她进行了正式接触，让她加入情报机关从事秘密活动，去从事待遇优厚的情报工作。她愉快地答应了，立志为自

海蒂·塔玛拉·朋克

己的祖国和共产主义奋斗终生。从此，她开始接受了做间谍工作和策反工作的各种技能技巧训练，当然也包括性训练。这位女间谍很快就掌握了从事间谍工作的全套本领，

并且门门都以优异成绩毕业，深得教员和上司的好评，是一个难得的高才生。

1959 年，还在洪堡大学念书的塔玛拉，被秘密召进了坐落在威廉·皮克大街和罗莎·卢森堡广场拐角处的东德秘密情报机关国家安全部，去听取交代给她的第一个重要任务。其内心的激动和渴望工作的热情是可想而知的。在那儿，上司告诉她：古巴著名的游击战领袖，菲尔德·卡斯特罗的亲密战友和最主要的助手，现任古巴国家银行行长的切·格瓦拉将到东德来，为他的政府筹借一笔贷款。这是一次对他们进行间谍活动的大好机会。因为，苏联十分重视对远在拉丁美洲的共产党搞间谍活动。他们为了保持和加强对这一地区的影响，在美国的后院也燃起熊熊烈火，要求对古巴，以及卡斯特罗和拉丁美洲的其他国家，进行尽可能高一些的情报间谍活动。他们责成东德国家安全部一定要想方设法，抓住各种机会，在古巴领导人的身边安插间谍。这次格瓦拉的来访就是一次千载难逢的好机会，一定要把自己的最优秀间谍派到他身边去。为此，他们要求塔玛拉在他访问期间和他多接近，把关系搞得越亲密越好，必要时也可以同他上床。最好让他以后离不开她。这样，她才有机会在他的左右活动。

对于担任这一重要任务，塔玛拉是很高兴的。因为，她当时很年轻，满怀革命激情，想干一番轰轰烈烈的大事业。在这种思想支配下，她也像大多数年轻的共产党人一样，特别崇拜古巴那些革命者，尤其是对著名的游击战英雄切·格瓦拉更是佩服不已。

当卡斯特罗的这位传奇人物乘飞机降落在东柏林几小时后，塔玛拉就被引见给这位传奇人物格瓦拉。这时的她乐于为他服务，对英雄的崇拜之情也完全是真诚的。引见的人向格瓦拉介绍说：

"塔玛拉小姐是一位出色的拉美事务专家，又是兼职西班牙语和德语的天才语言家。在你今后的谈判活动中，她会尽力而为，对谈判成功将会起到巨大的作用。"

对于这位美丽的小姐到来，格瓦拉表示了热烈的欢迎。因为这位游击英雄也同大多数男人一样，对这样一位具有十足女性魅力而又活泼的小姐是很容易动心的。塔玛拉与格瓦拉在初次见面几个小时后就成了好朋友。

等到谈判结束，贷款到手，格瓦拉已迷恋上了这位漂亮而快乐的姑娘。他们的关系很快发展成为爱情。塔玛拉竟成了他的情人。在格瓦拉离开东柏林后，她就及时向东德国家安全部汇报了她和格瓦拉的关系发展、演变和不寻常情况。对她的工作所取得的神速进展，她的上司感到十分满意。当东德国家安全部将这一情况呈报克格勃时，他们同样感到十分满意。同时，他们还认为，为了今后塔玛拉能出色完成任务，在这方面取得更大成绩，决定对她实施进一步的间谍训练，使她尽可能多地掌握好间谍本领。于是，塔玛拉被送往莫斯科克格勃创办的高级间谍学校，进行更系统、更全面的特工训练。

1961 年，经过再次训练的塔玛拉接到指示，叫她飞往古巴哈瓦那去和格瓦拉重叙旧情，并将在古巴所获得的一切重要情况及时报告克格勃。

格瓦拉对于自己漂亮情人的到来感到非常高兴。他用最大的热忱欢迎了塔玛拉，并利用自己的权力和影响，很快为她在哈瓦那大学谋得了一个职位。后来，又在格瓦拉的关怀和干预下，塔玛拉离开哈瓦那大学，到教育部去工作。同时，她又成为古巴女民兵中的一个军官。不管工作与职务如何变化，塔玛拉始终没有忘记克格勃交给她的任务，她将搜集到的有用情报，以及格瓦拉的情况，定期向莫斯科发回报告。因此，克格勃对古巴，尤其是对格瓦拉的一举一动，了如指掌。

相遇玻利维亚

1964 年，塔玛拉向克格勃莫斯科总部报告称：

"据悉，切·格瓦拉将很快离开古巴，到拉丁美洲去进行游击战争，传播他那革命的马克思主义。据分析，他最大可能选择的国家将是玻利维亚。"

克格勃的上司们接到塔玛拉的报告后，立即进行了多次研究，并很快给她下达了指示：

"务必尽快离开古巴，转移到南美去，并一定要赶在格瓦拉到达之前，为自己建立一个可靠的掩护。"

不久，克格勃就为塔玛拉弄来了一个假护照。护照上的名字已变成了洛纳·古特雷斯·鲍尔，并注明她的父亲曾经是阿根廷人，母亲则是德国人。

洛纳离开古巴后，经阿根廷首都布宜诺斯艾利斯，到达拉丁美洲的第一站就是玻利维亚的拉巴斯。她一切安顿就绪后，便来到该国高等教育的最高学府圣安德列斯大学的药学系注了册。人们从来不会，也不曾想到，她离开阿根廷首都跑到玻利维亚的一个大学来背后有什么阴谋。

洛纳天生丽质，有才能和渊博的知识，又爱好交际，占尽了天时地利。因而，人和也随之而来。拉巴斯的社交界很快就接纳了她。

一次偶然的机会，使洛纳离开了这一安静、与世无争的校园生活，来到玻利维亚总统新闻办公室谋得了一个职位。按说，总统新闻办公室应是一个比较圣洁的地方，但洛纳到这儿后发现并非如此。这个办公室里有几个女秘书竟跟一伙喜欢搞裸体宴会的人混到一起。有不少次洛纳也被她们拉着一道去参加了这种集会。虽然她对这些色情表演、饮酒和裸体从不感兴趣，但她不能不去。因为，她已接到克格勃发来明确无误的指示：

"要在拉巴斯小心翼翼地建立起各种关系，不能有任何可能引起人们怀疑的行为。"

1966 年，莫斯科克格勃总部又命令洛纳尽快申请成为一个玻利维亚公民，以便能周游该国各地。洛纳接到命令后，觉得要尽快解决这一问题，成为一个真正的玻利维亚公民，唯一的好办法就是同玻利维亚当地的公民结婚。于是，她通过朋友认识了一个叫安托尼奥·马丁内斯的人。经短暂的接触后，洛纳很快使这个男人拜倒在自己的石榴裙下。不久，他们就结婚了。因此，洛纳也就顺顺当当地变成了一个玻利维亚公民。结婚不久，他们又离婚了。

在这年 10 月，格瓦拉来到玻利维亚时，洛纳已游遍了该国各地，熟悉了环境并建立了各种关系。她还多次深入偏僻的内地去游行，借口去记录民间音乐。更加难能可贵的是她这时已掌握了一份 200 多人的名单，一旦革命需要，这些人就会投身到其中去。

这对情人又在玻利维亚相遇了。格瓦拉是使用了两个假护照，经过布拉格、苏黎世和达喀尔，兜了一个大圈子，于 11 月才抵达拉巴斯的。一到达目的地，他立即就销毁了这两个假护照。因为，洛纳早已为他准备了几个伪造出来的证件。这几个证件证明格瓦拉是一个正在搞研究工作的美国社会学家。而洛纳则开始使用"塔尼娅"的代号。

出卖格瓦拉

在塔尼娅的帮助下，格瓦拉带着她给他的几份巧妙制作的伪造证件，到达了第一个游击营地。它设在油城卡尼里附近的曼卡华卡的一个荒废的牧场里。这是在塔尼娅和玻利维亚共产党协助下建立起来的。不久，从古巴来的其他几个游击战士也来到这儿，同格瓦拉会合了，准备从事他们的事业，在玻利维亚大干一场。

当时，格瓦拉用纳蒙的化名进行活动，开始建立他的地下武装。随着时间的推移，他不仅建立起一支拥有相当可观的游击武装，而且逐步建立起军火弹药库、秘密游击基地和训练场，甚至还建立了一个秘密野战医院。

这支游击队在格瓦拉的精心组织和指挥下，积极开展武装斗争和游击活动，不断地袭击玻利维亚军队。玻利维亚政府被他这种游击战打得晕头转向，无所适从。尽管后来在美国中央情报局的帮助下，他们急急忙忙地组织了一支反游击战部队。美国派遣反游击战顾问对这支部队进行训练，并为其提供精良武器和全部经费。不到半年，就有近一千名经过专门训练的反游击战人员，在美军从朝鲜战争和越南战争退伍军人的指挥下，对格瓦拉的游击队进行反击。

格瓦拉的游击队尽管遇到了这样强大有力的对手，但他的游击队也不是脓包。他们积极开展游击战争，到处出击，神不知鬼不觉地出现在玻军面前，抓住有利时机，发起突然袭击，时常取得意想不到的效果。就这样，格瓦拉的游击队在强敌面前仍然在军事和政治等方面，相继取得了很大的成功，使玻利维亚军队疲于奔命和应付。

格瓦拉在玻利维亚开展游击战争的经费主要由苏联提供，他们通过玻利维亚共产党把这些经费转到游击队的营地。另一部分则靠他们自己去筹集，并通过打地主、土豪和资本家等方式夺取。

在玻利维亚开展游击活动期间，塔尼娅则始终同格瓦拉在一起。从内心讲，她确实爱格瓦拉，爱这位坚强的游击英雄和领袖，同他一起生活，共同战斗，度过日日夜夜。正因为有了他，不仅使她找到心中的白马王子，使自己的精神有所寄托，还使她的生活过得充实，丰富多彩，有滋有味。她觉得自己的人生很有意思，她崇拜和佩服格瓦拉，决定跟随他战斗一辈子。

然而，事情并不是那么容易。格瓦拉在玻利维亚开展游击战争也确实取得了巨大的成绩。在政治方面，他在城市鼓动学生闹革命，进行罢课。在工人中也积极进行宣传和鼓动，尤其在玻利维亚的锡矿工人中搞得很有成绩，以致该国政府不得不宣布对矿区实行戒严。在军事上，他得心应手地指挥游击战争，袭击并摧毁玻军的营地、军事设施，以及兵工厂，使玻军疲于应付。

格瓦拉在游击战中越是取得胜利，苏联领导人对这种局面越是不满，担忧也就越大。因为，格瓦拉在拉丁美洲推行和传播的马克思主义带有卡斯特罗的标记，并非苏联所要看到和希望得到的那种马列主义。也就是说，格瓦拉在拉丁美洲推行的马列主义同苏联的官方政策大相径庭，是他们不能容忍的。苏联开始害怕起来，怕格瓦拉的游击战争取得胜利，害怕胜利后的玻利维亚会落到卡斯特罗手里，而不是苏联的手里。如果出现这种局面的话，就会导致拉丁美洲其他那些同样进行游击战争的国家，也会最终落入格瓦拉手里，而不是按莫斯科的意志去办事，这太可怕了。他们这时深深感到：格瓦拉的游击行动对全世界革命者实在太危险了，绝不能让他继续存在下去，应把它扑灭，把世界革命引入苏联的轨道上来。于是，他们向塔尼娅下了一道死命令，让她背叛她所爱的这个人和她曾经为之献出了多少年华的游击事业。

1967年3月的第一个星期，塔尼娅以为卡斯特罗的两位密使——法国记者雷日·德普雷和阿根廷一位联络官带路为借口，找在格瓦拉在丛林中的一个最重要的秘密基地。他们到达基地后，得知格瓦拉在几个星期前带着一小部分游击队出外搞侦察去了。于是，塔尼娅在基地等着他返回。但等了近20天，格瓦拉仍没有返回基地。她再也不能等了。于是，她向玻利维亚军队的总参谋长托里斯将军送出了关于这个关键性游击基地的详细秘密情报。这就是将格瓦纳置于死地的开始。

很快，玻军对该基地采取了军事行动。游击队在毫无防备的情况下，遭到玻军的突然袭击，人员伤亡惨重。同时，地下武器库和后勤贮备仓库也被查获，损失惨重。这一次，游击队不但在组织上遭到了破坏，更为严重的是在思想上还陷入一片混乱，人们搞不清原因而相互猜测，士气每况愈下。

10月8日，格瓦拉带着剩下的人马，在圣克鲁斯地区又遭到玻军的围歼。在激战中他受轻伤，最后被逮捕押到伊格拉村。最终，玻利维亚军方决定处死他。就这样，一颗游击之星被自己所喜爱的情妇葬送了。

震惊西方的跳伞"女沙皇"

　　1967 年对于苏联情报机构来说是最倒霉、最不幸的一年。他们派遣到西方的高级间谍及其建立的间谍网，一个个被西方的反间谍机构破获，沉重地打击了苏联情报机构的间谍活动。

　　在一系列被西方破获的案件中，要算 3 月份在意大利破获的一个间谍案对其打击最大、最惨。经查明：这些间谍在欧洲的 10 多个国家和地中海地区的 4 个国家已经活动了 13 年，其成员达 200 多人。他们为莫斯科的情报机构提供了关于北大西洋公约组织及其所在国对该组织无法估价的情报。

　　这宗间谍案震惊了整个西方世界。案件破获引起的波澜，波及面以及影响之大，也是罕见的。苏联情报机构这么大一个国际性间谍网被揭露出来，使西方感到震惊的是欧洲与地中海地区的许多国家连续不断地逮捕和驱逐了几百名间谍，发现了他们十几年来有效而成功地从事间谍活动，向其总部提供了大量的北大西洋公约组织的情报。使西方感到更加震惊的是：这么一个庞大的跨国间谍网，其领导人竟是一个女间谍。她就是苏联派遣到意大利漂亮迷人的花样跳伞运动员安齐娜·玛丽娅·莉纳特。谁也没有想到，像她这样一个出名的女流，竟是苏联情报机构派遣到国外从事间谍活动的出色特务头子。

跳伞"皇后"

　　在喀山市境内，苏军建有一所特殊学校，即喀山第一伞兵学校。该校远离闹市，建筑十分平淡无奇，与一般军校相差无几。四周高大的院墙内，建有教学和生活大楼，唯一与其他学校不同的是高高耸立在空中的跳伞塔特别引人注目。另外，就是在砖墙后面每一个进出的门口，都有全副武装的士兵守卫着，外人是无法进入该校的。

　　喀山第一伞兵学校是苏军训练空降兵的基地，专门是为从事敌后破坏活动的"108 分队"等特种部队训练特工人员。这儿的学员都是从地方党组织推荐或军队中选拔的优秀青年男女。

苏联女间谍

除学习、身体条件外，政治审查十分严格，一般人休想迈进该校门槛。凡来校训练的男女，除要接受严格的军事和体能训练外，还要接受五门基础课和三门专业课的培训。毕业成绩优良者才能进入"108分队"，从事敌后破坏活动。

20世纪40年代中期，一位聪明智慧、精力充沛、漂亮娇美的女青年走进喀山第一伞兵学校，她的名字叫安齐娜·玛丽娅·莉纳特。在校学习期间，她的聪明才智很快就显露出来了，是同批中的一名出类拔萃的学员，受到教员和同学们的喜爱和一致好评。她又以全优的成绩结束了全部学习。

毕业后，莉纳特渴望能分到108分队去从事敌后破坏工作，到敌人的心脏地区去真刀实枪地干一番事业。然而，命运偏要捉弄她似的，她不仅没有去108分队，甚至连部队也没进，而是被分到了国家跳伞队，这让她大失所望。她被国家跳伞队挑去后，成了一名专职花样跳伞运动员。她颇感烦恼，大有怀才不遇之感。对此，她想不通。

莉纳特从小就很有个性，也十分争强好胜，出人头地。她对这次分配尽管内心很不服，但外表还是装作没事似的，并暗暗下定决心在跳伞上也要干出一些名堂，让人们看看她无论搞什么都能搞得轰轰烈烈，有声有色，绝不是平庸之辈。到国家跳伞队后，她很快调整了心理状态，稳定了情绪，并刻苦学习，发奋努力。很快，她就脱颖而出，技压群芳。

1952年是莉纳特大红大紫，大出风头的一年。这年开始，她就在欧洲花样跳伞锦标赛中，一举夺得冠军。同年7月，这位幸运儿在赴意大利参加第二届世界跳伞大赛中，决心一展跳伞技艺，向世界顶尖级运动员冲击。最后，她终于捧回了一个女子冠军奖杯。

从此，莉纳特名声大振。"女冠军"、"空中女豪杰"、"跳伞皇后"等桂冠接踵而至。霎时，她的名字在西方几乎是家喻户晓。而她的大幅美人照，成了罗马三家杂志的明星封面。同时，还有两家体育杂志为她大造舆论，放出风来要提名她为本年度体育世界女明星。

莉纳特这下真的出人头地了，实现了她的雄心勃勃的宏愿大志，在体育竞技场上报效祖国。但正当她处于得意之时，一件意想不到的事又降临到她的身上，一项更具刺激性、更有冒险精神、更有神秘感的事业正等待着她来干。

叛逃西方

其实命运并没有捉弄莉纳特，这一切事后证明只不过是苏军总参情报部的有意安排而已。

一天，当莉纳特刚从训练场返回时，突然发现她在伞兵学校的主任教官谢尔盖少校带着一个年长的男人来拜访她。一见面，这位教官十分高兴地伸出手，握着她那仍像少女一样细嫩的手连声说：

"首先，请允许我代表学校感谢你，为我们带来莫大的荣誉。"

"荣誉属于光荣的党和伟大的祖国。"

"你的跳伞技术世界拔尖，想不到思想境界也这么高，并十分谦虚，真是难能可贵。我记得，毕业分配时你很想去 108 分队，决心在特殊战线上为祖国作出贡献。"

"是的。"

"现在还想吗?"

"想，我一直渴望能有这样的机会。"

莉纳特压在心底里的那股激情一下子被激活，情不自禁地跳起来，她毫不犹豫地回答说。

教官与那个年长的男人满意地对视了一下，接着将一张纸条递给她说:

"很好! 明天你按纸上写的地址，去找这位同志。他将详细地同你谈到一切，你将实现自己的宏图大愿。祝你成功!"

第二天，莉纳特精心打扮一番后，按纸条上写的地址如期赴约。她在莫斯科普希金大街一幢灰色大楼的一个办公室里见到了昨天那个男子。他们整整谈了一个上午。当她从大楼里走出来时，已是苏军总参情报第三局一位名副其实的正式情报员。

经过突击强化间谍训练后，莉纳特接受了派遣任务。她将要去从事一项惊天动地的事业。

1954 年春，欧洲跳伞表演赛将在意大利罗马举行。两年前曾给罗马人带来兴奋和欢腾的莉纳特也兴高采烈地来到这儿。人们再次期待着她的精彩绝伦的表演，她也决定不负众望，给他们乃至整个西方一个惊喜。

莉纳特到罗马后，第一件事就是拜会老朋友，尤其是她的好友意大利著名的跳伞运动员兼罗马跳伞俱乐部的教员乔治·菲里克思。乔治身材高大，体格健壮。尽管他们俩年龄相差很大，但 38 岁的莉纳特早已成了小她 15 岁的乔治的情人。原因是姣美动人的莉纳特十分注意保养，看上去要比她的实际年龄小很多。乔治甚至认为她比他年轻一两岁。关于这点，他在结识她时，从她正式参加跳伞俱乐部的会员证上也得到了证实。

当他们漫步在罗马的一个街心公园时，这对情人后来倚在喷泉的栏杆上，耳鬓厮磨。乔治旁若无人地紧紧搂抱着莉纳特亲吻起来。

一会儿，莉纳特仰起脸，神态十分严肃地问乔治:

"你真的爱我，希望我们永远不分离吗?"

"是的。"

"好，我决定不回国，永远和你在一起!"

"什么? 不回国，你是说你要叛逃?"

"是的。为了你，我什么都可以抛弃!"

乔治被感动了，他再次紧紧地抱住她，狂热地亲吻着，并喃喃地说:

"好，我们马上就行动。"

经过紧锣密鼓的准备，6 小时后，乔治就在罗马跳伞俱乐部大厅举行了记者招待会，当众宣读了苏联著名跳伞运动员莉纳特委托给他的一份与苏联断绝一切关系的公开信与声明。

与此同时，意大利当局也立刻表示对莉纳特所受的政治迫害深表同情，接受她在意大利进行政治避难的请求。

消息一传出，立即成了特大新闻，西方各大报社记者不等散会就竞相向报社发电讯稿，争登头条新闻。他们奔走相告，欢呼雀跃。霎时，笑脸、鲜花、香槟、美元潮水般地涌向这位当年的跳伞"皇后"。她也立即被罗马跳伞俱乐部聘请为终生运动员兼教练员。随后，乔治又发表了一个"私人声明"，宣布他将在短期内与莉纳特结婚。

正当西方自以为是，喜气洋洋之际，装模作样的莫斯科政府暴怒了。他们又是召见大使，又是抗议，并扬言如果意大利政府不尽快把"被劫持"的莉纳特送回苏联的话，他们就要采取"非常"措施，由此引起的一切后果由意大利自负。

意大利政府当然不吃苏联的这一套。他们一向把从东方集团叛逃到西方的人视为"自由斗士"，更何况像莉纳特这样世界著名的运动员呢？最后，莫斯科并没采取什么"非常"措施，因而意大利也用不着负什么后果。

莉纳特在隐居一段时间后，就在罗马跳伞场所和社交界公开露面了。这时，她早已取得了意大利国籍，并和乔治结了婚。从此，罗马的社交场所多了一位光彩照人的交际花。而罗马跳伞俱乐部更是如虎添翼，身价倍增。莉纳特大展宏图的时机到了。

扩充组织

莉纳特到意大利后，由于她的主意多，很快就使整个间谍机器运转起来了。莫斯科总参情报部就交给她一份名单，这批人都是被他们的特务经过长期考察研究后，认为是适合被招募收罗作为间谍、特务人选的。另外，她的活动资金也相当雄厚。她掌握一大笔钱，这为罗马特务和情报人员也提供了可靠保障。

1959 年春末夏初，站稳脚跟后，莉纳特除了在罗马跳伞俱乐部任职外，还利用手头掌握的资金，以及她和丈夫乔治在跳伞界的名望，另辟蹊径，组成了一个以她的名字命名的"莉纳特花样跳伞表演公司"。他们利用这个公司，经常到西欧各地作巡回表演。与此同时，她还时常应邀为意大利军队中的伞兵和北大西洋公约组织的空军作跳伞表演，或充当教师在短期训练中为他们讲课。就这样，莉纳特凭着自己的声誉和姿色，结交了不少达官贵人。尤其是在军界，好几个将军和校官已拜倒在她的石榴裙下，成了她的俘虏。

很快，莉纳特在意大利就迅速建立起了第一个间谍网，卓有成效地从事着间谍工作。

莉纳特发展的第一个重要特务就是她的丈夫乔治。乔治出身于意大利北部的最底层的一个贫苦家庭。虽然经过自己的努力奋斗，已跻身于上流社会，过着富裕的生活。但小时候极端贫困的生活，给他留下了深刻的烙印，在内心深处，他仍然痛恨那些资产阶级。在政治上，他支持工党政府，崇拜社会主义，认为欧洲国家不能听命于美国。

对这些，莉纳特自然是很清楚的。当乔治与她结婚后，她通过自己在色情学校所学的那套本领，很快在感情上就控制了他，使他离不开她。因此，当莉纳特向他表明自己的真实身份后，她并没在他身上花多大气力就达到了目的。他心甘情愿地参加了间谍组织，并卖命地为她工作，成为莉纳特的得力助手和重要间谍之一。

1956 年，为了使乔治的潜能得到最大限度的发挥，为苏联作出更多更大的贡献，克格勃决定把他召到莫斯科去进行进一步的特务训练。就这样，他秘密去了苏联。为了不引起军方和反间谍机构的警觉，他们对乔治的旅行作了十分周密而特别的安排。克格勃先让他去法国旅行，然后再给他假护照，从巴黎秘密飞往莫斯科，再转到敖得萨。在那儿，他接受了半个月的特工速成训练。这样，从他本人的护照上，任何人都看不出他到过苏联。经过短期强化训练后，他又秘密地潜回巴黎，仍以自己原来的护照飞回意大利。他的这次秘密行程，丝毫没引起法国和意大利的反间谍机构的怀疑。

接着，莉纳特和她的丈夫利用跳伞的机会，到欧洲各地旅行，以便广泛招募间谍，在这方面他们又大获成功。他们将自己的间谍组织进行大肆扩张，发展到英国、瑞士、西班牙、葡萄牙、意大利以及北欧各国和西欧等 10 余个国家。另外，在希腊、塞浦路斯、索马里、摩洛哥等地中海沿岸的 4 个国家也建有他们的谍报组织。

据估计，莉纳特当时为自己的间谍网网罗了 200 多名成员。这一情况使西方反间谍人员感到既吃惊又很难理解。因为，在这之前，苏联间谍活动的指导思想历来主张间谍网要小，且各自独立工作。但这次不同，一个这样庞大的组织，仅由莉纳特一个人掌握，这是空前绝后的。同时，也明显反映出苏联的情报政策有了显著的变化。

大肆活动

总参情报部派遣莉纳特到意大利从事间谍活动，其主要目标是渗入北大西洋公约组织，获取军事情报。作为跳伞运动员的莉纳特确确实实有着许多其他人无法比拟的优越条件。首先，她可以经常出入意大利和北约空军中的各机场和基地。其次，她还可利用跳伞的机会，看到许多军事禁区和要害部位。为了获取这些军事机密，她在跳伞安全帽的前端安装了一架苏联第聂伯工厂生产的小巧玲珑的高性能照相机。这种照相机是专门为间谍研制而生产的，只要按动开关，每秒钟快门就能自动开启 9 次。在 3000 米的高空，拍摄的地面目标非常清晰，一般照相机无法与它相比。莉纳特跳伞做技巧表演时，一般是采用手拉开伞的姿势跳伞。如 2000 米的高空跳伞，她离开机舱后，让身体呈水平状态，向下自由坠落 10 至 12 秒时间。于是，她就充分利用这段时间进行拍摄，将北约组织在亚平宁半岛上的军事基地，全部摄入她的照相机里，用不了多久这些照片便摆在总参情报部莫斯科总部的办公桌上。

自然，在这一工作中，乔治丝毫也不逊色。他作为一个著名跳伞运动员和兼职教练，也时常被意大利和北约空军邀请做跳伞技术指导。此时，也是他获取情报的大好机会。他利用一切有利时机，拍摄了在示范表演跳伞时经过的所有秘密基地的照片。

　　与此同时，乔治一有机会与知名人士谈话，就利用隐藏起来的窃听器，将对方的每句话都录下来。另外，他还是一个拍快照的能手，凡是他有机会经手的重要计划、蓝图，他都将其拍成微型胶卷。

　　莉纳特和乔治除自己进行情报活动以外，其间谍网中200多名分布在各地和各国的大小间谍，也广泛地为他们搜集情报。他们给莉纳特起了一个十分贴切的外号，叫她"女沙皇"。就这样，莉纳特的组织，在欧洲的10多个国家和地中海地区的4个国家里，广泛地获取了北约组织的有关军事基地、军事活动、部队和舰队的调动、武器和新装备等多方面的情报。这些间谍同时也对北约组织的通信情况特别感兴趣，如无线电发报机和通信枢纽的位置、所用机器型号、功率，以及使用的频率、联络时间和网路组成、通信密码等都在其情报搜集之列。另外，他们也十分注意搜集所在国家政府和人民对北约组织所持态度的情报。

　　对由莫斯科总参情报部交下给的重要而又难度很大的情报搜集任务，一般由莉纳特亲自出马。而且从来没有什么任务难倒过她。

　　如苏联情报机关获悉：在意大利西北部海边上一个一般地图上找不到的瓦连塔小港，是北约组织和意大利军方的军事禁区。他们在那儿建起了一个庞大的鱼雷工厂，研制和生产各种新式鱼雷。于是，总参情报部命令莉纳特尽快搞到这个基地的平面图。

　　这事要放在其他地方很容易办到，但在这儿不行。原因是军方已将这儿划成了海陆空立体禁区，设置了严密的警戒：港口临海的地方，不准任何无关船只入内，陆地上用铁丝网围了一个方圆10余里的禁区，空中除了这个基地的专用飞机外，其他任何飞机不得进入禁区上空。

　　这事要是放在其他人身上是无法办到的，但莉纳特接到总部的命令后，很快就办成了。她使用自己的美色"肉弹"，一发即中，让身经百战的蒙哥哈利将军乖乖就范。

　　当莉纳特了解到这个基地的空中警戒归空军副参谋长蒙哥哈利将军管时，她喜形于色，心想办成此事已有了百分之八十的把握。原来，她与这位将军有过一面之交。一次，她为意大利空军第四伞兵学校的学员作了跳伞表演后，他曾代表军方向她致谢。这是个精神矍铄、谈吐风趣的老家伙。她依稀地记得他说自己也是伞兵出身，这一来，就有许多共同语言了。

　　几天以后，在一次国防部举办的晚会上，莉纳特"无意中"与这位将军相遇。于是，她大谈他给她留下的深刻印象，并在晚会结束时盛情邀请他明天下午观看她举行的个人跳伞表演。他欣然同意。

　　在跳伞表演结束后，他们两人又一起共进晚餐。其间，莉纳特以一个女人特有的敏感发现：这位将军人老心不老。交谈中，他除对跳伞感兴趣外，其举止神态对女人表现出更大的兴趣，两只眼睛时常色眯眯地盯着她一动不动，这使她暗自高兴。于是，她用挑逗性语言，对他进行明目张胆的挑逗，说自己被将军的魅力所吸引而简直不能自制。

　　蒙哥哈利将军尽管是情场老手，但听到这么一个神奇女子直率表白对自己的爱恋之情还是头一次。因而，心脏跳动加快，血往上涌，手也不听使唤，有些哆嗦了。他太激动了。

最后，莉纳特含情脉脉地注视着这位头发有些斑白的将军说，下周她丈夫要出差，她要去热那亚作跳伞表演，她希望这位将军作为她的旅伴一同前往。蒙哥哈利将军毫不犹豫就答应了。

三天后，他们两人便来到热那亚的旅馆，莉纳特不费吹灰之力，就让这位将军拜倒在自己的石榴裙下，情意绵绵地度过了那销魂落魄的时刻。

当他们漫步在海滨时，莉纳特又突发奇想激动地提出要作一次海上跳伞。要在军事禁区跳伞，尽管很为难，但将军要安排此事也不是办不到。为了满足自己情人的要求，讨得她的欢心，他竟同意了。

第二天上午，莉纳特如愿以偿在军事禁区内作了一次海上跳伞。她充分利用自由下坠的宝贵 12 秒时间，精确地把鱼雷制造厂及其码头拍摄入自己的照相机中。任务已完成，蒙哥哈利这只猎物也到手，她两个星期的准备和付出肉体的代价值得。

反复较量

莉纳特通过各种手段和途径获取的大量情报，通过多种特殊渠道源源不断地流向莫斯科的总部：

一是派专人送递。自然这要经过伪装，再迂回假道前往目的地。同时，不是非常重要的情报，也不必如此冒险。否则极易暴露，莉纳特绝不会干这种傻事的。

二是通过"秘密信箱"传递，这是传递情报的重要方法与渠道之一。莉纳特选择的"秘密信箱"的地点也相当高明。她的收信地点一处是在都灵的动物园内，一处是在意大利王墓附近。有时，她也把它选择在瑞士幽静的风景区内，或是选在都市最热闹的中心。这些地方隐蔽得那样完美，竟从来没有人发现过它们。甚至事后即使专门去检查，也十分不容易被人们识破。在都灵的华伦亭公园中那座中世纪村，竟是她传递微型胶卷的一个"秘密信箱"，不能不使人感到惊讶。

三是高速短波无线电通信电台发送。总参情报部给莉纳特专门配发了最新式的现代化通信工具，她将搜集到的重要而紧急情报，通过整编加密后，利用短波无线电电台，直接发往莫斯科总部。这种通信工具发报速度很快，只要她按规定时间出来联络，往往几秒钟之内，就能把一份加密后的情报发往总部。留空时间极短，反间谍机构的无线电技术侦察部门很难发现它。

四是邮寄。使用隐形墨水将情报写好，然后写上信进行伪装，发往国外情报站，再转到莫斯科克格勃总部。有时也使用显微点，把它粘贴在邮票后面，或安装在最无法引人注意的容器中传送。

总之，凡是莉纳特及其间谍网中其他人搞到的各种各样的情报，都能源源不断及时地传到莫斯科总参情报部。

莉纳特如此大肆地进行间谍活动，竟丝毫没有引起意大利军方反间谍机关的怀疑。应该说她无懈可击，既胆大又心细，果断谨慎地活跃在跳伞场上。但相比之下，乔治就略为逊色了。他勇敢有余而谨慎不足。因而，他在苏联受训不久，便引起了意大利反间谍机构人员的注意。

原因是，乔治有时不按规定办事，好几次在罗马找苏联驻意大利大使馆武官处的空军武官科契托夫少校，这就使意大利的保安人员开始对他怀疑。另外，1956 年冬季，苏联驻奥地利的商务参赞叛逃投奔到西方，不仅自称是克格勃官员，还供出在意大利有一个庞大的间谍组织。意大利获得此情后，便开始加紧侦察，特别是对与苏联外交官有联系的人，更加注意。这一来，乔治自然而然地就成了重点对象，他的活动受到了严密的监视。与此同时，他们对莉纳特几年前投奔到意大利的动机也产生了怀疑。如果乔治进行间谍活动，她是何许人也就不言自明了。意大利反间谍机构当时碍于拿不到证据，只是在耐心地等待而已。

好在克格勃潜伏在意大利反间谍机构的人员获悉了上述情况，于是他把这一情报报告了莫斯科总部。总参情报部当机立断命令莉纳特及其间谍网停止活动，等待时机。从此，乔治再也不同苏联空军武官科契托夫少校见面，也停止同一切可能引起怀疑的人物会晤。

意大利反间谍机构的人员在对他监视数月后，始终没有找到什么证据。他们夫妇俩专心致志地从事着跳伞活动，一切蛛丝马迹都被掩盖起来了。于是，意大利反间谍机构便撤销了对他们的监视，自认为乔治同苏联空军武官的接触只是偶然性的，并无害处。因为，他作为一个著名的跳伞运动员，很多盟国的军官也慕名同他交往。

当危险过去后，莉纳特得到总部的指示又开始活动起来。他们在吸取上次教训的基础上，谨慎行事，因而在以后的 7 年中，整个间谍网的活动丝毫没有引起意大利反间谍机构的怀疑。许多北约组织和意大利的重要战略情报又源源不断地通过各种途径和渠道送到了莫斯科总参情报部。

彻底暴露

1963 年，意大利反间谍机构再一次对乔治产生了怀疑。原因是自 1959 年他作为掩护活动而开设的一间古董店出现了经济上的困难，收入甚微。但乔治的生活水平丝毫没有下降，仍然有很多钱花。他的钱是哪里来的呢？于是，他们再次组织人员对他进行严密的监视和侦察。

这次侦察，意大利反间谍机构开始也十分注意保密，知道的人不多，因而混进来的苏联间谍也不知此情。虽然这次监视最初也遇到了许多困难，仍然毫无结果，但他们不死心，决定不管怎样，要继续下去。他们相信只要功夫深，必然会有所获，把问题搞清楚。

不出所料，他们的侦察果然有了收获。在研究了乔治的情况后，意大利反间谍机构决定从国外入手，派人住在巴黎，核查他的过往行踪。很快，这个密探就发现乔治秘密飞往莫斯科的活动。于是，他立即报告意大利总部。

意大利反间谍机构这时已心中有数，但因还没有抓到其他实据，因而他们决定不要匆忙行事，采取欲擒故纵的放长线钓大鱼的办法，故意让他相信其神秘行踪未受到过注意。乔治果然信以为真，毫不在意，自动将证据送来了。他在以后的活动中，又几次经巴黎飞往莫斯科去"旅行"。但他每次都被意大利反间谍机构的人员跟踪了。至此，可以肯定他是一个苏联间谍，网口也开始收拢起来。

到 1967 年 3 月中旬，经过长期的等候，这伙总参情报部的间谍终于现出原形，彻底暴露出来。

事情是这样，3 月间一件震惊世界的大事发生了。斯大林的女儿斯维特兰娜在得到柯西金的特批后，利用护送她丈夫的骨灰回印度探亲之机，却跑到美国驻印度大使馆寻求政治避难，宣称脱离苏联。并且很快得到了美国外交官的帮助，乘印度航空公司的班机，飞往西欧的瑞士。

苏联情报机关很快就获悉斯维特兰娜将在飞往瑞士之前途经罗马住几天的情报。于是，从莫斯科总参情报部一份十万火急的密电通过空中秘密电台传到莉纳特手里，命令她要想方设法，不惜一切代价，在斯维特兰娜途经罗马时，找到这个"危险的叛徒"的住处，将她绑架回苏联，万一不行就干掉她。

养兵千日，用兵一时。这位"女沙皇"也顾不得伪装和掩护了，立即调动了所有的人马，进行这次绑架或暗杀活动。她手下的人员顿时麇集罗马，所有重要间谍都行动起来了。她更是一马当先，亲自外出，刺探内情，侦察地形，选择突破点，制订行动方案。

经过反复研究和周密思考，莉纳特制订出了一个大胆而冒险的行动方案：她拟通过在罗马机场调度室的属下，事先获悉斯维特兰娜所乘班机到达罗马的准确日期和时间。然后，在机场通往市区内的公路上一个狭窄处，制造一起"车祸"，并抓住时机突袭绑架。一旦得手，则将被绑架者立即推上旁边一辆不熄火的汽车。当这辆汽车离开现场，到达 3 公里外的一个拐弯处的角落里，再迅速换车，将被绑架者最后押往南郊一座废弃的教堂里，用这个教堂的一个密室充当临时监狱。最后再把她送往苏联。另外，莉纳特还命令手下，万一突袭不成功，则要立即扔出烈性燃烧弹。这种特制的燃烧弹不要说一般的汽车抵挡不住，就是装甲车的钢板也能熔化掉，对它毫无办法。

看来这个方案是万无一失的，斯维特兰娜将必死无疑了。然而，命运却和莉纳特开了一个玩笑，她那完美无缺的方案在没有来得及实施之前，罗马警察却先下手了。她和她手下的间谍都被意大利和西方的反间谍机构一网打尽了。

一网打尽

正当莉纳特和她的手下四处张罗，大肆活动时，意大利和西方的反间谍机构也没闲着。他们也积极行动，决定抓住这一有利时机，清除潜伏的间谍。

原来，在斯维特兰娜叛逃的事一传开后，美国中央情报局估计苏联间谍机构对此事绝不会罢休，他们肯定要命令潜伏在西欧各地的间谍采取行动。于是，中央情报局便将有关情况通报了西欧各国情报机构。

意大利反间谍机构接到中央情报局的通报后，对于斯维特兰娜途经罗马一方面制订出临时保护措施与方案，另一方面也加紧了对可疑分子的监视和侦察。所以，莉纳特及其手下间谍紧张的活动，全被他们所掌握。

与此同时，意大利反间谍机构的无线电技术侦察部门也加强了监听工作。经长期侦察发现，在每天晚上的同一个时间里，他们能听到一种加密过的无线电报，经测向定位，这个电台的位置在莫斯科附近。尽管对这个电台所发密报的密码还没有破译出来，但他们已断定这些密报与莉纳特夫妇有关。因为，每次这个电台发一份短电时，翌时乔治就去瑞士。而每次当这一电台发份长报时，莉纳特的司机阿尔曼多·吉拉特就要去法国或西班牙。

1967年3月9日晚上，意大利反间谍机构的无线电技术侦察单位截收到莫斯科无线电总台拍发的一份长报。第二天，阿尔曼多又驾驶汽车去法国边境。这次阿尔曼多自然不知道危险迫在眉睫了，他是奉"女沙皇"之命行事的。但意大利反间谍机构派遣特工人员，一直跟他到了法国边界。与此同时，他们在他返回的路上，也布置了许多检查点。3月15日，当阿尔曼多驾着车沿这条公路返回都灵时，他的汽车受到严格的检查，从里面搜出了大量的拍有情报报告的显微胶卷。阿尔曼多当场被捕。

接着，意大利迅速采取行动，在都灵逮捕了"女沙皇"莉纳特和她的丈夫乔治。同时，对他们的住处进行了搜查。搜查结果使意大利的反间谍机构人员目瞪口呆，查出的东西有一部极强的短波收发报机，还有密码本、联络卡片、密写与显影药水、远距离照相机、高灵敏度的窃听器、手枪和微型冲锋枪等特工器材。最让他们感到惊奇的是微型胶卷，上面拍有北大西洋公约组织在意大利的军事基地，以及美国在欧洲其他地区的基地，数量之多、质量之好，直让人称奇叫绝。另外，在莉纳特卧室的一个暗藏抽屉里，还发现了一些做爱时的照片，更让人们惊讶不已。女主角自然是"女沙皇"本人，而男主角则是几位颇有声望的政府官员和军方高级将领，其中就有空军副参谋长蒙哥哈利将军。据后来莉纳特交代，她收藏这些照片是极有价值的，并对其没有充分发挥出使用价值感到莫大的遗憾……

"女沙皇"莉纳特是一名职业间谍，因此她拒不认罪，对一切都保持沉默。但她的丈夫乔治则没有她那么硬，经不起警方的刑讯，供出了几个"秘密信箱"的地点。于是，意大利反间谍机构决定引诱苏联间谍上钩。

3月20日夜晚，他们终于等来了大鱼。苏联驻罗马大使馆武官处武官尤里·巴甫伦科驾驶着一辆黑色轿车，同他妻子一道到罗马市郊的布拉西安斯路的一个秘密收藏点取微型胶卷时，被他们当场抓获。因他有外交豁免权，被宣布为"不受欢迎的人"而驱逐出境。

接着，其他地区的苏联特务也纷纷落网。原因是乔治犯了一个致命的错误，他将工作情况作了详细记载，使意大利反间谍机构人员大喜过望，将这一情况通知了西方各有关国家。

莉纳特领导的罗马间谍网中的人员一个个被捕。另外，由于它是国际性的，因而不久，苏联驻塞浦路斯大使馆官员波里斯·彼得林和航空公司的职员尼古拉·雷诺夫被指控从事间谍活动而驱逐出境。同时，两名塞浦路斯间谍被捕，一个叫维肯迪安·希特罗斯，另一个叫大卫·舒哈密，罪名是从事刺探英美军事设施。在希腊雅典亦捕获了一名苏联间谍，瑞士也宣布"捕人的可能并未排除"。随之，在法国、西班牙、摩洛哥，以及其他国家也纷纷追捕了一批苏联间谍。由于西方各国在处理这一案件中采取联合行动，互通情报，因而使得许多苏联间谍不能再进行活动，如不撤走就会被捕，从而打了一次反间谍战的大胜仗。

意大利反间谍机构最后把莉纳特、乔治以及阿尔曼多等间谍送上了审判台。他们三人被判处无期徒刑。

猎取火箭专家的塔妮娅

克格勃在猎取目标时方法自然有千万种，他们会根据不同猎取对象的个人弱点，采取不同的方法。但他们最拿手的常用办法还是色情陷阱。而要布设这么一次陷阱也不是一件容易的事。它要经过周密的计划，并要把不同阶段、不同部分、不同环节自然而然地有机结合在一起，使它看上去毫无人工的痕迹，而是事情本来就应该如此。办这事，尤其是办成这事可是一个漫长的过程。为了说明这件事，克格勃艳谍塔妮娅在列宁格勒猎获法国火箭专家菲力浦·纳脱，就是一个典型的案例。

目标火箭专家

随着科学技术突飞猛进的发展，克格勃的情报活动也随之向科技情报转换，尤其对高新尖的科技情报更是特别注意。为了获取这类技术，他们有时不择手段。他们为猎取技术，也不断想方设法猎取具有这类高新尖技术的人才。

菲力浦·纳脱是著名的电子工程师，他在为一家法国政府发展火箭制导系统的公司里工作。他很聪明，也很能干，由于他的勤奋和努力，很快就成为本行的权威，并且是一位出色的火箭专家。就是这样一位技术专家却引起了克格勃的极大注意，他们决定把他列为目标非要弄到手不可，使他能为其服务。

对于此事的最后敲定，克格勃并不是毫无根据而凭一时的冲动所作的决定。他们已掌握了菲力浦·纳脱的全部档案材料。

早在菲力浦·纳脱在科学界初露头角时，克格勃就着手搜集和建立起他的档案材料。这份档案材料的来源有两个部分：

第一部分来自公开资料，克格勃称之为"白色资料来源"。这些资料主要来自报纸、学术刊物以及传记之类的文学作品或人物专访。因属于非保密材料，通过公开途径就可搜集到，然后经集中整理编纂而成。

第二部分是秘密材料，它是来自克格勃潜伏在法国的间谍，通过非法手段获取的。这些非法活动者以借口和伪装，去向他的亲戚、朋友和邻居进行查询、调查，从中获取有关情况送交克格勃总部使用。

克格勃通过非法和合法手段，长年累月地搜集和整理，一份十分完整的纳脱的人事档案资料被存放在克格勃的计算机检索系统中心。一旦他们需要，随时随地都可调出，打印装订成册，以供使用。他们只不过是等待时机而已，一旦时机成熟，就会以此为依据，采取有效措施与方法，布下陷阱，拉纳脱下水。

这一时机终于被他们等来了。

纳脱作为他那一行的专家和权威，也时常有机会到华沙条约国家去旅行，参加一些学术和科学会议，并报告自己的科研成果。除此之外，他还是一个业余历史学家，利用工作之余，从事历史研究。在这一研究中，他很早就有个心愿，渴望访问莫斯科和列宁格勒，以便在这两地参观博物馆，并直接研究那些十月革命前的许多建筑物，为他的历史研究内容增添新的色彩和章节。

纳脱42岁那年，他的愿望终于有机会实现了。那是20世纪60年代后期，这年8月他拿到护照和签证，可以到苏联去旅行。为此，他好不容易说服了他的妻子，带着他们的3个孩子去地中海休假，在那儿住上一个月。在此期间，他自己准备用两个星期的时间到苏联进行考察。于是，他把自己的家人安顿在爱兹·苏·梅尔的别墅后，便乘飞机前往莫斯科。

到达目的地后，纳脱被安排在布洛希查得·斯维尔德洛夫大街的大都会饭店居住。他准备用6天时间游览莫斯科，然后前往列宁格勒。纳脱心里很高兴，因为他看到沙皇留下的宏伟建筑是那样的富有文化艺术色彩，又独具风格。

正当纳脱沉浸在欢喜之中时，他做梦也没想到，一个恶毒的阴谋已悄悄地向他袭来。在离他的住处只有一箭之隔的地方，就是让许多人毛骨悚然的克格勃总部捷尔任斯基广场二号，在它那灰墙的里面，一个精心设计的色情圈套细节已经最后被定了下来。

自然，设置这个圈套的决定绝非始于纳脱到达莫斯科之后，而是随着他的签证申请被例行公事搬送到克格勃第二管理总局的办公室之后不久作出的。有关纳脱的各种情况的档案资料，早就被储存在电子计算机里。操作人员将其调出来，不一会儿排印机就将全部资料打印成册，并很快送到第二管理总局第二处的一个参谋的办公桌上。这真是克格勃的杰作，资料详细而具体。

从纳脱的档案材料看，总的情况是不错的。如在基本资料栏中他的情况表明，他是一个勤快而埋头工作的人，有渊博的专业知识和很强的工作能力，他在公司里获得了一个高级职务。再加上他和一位高级政府官员的女儿结婚，因而对他更加有利，大大扩展了他的社会关系。资料还特别注明，纳脱为人小心谨慎，工作勤恳，并具有雄心壮志。他一般不过问政治，是个标准的保守主义者；他的经济情况殷实，属于中产阶级，主要经济来源是靠他妻子的钱；他对苏联和共产主义的态度毫不相信，甚至厌恶。而唯一让克格勃感到高兴的是他的最后部分的个性记载。他和大多数男人一样，有好吃、好喝和爱漂亮女人的弱点。克格勃的参谋们认为仅此一项就够了。

艳遇

在莫斯科游览6天后，纳脱决定在结束这次游览后，立即赶往列宁格勒去旅行。苏联国际旅行社为他的这次出游提供了极大的帮助与方便，不仅为他买好了票，而且事先就为他在该市的涅夫斯基大街的波罗的海饭店预订了房间。

当纳脱到达列宁格勒前往饭店时，接待处的职员得知他的姓名后，摇着头对他说："对不起，这儿没有你预订的房间。"

对此，纳脱很生气，他拿出国际旅行社的通知让这个职员看，并愤怒地提出抗议。就在这时，饭店的经理来到他跟前，并把他领到办公室。经理在问清了事情的原委后，便向国际旅行社通了电话。当他把事情弄清楚以后，他对他们工作中的失误向纳脱深深表示歉意。同时，他告诉纳脱尽管饭店没有为他提供单间住房，但三楼却有一个套间，可供他使用。如果他愿意去住的话，他们为弥补工作过失，而不收他的额外费用。

在纳脱到达房间十分钟后，一个饭店服务员敲门走进来，手里拿着半瓶伏特加酒和一盘鱼子酱，他将东西放下后，告诉纳脱这是国际旅行社为表示对他的敬意而送的礼品。

吃完午餐后，下午纳脱便出去游览。他参观沙皇巢窟冬宫后，又到修道院转了转，仔细考察了一下。然后，他渡过涅瓦河，在革命广场为彼得大帝和保罗要塞照相。他转悠着，但压根儿就没有想到，竟有一小队的克格勃人员在不断地跟踪尾随他。

纳脱回到居住的饭店时，监视的克格勃人员记下他返回的准确时间。在饭店他洗了一个澡，又休息了一会儿。两小时后，他又在涅夫斯基大街上溜达，想找个适合的地方吃上一顿晚饭。这时，一个熟练的跟踪人员隔着一家商店的玻璃门道，装着随便闲逛的样子在监视他。

一会儿，纳脱走进了涅夫斯基大街 25 号一家很有名气的高加索式餐馆卡瓦斯基饭店准备用餐。随后，一个克格勃的特工人员也跟着走进了这家饭店，并坐在了邻近的一张桌子边继续监视他。与此同时，一辆停在街上而没有标志的汽车里，一个特工人员用无线电发出这一情报。正式启动这一圈套的时候来临了，单等纳脱落井就范。

不到 10 分钟，只见一个长得很苗条，而又穿着十分入时非常迷人的金发女郎也走进了卡瓦斯基饭店。在餐厅里她漫不经心地环视了一下后，发现纳脱的餐桌旁有空位子，便走了过去。她用俄语问他，她能否和他共桌就餐。

"对不起，我不会讲俄语。"

纳脱试着说出他知道的有限几句俄语中的这句话。但让他感到惊讶的是这个漂亮的女人向他微笑着，随后又用纯正的法语和他说起话来：

"听您的发音，我想您一定是从法国来的，对吧！我叫塔妮娅·沙拉霍夫。我是一位语言教师，非常愿意和外国人在一起进行语言交谈。请问，我能和您坐在一起吗？"

对于这样一位迷人的年轻女郎的来到，并在同一餐桌上共进晚餐，纳脱是十分高兴的。几天来独身一人参观游览，早就使他深感形影孤单。尤其是夜晚，当他单独回到饭馆时，时常有一种寂寞感涌上心头。对于这位自动走到餐桌旁的美人儿，他是绝不会放过的。

他们一边吃饭，一边进行愉快的交谈，随着时间的推移，他们谈话的话题也越来越多，关系也越来越亲密了。

饭后，纳脱要求塔妮娅一同和他散步，塔妮娅愉快地接受了他的邀请。他们一块儿沿着大街走着，并不时地称赞着书店和艺术品商店，以及手织地毯和手工艺品的陈列摆设。在他们快要离别的时候，两人又约定了第二天下午见面的时间和地点。最后，他们俩人在旅馆的外面，怀着依依不舍的心情分手了。

回到旅馆后的纳脱心里仍然美滋滋的，他觉得这是他到苏联后度过的最愉快的一天。

难忘的夜晚

纳脱自从结识了塔妮娅，他的旅行就增添了不少色彩，也方便多了。在以后的日子里，塔妮娅陪着他游览，成了他的伙伴和向导。每天，纳脱都沉浸在幸福与欢乐之中，一切烦恼和疲劳都被抛得远远的。

在纳脱到达列宁格勒的第4个晚上，他和塔妮娅游览后，吃完晚餐沿着莫伊卡河河堤漫步，手挽着手，像一对情人。塔妮娅向纳脱诉说着心里话：

"你可知道，我的生活并不快乐。"

纳脱用无限同情与怜悯的目光看着她。当他们注视着倒映在平静深暗的水中的城市灯火和天空美景时，塔妮娅十分信任坦诚地向他吐露心声：

"我丈夫在军队，我很少见到他。"

塔妮娅说话的声音似乎有点凄苦。他们停下脚步，纳脱把她搂在怀里，拍着她的后背殷勤地说：

"对任何妇女的忽略都是一种罪过。尤其对像你这样美丽的女人的忽略，那就比罪过更严重，是一个不可原谅的罪过。不过，塔妮娅，不要紧的，只要我在你身边，也许我能弥补这一罪过。"

塔妮娅以热烈的口吻回答他轻轻而又尝试性的拥抱和充满爱意的语言，并深情地对他说：

"我们必须回到你的旅馆去，因为在我的公寓里不安全，邻居们肯定会注意我们。而我丈夫又小气，喜欢妒忌人，如果被知道或发觉……"

"旅馆服务员怎么样呢？"纳脱紧张不安地问道，他急切地要避免出事或造成任何丑闻。

"在这个国家里，他们才不管这些事情。"

他们的心情很愉快，手拉着手走回旅馆。纳脱心里尤其感到安慰，因为进旅馆后的情况证实塔妮娅对服务员的看法是正确的。值班的女服务员仅仅有礼貌地向他们点点头，其他什么事也没有。

纳脱带着塔妮娅走进房间以后，在外面一直监视他们的一个特工人员可就忙和开了。他用汽车里的无线电台，向克格勃总部报告说：

"燕子已进入目标房间。"

整个圈套已进入后期阶段。

这对男女走进卧室，起初由于不自在，因而也谈不上浪漫。于是，纳脱十分警惕地采取了一两项预防措施。在他的思想中，仍然还有一种潜在的怀疑，这一切也许是克格勃设下的圈套。因为，他从切身体会中知道，像他这样从事秘密火箭研究工作，并在本行中具有独到见解和权威性的人，苏联人一定会对他十分感兴趣的。

为防万一，纳脱现在不仅锁上卧室的门，还在门的把手下面楔入一把椅子，以防他们的风流韵事受到干扰。然后，他又走到窗前，拉上窗帘，以防有人从阳台上拍照。

但塔妮娅不管这些，她已经脱下自己的黑缎外衣，露出里面贴身的黑花边乳罩和由花边点缀的内裤。纳脱看到这一切，判断她的内衣像是来自巴黎时装店，而不像苏联国营百货公司的商品货架。接着，塔妮娅脱去袜子，解开吊袜带。

此时，纳脱突然又想到《来自苏联的爱情》一书。于是，他又担心地注视着对着床铺的大镜子，仔细地看了一会儿。它被螺栓钉在那面使卧室和休息室隔开的薄塔上。看情况，这似乎不可能有暗藏的摄影机。

"请快些，亲爱的，清早我得去上班呢。"

塔妮娅急不可耐地窃语着，这时她已脱光衣服，赤裸裸地蜷卧在床罩上等着他。

可是，纳脱这时倒不急，他既没有脱掉自己的衣服，也没有走到床边，而是仍然很警惕，不紧不慢地采取他的最后措施，把灯全部关掉。现在室内已完全黑暗了，只有暗淡的黄光通过卧室和走廊之间的通风格栅透了进来。作为一个热心的业余摄影者，纳脱知道目前没有一种胶卷具备足够的感光度，能在这样的光线下拍出清晰的照片来。

在纳脱自认为一切不利于他们私通的隐患消除之后，他便匆匆地脱掉了衣服。不一会儿，因害怕这种可能有损于自己的心理，已被湮没在他们两人的甜蜜云雨柔情之中了。

逍遥快活之后，塔妮娅打开床头灯，并迅速地穿好衣服。在她准备离开纳脱时，还多情地轻轻吻了一下他的前额说：

"我设法明晚再和你相会。"

"你是一个出色的情人，晚安。"

塔妮娅走后，纳脱带着幸福与甜蜜的感觉，很快就进入了梦乡。

代价

自那晚塔妮娅离开以后，纳脱再也没有见到她，也许他一辈子再也见不到她。然而，他那晚与她的风流韵事和逍遥快活，却铸成了一辈子的过错，毁了自己光辉的前程。

第二天下午，纳脱被告之，饭店经理要求与他见面。在经理的办公室里，他发现了两个身穿便衣的克格勃人员。其中一个年纪稍大的人自称是一位上校。接着，他拿出一个信封递给纳脱，并邀请他查看其内容。

纳脱打开信封后，12张明亮照片摆在了办公桌上。所有照片的内容，全部拍摄的是纳脱与塔妮娅昨夜发生奸情时的各种姿势，从开始到结束的全过程均清晰地印在上面，铁证如山，纳脱想抵赖也办不到。他从看到这些照片的第一眼起，就处在恐怖而又难以相信之中。他一直深信不疑地认为，昨天晚上他与塔妮娅所发生的事，在那种情况下，从技术上讲是无法拍摄任何照片的。然而，事实却恰恰相反，这些被拍摄下来的照片，现在却作为罪证材料摆在他面前，他不得不在内心赞叹着克格勃的高明。

事后得知，这些照片是用装在旅馆房间里的固定摄影装置拍摄的。纳脱预订单人房间所出现的"错误"只不过是一种借口，其目的就是要把他安排在装有窃听、窃照装置的套间中，以便实现他们设下的圈套。自然，这些照片也并非由普通的摄影机所能拍下来。它是由装在近床边的墙内微型电视摄影机拍摄的，镜头通过一个1英寸直径的洞口摄影。当洞口不使用时就以墙粉灰泥模子隐藏。在需要摄影时，模子就自动打开了。代替普通镜头的是摄影机装有光度加强装备，这种装置能使房间里的当时亮度增加15万倍。月光，甚至点点星光，就可提供足够用于照明拍摄高质量照片的光度。

当纳脱关上门，拉上窗帘，熄灭所有的灯之后，通过通风格栅而进入房间昏暗的黄光线就足够他们用了。他们把电视影像一直传送到楼底下的一间房子里。在那儿，一个克格勃特务同时可以监视好几个房间类似的窃听、窃照装置。他通过一个光学装置注视着纳脱和塔妮娅在房间和床上发生的一切情况，同时能观察电视监视机，并用装有微粒显影

克格勃间谍使用的摄影机

胶卷的普通摄影机从电视上拍摄快照。如果第一次拍摄的照片质量不好，塔妮娅无疑将会再次赴约，直到拍好为止。看来，这回是一次成功了。

现在是纳脱付出代价的时候了。这位克格勃上校为他指出了两条路，两种结果：

一条路是和他们合作，当一名克格勃间谍，为他们提供关于空对空火箭的自动跟踪弹头的有关资料。这一来，所有的照片与底片就由他自行处理，这事就当没发生一样，谁也不会知道。同时，他还可以立即获得自由，如期返回法国。

另一条路是如果拒不合作，那么他们将控告他。因为，上校说他诱奸的那个女人是一位苏联高级军官的妻子，显然纳脱是作为一名间谍被派进来向她索取情报。如这种罪名成立的话，他将被判处多年徒刑，受牢狱之苦。

纳脱对他们这种讹诈和威胁提出抗议，拒绝提供任何材料，并强烈要求他们让他会见法国大使。他们把他从旅馆押到莫斯科，对他提出的一切要求都置之不理。

到达莫斯科后，他们将他投进卢比扬卡监狱。3天后，纳脱的神经由于受不了这种折磨，他只好同意向他们提供所需要的资料。这些资料自然是保密的，但他却认为它们机密的程度还不足以严重损害他的祖国的利益。事后，他对法国的反间谍人员说：

"这些人对他们所要求的那种情报是很具体明了的，显然他们在这项研究中具有极好的识别能力。"

克格勃人员不仅对他口头提供的情报作了录音，还拍下了让他按他们的要求进行制图时的照片，以及保留了他手写的有关电子线路的说明材料。这些东西一方面证明

了他确实背叛了他的祖国，另一方面也可用它来作进一步的讹诈，使他定期向他们提供情报。

在纳脱同意当间谍之后，他被释放了。很快，他们将他送到莫斯科的舍列米季沃机场，乘一架苏联民航班机离开这个国家返回法国。

纳脱一回到国内就勇敢地去见他的雇主，并告诉了他自己在苏联所发生的一切。最后，他受到法国外国情报和反间谍局人员的审问，他把一切真实情况全盘托出。他得到了当局的同情，他们同意不将此事告诉他的妻子。但是，在好几年的时间里，公司取消他从事机密的工作，严禁他接近保密资料。这一切，自然损害了他辉煌的前程和专业水平的提高。不过，到1972年对他的一切怀疑得到了全部澄清，他又恢复了原来的工作。

高等学府艳谍娜塔莎

寂寞的异国学子

1958 年，印尼万隆大学理工科高才生敖单塔纳以优异的成绩毕业，被印尼政府保送到苏联的门捷列夫大学攻读化工专业，继续深造。印尼政府为什么要把自己的优秀学子送到苏联，而不送往美国呢？这其中也是大有文章的。

20 世纪 50 年代中期，印尼人口达一亿多，在全世界居第五位。当时，朝鲜战争刚刚结束，美国为了包围新的社会主义国家中国等，便拼凑了一个军事集团东南亚条约组织，以武力相威胁，造成了亚洲局势的动荡和不安。而刚刚独立不久的印尼，在这种局势下称得上是一支不可忽视的重要力量，在国际关系中起着举足轻重的作用。美国和苏联都极力拉拢它，妄图把印尼拉到自己的势力范围中来。印尼总统苏加诺在建立和巩固政权中，得到了社会主义国家的大力支持和无私援助。因而，他和苏联的关系日趋密切。加之，正处于开创阶段的印尼，百业待兴，人才匮乏，急需一大批具有现代科学知识，而又热爱祖国的建设人才。故该国许多优秀大学生被选送到苏联留学，以期培养高级建设人才，敖单塔纳就是其中之一。

要说身世，敖单塔纳出身寒门，中学时差点因交不起学费而辍学。幸而得到他的同班同学少女真妮的无私援助，才使得他读完中学，并以优异的成绩考上印尼著名高等学府万隆大学。

这位真妮小姐长得娇小可爱，为人既热情温柔，又善于体贴。尽管她出身高贵，家有万贯财产，父亲又在印尼政府中担任重要职务，但她从不以此而傲视其他同学。自然，她援助敖单塔纳也不是无缘无故的。

敖单塔纳虽然出身贫寒，但很有骨气和理想。不仅为人正直，讲义气，而且好学上进，聪明过人，因而学习成绩始终是第一名，没人能赶得上。这一切真妮看在眼里，记在心上，慢慢地，少女的芳心被这位寒门出身的莘莘学子打动了。后来他们相爱、相恋，坠入爱河之中。

远离祖国、远离亲人而到莫斯科求学的敖单塔纳，尽管在学习上日渐长进，但在紧张学习之余也有自己的苦衷。

一是他对莫斯科的环境、气候特别不适应。印尼被称为"千岛之国"，地处热带，阳光灼热，海风卷着热浪不时地袭来，使人们舒筋活骨，心旷神怡，万物生长，一片生机，到处充满活力。而地处寒带的莫斯科，日光少而柔弱，四季温度又低。尤其是冬季，刺骨的寒风呼啸而来，冰天雪地，一片寒冷景象，使人难以忍受，死气沉沉，缺乏生气，给人一种压抑感。这一来，就极容易使他思念家乡。

二是身在异国他乡的敖单塔纳深感孤独寂寞。在苏联所有的大学校园里，男女大学生的生活很浪漫，谈恋爱、结婚都可以。因而，不少同学成双成对进进出出，形影不离，有的甚至已结婚或同居，筑起了爱巢。相形之下，敖单塔纳的生活就显得单调些。这时，他也就越发想念真妮，想念他们在花前月下的日日夜夜。为此，他拼命读书学习，以期摆脱内心的空虚和感情的折磨。

敖单塔纳这种处境和心情，自然逃不过活跃在大学校园里的克格勃人员的眼睛。尤其对像他这样在科学技术上有发展前途的优秀人才，他们更是不会放过的。

莫斯科之恋

一天晚上自修课时，挨着敖单塔纳的座位来了一个美丽的苏联女大学生。敖单塔纳自看到她第一眼起，心绪就被她搅乱了，不仅心跳得厉害，而且手脚也似乎不灵活了。当她在他身旁坐下时，一阵浓郁的茉莉香水伴着女人特有的气味飘进他的鼻孔内，使他心旷神怡，异样的甜蜜和舒适，令他难以自持。

姑娘坐下后，十分主动而又热情大方地同敖单塔纳交谈起来了。她自我介绍说：

"我叫娜塔莎，请问你叫什么名字，来自何方？"

"我叫敖单塔纳，印度尼西亚人。"

"噢，你来自'千岛之国'，太好了！"

接着，娜塔莎十分好奇而颇有兴趣地向敖单塔纳打听印尼的风土人情、自然景观、文化习俗等。上至天文，下至地理，无所不谈，无所不问。尽管她喋喋不休，问个没完没了，但敖单塔纳却十分有耐心而又高兴地一一回答了她的提问。他听着她那甜润而动听的话语，兴致极高。姑娘的出现已打动了他那寂寞的心，他带着陶醉的心情和她亲切交谈着。俩人大有一见如故、相见恨晚之感。

课后，他俩像还有许多话没有讲完似的，一边并排走着，一边来到了校内的咖啡厅。他俩便走了进去，各自要了一杯咖啡，一边呷着咖啡，一边津津有味地亲切交谈着。交谈中，敖单塔纳发

苏联女间谍

现娜塔莎那双湛蓝而明亮的大眼睛，秋波荡漾，闪烁着异样的光彩，十分具有挑逗性。他的整颗心都酥了。

这天晚上，他们很晚才分手，各自都给对方留下了难忘的印象。尤其是敖单塔纳，他认为是自从离开真妮到达莫斯科以来度过的最美好的一晚。回到宿舍后，他带着幸福而甜蜜的微笑进入了梦乡。

从此以后，敖单塔纳的生活多姿多彩，他再也不感到寂寞和孤独了。他一有时间，就和娜塔莎凑到一起。频频地幽会，深切地交谈，两颗年轻的心也越来越靠近了。他将自己长期压抑的烦恼尽情地向她倾诉。娜塔莎带着理解和同情的心情，十分耐心地听着他的诉说，为他的烦恼而烦恼，为他的高兴而高兴。

转眼秋天来临。一次，敖单塔纳和娜塔莎相约来到莫斯科郊外的公园。他们找了一个幽静处并排坐在公园的长椅上，看着飘落的片片树叶，想到莫斯科寒冷的冬天，不知怎么的，一种凄苦的心情袭上来。敖单塔纳带着深切思念的语调，谈起了他的家乡，谈起了他日夜思念的未婚妻真妮。他的思念之情，看得出也很快感染了娜塔莎。只见她那双眼睛忽闪了几下，竟为他流下了同情的热泪。她以女性特有的同情心，伸出手紧紧地握住了他的手。一接触到这双温柔、细腻而娇嫩的异性之手，敖单塔纳就像浑身触电一样，血往上涌，头一阵阵感到眩晕。

接着，娜塔莎将头轻轻地靠在敖单塔纳的肩上，嗲声嗲气地说：

"我真羡慕真妮，这么有眼力，把一个才华出众而又痴情的白马王子给抢走了。对于你这样的人，人见人爱，有几个少女会不动心呢？尽管我们今生不能做夫妻，我每次和你在一起就感到异样的幸福。敖单塔纳，难道我们真的无缘吗？"

"不……不……娜塔莎……"

敖单塔纳此时此刻激动地说不出话来，他紧紧地搂着她，生怕她从他身边飞走。娜塔莎依偎在他身上，并满怀激情地仰起头来，热烈地吻住他的嘴唇。

从此以后，他俩形影不离，一同上课、一起吃饭、一块儿漫步。

周末的一个晚上，娜塔莎邀请敖单塔纳到她的住处玩。这是一个小套间，陈设雅致、布置新颖、配套设施齐全，卧室、会客室、浴室、卫生间一应俱全，给人清新而舒适的感觉。娜塔莎告诉他，这是她那担任政府高级官员的父亲给她未来结婚的礼物。她非常珍惜它，轻易不带人进来。说着，她打开了电视机，把敖单塔纳按在沙发上坐下后，让他看电视。她自己却走进了浴室。

洗完澡后，娜塔莎身穿半透明的薄薄连衣裙走出来，细腻白嫩的肌肤在柔和的灯光下，曲线分明、光泽照人。她扭动着肢体，关了电视机，然后又打开电唱机，悠扬的《莫斯科郊外的晚上》曲调随之响起，娜塔莎挽起他的胳膊跳起了交际舞。

娜塔莎用充满欲望的眼神看着他。敖单塔纳浑身酥软，紧紧地搂着她的腰肢，支撑着沉浸在飘飘欲仙的幻境中。他们跳了一会儿贴面舞之后，娜塔莎用温柔而湿润的嘴唇紧紧地吻住了他的嘴唇，舞步也由慢到停止。敖单塔纳浑身燥热，一阵冲动涌上心头，他情不自禁地抱起她走进卧室。就这样，敖单塔纳深深地陷进了娜塔莎精心编织的情网之中难以自拔。

被迫当间谍

其实，敖单塔纳一点也不明白，他这样迷恋娜塔莎是要付出惨痛代价的。因为，娜塔莎是克格勃第一总局第七处的一位有名的女燕子。该处专门负责搜集日本和东南亚各国的经济和科技情报。而娜塔莎在高等学府以自己的姿色引诱这些国家的留苏学生，并胁迫他们为苏联搜集情报。敖单塔纳就是第七处头目安特列洛夫交给娜塔莎的猎取对象，而他却不知死活地沉醉在她的美色中。

娜塔莎知道该是收网的时候了。于是，她和上司筹划了更加阴险的下一步计谋，让他老老实实地为克格勃服务。

又是一个周末，敖单塔纳早早地来到公园，坐在长椅子上等着娜塔莎。一会儿，她来到他跟前，笑容可掬地说：

"对不起，亲爱的，我来晚了。"

"美人儿，今天我们去哪儿？"

"别急，今天我可为你找了一个能痛快消遣的地方。"

说着，娜塔莎把他领到公园附近一家十分豪华的歌舞厅去跳舞。舞厅里乐队奏着颤悠悠的舞曲，敖单塔纳立刻架起娜塔莎跳了起来。

一曲终了，他们两人找了一个比较幽静的地方坐了下来。敖单塔纳将一块口香糖小心翼翼地放进了娜塔莎的口里。然后，俩人又要了一杯香槟酒，一边津津有味地喝着，一边说着甜甜蜜蜜的情话，亲热无比。

"娜塔莎小姐，好久没见到你，是否已找到白马王子？"一位西服革履的男子一边打着招呼，一边满面春风地走了过来。

"噢，你也来了，太巧了。"

娜塔莎忙不迭地站起来，指着这位男子介绍着说："敖单塔纳，这是我的好友尼古拉·朗佐夫先生，在国家文物局工作，对印尼传统文化兴趣很高。我曾经向你谈到过他，想不到今天在这儿巧遇，太妙了！"

"认识这位来自'千岛之国'的朋友，我真高兴。有机会我一定去贵国考察。"尼古拉握着敖单塔纳的手说。

一阵寒暄之后，尼古拉慷慨解囊要了伏特加酒和炒菜。他们一边喝着，一边高兴地谈着，越喝越热乎，越谈越亲密，几杯酒下肚，不胜酒力的敖单塔纳的舌头有点不听使唤了。但他硬撑着，竟又举起酒杯对尼古拉说：

"虽然我们是第一次见面，但够朋友。来，我们干了！今后你要有用得着我的地方，一定帮忙！"

"好，痛快，干！"

尼古拉高兴地举起杯和敖单塔纳碰了一下，一饮而尽，并与娜塔莎相视一笑，无不流露出得意的神色。

原来，尼古拉是一个派来进一步考察敖单塔纳的克格勃人员。通过这次交往，他们以后又多次一起吃饭和玩耍，每次尼古拉都要送些小礼品给敖单塔纳。这样一来，他们的关系越来越密切。通过一段时间的交往，尼古拉对敖单塔纳的情况了如指掌。于是，针对他的秉性特点，他们制订了一套方案，准备向他最后摊牌，逼他就范。

一天晚上，尼古拉又约敖单塔纳到一豪华餐厅吃饭。当他走近餐桌时，只见尼古拉和一个50来岁的男子早已坐在那儿。那陌生男子头发脱落，两鬓花白，一脸傲气，满目寒光，一看不是官僚政客，就是党徒恶棍。尼古拉向他介绍说，这人叫安特列洛夫。

在吃饭时，安特列洛夫开门见山地对敖单塔纳说，他是国家安全委员会官员。这次来认识他的目的，就是在他到日本攻读化工专业研究生时，利用方便条件为苏联广泛搜集日本化学工业的科技情报，并告诉他，只要这样干了，他将会得到极丰的报酬。敖单塔纳一听要让他当间谍，吓得六神无主，魂不附体。他惊恐万丈，连声说"不"。

事到如今，自然由不得敖单塔纳了。安特列洛夫阴笑一声，用眼神向尼古拉示意一下。只见尼古拉从手提包里拿出一组照片递过来对他说：

"看看这个，也许心里会舒服些，你会改变主意的。"

敖单塔纳默默地接过照片一看，呈现在他面前的是他和娜塔莎亲热的一组照片。他顿时面红耳赤，心惊肉跳。

"卑鄙，无耻！"

"骂有什么用。好啦，先别管这些。不过，请你千万别让家乡的未婚妻知道哟，要是她看到了这些照片，那可不是闹着玩的。一旦激怒了她爸，你不但要失业，还回不了家。你看怎么样，还是同我们合作吧！这样，美人可照常玩，金钱也大大的有。这一举两得的事，何乐而不为呢？"

敖单塔纳的防线彻底垮了，他意识到自己已经没有退路，犹如做了一个梦。然而这却不是梦，而是无情的现实。他垂下头，屈从于克格勃的淫威，最后被迫写了与克格勃合作的保证书。

以后，又在克格勃的安排下，敖单塔纳到莫斯科附近的克格勃间谍训练基地，接受了他们为期三个月的特工训练，掌握了一些干间谍的基本方法和技术。走到这步，他上了贼船，也只能听任克格勃摆布了。

窃取情报

1963年秋，敖单塔纳在苏联留学期满，返回了自己的祖国印度尼西亚。在万隆机场，他的未婚妻高兴地把他接回家中，并为他打开洗澡水。同时，又亲自下厨做了几道他最喜欢吃的拿手菜。一家人看着这位莘莘学子学成而归，都沉浸在幸福和欢乐之中。但此时敖单塔纳的内心却隐隐作痛。

单纯的真妮看到敖单塔纳郁郁寡欢的样子，体贴地问他是不是刚从寒冷的莫斯科回到炎热的万隆而不适应。他摇摇头什么也没说，这使真妮感到很茫然。

当真妮得知敖单塔纳第二年又要赴日本攻读硕士学位时，她既为他高兴，又依依不舍。她的父亲看到自己的乘龙快婿如此有出息、有前途，感到十分欣慰。他决定要让这两个年轻人尽早完婚，以了却自己的一桩心愿。经过一番准备之后，1964年1月，敖单塔纳和真妮在万隆举行了隆重的结婚仪式。

新婚不久，苏联驻万隆大使馆的人员就经常访问敖单塔纳，向他馈赠礼品，了解他的思想和言行。赴日前夕，敖单塔纳接到了克格勃给他的指示：

"在日本，第一次接头的方法是星期二晚上7时，拿着《生活》杂志去池代的凡井支店，对迎面而来的男子说：'我叫鲁斯利'。"

仍沉浸在新婚幸福和甜蜜中的真妮，刚度完蜜月就告别了家乡和亲人，与敖单塔纳登上了开往日本的客轮。

到达日本后，敖单塔纳按照指令，在第一个星期二的晚7时，手里拿着《生活》杂志来到东京池代的凡井支店等待接头。

不一会儿，只见一个高大，约40岁的男子漫不经心地走到他身边问道：

"有火没有？"

"刚巧剩下一根火柴。"

暗号对上后，敖单塔纳接着说："我叫鲁斯利，刚从印度尼西亚来。"

来人满意地点点头说："我叫谢多夫，在苏联驻日贸易代表处工作。"

接上头的敖单塔纳从此成了谢多夫手下的一名间谍。

1964年8月前，敖单塔纳在日本东京的新宿日语学校学习。苦读半年过了语言关后，他进入一家高分子化学聚合会社学习深造。其间，他一边学习，一边跟导师一起参与高分子化工材料的研究工作。

当时，该会社正投入大批技术人员进行塑料成型的高科技攻坚。如攻克这一难关，在军事上则制成炸药和地雷，具有极大的隐蔽性和杀伤力。苏联对此成果蓄谋已久，妄图窃为己有。他们对敖单塔纳寄予了很大的希望。

果然，敖单塔纳不负克格勃的厚望。他运用自己的聪明才智，伪装成不问政治、只钻研技术的假象，在工作上不断攻克难关。很快，他就取得了导师和日本专家的高度信任，并被允许翻阅保密资料，这就为他日后窃取情报提供了十分有利的机会。

苏联通过敖单塔纳在日本获得有关塑料成型的全部科技资料后，立即交军事专家研究生产。很快，制造出世界第一流水平的超级塑料炸药和地雷，并迅速装备部队。当北约获悉此情后，感到十分震惊。

敖单塔纳因窃取了信越高分子化学聚合会社的塑料成型专利情报而获得一大笔酬金。谢多夫因领导此次间谍活动有功，也被调回国内，担任更高一级的职务。

谢多夫回国述职后，敖单塔纳又改由苏联驻日贸易代表处的索洛比耶夫领导。他们每月在旅馆或酒店等公众场所会晤一两次。每次敖单塔纳手拿英文报纸，装着阅读的样子。会晤时，他把英文报纸连同夹在里面的情报资料一起递给对方。每月他可获得三四万日元的报酬。

1965年1月后，敖单塔纳先后又进入几家日本化学产品制造单位学习深造，并从事科研工作。其间，窃取的主要资料有橡胶手册、盐化乙烯基制品配方以及聚氯乙烯的合成表等。每次均获得巨额酬金。

至被捕前，敖单塔纳共与苏联克格勃人员接头 60 余次，获酬金总计 195 万日元。但是，他的间谍活动早已引起了日本保安人员的注意。

1967 年 12 月，苏联驻日贸易代表处的克格勃间谍索洛比耶夫驾着小轿车，在"U"字形转变的高速公路口，违章进入高速公路。当时，东京警视厅的车子就对他进行了跟踪盯梢。

当索洛比耶夫将小轿车开进九段的光明饭店一层的酒馆时，只见敖单塔纳也乘出租汽车来到这儿。接着，两个人在同一张桌子前就座。随后，他们从桌子底下互相交换了情报和钱。这一切都没逃过警视厅外事科反间谍人员的眼睛。在他们两人匆匆分手后，立即就被日本警视厅的反间谍人员 24 小时盯梢、跟踪和严密监视。

经过一系列秘密跟踪，周密调查，日本警视厅外事科的反间谍人员在掌握了敖单塔纳的确切证据后，于 1969 年 5 月 31 日以非法窃取企业机密的嫌疑罪名逮捕了他。

在被捕的一瞬间，敖单塔纳瘫倒了，脑海里闪电般浮现出娜塔莎湛蓝多情的大眼睛和迷人而性感的身躯。正是克格勃使用的恶毒美人计，使他的光辉前程尽毁于这条美女蛇的毒汁中。

俘获美军间谍的艳谍

苏联克格勃对性谍报从来都是下狠功夫的。他们认为性谍报付出小，见效快，成功率高，回报大。但要做好这事，必定要目标选准，准备充足。因此，一旦某人被他们确定为色诱对象后，他们不仅事先要作出精心的策划和安排，制订出详细的计划和实施步骤。而且，还要对其实施反复深入的调查研究，对他的生活状况、起居饮食、习惯爱好等，无不摸得一清二楚。尤其对于调查对象在性的爱好上有什么特点，也点滴不漏，十分清楚。

原克格勃总部大楼

美的诱饵

20 世纪 80 年代初，美国驻莫斯科大使馆军事参赞赫普鲁克少校在到苏波边境小镇洛夫诺执行任务时，正是坠入了克格勃这种粉红陷阱，不仅没有完成上司交付的任务，而且断送了自己即将提升为副总统的军事顾问这一光辉前程。

1981 年，波兰团结工会的势力突飞猛进地发展，他们要求经济和政治改革的声势也十分强大。在这种形势下，波兰全国已陷入一片混乱之中。波兰共产党领导的政府危机重重，到了濒临垮台的境地，形势十分紧张。

波兰形势一紧张，莫斯科则谣言四起。人们纷纷传说，苏联可能挥兵进入波兰，镇压人民的起义，以挽救即将垮台的波兰共产党。如果苏联真的出兵波兰，团结工会的力量必将遭到毁灭性的打击，被镇压下去。对此，人们十分担心。同时，也牵动了世界上所有关心波兰前途的人们。

在这当中，美国对此更是关注异常，如热锅上的蚂蚁，惶惶不可终日。他们除了采用一切手段，通过各种途径打听消息，广泛搜集情报外，同时也派出了自己的特工人员，深入苏波边境，刺探情报，打听消息，观察虚实。

美国军事情报部门为了查实情况，立即作出了反应。它决定将自己的资深间谍赫普鲁克少校派往前沿，搜集有关情报。

赫普鲁克少校在美国大使馆工作，公开身份是担任军事参赞的职务。当时，上司几经周折，总算为他弄到了一个出差的机会。这只是一种假象，实际是派遣他到苏联与波兰边境不远的小镇洛夫诺，打探一下正在谣传苏联军队企图入侵波兰是否属实。

赫普鲁克少校奉命来到这个边境小镇出差后，当他踏入小镇水族馆旅店的当天，就在大厅里见到一个笑容可掬而又十分漂亮的姑娘。

正当这对男女通过心灵的窗户眉来眼去之际，赫普鲁克的住房手续已办好，服务员提着他的行李，催促他去楼上的住房。对此，尽管他恋恋不舍，但还是跟着服务员来到他的房间。

赫普鲁克少校在自己就寝的房间里很快就梳洗完毕。正当他准备出门去吃饭时，突然他房间的电话铃响起来了。他感到很奇怪，想不出谁会在这时候给他打电话。更何况，他这次来负有秘密任务，除上司外，谁也不知道。而更让他百思不得其解的是：他到房间不到半小时，就有人给他来电话。急促的电话铃一直响个不停。赫普鲁克少校只好谨慎地拿起了话筒。电话那头传来的是一个柔软而甜美的女人声音。这女人用带有苏联口音的英语，首先向赫普鲁克少校打招呼。接着，她告诉他，他们在楼下大厅见过面，问他是否需要女人陪伴。同时，她还告诉他，她是一个温柔而善解人意的大学生，希望能跟外国人多学一些英语。如有机会，她也想去美国。

俗话说，色胆包天。赫普鲁克少校被她的美色迷住了。他也顾不得军事人员的职责、间谍的规定和上司的警告。他把它们统统抛到九霄云外了，立即答应了她的要求，邀请她在大厅里等候他。同时，他还邀请她和他一起共进晚餐。女方愉快地接受了。

赫普鲁克少校急忙锁好门，三步并作两步地跑下楼来到大厅。只见那姑娘仍坐在原来的位置上等着他。他假装好像许久未见面的好朋友，热情地和她打招呼，并交谈着。不一会儿，他就搂着她的腰，走出了旅馆的大门，到当地一家著名的餐馆去就餐。

对于赫普鲁克少校的热情，女方也表现得十分自然和亲切。人们哪会想到，他们两人连对方的名字叫什么都还不知道呢。

当他们坐定之后，招待员拿来了菜单让他们点菜。他们都点了自己喜欢吃的。等招待员走开，他们才相互进行了一番自我介绍。

姑娘叫娜塔莎，是列宁格勒大学文学系的学生，这次前来洛夫诺镇是度假的。她希望在度假时结识一些外国人，学习英语，同时赚一点外快，在条件允许的情况下也可能前往国外深造。

赫普鲁克少校在听完她的介绍之后，对于自己的情况简单敷衍了几句，假称自己也是到这儿来度假的，并祝贺他们有缘相遇。这位在间谍队伍中混了多年的41岁少校，看着这位姑娘的诚挚，有时略带天真的神态，以及那一张诱人的漂亮脸蛋，苗条而匀称的身材，早已解除了思想警戒，以为这次真的艳福来敲他的大门了。他压根儿就不相信这样纯真秀丽的少女会是阴险毒辣的克格勃派来的女间谍。

就这样，他们两人一面享受着美酒佳肴，一面谈天说地。越谈越投机，越谈越亲密，大有相见恨晚之感。娜塔莎与赫普鲁克少校直谈得天昏地暗，不知不觉已到深夜餐馆打烊，他们只好离开。赫普鲁克少校付了账。

在他们返回旅馆时，赫普鲁克少校发现，原来娜塔莎竟和他住在同一层楼。真是无巧不成书，有缘是分不开的，他们会自动凑在一块儿。对此，他从没产生过任何怀疑，真是色迷心窍，不知死活。

这天晚上，娜塔莎很自然地就被赫普鲁克少校带到自己的房间。他们两人继续畅谈，谈到情深意长时，俩人便抱作一团，滚到床上，尽情享受百般温馨的快活。直到天将破晓，娜塔莎才返回自己的房间。

美的陷阱

娜塔莎一直睡到中午。当她一觉醒来后，便打电话到赫普鲁克少校的房间。不知怎么，没有人接电话，她只好无可奈何地放下话筒。

一直等到日落西山，娜塔莎才把赫普鲁克少校找到。当她娇嗔地问他白天到哪儿去了时，他显出一副讳莫如深的样子。娜塔莎也就知趣地不再打听了。

在房间里，俩人拥抱亲吻了一会儿后，便下楼就餐。点了一些美酒佳肴，俩人大吃一顿后，又一起搂着返回房间。娜塔莎借着酒兴，将衣服全部脱光，走进浴室，洗了一个澡，便躺在床上等待着赫普鲁克少校。

当时，赫普鲁克少校由于白天的任务未完成，因而使得他呆呆地站在窗前沉思。他凝视着外面的灰暗景色。突然，他又转过头来，看了一眼娜塔莎。漂亮的娜塔莎赤条条地躺在赫普鲁克少校的床上。于是，赫普鲁克少校也脱光衣服，钻进被子里。在一通猛烈的狂吻之后，这对男女紧紧地抱在一起，合二为一，欢娱巫山云雨之情。

突然，房间的门被打开了。只见冲进来几个壮汉，与此同时，摄影机的镁光灯闪了几下，把他们两人的赤条条的形体都摄进了镜头。所谓捉奸在床，这是最好的证据。

这种突如其来的情况，令赫普鲁克少校措手不及，一下就蒙了。等他稍为定神之后，才非常尴尬地从床上爬起来，抓起衣服披上那赤裸的身子。当他定眼一看冲进来的几个人时，其中一位是苏联的少校。这位苏联少校与赫普鲁克少校曾在莫斯科见过面。他很客气地对赫普鲁克指出：

"先生是一个已结婚，并有两个孩子的父亲，这种行为太不应该发生，实在让人替你惋惜。同时，这种行为的发生，也是很对不起妻子和儿女的事。如果这事公开出去，恐怕会带来灾难性的危害，阁下的美好前途会立即毁于一旦。"

接着，这位苏联少校又说：

"我们作为你的朋友，你完全可以相信，我们也是可以不把这种丑事告诉你的妻儿和美国大使馆的。但是，作为朋友之间的交换条件是希望阁下今后能跟我们合作，提供一点消息。"

赫普鲁克少校在间谍这一行中已摸爬滚打了十几年，对其中的各种手腕是一清二楚的。现只怪自己贪图一时之欢，竟掉进了克格勃的圈套。真是狐狸掉进了陷阱，那有什么办法呢？

十几年的间谍生涯，使赫普鲁克见多识广，诡计多端，聪明绝顶。他考虑再三，要摆脱目前这种危险处境的唯一办法，就是答应他们的要求，同他们合作。于是，苏联少校将一份已准备好的悔过书递给他，要他签字。

赫普鲁克少校仔细读了一下悔过书的内容，上面无非是那一套如何如何与良家妇女成奸，又如何如何保证今后不重犯等。他犹豫了一下，知道不签字是脱不了身的。他无可奈何地拿起笔，用颤抖的手，写下了自己的名字。然后，他穿好自己的衣服。

这时，赫普鲁克发现娜塔莎早已将衣服穿得整整齐齐，并站在一旁偷偷地笑。至此，他才如梦初醒，原来她与他们是一伙的。

这个训练有素的燕子，如果不干这种勾当，做一个良家妇女嫁给一个有地位的人做妻子，生活肯定会幸福美满。自然，必定会胜过如此抛头露面，干人尽可夫的勾当。

看着娜塔莎可怜可悲的样子，赫普鲁克少校开始想大骂她一通。但转念一想，这其中固然有她的不对，然而更多的是时代的错误。谁让她生长在如此的国家被克格勃所利用，这能怪她吗？

最后，赫普鲁克少校什么也没说，他只有怜悯地望着她同其他人一道离开房间。而他自己只有沉痛地倒在床上，考虑如何摆脱这个已经缠身的丑闻。

美的代价

很快，赫普鲁克少校就返回了莫斯科的美国大使馆。这位少校自从在洛夫诺镇遇到那种倒霉事后，就已经心灰意冷。但他表面上仍然表现出精神十足，一点儿也看不出与过去有什么两样。然而，当他回到宿舍，回到那属于自己的个人天地，尤其是倒在床上时，就会想起两天两夜在那险恶的洛夫诺镇的梦魇。

正当他钻牛角尖，不知如何走出困境时，突然他想起一件在外交界广为流传的风流轶事，不知是真是假，即印尼原总统苏加诺对付克格勃所使美人计的故事。

据说，苏加诺在访问莫斯科时，也中了苏联克格勃设下美人计的圈套。当时居世界人口数量第五位的印度尼西亚，在国际关系大家庭中占有举足轻重的地位，是一支不可忽视的力量。因而，美苏两国都想方设法去讨好，妄图把它拉入自己的阵营。

　　众所周知，苏加诺是一个国际大玩家，一个十足的好色之徒。在国内他妻妾成群，平时就左拥右抱，已成为人们司空见惯的事。这次他来莫斯科访问，真是送上门来。因此，克格勃要乘他访问苏联之机，布下天罗地网，用美人计来讹骗他，以便将他控制在苏联手里，成为打击美国的可怕力量。

　　在苏加诺来访之前，克格勃就选好了最迷人的苏联姑娘，个个国色天香。不仅如此，这些姑娘还都是经过苏联性间谍学校培养出来的高才生。她们不仅学会了如何取悦男人的一套本领，同时还熟练掌握了在床上进行各种各样的媚人技术。只要克格勃一声令下，她们对付任何对象，没有不成功的。这次她们接到克格勃上司的命令后，个个摩拳擦掌，信心十足。于是，这群燕子被克格勃分派她们扮作秘书、旅馆经理、接待员、服务员等。使她们看起来那么自然，不露丝毫痕迹地侍奉于苏加诺总统的左右。

　　与此同时，克格勃还故意撤除总统套间附近的所有警卫人员，让苏加诺总统的卫队去担任保卫工作。这当然只是一种表面现象，实际上要使苏加诺总统解除戒心，为他制造出一种勾引女人的机会和大环境。

　　这位总统到达苏联后，就被这莺莺燕燕搞得天昏地暗。他色胆包天，一发起激情来，就不可收拾，既顾不得什么国家元首的地位，更不管什么外交礼节。只要被他看中，就上去抱来狂吻，甚至宽衣解带，尽情享受。更何况他的左右都是自己人，而没有一个苏联人。

　　苏加诺做梦也没想到，当他与这些美女在床上宣泄之时，克格勃将早已暗藏在天花板上的摄影机全部打开，把他们做爱时的各种丑态全部拍摄了下来。

　　克格勃特务把照片冲洗后，从中选出一些代表作，特意放大，由苏联代表送到总统套间，向他摊牌。他们用十分客气和婉转的语言，要求苏加诺总统与苏联合作。

　　克格勃的特工人员本来满怀信心，以为苏加诺看了这些照片之后会大惊失色，马上关起套间的房门，同他们商谈解决办法，乞求他们斟酌，最后答应同他们合作。但他们这次是完完全全地打错了算盘，不知苏加诺是何种人也。

　　正当苏联克格勃特工大眼瞪小眼，看看苏加诺如何处理这件丑事时，只见他不慌不忙而又慢条斯理地拿起照片仔细观看，自我欣赏起来了。然后，他把照片放下，若无其事地向他们索要这些照片的底片。他说：

　　"我要把这些底片拿回印尼去冲洗、放大，然后再举行一个公开展览。我国人民将为我感到骄傲。"

　　苏加诺这一手，使苏联克格勃特工如坠云里雾里，不知如何处理才好。诡计多端的克格勃特工这时无计可施，只好败下阵来。真是高兴而来，扫兴而归。

　　赫普鲁克少校一想到此事，精神为之一振，主意也有了。第二天一大早，他拿出最大勇气，走进了上司的办公室，将洛夫诺镇被苏联克格勃特工讹诈的丑事，和盘托出，向上司作了彻底的交代。

　　美国大使馆的上司听了赫普鲁克少校的详情之后，为了安全稳妥起见，他们先和华盛顿总部取得了联系。在得到总部的指示后，他们就迅速地把赫普鲁克少校偷偷地召回华盛顿。

后来，据华盛顿情报机关的发言人说：

"我们只能猜想，苏联人可能听到风声，知道赫普鲁克少校要被提升为当时的副总统的军事顾问。如果是这样，他们对他进行讹诈，就可以大肆获取里根总统的最高军事机密了。"

无可非议，苏联克格勃干这种事，花那么多人力、物力来设置圈套，绝不会无的放矢。虽然这事最后没有达到预期效果，功亏一篑，但他们这种肮脏行为，绝不会因这次失败而停止。

成功策反联邦调查局特工的第一人

在 20 世纪的头 50 年里，埃德加·胡佛成功地领导着美国联邦调查局，并把它建成为一根针都插不进的独立王国。他经常大言不惭地吹嘘："在联邦调查局的历史上找不出变节者。"但这一神话在 1984 年被打破。

冒名顶替潜伏美国

埃德加·胡佛

1971 年初春，莫斯科仍沉浸在北国的酷冷之中。然而，就在这初春，一封从美国寄来的信却给克格勃总部机构忙碌的官员们带来一线希望，使他们兴高采烈，生气勃勃。

这封信是从美国洛杉矶寄来的，写信人自称是格列尼恩太太。这是一位早已取得美国国籍的俄国侨民，她说她在美国生活了近 50 年。虽然手头有点财产，但在美国并无亲人，丈夫早逝，身边又无孩子。因此，她想叫她姐姐的一个女儿去继承这笔财产。这封信也就是写给她那个姐姐的。由于她的姐姐已在半年前去世，故这封信很快就被转到了国家安全委员会手里。

国家安全委员会的工作人员在认真研究了这封信之后，认为这是一条很有价值，可以大加利用的线索。于是，他们就开始暗中寻找她姐姐的那个女儿。

那个女儿很快就被他们找到了。但他们同时也发现：她对在遥远的美国有一个姨妈的事知道得很少。她说，还是在她小时候曾听她母亲说过有那么一回事，是否真有这么一个姨妈，她在什么地方，现在是不是活着，她一概不知。线索也就到此为止了。

但这事对于国家安全委员会的人员来讲仅仅是个开始。他们开动脑筋，将所有汇集来的情况进行了仔细分析和认真研究，最后得出结论是：那个在美国年事已高的格列尼恩太太，对她外甥女的情况了解并不会比她外甥女对她的了解多。既然如此，何不利用它，派一个冒名顶替的外甥女去继承这笔财产，长期潜伏在美国，相机从事间谍活动，岂不妙哉？

这个人很快就被选定了，她就是斯维特兰娜·奥戈洛德尼科娃。

在莫斯科郊区东南部的一片树丛里，有一座灰白色建筑，高墙森严，院庭僻静。

这是国家安全委员会的一所医院。12 年前，斯维特兰娜就是这所医院的一名医生。她精通医道，对事业忠心耿耿。她丈夫尼古拉·奥戈洛德尼科夫是列宁格勒一家电影制片厂的一名小有名气的导演，两口子的日子倒过得惬意，但是没有什么生气。1971 年下半年，喜从天降，他们的生活即将出现一次重大的转机。

一天，斯维特兰娜所在医院的领导陪着一个陌生的男人来找她。起初，对此她并不感到奇怪，这种事以前是常有的。例如，重要的官员病了，就会派人来点名要医生去。又如，也有一些特殊的病人需要上级专门指派医生去看护。但这一次不同，当那个陌生男人同她谈起此事时，却使她暗暗吃了一惊：让她和丈夫移民去美国。

很快，斯维特兰娜就弄清了这件事的原委。但由于她毫无思想准备，所以仍讷讷地对来人说：

"去美国，我过去根本就没想过这事，真是一点思想准备都没有，太突然，太意外了。"

"这一点也不奇怪，干我们这一行，工作性质就决定了我们经常会遇到一些意想不到的事，见到一些意想不到的人，如果让我们想到了，那反而奇怪。"

"可我是个医生，到美国去又能为国家干些什么呢？"

"不错，你的的确确是个医生，但你要知道，你不是一个普普通通的医生，而是国家安全委员会的医生，是光荣的国家安全委员会人员。"

"这个我清楚，我是指那些具体的……"

"这些问题用不着你担心，我们会把你培养成为一名合格的国家安全委员会敌后侦察人员。"

"如果这样，那我愉快地接受党交给我的光荣任务，并将竭尽全力去完成，绝不辜负组织对我的信任。"

"好，祝您成功。"

这次谈话后不久，斯维特兰娜就被调离医院，进了国家安全委员会专门培训间谍的学校，接受系统的间谍训练。在最后的几个月里，她又进入性间谍学校，突击性地进行了性间谍活动的速成训练，使她掌握了一套如何运用自身条件从事间谍活动的本领。

1973 年，经过全面训练，掌握从事间谍活动本领的斯维特兰娜被上司召见，当面向她交代了潜伏洛杉矶的任务。上司告诉她，她的公开职业是一名护士，以此为掩护，寻找机会，物色对象，发展情报网，为国家获取大量美国情报。

为了更好地开展情报活动，同时让她那个当电影导演的丈夫做她的助手。与此同时，上司还告诉她，为了长期潜伏，到美国的最初几年里不能从事任何与间谍有关的活动，也不许与苏联驻美机构与团体联系。

就这样，领受重大任务的斯维特兰娜偕同丈夫冒名顶替来到洛杉矶继承了姨妈的财产，变成了一个移居美国的俄国侨民。到达洛杉矶后，她很快就找到了一家私人诊所去干护士的工作。丈夫尼古拉因原来在电影导演中就推崇现代派手法，因而也很快就在好莱坞找到了工作。

在最初的几年里，无论是斯维特兰娜还是她丈夫，都装得很安分守己，活像一个老老实实的公民。他们带着自己12岁的儿子，一家三口过着安逸的生活。同时，由于他们夫妇性格开朗，为人随和热情，因而在居民区和大家相处得比较融洽，赢得了好名声。

就这样，斯维特兰娜夫妇在美国站稳了脚跟，完成了长期潜伏任务的第一步工作，为今后大肆开展谍报活动打下了基础。

闯入情网的大鱼

经过几年潜伏期后，斯维特兰娜认为危险期已过，便开始活动起来。最初，她仅在苏联移民圈子里十分活跃，经常租一些苏联影片在附近的影院放映，还代售一些苏联刊物。同时，她还公开吹嘘自己与苏联高级人物关系密切。另外，她也经常去苏联驻旧金山领事馆。

这样一来，斯维特兰娜明显的行动引起了美国联邦调查局的注意。1980年以后，联邦调查局的人员则经常登门了解情况，她对自己的所作所为也毫不隐讳。此时，联邦调查局从未怀疑过这个女人会是一名危险的潜伏下来的间谍。

1984年5月，在美国联邦调查局已干了20多年的老特工理查德·米勒被派到洛杉矶的一个反情报机构工作，主要任务是担负对形迹可疑移民的监视任务。米勒的到来，为斯维特兰娜带来了福音。这条不请自来的大鱼，很快就闯入了她的情网。

那天一大早，刚起床不久，还穿着睡衣的斯维特兰娜正在家里收拾家务。突然，门铃响了起来。她赶快放下手里的电动吸尘器，抓起一件乌克兰披风把她那丰腴的躯体遮掩起来，便去开门。她一边走，一边嘟哝着：

"也许是一个新生命又要出世了，要不然谁会这么一大早就来敲门呢？"

为防意外，这在美国是常有的事，斯维特兰娜习惯性地隔着门缝警觉地向来人问道：

"你找谁？"

"夫人，您早。我是联邦调查局的威廉·米勒，前来询问一些情况。这是例行公事。"

说话的是一个身躯高大、大腹便便而面目并不可怕的男子。当斯维特兰娜看清他出示的联邦调查局的证章后，便打开门说：

"欢迎你，联邦调查局的侦探先生。"

"我讨厌'侦探'这个字眼，您就叫我米勒吧。"

"你能光临寒舍，我非常高兴。为表示对你的欢迎，你想喝点什么吗？米勒先生，是威士忌还是白兰地？"

热情好客的女主人说完后，朝米勒深情地微笑着。这一笑，像是给米勒打了一针兴奋剂。受到如此的接待，在米勒的记忆中还是头一次，他大为感动，也就毫不客气地说：

"既然到了俄国人的家里，那还是来点伏特加更有情趣。夫人，我今天来打扰您，主要想问您几个小问题。哦，正像我刚才所说过的，这纯粹是例行公事，并没有其他特别的目的。"

说着，米勒已坐在了沙发上。

"完全可以理解。你有什么问题就开始提吧，我一定尽力配合你。"

斯维特兰娜说着拿来酒瓶，并弯下腰去给米勒倒上一杯伏特加。就在她弯腰倒酒时，米勒的目光飘进了她那敞开的风衣领口，看见了她那无遮无掩的酥胸。

"难道你发现了比伏特加更有趣的东西？"斯维特兰娜像发现了什么打趣地问道。

"夫人，你太漂亮了，恕我直言，简直美若天仙。"

"哈哈，米勒先生，你大概在恭维我吧？你知道我多大年龄了吗？我可以告诉你……"

"不，不必。在西方，尤其在我们美国，打探女性的芳龄是一种罪过。我不在乎你的年龄有多大，我只想说你真美。"

米勒说这话的时候，连自己也感到奇怪，48 岁并且是 8 个孩子的父亲的他，今天怎么还会说出这种通常只有年轻人热恋时才说出的话。

今天，斯维特兰娜淋漓尽致地发挥了她作为一个女人的优势。看着眼前这个尤物，米勒情不自禁地暗想：

"她要不穿风衣该有多好啊。"

米勒意识到自己的思路已脱缰，于是他又回到例行公事上来：

"最近你们这个区的侨民有没有什么异常情况？"

"一切如常，没什么大事。要说有事的话，也是一些司空见惯的小偷小摸之类的。"

"没事就好。"

米勒说着，打量了一下这所宽敞而又装饰得富丽堂皇的公寓，又毫不在意地问道：

"尼古拉好吗？"

"还行，就是老毛病改不掉，好在我也习惯了，无所谓。"

"据我所知，尼古拉可是一个规矩人，不知夫人您的意思是……"

"规矩人？太有意思了，他也算是一个规矩人，男人有的毛病他都有，既贪杯又好色，整天跟那帮好莱坞的小妞们厮混，这难道也是规矩人的所作所为？"

"这也算是毛病？"

"当然，话说回来，有几个男人不是这样？反正我也习以为常了。瞧这一连几天都没有回家，肯定又是被哪个三流演员迷住了。反正他有的是钱，供得起。唉！有什么办法，但他这样可就苦了我啦。"

就这样，他们一边喝着美酒，一边聊着共同感兴趣的话题。时间不知不觉地过去了。突然，米勒感到作为一次例行公事式的访问，他待的时间太长了。于是，他放下酒杯，欠了欠身子说：

"夫人，打扰您半天了，实在对不起，我想我该走了。对你的盛情款待我深表感谢。你的热情好客，给我留下了深刻的印象，使我不能忘怀。"

"现在就走？我们的谈话刚开了个头，似乎还有许多话要说。对你的赞美，我表示谢意。我也知道，身为联邦调查局的官员，你一定有许多事要办。不过，你来这儿我确实非常高兴。要知道，已经好久没有人同我进行如此有趣的谈话了。我非常欢迎你再来。你看什么时间再来，继续我们有趣的谈话？"

斯维特兰娜用温柔而略带娇滴滴的语调说道，又用含情脉脉的眼睛久久地盯着米勒，看得他有些心慌。

"明天，明天下午可以吗？"

"如果这对你来说不是意味着不便的话，只要你高兴，什么时候来，我都会热烈欢迎的。"

就这样，俩人依依不舍地告别了。

米勒今天的来访无疑是一次天赐良机，使斯维特兰娜一直处在兴奋和激动之中。她在训练中就被告之：中央情报局、联邦调查局、国家安全局等这些敏感而核心的部门，就是他们重点进攻的目标。现在，联邦调查局的人自己送上门来，她岂能不欢迎，这事能让她不激动吗？

同时，斯维特兰娜凭着医生的眼睛和一个间谍的头脑，一眼就看穿了米勒是个什么样的人。

"这是一个不太得志的家伙。"

在米勒进屋后的两分钟内，斯维特兰娜就迅速地作出了判断。从外表上看，他年龄不会太大，但由于忧郁而出现了灰白斑状的头发，与年龄不相称；他那呆滞、混浊的目光，给人印象最深刻，这表明此人已接近心灰意懒，但离万念俱灰尚有一段距离；眉毛倒挂，眼角皱纹丛生，说明他一生中屡遭挫折；至于他那脑满肠肥、大腹便便的体态无疑在告诉人家，他是一个饕餮之徒；而他那在自己身上滴溜溜乱转的眼珠，又正好表明他还是一个色鬼。饕餮之徒、色鬼，再加上官场失意，哪儿还能找到比这更理想的招募对象？

激动的斯维特兰娜手指夹着点燃的香烟，在客厅里来回踱着步，盘算着怎么钓这条送上门来的大鱼。她思忖：

"应该马上打电话给尼古拉，跟他商量一下。"

但转眼间，斯维特兰娜又改变了主意。在训练中她就知道，在美国电话这玩意儿是最不保险的。

"还是等他回来再说吧。"

不管怎么样，斯维特兰娜当即决定先给米勒一点甜头，然后再……

想着想着，斯维特兰娜得意地暗自发笑，后来又情不自禁地哼起了从电视上学来的流行歌曲。

奇光异彩的生活

今天，米勒的拜访不仅使斯维特兰娜一直处在兴奋和激动之中，就连米勒自己也像注射了兴奋剂一样，欢天喜地。这是近几年来唯一让他这么开心的事。在驱车回办公室的路上，米勒一想到与斯维特兰娜谈话的情景，不免有点飘飘然了。可以说，此刻他整个心房已被这位婉妙而又狎昵的女人所占据。他隐隐约约地感到他那枯燥、乏味的生活就要放射出奇光异彩了。

年轻时，米勒就读于哈佛大学，是该校的高才生，并且还是大学足球队的队长。直到现在，他还经常以无限眷恋的心情回忆着那段在记忆中抹不掉的光辉史。每当谈起这段历史，他总是眉飞色舞地对人们说：

"当时我也算是一个名人，全校几乎没有人不认识我，我到哪儿都有人向我招手，自然也有姑娘们。只可惜她们不像现在的小姐那样放荡，不过她们自有手段，那含蓄多情的目光，真叫人难以忘怀……我还没有毕业，东海岸四家最有威望的咨询公司，两个第一流的研究所，另外还有几家大学就给我发了邀请书。同学们是那么羡慕我，我至今还记得他们当时的神色。"

但后来，米勒却鬼使神差地走进了美国联邦调查局，而且一干就是20多年。随之问题接踵而至，他的生活越来越不景气。尤其是近几年来，他更没运气，简直是每况愈下。他家住圣地亚哥市，有6子2女。因工作，他又在芝加哥租了一间住房。尽管他已在联邦调查局工作了20多年，但年薪只有5万美元，这么微薄的薪金要养活一家子谈何容易。为此，他在圣地亚哥市北郊买下了有10英亩土地的农场，同他岳父一起经营。由于经营不善，他欠了一屁股债，经济十分拮据。

不仅如此，年龄对于米勒干这一行也是一件十分头痛的事。48岁，如果是在别的岗位上，也许会是倚老卖老的资本。而在联邦调查局干具体情报工作的他正好相反，一上年纪，又没有弄上一官半职的实权，无异于一棵杂草。上司不满，同事看不起，就连回到家里也要受气。

一想到家，更让米勒头痛，他的情绪一落千丈。家对于幸福的人来说是温馨、安逸的避风港，但对他来说，这哪儿像个家呀，简直就是一个疯人院！妻子正处于更年期，对什么事都看不惯，这也不行，那也不满意，无论大事小事，动辄暴跳如雷，把一家大小整天闹得不得安宁。

对于这种确实不走运的情况，3年前米勒还不肯点头。但现在他已公开承认了，他时常对人讲：

"走错一步，毁了一生啊……"

不过，现在米勒把这一切都抛到九霄云外了。自从到斯维特兰娜家里后，他心里只想着她那天使般的笑容和情真意切的邀请。

"明天，看来明天又要走运了，半百了，说不定还要走桃花运。人的一生有许多事情是不可思议的。"米勒暗自想着。

　　第二天，米勒准时来到了斯维特兰娜家的客厅。今天，女主人穿了一件他叫不出名的袍子，大概是用名贵的东方丝绸制成的，光亮、柔和，非常完美地勾画出了她全身的曲线。米勒只觉得眼前耀光闪闪，更让米勒心醉的是春情荡漾的女主人那嗲声嗲气的说话声：

　　"看到你真让我高兴。原先我还隐隐地有一丝失望的预感，我想你再也不会来了。我们的缘分也就到此为止。因为所有的文艺作品，不管是电影、电视，还是小说，都把你们联邦调查局的官员一个个描写得是那样地严肃、冷漠、不懂人情，拒人于千里之外。啊，我真幸运，遇到像你这样守诺言，有情有义的男人。"

　　"别听电影、电视和小说里那些胡说八道的东西，那是文人无聊，写来骗钱哄人的事。我们联邦调查局的工作人员也是人，是血肉之躯，也有七情六欲，并非不食人间烟火的神仙。"

　　"我听人说，你们联邦调查局对这个国家的每个人都了如指掌。特别是对于我们这些外国侨民，更是了解得一清二楚，连谁跟谁睡觉都知道，是吗？这下可好了，如果有个爱吃醋的妻子想知道丈夫在跟谁厮混，那她就可找你们了。"

　　"言过其实。不过，对外国人嘛，总还是要有所防范的，特别是对你们这样的从铁幕后面来的人。请原谅，夫人，我用了这个可能会使你不高兴的字眼。"

　　"没关系，其实我自己也常说'铁幕'国家。不过，你说的这些例子引起了我的兴趣。这样的事在俄国一样存在。你一定知道'居民保卫委员会'，它就是干这个的。不仅监视外国人，也监视自己的公民。难道你们也有类似的组织？"

　　"哦，我们从来不搞这种组织，我们有自己的方法。你知道，任何一个外国人入境都必须……"

　　不知不觉中，话题就转到了米勒的工作上去了，他毫无警觉地说着。此时此刻，米勒在心中产生的欲望，已压倒了他作为一个美国联邦调查局特工应有的警惕性和责任心。

人财两得的"私了"

　　往后，不用细说，他们越谈越亲密，越谈越投入，越谈越忘情，活像一对初涉爱河的少男少女一样。到后来，米勒竟把工作做到了斯维特兰娜的床上去了。当他们事毕，她约他第二天下午再去时，他高兴得不知如何是好，只是傻笑着。

　　就这样，米勒与斯维特兰娜的交往越来越密切，越来越频繁。她不仅人长得漂亮，还特别善解人意，非常同情他面临的诸多问题。当他把家庭不幸的沉重经济负担，上级指责他工作不力，以及他因使用公家汽车贩卖产品遭到处分，深感他在联邦调查局的日子不好过等忧愁，向这位俄国女人一股脑儿倾诉时，她对此表现出极大的同情。而且，对他身材臃肿、衣冠不整也关怀备至，真令他感慨不已，与在家的妻子简直是天壤之别。

　　一天，米勒照例兴冲冲地来到斯维特兰娜家幽会。

正当米勒和斯维特兰娜两情缱绻，轻狂佻达，如胶似漆之时，突然房门"嘭"的一声被踢开了，一个男人冲了进来。他狂叫了一声，不容分说，抓起斯维特兰娜的头发就是一顿猛揍……

这个男人不是别人，他就是斯维特兰娜的丈夫尼古拉·奥戈洛德尼科夫。米勒被这场面吓呆了。斯维特兰娜一个劲儿地向丈夫求情，说米勒是联邦调查局的高级官员。最后，在他们两人的哀求下，难堪的场面终于结束了。

米勒和斯维特兰娜迅速穿好衣服，开始谈判。这个电影导演脸色仍然苍白，嗓门也嘶哑了，他不停地在地板上跳来跳去，说要到法院去告米勒。

"我不管你是联邦调查局的，还是中央情报局的，你要知道，我是大名鼎鼎的电影导演，只要我把起诉书一递上去，我看你还有什么话可说。联邦调查局的高级特工人员竟敢在光天化日之下私闯民宅，持枪行奸，你该当何罪？"

天哪，这种事不用说闹到法院，就是传到联邦调查局里也够他受的：挨训斥，受处分，丢饭碗。米勒越想越不对劲，知道大事不好，只好请求尼古拉"私了"。

尼古拉装模作样地讨价还价一番之后，最后同意了"私了"，但"私了"的条件待他想好了以后再通知米勒。

8月12日，斯维特兰娜在一家马里布餐馆向米勒摊牌，公开了自己的身份。与此同时，她要求米勒同她合作，向他们提供绝密情报，并告诉他，尼古拉就是发放薪饷的出纳，有权支付酬金。这样，他们不仅可以继续保持亲密关系，还可以帮助他解决生活和经济上的困难。

此时的米勒听到仍可同这位俄国美人继续来往，同时还能获得报酬，负债累累的他急于摆脱经济的困难，在美色与金钱的双重夹攻下，只得答应她的要求。但他表示不打算建立长期的关系。后来，他们又接着谈妥：米勒向克格勃提供联邦调查局的秘密文件，可获得价值5万美元的黄金。这些黄金分别存放在三家银行的保险柜内，米勒和尼古拉各自保存一把钥匙，同时使用两把钥匙才能打开保险柜。

一星期后，斯维特兰娜和米勒开车来到旧金山，将米勒弄来的秘密文件和其他材料，以及证明他身份的工作证一并由斯维特兰娜交给苏联领事。在回洛杉矶途中，斯维特兰娜告诉米勒，克格勃已跟踪并拍下了交递情报和支付酬金的全过程。她提醒米勒，如果他不继续合作，则后果严重。

烂苹果

自从"私了"以后，米勒可过上了舒心日子。现在他再也不愁吃不愁穿了，而且连下班后，日子也过得丰富多彩起来，十分惬意。一下班，他或是找一个酒吧痛饮几杯，或是去斯维特兰娜那儿共度良宵。而且，自从他同意为克格勃提供情报后，斯维特兰娜的丈夫也很少在家出现，随便他与斯维特兰娜玩乐。

后来，米勒又交给了斯维特兰娜一本《联邦调查局东部特遣站分布图》，而她一下给了他8000美元。8000美元，他几乎有点不相信手里这一叠美钞是真的。这差不多是他 2 个月的薪金呀！原来只要有门道，捞钱这么容易，真是不可思议。在他或他同事的办公室里，像特遣站分布图这样的东西根本算不了什么，他为什么不能趁机多捞一点呢？

就这样，米勒在欲望的驱动下，在间谍的道路上越滑越远，越干越有劲，"人为财死，鸟为食亡"，天经地义。联邦调查局里凡是米勒能接触到的文件、资料，源源不断地流进了斯维特兰娜的手提包里。与此同时，大笔美钞也装进了米勒的钱包。而斯维特兰娜的胃口则更大，她已盯上了联邦调查局的计算机中心。

然而，联邦调查局的特工们并不是吃素的。他们对米勒和斯维特兰娜的频繁接触早生疑团，他们两人的旧金山之行早已被他们置于严密监视之中。联邦调查局的特工们看见米勒在光线幽暗的停车场交出了一个信封。几天后，他们又发现米勒从斯维特兰娜的汽车里取出一个手提箱，放进了自己的汽车。

这以后，联邦调查局的特工们更进一步加强了对他们的侦察。这对男女在公园，进入马里布餐馆，以及圣莫尼卡法国咖啡店时，都有特工跟踪盯梢。一天 24 小时内这对男女的一举一动均处于特工们的严密监视之下。

与此同时，联邦调查局的特工们还窃听了斯维特兰娜的电话。从窃听的电话中，他们知道了克格勃为了奖励这位女特工而发给了她奖金。同时，还要她拿出休假的计划，并提醒她，别忘了叫"朋友带齐行李"等细节。

进一步的电话窃听，使联邦调查局的特工们得知：米勒已同意 10 月 9 日和斯维特兰娜一同飞往维也纳去见一位叫克格勃的高级官员，并办妥了护照。而斯维特兰娜则买好了两人的飞机票。

9 月 28 日，米勒被召到联邦调查局洛杉矶地区办公室接受测谎器检查，随即被解雇、逮捕。

在对米勒的住宅进行搜查中，搜出了联邦调查局 1980 年至 1984 年该局的反间谍活动秘密文件，其中有斯维特兰娜的原始档案材料。

在斯维特兰娜的公寓里也搜出了一批间谍活动证据，其中有历次支付给米勒的银行账单，记载和米勒会见情况的日记本、照片、录音带，以及复制联邦调查局秘密文件的间谍工具。此外，还发现了密写工具、一次性密码本、用作密底的书籍、复写纸、密藏容器、缩微胶卷和显微点等典型的间谍器材。

尽管如此，但在审判米勒从事间谍活动的时候，斯维特兰娜却坚持说：米勒是清白无辜的。

"米勒并未背叛他的祖国，我也不是俄国间谍。"

斯维特兰娜在法庭上装出一副醉态，声称只是对米勒爱恋甚深的一个外国侨民。当然，这些表演不能掩盖她勾引米勒下水，向克格勃提供情报换取金钱的犯罪事实。

经过审理，法庭于 1986 年 7 月 26 日，判处米勒有期徒刑 50 年，并罚款 6 万美元。

这就是被当时联邦调查局长威廉·韦伯斯特称之为"这是个'烂苹果'的故事"而轰动一时的"米勒事件"。

阿拉法特的勾魂女谍

1985年9月25日是赎罪日，也是犹太教徒神圣的节日和雷打不动的假日。然而，正是在这天，以色列摩萨德驻欧洲分部的头面人物巴克带着夫人娜法依蕾及助手驾驶游艇，以到塞浦路斯共和国东南部拉纳卡港附近美丽的海面上游玩兜风为幌子，行侦察巴解组织海上航线之实。但他们的阴谋被巴解组织识破，在他们靠近岸边，准备上岸之时，遭到早已埋伏在那儿的巴解游击队的突然袭击，3人均死于非命。尤其是著名女特工娜法依蕾半裸的上身一片血肉模糊，惨不忍睹。

对此事，以色列最高当局立即作出了强烈的反应。

26日下午，被急电召回的5名部长、军事和情报机关的负责人，在总理府听取了总理佩雷斯的情况介绍后，群情激奋，狂喊乱呼着：

"以色列人的血绝不能白流！我们一定要为死难者报仇！"

晚上，他们又具体商讨了对策，寻求报复的办法。最后，他们决定以游艇事件为借口，袭击巴解组织设在突尼斯的总部，阴谋炸死阿拉法特，置巴解组织主席阿拉法特于死地而后快。这样，不仅能沉重地打击巴解组织，使他们的和平攻势搁浅，而且又为自己最优秀的间谍娜法依蕾等人报了仇。

10月2日，以色列人根据阿拉法特的活动规律，一般在出访返回的第二天，必在突尼斯巴解总部召开会议的情况，组织了精干的袭击队伍，出动最新式的F-16型美国战斗机，轰炸了巴解总部，妄图把阿拉法特炸死。

阿拉法特

但是，这次以色列人失算了！阿拉法特出访返回的第二天，却先去了巴解驻突尼斯的办事处，而未直接回总部，使自己躲过了这次劫难。

当阿拉法特乘车在远处听到轰隆隆的爆炸声，等来到巴解总部看到浓烟中的废墟，一具具尸体，以及瓦砾中痛苦的呻吟声时，他出了一身冷汗，祷告着真主的保佑。

尽管阿拉法特这次幸免于难，但给他造成的损失是惨重的。这下，惨死在巴解游击队枪下的娜法依蕾，这位摩萨德的著名女间谍也该瞑目了。为了她，以色列让阿拉法特付出了如此大的代价，这是摩萨德对她作出巨大贡献的最好奖赏。她的名字也因此而广为流传。

那么，以色列为什么要为这位女间谍之死，不顾得罪阿拉伯世界的压力，如此大动干戈呢？这要从娜法依蕾为以色列作出的巨大贡献谈起。

小事一桩

1957 年的一天，娜法依蕾出生于南非的一个以色列犹太富商家庭，从小她就长得乖巧，十分讨人喜欢。随着年龄的增长，她越来越水灵，妩媚迷人。不仅如此，她还拥有智慧的头脑，聪明无比，同时兼有犹太人不屈不挠的献身精神，这一切为她今后从事间谍活动打下了坚实的基础。

1975 年是娜法依蕾大喜的一年。正是在这年，十八岁的她嫁给了当时二十四五岁的以色列外交官巴克。巴克潇洒倜傥，加之外交官的职业，使他更显示出绅士的风度。婚后，这对年轻人生活得十分幸福美满。

1981 年，巴克被以色列外交部派到驻约旦大使馆工作，娜法依蕾随丈夫也来到约旦。一天，巴克从使馆回到家里一直闷闷不乐，本来多病的他，这时脸色更加显得苍白。娜法依蕾关切地反复询问丈夫为什么不高兴，但他就是不回答。对此，她毫无办法，只有看在眼里，痛在心上。她恨不得要为丈夫分忧解难，使他高兴起来。

这时，只见巴克从公文包里拿出一份材料来，用心地看着。他一边看着材料，一边拍打着前额。看着看着，他竟然躺在沙发上睡着了，文件从他手中滑落到了地上。

娜法依蕾望着睡熟的丈夫心痛地给他盖上毯子。当她拾起掉在地上的材料一看，原来是一份关于通过约旦了解巴解游击队的情报搜集资料，她似乎记起在什么地方见过。经过紧张而认真的回忆，她想起来了。于是，她迅速地摇醒丈夫，指着材料急切地说：

"巴克，你急于得到这份材料吗？我见过，知道从哪儿能搞到它。"

"你见过？这可是绝密文件，你一个妇道人家怎么会见过？"

"你先别问我为什么见过，现在只要你告诉我，你是不是正为它犯愁？"

"我正为这份文件大伤脑筋，因为它对我们十分重要。我们急需弄到它，以便了解敌人的情况。但到目前为止一无所获，真是急死人了！"

"为什么不早告诉我呢？亲爱的，这是小事一桩，也许我能为你搞到手，用不着担心，没有什么大不了的。"

娜法依蕾自信地说着，并亲吻了一下巴克。她转动着滴溜溜的大眼睛，依偎在巴克胸前，看着他的眼睛，说出了其中的秘密。

原来在 7 月的一个周末舞会上，娜法依蕾在舞会上结识了约旦高级官员安东尼奥。正是这次偶然的相遇，他们一见钟情，很快打得火热，从而改变了娜法依蕾的一生，使她迈进了间谍这座神秘的殿堂。

那次周末舞会像往常一样，在安曼市内繁华街区外国驻约旦大使馆内的三楼娱乐厅举行。参加舞会的人除了外国使馆的文武官员和家属外，还有约旦的社会名流、达官贵人和富商。当时，安东尼奥虽然和两位朋友闲聊着，但眼睛不时地飘向背着舞池的一位姑娘。

从舞会一开始，安东尼奥就发现这位姑娘同一个 30 岁左右的男人坐在一起，小声地交谈着，并不时地发出醉人的笑声，但始终没有踏进舞池。从背后看，姑娘长着一头棕红色的长发，身穿阿拉伯黑色无袖裙服，并随便地披着一条白色披肩。这身素雅的打扮，在服饰斑斓的舞客中显得十分突出而引人注目。安东尼奥虽然没有从正面看到她的容貌，但他确信她十分漂亮。

当舞曲再次悠然而起的时候，安东尼奥离开两位朋友，径直走到那个姑娘跟前，作了一个邀请的手势说：

"小姐，请赏光跳个舞，我想你不会拒绝吧？"

坐在她身旁的男人微笑着说："当然可以。不过，你应该叫她巴克太太，而不是小姐。"

"那么，你就是巴克先生。"

巴克微笑着点点头，然后对他太太说：

"亲爱的，去吧，再坐下去一定会憋坏你的。"

于是，巴克太太在安东尼奥的引导下款款进入舞池，并随着悠扬的乐曲翩翩起舞。她的舞姿十分优美。而安东尼奥此时却忘情地注视着自己的舞伴。她让他太惊讶了。安东尼奥实在没想到自己的舞伴竟如此年轻漂亮。

这时激动不已的安东尼奥用深情的目光，看着巴克太太的一双绿色水汪汪的大眼睛，自我介绍说：

"我叫安东尼奥，约旦官员。太太，看着你动人的大眼睛，不禁使我想起了大自然中的青山绿水。"

"先生，你的想象力实在丰富和惊人。也许你还未找到爱情吧？"

"愿真主保佑，我的爱情在远方，但我更注重眼前。"

"我叫娜法依蕾，犹太人。"

"巴克太太，也许我做你的朋友合适，如果你有兴趣赏脸的话。我想邀请你观看我的业余摄影展。"

"哦，太巧了，真是有缘，想不到你的爱好就是我的职业。我是一个摄影记者。"

从此，安东尼奥与娜法依蕾像触电一样，撞击出爱的火花，两人打得火热。安东尼奥在自己心爱的人面前，自然是无话不谈，保密观念也消失得无影无踪。正是在这种情况下，娜法依蕾在他的住处见到了丈夫急需的文件。

巧窃绝密文件

巴克得知娜法依蕾见过上司急需的文件，并能窃取到手时，心情十分激动。于是，这对夫妻密谋了窃取文件的方法。为慎重起见，经本国使馆的批准，巴克交给妻子一枚特制的钻石戒指和一个微型窃听器，以便一次就完成任务。

一切准备工作都在有条不紊地进行着。7月19日是执行任务的大好日子。

这天下午，娜法依蕾按事先的约定，准时来到了安东尼奥住的大楼房间里。而巴克和另外一个情报员开着一辆黑色轿车，平稳地停在大楼外一个不大引人注意的地方。随即巴克打开了接收机，并熟练地将频率调好，窃听着房间里的谈话。巴克刚调好接收机，马上就传出了声音。

"十分欢迎你的光临，我的红颜知己。请允许我叫你娜法依蕾好吗？"

"安东尼奥，我十分喜欢你这样叫我。"

"你太漂亮了。娜法依蕾，和你在一起，我也格外有精神，显得年轻了许多。"

"男人从来就不吝惜对女人的赞美，你也不例外。说句心里话，你本来就不老，既有男子汉的潇洒，又有绅士风度，更让我高兴的是看了你的天才摄影作品，使我受益匪浅。"

"啊，这是你对我的恭维。"

"不，我不喜欢恭维人，尤其是男人。但你不同，既有高雅气质，又有对艺术的追求。"

听着娜法依蕾的赞美，安东尼奥禁不住激动地将她搂在自己怀里：

"宝贝，你是每个男人见了都要为之动心的女人。"

娜法依蕾羞涩地抬头看着他。巴克听着他们的对话，内心酸溜溜的。但他知道，妻子是完全为了自己才这样的。此时，被安东尼奥紧搂着的娜法依蕾尽管脸带迷人的笑意，但心里却是另一番情形。她知道此时自己的处境十分不妙，如果他一下变得疯狂起来，局面就会很尴尬。于是，她灵机一动，无限柔情地伸长脖子，在他脸颊上吻了一下，随即惊讶而娇嗔地说：

"对不起，看我把嘴上的口红印在你脸上了，让我将它擦掉。"

娜法依蕾说着，乘摸手绢之机挣脱了安东尼奥的拥抱。然后边擦边说：

"我们该喝点了，你要喝什么，我来给你倒。"

"哦，对，我们该好好喝点什么。看我只顾着高兴，竟把这事忘了，真对不起。"

"没什么，喝点威士忌好吗？"

娜法依蕾不等安东尼奥回答，便轻盈地走向里间的酒柜，取出了两只高脚杯。趁他没进来时，迅速将手上戴的钻石戒指顶部翻开，从里面倒出一小点白色粉末在酒杯里。然后倒上酒，白色粉末立刻就溶解了。

安东尼奥斜靠在沙发上，接过娜法依蕾递过来的酒杯，对她说：

"美人儿，要是你能天天陪我喝酒，那将是多么快乐的日子。来，为我们情长意久干一杯。"

说着，安东尼奥一抬下颌喝了一大口。娜法依蕾甜甜而又无限柔情地看着他，抿了一小口。一会儿，只见他神色恍惚，目光呆滞，喃喃地说：

"我真累……好……好……疲……疲倦。"

说着说着，安东尼奥就头一歪，失去了知觉。

娜法依蕾在确认他失去知觉后，立刻从装饰包中取出早已准备好的手套，迅速来到他的套间里，并打开了上次放文件的抽屉。但抽屉里文件很多，却没有巴克急需的标有重点符号的那份文件。于是，她又迅速来到卧室。她急忙拉开床头柜的抽屉，抽屉里一支手枪正压着那份文件。她的心怦怦乱跳，脸上渗出了汗珠。她来不及细想，便对着窃听器说道：

"快来取货。"

早已做好准备的巴克的助手，急忙跑上楼，并将所有的文件抱下去，争分夺秒地在轿车里拍起照来。

娜法依蕾在房间里看着安东尼奥一动不动地躺在那儿。但她内心却焦躁不安，坐也不是，站也不是，担心有人闯进来。于是，她不停地看着表，一会儿从窗子向外看，一会儿又到门边听听有无动静，来回在房子里转圈，恨不得立刻离开这令人窒息的房间。

在情绪稍微稳定下来后，娜法依蕾便迅速处理了安东尼奥酒杯里的残酒。在反复冲洗酒杯之后，她又倒上了酒放好，并仔细检查一遍有无破绽。

突然，敲门声把娜法依蕾吓了一跳。

"谁？"

娜法依蕾神经质似的跳了起来，向门口走去。心好像要跳出来一样，她鼓起最大勇气将门开了一道小缝。就在她开门的一刹那，突然闯进来一个人。

"哦，原来是你这个魔鬼在这儿，我说安东尼奥怎么很久不和我来往了，都是你在作怪！"

进来的是一个浓妆艳抹、妖气十足的丰满女人，她气势汹汹地打量着娜法依蕾。娜法依蕾听了她的话，便知道了其中原委。她看了来者一眼，便勇敢地冲上去，抓住这个女人，抬手"啪"的一下，就扇了她一个耳光，并愤愤地说：

"你这个骚货，跑到这儿来撒野，你也不看看我是谁！"

被娜法依蕾打痛的女人捂着脸，搞不清面前是何许人。但她知道事情不妙，于是边退边说：

"好，好，你等着瞧，看谁厉害。"

说着，这女人一转身跑出了屋，嘀咕着：

"安东尼奥可从来没有提起过有位夫人呀。"

在这个女人走后不久，文件就送来了。吓得半死的娜法依蕾摸着还在发热的手，觉得时间过了许久。但抬手一看表，仅过了不到 10 分钟。

当娜法依蕾把文件原样放好，自认为没有露出丝毫破绽后，便将解药给安东尼奥服下，并把他的头放在自己的胳膊上，小声地呼唤着他：

"亲爱的，怎么啦？你醒醒，快醒醒。"

一会儿，安东尼奥又莫名其妙地睁开了眼睛，看着娜法依蕾的漂亮脸蛋。

"亲爱的，你怎么了？要不要我送你去医院？"

"我太累了，这几天我忙得要命，昨晚我加了通宵夜班。"

苏醒的安东尼奥好生奇怪，对自己为什么会这样有些迷惑不解。他警觉地来到套间，一切如旧，当他再次端起剩余的酒时，刚碰到嘴唇却又停住了。娜法依蕾看着他的样子，毫不犹豫地抢过他的酒杯说：

"亲爱的，你不能再喝了，还是我替你喝了吧！"

说完，娜法依蕾一饮而尽。眼前并没出现安东尼奥所希望出现的情景。而娜法依蕾由于喝酒的缘故，脸色白里透红，更加显得迷人。此时，他自己正考虑是否要看医生。

正是这次成功地盗取了安东尼奥处的绝密情报，从而收到了意想不到的效果。娜法依蕾不仅替丈夫排忧解难，解了燃眉之急，更重要的是帮了以色列情报机构摩萨德大忙，结果也改变了她的一生，使她走上了间谍之路。这次行动之后，使她迷恋上了间谍的冒险事业，十分热衷于在进行这一事业中的色情游戏，成为一个比职业间谍更出色的间谍。她的作用也因此而越来越大，越来越重要。

进军黎巴嫩

1984 年，已有 27 岁的娜法依蕾正处于成熟女人的黄金时期。由于长期跟随丈夫在国外，而且在外交界出入，因而所见所闻十分广泛，社交应酬更是她的拿手好戏。这一来，又使她的气质、风度超凡脱俗，显得十分高雅。优美的身材，再加上高雅的气质，使得每个见过她的外交官无不惊叹地说：

"她的眼神和全身都不断地向男人发出挑战。"

从此以后，娜法依蕾在约旦的日子，不仅是巴克太太和摄影记者，而且奉以色列情报部摩萨德的正式指令，去勾引约旦外交部的一名副手，这对于她来说是再好不过的了。通过一系列的逢场作戏和色情引诱，这位约旦外交部的副手，终于抵挡不住诱惑，很快就拜倒在她的石榴裙下，并为讨她好，心甘情愿地献上了她所需要的各类情报。干这种事，在娜法依蕾看来，只不过是她在男女间一些不值一提的小小游戏。然而，摩萨德却为之愕然，为自己有这么能干的优秀间谍而大喜过望。就连其总部头目也对她刮目相看，认为她十分有发展前途，准备派她到更重要的地方去进行间谍活动。最后，他们经过仔细研究，认为派她去黎巴嫩最合适。那儿是对付阿拉伯世界和巴勒斯坦解放组织的前哨。在她即将离开安曼时，摩萨德的头目对她说：

"你是我们情报部门的骄傲。这次派你到黎巴嫩去执行重要任务，凭你的聪明和才智，在那儿你一定会如鱼得水，充分发挥出自己的智慧和才干，干出一番轰轰烈烈的事业来。"

这时，娜法依蕾深知：如她答应去黎巴嫩确实可以一展身手，在那儿施展出自己的才华。然而，她并不是没有后顾之忧，她在内心深处还是牵挂着自己多病的丈夫。于是，在听到上司下达指令之初，她面带愁容地猛吸着香烟，一声不吭，静静地听着。香烟吸了一支又一支，烟灰缸中已塞满了烟蒂。最后，在去和留的问题上，她终于听从了上司的分配，准备进军黎巴嫩，在那儿为摩萨德好好干一番事业，绝不被家庭问题所累。

为工作方便，娜法依蕾便化名为帕特莉莎。一到黎巴嫩，她便亮出了早已准备好的不同身份。此时此刻，帕特莉莎已能高傲地进出于大型社交场所。不久，她以自己最佳的气质、仙女般的容貌以及不凡的谈吐，赢得了该国许多社会名流、政府官员的青睐。

帕特莉莎有时也身背摄影包，出现在记者采访群的行列中。借助这种方便，很快她便盯上了一个"猎物"：陆军武官汉斯。若是光从年龄上讲，汉斯可以做她的父亲。但是，既然被她瞄准为"猎物"，她也不在乎他的年龄。男女之间的事，并全非年龄能说清的。尤其以她这种美妙年龄去对付汉斯，那是手到擒来的事。

果然不出帕特莉莎所料，腆着发福肚子的汉斯，深深地被她的容貌和主动热情所迷惑，和她在一起似乎自己也年轻了许多，谈话也非常投机，有时甚至忘记了保持武将的风度，不免搞些小动作。为讨好她，汉斯一再向她表白，自己对犹太人从来没有成见，一直抱有好感。每当这时，她总是说自己对政治毫无兴趣，而只对摄影情有独钟。同时，还讨好地说，如有机会十分愿意为他的容貌增光添彩。对此，汉斯深为感动。

随着接触的增多，相互之间产生了好感。于是，汉斯就不断地邀请帕特莉莎前往他的别墅，她也不失时机地欣然前往。这一来，在贝鲁特郊外的别墅里，人们能时常看到这对老少男女手挽着手的背影。

帕特莉莎虽然口中一再声称自己对政治不感兴趣，但是，每当汉斯谈起政治，尤其谈到战争时，她却总是装扮成一个小学生的样子，踏实地倾听教师的谆谆教导，并且时不时地提出一些看似幼稚而实际相当关键的问题。在这种情况下，汉斯往往很得意，夸夸其谈，进一步炫耀自己，说了许多她喜欢听的"有用信息"。

汉斯每次和帕特莉莎接触，都似乎增加了自己的活力。他自我感觉越来越好，觉得与这位天使般的女人在一起，自己至少年轻了 10 岁。随着接触次数的增加，一颗早已衰老的心也不知不觉地坠入爱河。

自然，帕特莉莎对汉斯也是一往情深。她不断地变换手法，翻新花样，勾引着汉斯。在她的色诱下，汉斯方寸大乱，他的爱心早已被这位年轻貌美的女子所启动。至此，帕特莉莎眼看时机已成熟，便向他敞开了自己住宅的大门，十分真诚地邀请汉斯前往她的住处。这是她为汉斯准备的安乐窝。一踏进房间，一股女人少有的淡雅清香迎面扑来，使汉斯情不自禁地抽动着鼻子。

"欢迎你，汉斯。凡能进这间房子的人，总是高高兴兴而来，心满意足而去。从未失望，相信你也不会例外。"

早已被帕特莉莎弄得神魂颠倒的汉斯连声应承着说：

"啊，一定不会，一定不会。"

这时，帕特莉莎狡诈地眨着水汪汪的眼睛，嗲声嗲气地说：

"我的大军官，难道你初次登门，就什么'礼物'也不给我送一点，来这儿想白占便宜吗？"

"我的宝贝，不给你送礼物，你还能让我进这个门吗？"

汉斯一边打情骂俏，一边从随身携带的公文包里取出一叠文件，送到帕特莉莎面前。帕特莉莎接过文件还没看个究竟，急不可耐的汉斯就用有力的双手，紧紧地搂住了她的腰。

随着房间里灯光的熄灭，一阵欢声笑语之后，接着传出了梦呓般的呻吟声……

血溅塞浦路斯

位于土耳其南部的塞浦路斯是个四周环海的岛国。它的东南部有一个叫拉纳卡的港口。该港口附近风景优美，美丽的海面在太阳的映照下，蔚蓝的海水闪动着粼粼的波光，煞是迷人。这儿真是游览的好地方。

1985年9月25日，这是一个"赎罪日"，也是犹太教徒的神圣节日和雷打不动的假日，人们都沉浸在节日的欢乐之中，海面一片平静。突然，一艘游艇从远处飞速开来，"突突突"的马达声打破了拉纳卡港海面的宁静。游艇如飞，艇上坐着三个欢声笑语的以色列人。从神态看，似乎他们好像对"赎罪日"毫无兴趣，沉浸在欢乐的游玩中。但仔细一看，他们身挂着长焦聚镜头的高级照相机，并用高倍望远镜观察着远处的海面，指指点点，还不时地相互对着耳朵细语一阵。

其实，这三人并非游客，而是以色列摩萨德的高级特工人员。其中，手拿望远镜的那位年纪稍大的男人，就是刚被摩萨德提升为驻欧洲分部的头头巴克，驾驶游艇的男子是他的副手，而紧靠在他身旁的一个半裸上身，又颇具姿色的女人就是他的夫人娜法依蕾。自从娜法依蕾走进间谍的行列后，她充分发挥自己的特长，运用姿色，进行着谍报活动，一次又一次地大获全胜，为摩萨德获取了大量巴勒斯坦解放组织的核心情报。她在约旦、黎巴嫩的非凡活动能力，给巴勒斯坦解放组织造成了巨大的损失。她的双手也沾满了巴解组织的鲜血，她为谋杀该组织的优秀情报人员阿布·哈桑出谋划策，充当过鹰犬。这位为摩萨德立下汗马功劳的女间谍，不断地受到嘉奖，胸前挂满了奖章。与此同时，她也引起了巴解组织的注意，他们已将她列入了暗杀人员名单。

自然，今天这三个人做梦也没有想到会遇到什么危险，更没想到死神在一步步向他们逼近。他们想到巴解组织以及整个阿拉伯世界在欢度节日，因而他们既没带随身保镖，也没带太多的人，雅兴却颇高。

正当他们忘乎所以之时，岸上一个暗杀他们的天罗地网早已悄悄地布置好了。他们紧盯着游艇在海风中飞快地游弋，黑洞洞的枪口瞄准目标，单等他们的到来。

今天，娜法依蕾他们三人乘"赎罪日"休息的机会，想再为摩萨德建立奇功。他们以游玩为幌子，真正的意图是要侦察塞浦路斯和黎巴嫩之间船只、货物和人员的来往情况。因为，巴解组织经常利用这条航线为黎巴嫩进行后勤补给，输送武器弹药和人员。

"注意，前面有艘货轮。"巴克刚说完，游艇就绕了过去。

"好，好!"

娜法依蕾按动着照相机的快门，随之熟练地拍下了照片。

过了一会儿，游艇像疲惫了一样，开始减低速度，慢慢向岸边靠过来。娜法依蕾夫妻相互搀扶着，助手也提起旅行包，站立在游艇栏杆边准备上岸。

就在这时，突然岸上的土堆下钻出几个蒙面人，用带有消音器的折叠式冲锋枪对着他们。在巴克和副手还没有反应过来时，只听见娜法依蕾惊骇一声，随着"啪啪啪"的冲锋枪声，子弹像雨点般横扫过来，穿过血肉之躯，溅起的血花散落在蔚蓝色的海面上，最终连成一大片。

三个以色列高级特工无一幸免，全部死于巴解游击战士的枪口下。大概要数娜法依蕾死得最惨。她倾倒在游艇栏杆上，半裸的上身一片血肉模糊，被子弹打成蜂窝状，血迹顺着她的胳膊流向指头，一滴一滴地掉进海里……

娜法依蕾三人被巴解组织打死了，但随之而来的是以色列不惜花费大量人力、物力和财力，动用军队替他们报仇。他们在10月2日成功地袭击了巴解组织总部，欲置该组织主席阿拉法特于死地而后快。尽管阿拉法特幸免于难，但给该组织造成了巨大的损失，付出了惨重的代价。

一个女间谍有如此巨大的价值，国家公然不顾一切为她报仇，她也该瞑目了。

飞进信号侦察基地的"燕子"

引人注目的侦察基地

英国的政府通信总部与美国的国家安全局一样，是该国的一个规模庞大的通信和电子情报侦听机关。其前身是皇家海军情报部的无线电密码处，即通常人们所讲的海军部40号房间。它曾在第一次世界大战中截听到许多有重要价值的无线电侦察情报。其中价值最大、作用最明显的就是截获了德国外交部部长齐默尔曼所发的放火电报。对这份电报破译的作用，美国密码协会主席戴维·卡恩评价道：

"其中结果是由于40号房间对敌人一份电报的破译，促使美国参加了第一次世界大战，使协约国能够赢得胜利。没有哪一次密码分析具有这样巨大的影响，在这以前和自此以后，都没有哪一次密报的破译起到过这么大的决定作用，很少有这样的时机破译人员能把历史掌握在他们手中。"

在第二次世界大战爆发以后，英国首相丘吉尔把它独立分出来，让它统管英国所有的无线电侦察与破译工作，由密码破译专家埃拉斯塔·丹尼斯顿领导。他及时创办了密码破译学校，因此人们通常叫它通信学校。在第二次世界大战中，英国无线电侦察的最大成就是破译了称作"超级机密"的德国恩尼格玛密码机，从而掌握了德军的战略动向，加速了打败希特勒的进程，并为夺取最后胜利作出了杰出贡献。

恩尼格玛密码机

第二次世界大战结束以后，1952年在特拉维斯的领导下，他把该机构从战时的布莱彻莱庄园搬到现在的切尔特南，并改名叫政府通信总部，下设通信安全、信号情报、行动需求、语言和组织等处，并在世界各地设立了100多个监听站，其中包括设在塞浦路斯的艾匹思柯匹通信基地。政府通信总部每天从这些侦听站收到数十万份电讯，其中对10%的密码电报能达成破译。英国内阁掌握的秘密情报，有85%是由它提供的。

地处地中海东北角的岛国塞浦路斯对英国来讲具有特殊的战略意义。它被称作一艘永不沉没的超级航空母舰，日夜镇守在中东的门户上，也是西方国家到中东任何地方去的中转站。西方国家，尤其是英国在该岛设有庞大的军事基地。其中，最引人注目的要算设在岛东端艾匹思柯匹山坡代号为"红屋"的英国通信基地，它是这个岛上所有军事设施的核心。正是这个基地负责监视、收听整个中东地区所有的无线电通信信号，并破译其中的密码电报。它那巨大、触角灵敏的密密麻麻而又奇形怪状的天线，如同一个硕大无比的电子吸尘器，把中东地区上空所有的电波信号，点滴不漏地吸了进来，再送到建在山坡底下的电子计算机中心。经过电子计算机的处理，英国人就知道了西奈沙漠里埃及坦克驾驶员之间的通话，戈兰高地上叙利亚导弹操纵手从上级那儿获得的指令，以及以色列"鬼怪式"飞行员与塔台的联系。与此同时，它还能截获中东地区多如牛毛的恐怖组织和地下组织同外界的密电来往。自然，在该地区的外国使馆和本国频繁的无线电通信联络也同样逃脱不过英国人的耳朵，其能量实在是大得惊人。

第四次中东战争前夕，英国人通过对这个基地侦听到的无线电情报进行仔细分析研究，准确地获取了阿拉伯人要发动一场大规模军事进攻的情报，并及时将此情转告了以色列。但以色列却无动于衷，结果在战争初期吃了大亏，被阿拉伯部队打得一败涂地。

1981年，该基地从截获的恐怖分子密电中获悉：他们要对中东某国的首脑行刺。尽管该国与英国的关系不够友好，但英国人还是把这一重要情报通报给他们，他们半信半疑。好在他们还是采取了预防措施，结果将5个潜入的恐怖分子和3个内线人员一网打尽。在审讯这些人时，其交代的行动计划与英国人告诉他们的完全一致。对此，该国首脑对英国人感激涕零。

类似玄乎其玄、神乎其神的情况不胜枚举。据说英国人通过这个基地，还能听到以色列总理在轿车里的无线电谈话。但对此事，英国人曾多次公开否认。

正因为这个通信基地有如此近乎神奇的功能和作用，因而引起了东西方的高度注意。但此事对于美国人来讲却不是什么难事，他们根据两国签订的情报交换协定，美国人用间谍卫星侦察所获情报，来换取这个侦察基地所获得的无线电侦察情报。但此事对苏联人来讲是难上加难了，他们不但不能得到该基地的任何情报，就连这个基地的存在对它来讲也是一个秘密。

如此说来，苏联是否就毫无办法呢？但在他们面前没有什么办不到的，也不存在什么秘密。他们早在半个世纪前的特工教科书扉页上就写道：

"在苏联情报机关面前，世界没有秘密可言。"

是的，英国在塞浦路斯的艾匹思柯匹通信基地同样对它无秘密可言，只要它略施小计，它什么秘密不能搞到呢？

臀部撞出爱的火花

美丽的岛国塞浦路斯天高海蓝，棕榈婆娑，恬静秀丽，风景如画。农田里，农民们在辛勤地耕种，五谷丰登，人喜马欢。山沟里，纯朴的牧羊人吹起牧笛，声音婉转悠扬。海滩上，戏水男女，你追我赶，纵情玩乐。大街上，古香古色的酒吧和五光十色的舞厅人来人往，一片繁荣。在这些舞厅中，有一个迪斯科舞厅特别引人注意。

这个迪斯科舞厅被胖得像皮球一样的舞厅老板取了一个使人们想入非非的名字："幽房"。他解释说：之所以取这个名字，主要是来源于厅里的幽暗的灯光，以及这灯光给人们带来的乐趣。不管怎么说，这个"幽房"迪斯科舞厅确实是年轻人的天堂。每到周末，甚至连附近基地里的英军官兵也蜂拥而至，更何况这儿还有著名的迪斯科歌星麦克多纳在舞厅助兴和招揽生意。

周末夜色一降临，"幽房"的迪斯科音乐充满大厅，人们从四面八方汇集过来，踏着音乐节拍开始摇晃起来，厅内球形的变色灯就在人们头顶上来回盘旋，把光怪陆离的色彩洒向四周。灯下，人们随着音乐节拍的此起彼伏，逐渐进入高潮，疯狂的男女在抖动、在抽搐，各种颜色的头发在空中飞舞，臂膀、脑袋、胸脯、臀部、大腿像通了电的零件一样在抖动。

每当歌星麦克多纳的歌声达到高潮时，狂跳滥舞的人群就像烧开了的水一样翻腾起来。在幽暗的灯光下，人群已变得模糊不清，只剩下黑压压的一片，如同阴森恐怖的魔鬼在巢穴里手舞足蹈。在这群魔鬼中，有一个叫迈克·枚尔巴的最疯狂的年轻军人，纵情地乱跳乱舞着。

"喂，伙计，悠着点。你还是留点劲到别处去使吧！"

"很遗憾，到目前为止，我还不知道除此以外，别的使劲地方在何处。"

这是大实话，也是肺腑之言。21岁的枚尔巴正处在精力旺盛的时候，但长期以来，他不知道如何去消耗这种过剩的精力。他是艾匹思柯匹英军通信基地的军官，整天与电码和数字打交道，既单调又枯燥。像他这样的年轻人，正处在血气方刚之际，却要整天闷在密码室里，活像进了牢房那样难受。加之他又不爱好其他活动和体育锻炼，因而，迪斯科舞厅便成了他周末消遣的唯一场所。

随着快节奏音乐的响起，枚尔巴全身像着了火，又像着了魔一样地激烈抖动起来。突然，他感到自己的屁股不知被背后的哪一位撞了一下。在狭小的舞池里磕磕碰碰是常有的事，不足为怪。于是，他回过头去，想表示一下歉意，谁知对方却先开口了：

"对不起，我撞了你。"一个姿色不凡的女人冲他笑笑说。

"不，与美人相撞应该说是我的荣幸。"在舞厅混了不少日子的枚尔巴开着玩笑说。

"真的？早知这样，我真应该给你一个更有力的撞击。"

这时，枚尔巴特别注意起这个女人来了，他仔细地打量着她。看来这不是一个少女，因为这女人体态雍容，肌肤微丰，胸、腰、臀三围泾渭分明。这使得他略微有一点伤心。他知道，通常来"幽房"舞厅的女性有两种，一种是附近的一些年轻姑娘，另一种是基地的家属或当地的一些已婚妇女。这些已婚妇女多半又是商人的妻子，丈夫在外做生意，她们在家守空房，耐不住寂寞，就跑到舞厅来消磨时间寻欢作乐。对此，像枚尔巴这样的单身年轻军官，上司早就警告他们说：

"在舞厅，你们千万要小心谨慎地与她们交往，千万别闹出乱子。因为，我们是在塞浦路斯，搞不好就会牵涉到两国之间的关系，弄出麻烦来。"

但今晚枚尔巴显然不想小心谨慎了。

"常来吗？"

"噢，有时间就来。"

"我怎么从没见过你。"

"一般情况下我周末不来这儿。"

"周末丈夫在家。"

枚尔巴闪过这一念头后，又接着问道：

"你喜欢这儿吗？"

"不喜欢我就不会来，也就不会撞到你了。"

他们一边扭摆着，一边交谈着。随着谈话的深入，枚尔巴对眼前这个女人已有了较深的了解：她名叫娜纳，出生于东欧，并在多瑙河畔长大，难怪她浑身都散发出那一带妇女所特有的迷人与妩媚。她的丈夫是一个黎巴嫩的富商，这从她珠光宝气的服饰上完全可以看出来，并已生了小孩。

无疑，这种女人是枚尔巴的上司所一再警告的那种要"谨慎"对待的人了。但他对此已置于脑后。她太漂亮、太迷人了。尤其是她跳迪斯科的优美舞姿，一举手一投足无不使他心动神摇。这时，这位在多瑙河畔长大的少妇娜纳，在枚尔巴眼里简直就是天使，胜过那些窈窕淑女十倍，具有成熟女人的无限风韵。

看着娜纳，枚尔巴突然记起哪本书上曾写过这样一句话：

"她像一瓶在地窖里搁了多年的醇酒，谁能打开则将其乐无穷。"

自然，枚尔巴是很想打开这瓶以往放在地窖里搁了多年的醇酒，以便获得无穷的快乐。果然，功夫不负有心人，这瓶醇酒被他打开了，并且慢慢地品尝着。不久，他就投入到娜纳的怀抱。显然，干这种事绝对不是在"幽房"的舞厅里，而是在她家里的床上。

有趣的密码

枚尔巴自从拜倒在娜纳的石榴裙下后，他确实获得了过去从未有过的无穷无尽的快乐，有滋有味地品尝着这瓶陈年老酒。他那旺盛的精力再也不担心找不到发泄和消耗的地方了。但是，他内心深处还是有苦衷的。每当他和娜纳寻欢作乐结束之后，他一想到要回到军营，要去干自己那份工作，他就会向她诉说，他好动，喜欢旅游，但紧张而又枯燥的工作使他没有机会走出军营，军营里的生活又十分单调乏味，没有私生活。

　　每当这时，娜纳不仅以一个女人特有的同情心给他精神安慰，也经常坦诚相待，毫无保留地吐露出自己的心声。她说：

　　"虽然我家里有钱，很富有，但因丈夫长年累月在外，把我搁在家里，因而内心十分空虚和惆怅，总感到个人生活中好像还缺点什么。原来我也参加一些社交活动，想调剂一下生活。谁知道在那种场合里，这些与丈夫在一起的贵夫人们，就专门无聊地议论着用什么药才能激发情欲。我很年轻，犯不着用药来激发情欲。只要有男人和我在一起，我就有无穷无尽的情欲。"

　　娜纳说完，多情地看着枚尔巴，然后娇嗔地问道：

　　"我想象不出，你到底干什么工作才会如此枯燥乏味。"

　　"破译。"

　　保密条令规定，凡从事此项工作的人，在任何时候，任何地点，对任何人都不能暴露出自己所从事的工作。但此时此刻，枚尔巴与自己心爱的人在一起，他顾不得这么多了，脱口而出自己所干的工作。

　　"你说的破译是不是戴维·卡恩在《破译者》一书中，所说的那种密码破译呀？"

　　"哦，你读过他写的书？"

　　"读过，太棒了，神奇极了。《破译者》一书确实能引人入胜，只可惜我还有好多地方看不懂，弄不明白其中的奥秘。"

　　"你对密码破译有兴趣？"

　　"不，只能说是好奇，谈不上兴趣。"

　　娜纳多情地微笑着继续说：

　　"你也知道，我丈夫做珠宝生意，走南闯北。因生意上的需要，也时常收到世界各地发来的电报，里面尽是一些莫名其妙的话。比如，'孩子已断奶'、'婚礼如期进行'、'萨娜想念你'、'在老地方见面'……我心存疑虑，像我们这样的女人，对此事有一种天生的敏感，这毫不奇怪。你说我丈夫巴黎呀、纽约呀、伦敦呀等满世界跑，他能不找姑娘吗？我既管不住他，又不能老跟着他到处跑，他一人长年累月在外，找个姑娘玩玩，解解闷，这事我还能原谅。但我绝不能容忍他再找一个妻子。如果那样，你说我会处在什么位置，这事万万不能发生，我不能为他白养孩子，白守空房。于是，我就同他大干了一场。他向我解释了半天，最后实在没办法，才告诉我那些电报都是他们公司的密码，以防外人搞去他们的秘密。从此后，我才对密码产生了好奇心。"

　　说完，娜纳径直走向书柜，从里面抽出几本公开出售的有关密码破译技术方面的书籍来。其中一本就是戴维·卡恩写的《破译者》一书。

　　"要监视你丈夫？"

　　"也不完全是。你也知道，我丈夫在外，除了你陪我玩玩外，我还有的是时间，我不能老喝酒吧。所以，我也想找点事情，消磨消磨时间。"

　　枚尔巴接过娜纳手中的书翻了翻，不屑一顾地说：

　　"你这些密码书，对我们来说如同儿童读物一般。"

　　"可我简直像看天书一样，看了几个月却连最基本的代替法都没弄懂。"

"这是密码中最简单的一种方法，如果你有兴趣，我可以教你。"

"那太好了，你将给我的业余生活带来阳光。"

娜纳柔声地说出这最后的一句话，使枚尔巴猛然想起去年在这儿演过的一部风靡法国的电影《董事长的秘书》。这是讲一对男女偷情的故事，讲大董事长年轻貌美的妻子如何去勾引他身边一位英俊能干的秘书。其中，这位大董事长的妻子对秘书就讲过这么一句话。对，是她讲的，是在海滩上讲的，当时那女的正……

枚尔巴这时神经兮兮地有些发呆，他的脑海中被那海滩和那女人占满了。

"喂，你又在想什么有趣的事？"

娜纳看着枚尔巴有些犯傻的样子，打趣而又话中有话地问道。经她这一问，枚尔巴的脸都红了。

为了掩饰自己的窘迫神态，枚尔巴赶忙讲开了密码代替法：

"代替法是密码编制中最古老、最常用的一种方法。据说已有几千年的历史，人们使用密码就是从代替法开始的……"

一说到密码知识，枚尔巴滔滔不绝，口若悬河。再说，自己和娜纳相识以来，他除了在她面前淋漓尽致地表现了男性的雄猛之外，还没有什么让他好好地露一手，卖弄一番。今天总算找到了一个千载难逢的机会，他岂能轻易放过，不好好表现一番？

"为了说明什么是代替法，让我举一个例子来说明。假设你要给远在纽约的朋友写信，让他下星期来塞浦路斯。因某种原因，而你又怕别人偷偷拆阅该信，所以你就可以用密码去写。同时，你又不想所用的密码太复杂，那么你就可以用单码代替法。单码代替是一对一的简单代替法。所谓一对一的代替法，就是用一个固定的密码字母去代替一个固定的明文字母，它最显著的特点就是一对一的固定对应关系。这一来，26个明文字母就要以26个密码字母来代替。其代替形式是这样的：

密　H J G D A S F K M B C Y V X N P I Z R W E
L O Q T U

明　A B C D E F G H I J K L M N O P Q R S T U
V W X Y Z

有了这张单码代替表，你就可以编写密信了。如依据上面的代替表你可将'GO TO　NEXT　WEEK'的明信编成以下形式的密信：

FNWNXAQWOAAC

如果将这种编好的密码再按五个字母一组进行分组的话，就得到以下密文：

FNWNX　　AQWOA　　ACXXX

当整个明文最后一组不够5个码时，则以'X'作虚码补齐为5码。如'ACXXX'组，后面3个'X'就是这样补齐的。明文经过这么一变化，除密码专家之外，其他人是无论如何看不懂里面的意思的。"

"这太妙了，我真想立刻试一试。"

"等等，我的美人儿！妙的还在后面呢。1585年，法国有一个叫普莱斯·戴威热内尔的人，发明了多表代替法，从而使代替法得到了进一步改进。多表是一种较为复杂的代替法。多表代替是最宝贵、最伟大的东西，是人类思维中最完全的形式。让我举一个最简单的多表代替法来说明它。

密钥	明码	A B C D E F G H I J K L M N O P Q R S T U V W X Y Z
1	密码	A B C D E F G H I J K L M N O P Q R S T U V W X Y Z
2		B C D E F G H I J K L M N O P Q R S T U V W X Y Z A
3		C D E F G H I J K L M N O P Q R S T U V W X Y Z A B
4		D E F G H I J K L M N O P Q R S T U V W X Y Z A B C
5		E F G H I J K L M N O P Q R S T U V W X Y Z A B C D

这是一个 5 个表的代替方法，它可按顺序反复加密，如对

明文：TOBEORNOTTOBETHATISQUSTION

密钥：12345123451234512345123451

密文：TPDHSROQWXOCGWLAUKVUUTVLSN

然后按 5 个码一组分组，不够 5 个码时填虚码 X，则得报文如下：

TPDHS　ROQWX　OCGWL　AUKVU　UTVLS　NXXXX

这样一加密，别人就什么也看不懂了。"

"哦，上帝！世上还有如此神奇的事，我简直入迷了。早知如此，我何不进通信密码学校呢？"

"傻瓜，这事初听起来有意思，但实际上真正干时就没一点意思了。整天和 26 个字母或 10 个阿拉伯数字打交道，既单调又枯燥无味。"

娜纳斟满一杯酒，给枚尔巴端过来说：

"今天你讲的密码知识真是太棒了，使人大开眼界，并把我带进了一个神奇的世界。说真的，我真不知如何感谢你。"

娜纳说着说着，就在枚尔巴的脸上亲吻了一下，戏弄得枚尔巴魂不守舍。话虽如此说，但她的行动已经表明她完全知道如何去感谢他。

我将永远是你的

随着时间的推移和接触次数的增加，娜纳和枚尔巴的亲密关系与日俱增。而她对密码方面的兴趣也越来越浓，胃口也越来越大。现在，什么代替法密码方面的知识已远不能满足她的要求了，她直截了当地开口向枚尔巴索要他工作室里的密码本了。对此，枚尔巴犹豫不决。

"我已把一切和最宝贵、最神秘的东西都给了你，难道你帮我这点忙还不应该吗？我想你一定还记得那个周末的夜晚，当我们从乱哄哄的舞厅里走出来时，你搂着我的腰，轻声地对我说你爱我。后来，在我的卧室里，你又告诉我你是如何如何的幸福，并说这是你有生以来第一次尝到女人带给你幸福的滋味。你还说，为了我愿赴汤蹈火，

难道这些话你都忘了吗?"

那是不可能忘记的!尤其是在娜纳卧室里发生的情景,包括每一个细节,都已深深地刻在了枚尔巴的脑海里。枚尔巴出生在一个古板的家庭里,循规蹈矩,丝毫没有西方社会的放荡习气。从小到大,父亲对他的教育非常严格,近乎苛刻。自懂事以来,他就在私立学校度过了七八年的苦行僧似的生活。后来,又在皇家空军通信学校过了三年"囚徒"般的日子。尽管毕业时他已长成为一个大小伙子,但既不会抽烟,又不会喝酒,更没碰过女人。当他的同学们在这方面都已变得十分内行时,他却仍然还保持着"童贞"。

自然,长期压抑的生活使枚尔巴的心理发生了某种偏执。就像一个饿疯了的人发誓一旦有机会要猛吃个够一样。他现在就是在"要猛吃个够"的心理支配下,来对待面前这位姿色非凡的少妇。

"只要你肯帮我这事的忙,我将永远是你的。"娜纳偎着枚尔巴多情地喃喃说。

要从密码工作室往外拿东西,哪怕是一张废纸也是违法的,要受到军法的严厉制裁。这一点自从枚尔巴迈进这一工作的门槛时就已很清楚。但是此时,似乎娜纳讲的"永远是你的"更具吸引力。

娜纳是那种说得到做得到的女人。她说完便开始脱衣服。不一会儿,展现在他眼前的又是她那白皙细腻得耀眼的肌肤和体态优美的曲线。他无论如何无法摆脱这种强烈的诱惑。在他们行云布雨之后,枚尔巴说:

"我试试看。"

枚尔巴似乎已下了决心。因为,在这位美人面前他已别无选择了。同时,他似乎还记得她曾经对他说过,就在他们寻欢作乐时,隔壁房间有一个人在等着,那人根据需要可随时闯进来。

"那他为什么不进来呢?"

"既然我们配合得挺好,何必节外生枝去惊动他。"

几天后,娜纳仅得到了几本有关通信方面的技术资料,而没有弄到所需的密码本。为什么会出现这种情况,只有枚尔巴自己知道。

自由飞出的"燕子"

枚尔巴与娜纳频繁地交往很快引起了军事反侦察人员的注意。他们很快就将情况反映到军情五局的头头儿那儿。但这位头头儿因疑神疑鬼吃过苦头,故开始时对此事也就十分谨慎。

"有什么证据说他是苏联间谍?"

"暂时还没有。但他却与一个东欧来的叫娜纳的女人打得火热,交往甚密。"

"哦?恐怕又是一桩桃色新闻吧。"

"也许吧。但你要知道,这件风流韵事的双方却并不那么匹配。那个从东欧来的女人美貌动人,找了一个有钱的黎巴嫩丈夫,生了三个活泼可爱的孩子。而枚尔巴既无权，又无钱，而且相貌平平，确切一点说，还是个乳臭未干的后生。但为什么那个美女会向他频送秋波呢？"

"大概她丈夫满足不了她，所以……"

"也许，但最大可能或许是这个女人看上了枚尔巴的工作。"

"他干什么？"

"英国驻塞浦路斯艾匹斯柯匹通信基地的机要通讯员。"

"原来如此。对，克格勃绝不会毫无目的地放飞'燕子'的。你们立即行动，尽快制订方案，派出人员，迅速侦破此案。"

经过一段时间的跟踪侦察，军情五局的反侦察人员还是没拿到什么过硬证据。但他们考虑到枚尔巴所从事的工作的重要性，决定先将他拘捕，然后审讯，力争搞出个所以然来。

在军情五局反侦察人员的软硬兼施下，枚尔巴最后如实招供了他向娜纳曾提供过四本技术资料的犯罪事实。

就是这几本资料也足以使英国军情五局的头头儿半夜惊得从床上跳起来。

在审讯他的法庭上，一个作证专家在谈到这些技术资料的作用时说：

"这些技术资料提供了破译英国密码迷宫的钥匙，替俄国人节省了大量的人力、物力和时间。就算十名第一流的密码专家，花上三年时间也搞不出其中的一本来，更不要说四本了。"

因此，枚尔巴被判了刑。这一来，反侦察机关也算为自己争回来一点面子，自认为大功告成。

谁知，不久半路又杀出一个程咬金。娜纳带着她的孩子，不远千里，从塞浦路斯跑到伦敦控告有关部门"败坏她的名誉。"她立刻聘请了伦敦第一流的律师，正式向法院提出了起诉。她声称：

她与枚尔巴是在舞会上相识的知心朋友，仅此而已，但英国有关部门仅仅凭她是"东欧出生的人"，就"捏造"出她是俄国间谍的"神话"。而且还咬定说她与枚尔巴有不正当的男女关系，并以此来"讹诈"他，为她提供机密材料，给她四本文件。这纯属捏造出来的间谍小说里的廉价情节。

娜纳申辩说，由于英国有关部门"怀着某种不良动机"而臆造出来的这一间谍案，不仅使她的名誉已经受到严重损害，更为严重的是给她的家庭造成了不幸，已陷于破裂状态。她夫离子散，形影孤单，走投无路了。因此，她要求法庭重新审查这桩间谍案，并给她恢复名誉。

娜纳慷慨激昂的陈词，感人肺腑的语言，声泪俱下的精彩表演，立刻就收到了意想不到的效果，善良的人们开始同情这位"可怜"的女性了。尤其是新闻界的人士，不仅同情她的申诉，而且还为她说话，大造舆论，为她喊冤叫屈。

与此相呼应，在监狱里的枚尔巴也不失时机地积极行动起来了。他立刻推翻了原来的供词，声称那是在"不堪忍受的压力下，不得已而胡编滥造的"。

在这种喊冤叫屈的情况下，于是法庭开始重新审理这一间谍案件。这事自然对英国反间谍机关的处境是十分不妙的，把他们推入为难的境地。因为，他们对枚尔巴和娜纳虽有怀疑，但无真凭实据，唯一的罪状是枚尔巴的那四本文件，仅此而已。但现在，他自己又改口，推翻了以前的供词。对此，英国反侦察机关束手无策，毫无办法。

娜纳的热泪和律师的雄辩震撼了法庭，感动了法官。复审结果枚尔巴被宣布无罪，他从监狱里大模大样地走出来，军情五局的侦察人员只有干瞪眼。

娜纳向枚尔巴欢呼，人们向他欢呼。而只有军情五局的特工们却躲在一旁，看着他，以及那只"燕子"扇动翅膀自由地飞走。

活动在美国大使馆内的"燕子"

1987 年 3 月 3 日，美国《华盛顿邮报》在头版头条位置上刊登一则消息：美国国务院宣布，美国派驻莫斯科大使馆担任警卫任务的全部 28 名海军陆战队士兵将奉召回国，接受审查。这些士兵被告知，他们回国后要进行测谎检查。与此同时，国务院还下令美国驻莫斯科大使馆停止使用一切通信设备，发往美国驻苏联大使馆的电报，一律改发美国驻西德的军事基地，然后再由信使把电报送到美国驻苏联大使馆。

除美国国务院宣布采取上述措施外，美国中央情报局也悄悄地采取了预防措施，将该局以公开外交身份派往莫斯科，利用使馆进行掩护的美国情报人员，亦全部调回美国中央情报局总部。

为什么美国会对驻莫斯科大使馆采取如此大规模的措施呢？原来是美国驻莫斯科大使馆两名担任警卫的海军陆战队队员，被克格勃派进大使馆的"燕子"拉下水，被其所利用，把克格勃人员放进空无一人的使馆进行窃密活动，致使美国在苏联的机密通信联络、机密文件有被苏联克格勃控制的危险。中央情报局的秘密特工人员已被其掌握，身份也完全暴露。据称，这是自 1948 年美国海军陆战队士兵开始担任驻外使馆警卫任务以来，第一次出现此类严重间谍事件。

克格勃的计谋

长期以来，美国驻外使、领馆大量使用外国雇员。1987 年以前，美国驻世界各国的使、领馆中工作的美国人总共有 11000 人。而使、领馆在当地雇用的人员却大大超过了这个数字，达 2 万人。雇用外国人最多的是美国驻第三世界的使、领馆。他们把大量繁重的工作交给当地人干，包括从事守卫、办事员、翻译、秘书、司机、炊事员以及勤杂工等。这自然为国际间谍和恐怖分子渗入美国使、领馆带来方便，也给美国使、领馆的安全带来严重威胁。尽管如此，美国国务院仍然不急于解决此问题，他们错误地认为，美国外交人员已习惯于在间谍包围的环境中工作。曾任驻苏大使的阿瑟·哈特曼说："我宁愿使用克格勃派来的司机，也不愿用美国人。因为，他们听使唤，还可以招募他们为自己服务。"

其次，美国雇用外国人要比雇用美国人为国家节省几倍的钱。早在 1985 年，美国总统国外情报顾问委员会向里根总统提交了一份报告，说美驻莫斯科大使馆易遭苏联窃听，大使馆的安全保卫工作薄弱，建议削减大使馆的苏联雇员人数。然而，美国国务院抱怨，让美国雇员代替苏联雇员，费用太高了，没有采纳报告的建议。这份报告还要求美国拨款改进大使馆的安全措施，而此建议也遭到国会的否定。至于对付间谍和恐怖分子，使、领馆可以采取防范措施等错误观念也占了上风。

苏联克格勃在了解了美国人的这些错误观念后，多年来一直利用它。为此，克格勃对驻苏联使、领馆采取设置障碍的办法，迫使美国人必须雇用苏联人在其使、领馆内工作。

美国使、领馆人员一到莫斯科、列宁格勒等地便发现，任何事情都要几经周折才能办妥。但若通过苏联人协助处理则方便得多，办事效率高，时间快。而在苏联唯一能介绍当地人到外国使、领馆工作的国营职业介绍所，都是由克格勃控制的。

由于美国人不得不雇用苏联人为他们做饭、理发、接电话等，因此，据说克格勃安排了约有220名的苏联线民在美国使、领馆工作。例如，在美国大使馆担任译员的苏联雇员维奥莱塔·塞娜，担任大使馆厨娘的佳莉娜都是克格勃派来的"燕子"。后来为克格勃渗入美国使馆大肆进行间谍活动立下了汗马功劳。

自然，克格勃在对美国使、领馆进行间谍活动中，长期以来，他们一直把眼睛盯在使馆内最机密、最核心的地方，如美国中央情报局莫斯科站。

这个站的核心部位藏匿在美使馆大楼的一间金属小屋内。这间叫作"通信计划室"的小屋，宽约20英尺，长约30英尺，使用镀锌钢板建成，看上去像一个巨型冰箱。12名中央情报局的特工人员和国务院密码员在这里工作。室内一架发亮的灰色密码机，以每秒9600字的高速度，把中央情报局莫斯科站与其总部之间，用卫星传递的文件译成密码。其他密码机则负责传递通过窃听获取的各种技术情报，并传送国务卿舒尔兹与哈特曼大使之间的通信联络事宜。

据称，中央情报局莫斯科站运用了美国情报机构的一切优越条件和技术资源，来保证大使馆的通信安全。而中央情报局莫斯科站的安全，由专有海军陆战队士兵守卫。因此，他们深信，苏联人根本无法破解他们的密码。

然而，事实却出乎美国中央情报局的意料，他们自认为最机密的密码，从1985年7月到1986年3月，他们专门守卫密码室的海军陆战队士兵却引狼入室，多次让克格勃人员进入其内，安放窃听器和窃取秘密文件，使他们的秘密被苏联人所掌握。

那么，美国海军陆战队士兵是如何让苏联克格勃人员进入这么核心机密的禁地的呢？这要从美国使馆的两名海军陆战队员克莱顿·隆特里中士和阿诺德·布雷西下士讲起。

盯上海军陆战队卫士

1934年以来，美国国务院和海军陆战队不断派遣士兵到莫斯科大使馆担任警卫工作。而被派去警卫的士兵大都是20岁左右的未婚青年，政治上又不成熟，一般他们只经过8周的短期训练后，便进入大使馆担任警卫工作。因而，难以应付复杂的局面。

在对这些担任警卫工作的海军陆战队士兵管理上，也存在不少漏洞。一旦这些士兵被指派去莫斯科担任使馆的警卫工作，就马上由国防部改属国务院领导，而国务院对这些士兵根本不管不问。聪明而干练的美国驻莫斯科大使哈特曼，由于对国家安全方面的事务知之不多，因而，他不许卫兵站岗放哨时携带武器。后来，尽管他在他们的强烈要求下，准许他们携带武器站岗放哨，但是不准他们把武器装上子弹。而海军陆战队高级军官只是每年两次去看望这些在大使馆担任警卫任务的士兵。

海军陆战队士兵由于在大使馆内生活十分单调，因而同大使馆的其他工作人员经常闹矛盾，关系也不好。为此，他们就经常外出酗酒，寻欢作乐，有时竟喝得酩酊大醉。有的还吸毒贩毒，有的胡作非为，轮奸妇女，而没有人去管他们。

由于美大使馆人员缺乏敌情观念，因而，很多制度与规定不能严

美国海军陆战队士兵

格执行，甚至成为一纸空文。例如，按规定，担任警卫任务的士兵只能在休息区接待客人，不得与苏联和东欧各社会主义国家的任何公民有私人交往。凡参加大使馆外面的任何活动，都须向主管士官报告。但对这些规定，卫兵们因怕麻烦而很少认真执行。此外，美国海军法还规定，凡陆战队卫兵与社会主义国家的任何公民以任何方式接触，都要向海军调查处报告。但海军调查处在莫斯科没有派驻任何代表。上述规定实际上一文不值。

更让人难以理解的是使馆具体主管安全工作的官员，有章不循，对一些重要安全设施的保卫也不健全等，也容易使苏联克格勃钻空子。例如，海军陆战队卫兵最重要的职责之一是记录和上报使馆人员违反法规的情况，使违法者受到应有的处分。可是，卫兵们提出的情况，多数未得到有关人员的重视。

由于美国驻莫斯科大使馆担任警卫工作的海军陆战队人员无论在素质上，还是在执行规定制度上出现许多漏洞，这就为克格勃对大使馆的渗透大开方便之门，使他们有隙可乘。他们在研究了上述情况后认为，美国驻莫斯科大使馆看似很严，但渗透其中大有可能。而要渗透美国大使馆，并进入其核心机要的地方，关键是要收买或诱骗担任大使馆警卫工作的海军陆战队员。如果控制了这些士兵，则闯入美国大使馆就易如反掌。于是，他们便不断地寻找机会，并且耐心地等待时机。

时机终于被他们等来了。

1984年9月，22岁的海军陆战队士兵克莱顿·隆特里中士被派到莫斯科充当大使馆的卫兵。他自怜、轻率，对自己抱有不切实际的幻想。他几乎没有打枪的胆量，更无法在克格勃强大的攻势下保护自己。同时，他几乎一到岗就惹麻烦。一次，他醉倒

在地板上，竟延误7个半小时才去值勤。对于隆特里的情况，克格勃人员很快就向上作了反映。于是，一个针对隆特里的引诱计划便悄悄地在美国大使馆内进行。

在隆特里到大使馆担任警卫工作不久，一个叫维奥莱塔·塞娜的苏联漂亮姑娘来到美国大使馆担任译员。这位苏联姑娘约25岁，修长的身材，打扮得既入时又得体，化妆浓淡适宜，并且能讲一口流利的英语。这就使她更显得妩媚动人，惹人注目。很快，她就被公认为使馆里最漂亮的女性。正是这位漂亮非凡的女性，担当了这起使馆间谍案的中心人物的重任。

塞娜来到使馆不久，很快就博得了隆特里中士的欢心。而她对这位中士也情有独钟，对大使馆里大多数人冷淡的塞娜，却对隆特里"一见钟情"。在大使馆里相遇时，俩人时常眉来眼去。

1985年9月的一天，进入初秋的莫斯科已经稍有寒意。来到莫斯科地铁站的隆特里中士真想不到在这儿竟遇上了漂亮的塞娜。两个年轻的异性在如此情况下相遇，其欢心程度是不言而喻的。自这次他们两人邂逅后，隆特里整个心神不宁，大有"一日不见如隔三秋"的感觉。因而，他时常去地铁站，盼望能遇上心上人。

功夫不负有心人。一个月后，隆特里与塞娜又在地铁站不期而遇。第一次相遇俩人还似乎有些距离，但这次相遇就再也没有那种感觉了。双方好像有许多话要告诉对方，同时，也想多了解一些对方的情况。

塞娜本来说是坐地铁回家的，但由于谈话投机，竟忘了到站下车。于是只好再坐一段，到下一站下车。

离别前，双方又约定了下次见面的时间和地点。隆特里中士还请这位苏联姑娘到美国大使馆参加舞会。塞娜欣然接受了这一盛情的邀请。

11月的一天晚上，在美国海军陆战队举办的年度舞会上，打扮得十分漂亮的塞娜和隆特里中士搂在一起，翩翩起舞。塞娜自然而然地成了舞会的皇后，她的舞姿几乎倾倒了所有人。而隆特里对她更是佩服得五体投地。从此，他们两人的感情有了进一步的发展。

按美国使馆规定，担任警卫工作的海军陆战队员，在馆内与苏联雇员交往是允许的，但不鼓励他们打得火热。在馆外与苏联人交往那就越轨了。然而，隆特里却背着使馆坠入爱河，这正好中了苏联克格勃的圈套。

向中央情报局开刀

自那次舞会后，这对异性青年就偷偷相爱了。这位姑娘时常把隆特里带到家里做客。她的谈吐和举止使他更加迷上了她。从此，他们均坠入情网。

塞娜和隆特里每次幽会，都是先在地铁站见面，然后溜到塞娜的家里。隆特里承认，由于起先他没有主动报告这起事件，便在克格勃设下的"美人计"陷阱里"越陷越深了"。1986年年初，这对异国年轻人便在塞娜的家里发生了两性关系。这之后，克格勃便开始对隆特里施加压力，加快了获取美国使馆情报活动的步伐。

1986年1月，塞娜与隆特里在地铁站又一次见面时，她不失时机地把隆特里介绍给她的"萨沙叔叔"。当他们见面不久，萨沙叔叔与隆特里寒暄了一会儿之后，便单刀直入地向隆特里提出要他提供美国大使馆的情报和文件的要求。

随着他们关系的进一步发展，隆特里知道这位"萨沙叔叔"在苏联国家安全委员会工作，真名叫阿列克塞·叶费莫夫。从此，这位"萨沙叔叔"不断向隆特里布置任务，索取情报。对此，除酬以美女外，还不断以重金奖励他。

叶费莫夫交给隆特里一个清单，说是他的一个在克格勃当将军的朋友拟定的。其中有一个问题是问大使馆二秘赛勒斯是不是中央情报局的人。

约一个月后，赛勒斯涉嫌间谍活动被苏联驱逐出境。由此看来，苏联克格勃很可能早就知道了赛勒斯的身份，故意要隆特里证实一下，这是对他进行考验。

叶费莫夫还问到纳泰博夫。隆特里证实他是中央情报局莫斯科站站长。当时，叶费莫夫问隆特里能否在纳泰博夫和哈特曼大使的办公室里安装窃听器，隆特里表示不能。叶费莫夫又向隆特里索取大使馆7楼的平面图，隆特里答应试试。

几个星期后，隆特里带着偷到的7楼平面图去见叶费莫夫。叶费莫夫趁机又拿出300多张大使馆人员的照片，要隆特里识别哪些人是夫妻，隆特里照办了。

接着，叶费莫夫又取出大使馆的电话簿，让隆特里说出使用者的职权范围。除赛勒斯和纳泰博夫以外，隆特里又指出了两名中央情报局的人员。就这样，隆特里向叶费莫夫提供了美国在苏联从事情报工作的中央情报局工作人员名单、地址和照片。

后来，叶费莫夫拿着那张7楼平面图，要隆特里标出警戒地区、秘密门户和安全装置的布局。隆特里不仅照办了，还告诉了他报警系统的功能，以及卫兵听到报警后应采取的措施。叶费莫夫最后一再要求隆特里描述哈特曼大使办公桌的形状。看来，克格勃是想为这位大使的办公桌设计一种特殊的窃听器。

就这样，克格勃自然很成功地掌握了中央情报局派驻莫斯科情报站的特工人员，并对他们的活动进行严密监视。在认为对他们有利的时机，他们也趁机狠敲美国人一下，搞得美国人措手不及，时常处于被动的不利局面。

如1986年8月，美苏关系因苏联逮捕美国记者丹尼洛夫而出现危机，苏联指责他是中央情报局特工人员，从事不符合记者身份的间谍活动。在这期间，由于苏联事先掌握了美国处理这一危机问题的内部情报，因而给美国的国家安全造成了如此大的危害。当时，美国政府乱了阵脚，急急忙忙采取了一系列补救措施。

大肆窃取核心机密

自从隆特里拜倒在塞娜的石榴裙下之后，他牢牢被克格勃所控制和掌握，帮助他们获取了大量美国驻莫斯科大使馆的情报。然而，克格勃并没因此而罢休，他们的胃口也越来越大，眼睛又盯上了美国驻莫斯科大使的核心机密房间里的绝密文件。他们认为，要完成此任务，光靠隆特里一个人不行，应还有一个助手。于是，他们安排隆特里在警卫大使馆的陆战队员中再物色人员。

不久，隆特里果然不负克格勃所望，他又协助克格勃用另一名苏联妇女，成功地引诱他的队友阿诺德·布雷西下士，把他也拉下了水。布雷西与隆特里一样，在海军陆战队的宿舍"加林纳"沉迷于一位面容姣好，对人友善的厨娘佳莉娜。她陪伴着他打发在莫斯科的孤寂时光。1986年8月，布雷西下士竟与佳莉娜在大使馆发生了性关系。随之，克格勃也把布雷西发展成为自己的人员，为己所用。而布雷西又被上司安排与隆特里一起值夜班。因而，克格勃就利用他们两人值夜班之机，大肆侵入美国大使馆从事间谍活动。

1986年2月的一天深夜，坐落在莫斯科花园环行大街上的美国大使馆周围万籁俱寂，使馆大楼里一片宁静。这天晚上，正值隆特里和布雷西担任美国大使馆的警卫任务。突然，在使馆门前出现了几条黑影，悄悄地溜进美国大使馆里。在隆特里和布雷西的带领下，他们蹑手蹑脚地进入了美国大使馆的机要室。这几个人就是苏联克格勃特工人员。

美国大使馆机要室设在使馆大楼的第9层，是一个金属小屋的塑制的室中之室，人们叫它"泡泡室"。这里面积不大，最多只能坐7个人。室内只有一张桌子，边上有一台打字机。但这个房间却装有特制的防窃听设备，是使馆里的保密谈话室，使馆中乃至国家的许多机密要事都在这个室中商议。这个室里同时还放有一些绝密文件。

平时，9层楼由海军陆战队士兵站岗警卫，他们对每位来访者都要进行盘问检查，并进行登记。而使馆内的工作区平时也是不让在大使馆里工作的苏联雇员进入的，工作区的办公室也不让苏联雇员清扫，而由使馆外交官自己打扫。苏联人要想接近这个机要室，真可谓难上加难。

然而现在，这几位克格勃特工人员在隆特里和布雷西的帮助、配合下，居然不费吹灰之力就堂而皇之地闯进来了。他们进入机要室以后，隆特里让布雷西在门前望风，自己却进屋帮助他们投入紧张的工作：进入机要室内的克格勃特工人员有的人娴熟地在房间的一些地方，或一些设备中安放窃听器；有的人在翻阅绝密文件；有的迅速地用照相机拍摄文件。他们紧张而有序地工作着。自然，这些技术性工作对他们来说，真可谓是驾轻就熟了。

一个小时平静地过去了，两个小时又过去了，一切顺利，三个多小时也过去了。就在他们聚精会神地干着这一切的时候，一名苏联克格勃特工人员因不小心触及了报警系统。"铃……"警铃刚刚发出声响，隆特里就赶紧上前切断了电路。尽管如此，这一下还是使这些克格勃特工人员慌了神，他们赶紧把东西放回原位。紧接着，在隆特里和布雷西的帮助下，他们飞快地离开了美国大使馆。

隆特里和布雷西已经不止一次这样做了。从1985年7月至1986年3月，他们屡次让苏联克格勃特工人员进入美国大使馆内，安放窃听器和窃取绝密文件。不仅如此，隆特里还有几次把他们引进美国大使馆武官的办公室和通信中心，让他们察看房间里的设备、装置、文件和密码。美国大使馆的各办公室的电子仪器、文件、书信都被他们仔细研究过。他们在上面做了不少手脚。

就这样，苏联克格勃特工人员在美国大使馆的小汽车、办公室、电话机、密码装置，通信设备，甚至打字机和复印机里都安上了窃听装置，整幢使馆大楼实际上变成了一根发射天线。

从此以后，苏联克格勃特工人员可以毫不费力地接收、破译美国大使馆向国内和其他使馆发出的秘密电报，还能很快地破译美国在世界任何地方使用的密码。

苏联克格勃从 1985 年年中开始，截获了美国驻莫斯科大使馆同华盛顿之间的所有密码，获取了广泛的战略战术情报，窃取了美国广泛的对外政策的情报。其中，包括美国在日内瓦武器会谈中的谈判立场、细节，对尼加拉瓜政策的背景，中东事务和美国与同盟国之间的关系等。

苏联克格勃特工人员甚至在美国中央情报局设在莫斯科的专用先进设备上也安装了窃听器……

难怪 1986 年 10 月美苏首脑在冰岛举行会谈时，美国的底牌被苏联摸得一清二楚。在谈判桌旁，里根总统常常被苏联领导人戈尔巴乔夫出其不意地提出的一些问题弄得措手不及。美国国务院一位官员就此事打比方说：

"就好像我们同苏联人打扑克时，苏联人从镜子里看到我们要打的那张是什么牌一样。"

无法弥补的损失

1986 年 3 月，隆特里被调到美国驻维也纳大使馆担任警卫工作。他除继续保持与塞娜的书信联系外，还经常与叶费莫夫见面，把美国驻维也纳大使馆人员的情况和使馆大楼的布置等情报材料告诉叶费莫夫。不过，这一时期的隆特里常感到迷惑和忧虑，因而总是喝得醉醺醺的。

1986 年 12 月一个阴晦的日子，隆特里因经受不了叶费莫夫不断加码的压力，终于走进美国中央情报局驻维也纳站站长办公室自首。

至此，美国海军调查处立即着手调查美国中央情报局莫斯科站泄密事件。几个月后查明，守卫莫斯科和列宁格勒的美国海军陆战队中士，不仅严重泄露了美国的核心机密，而且有可能危及中央情报局特工人员的生命安全。

为此，这起使馆间谍案引起了美国最高层的重视。里根总统亲自召开了两次紧急会议，讨论这起使馆间谍案，并任命了一个委员会专门研究使馆安全问题。同时，他还指示国防部部长莱尔德前往莫斯科调查安全问题。另外，他还派了 4 个小组对这起间谍案进行全面调查。

经一年的调查之后，尽管美国国务院正式对外宣布称：未发现莫斯科大使馆被克格勃渗透的证据。自然这是谎言。

1987 年夏季，美国国务院曾将美驻苏联大使馆和驻列宁格勒领事馆的"通信计划室"的全部通信装备运回美国。联邦调查局接管这批器材后，由 20 名海军调查处的技术人员用 X 光、分光器和红外线分析器检查每个零件，发现了一些可怕的事实：

通到莫斯科大使馆"通信计划室"的电线已被更换，这表明克格勃已能把"通信计划室"密码机发出的信号转移到大使馆外。还发现电脑印刷机内的线路板和晶体片被更换，换上的新构件显然能把通信线路"红侧"中未译成密码的信号转移到电线上。后来，在列宁格勒领事馆"通信计划室"的通信设备上，也发现了类似的掉包装置。

由此看来，苏联克格勃已经把"通信计划室"变成了一个巨型窃听装置。由于苏联人可以拿到未译成密码的"红侧"信号，并与已译成密码的"黑侧"信号作比较，估计他们已有能力译出全世界美国大使馆所使用的密码。

上述调查结果，中央情报局和海军调查处只对包括总统里根在内的 12 名美国高级官员作了汇报。他们认为，为了保障国家安全，必须保守这些发现的秘密。

与此同时，美国还采取了诸多措施，以减少和弥补这起使馆间谍案造成的巨大损失。

一是美国驻苏联大使馆的 28 名陆战队队员于 1987 年 4 月底前调回美国接受测谎检查。与此同时，利用莫斯科大使馆进行掩护的美国中央情报局人员也全部调回美国中央情报局总部接受检查。

二是莫斯科大使馆的电子通信线路全部停止使用，大使馆所有通信都由专人专送。1987 年 4 月 13 日，国务卿舒尔茨访苏期间，应"采取一切必要措施"，以保证他同国内进行联络。为此，美国事先把一辆装有精密通信仪器的拖车运往莫斯科。据说，它能够确保舒尔茨与白宫的收发通信不被苏联克格勃窃听。在使馆里，舒尔茨可以使用一间新的 8 英尺宽、10 英尺长的房间，不用原来的"气泡"。

三是莫斯科大使馆的外交人员和事务人员停止使用电传打字机、文字处理机和影印机。同时，还要检查美国驻其他国家的大使馆，以了解安全问题上的漏洞。

四是研究一套防窃听的设备，使苏联克格勃间谍无法窃听或截收美国外交人员的通信。在没有上述设备之前，所有外交官在讨论问题时用笔交谈。

五是展开全球性行动，重新派驻海军陆战队员守卫大使馆。那些派往敏感地区担任使馆警卫任务的海军陆战队士兵应是已婚的，年龄应在 25 岁以上，经验较为丰富，服役期起码超过 1 年，并且每年要对这些卫兵进行两次测谎检查。

六是尽量减少苏联雇员，甚至一个也不聘用，使苏联克格勃难以渗透美国使馆。

尽管这起使馆间谍案给人们敲起了警钟，但它所造成的损失是无法弥补的，美国政府官员也不得不承认，这是历史上破坏性最大的一起间谍案。1987 年 8 月 22 日，海军陆战队军事法庭认定隆特里向苏联克格勃提供机密文件属实，从重判处他 30 年有期徒刑。

海湾战争中的美女蛇

1990年8月初，伊拉克以强大的兵力突然袭击科威特，一举占领该国，世界为之震惊。早就想置伊拉克总统萨达姆于死地的美国，这下可找到了机会，抓到了救命稻草，立即胁迫联合国通过决议，纠集西方各盟国出兵海湾，一场现代战争迫在眉睫。

兵马未动，情报先行。尤其是现代战争，情报对于战争的胜负至关重要。美国尽管拥有世界上最先进的科学技术，最庞大的情报系统和监测手段，各种卫星。但他们在监视萨达姆袭击科威特的行动中，还是被以色列的摩萨德抢先一步，这不能不说是对美国情报机关先进设施的重大讽刺。

为了在实施"沙漠风暴"行动计划之前搞到伊拉克的准确情报，为决策者服务，美国中央情报局中东地区负责人不惜花重金，从一个职业情报掮客的手中购买伊拉克情报。这个靠获取情报、出卖情报而获利的情报掮客，实为一条美女蛇。她心狠手辣，除掉了一个个合作伙伴和对手。在海湾战争中，她与美国中央情报局合作，获取伊拉克军事机密情报。最后，又同中央情报局闹翻，置其特工于死地，在中东导演了一幕惊心动魄的情报战闹剧。

"沙漠风暴"行动中的攻击机群

美女蛇出洞

自从伊拉克出兵占领科威特，联合国作出决定对其实施制裁，美国声称要出兵海湾以后，伊拉克首都巴格达笼罩着战争的阴云。战争各方为此而紧张地忙碌着。尤其是对情报的需求大幅上升。因而，除了各有关国家的情报机构忙碌外，一些情报掮客也纷纷出场，看准时机，想趁机大捞一把。正在巴格达活动的一条美女蛇这时也溜出洞来，准备大干一番。一时间闹得中东情报战线鸡飞狗跳，沸沸扬扬。

1990年8月11日傍晚，一辆出租汽车穿过车水马龙、熙熙攘攘的街道，左拐右拐地来到巴格达车布区，戛然地停在了街边的电话亭旁。出租车司机回过头，对后座的乘客说：

"小姐，你所要到达的地方已到了，请下车。"

正在打瞌睡的小姐微微睁开半睡不醒的眼睛，对司机在这个时候打断她的美梦颇为不满，凶狠狠地瞪了他一眼，从手提包里掏出伊币付了车费，慢慢地走下汽车。待汽车开走后，她左顾右盼地看了四周一下，一切正常，没有发现什么可疑情况。于是，她匆匆地走进电话亭。

"喂，我是什迪芬。敖立沙上校，还记得我吗？"

"宝贝，一听声音就知道是你，什么我不记得，也不会忘了你呀。对吧，这么久，你让我想死了。今天小姐找我有什么事？"

"亲爱的，当然是我们之间的事啦。怎么样，今晚我们两人可以见面吗？我真想尽快见到你，重温那令人一辈子也忘不了的旧情。"

"实在对不起，宝贝。你想重温旧情也不看看现在是什么时机，现在正是快到打仗的非常时期，作为军人，我不便出去与你闲谈，更不愿被你戏弄。"

"看得出，你还没原谅我，在生我的气。想不到你作为一个男人，尤其是一个军人，为了那么一点儿小事，又那么长时间了，你还生气，值得吗？我可告诉你，今天可是我主动找你的哟。一言为定，明天上午我开车在沙巴什大街等你。错过机会可别后悔，说不定这是我们最后一次见面了。"

话音刚落，电话就被挂断了。敖立沙上校摇着头自语道：

"一个捉摸不透的既可爱又可恨的女人。"

过去的一幕幕在这位上校的脑海里像电影镜头一样飞速地闪过。1989 年 1 月的一天，负责机要保密局工作的敖立沙上校身穿便装，去参加一个朋友的生日晚会，经朋友施莱辛格介绍，认识了舞蹈演员什迪芬。敖立沙上校自从认识什迪芬后，就被她的魅力所征服，并深深地爱上了她。什迪芬也是久经情场的老手。尽管她也时常面带羞色，暗送秋波，含情脉脉，并不失时机地频频向这位上校发出爱的信号。但她对他发动的猛烈攻势却始终保持一定距离，这就使得这位上校十分焦急，不知如何才能把这个猎物俘获。他的朋友施莱辛格鼓励道：

"一个上校，军人的勇气，军人的气魄哪里去了？连个女人都征服不了，还能算一个好汉吗？还能算我国的优秀军人吗？"

"得，软的不行，来硬的。"敖立沙上校暗自下定决心。

在一次幽会中，敖立沙上校一见到精心打扮的什迪芬，就魂不守舍，热血急剧上涌，也顾不得一个高级军官的风度，发疯似的在什迪芬的脸上、脖子上、身上狂吻着。就在这种狂吻拥抱中，什迪芬的衣服扣子在脱落……

突然，什迪芬像从甜梦中惊醒，猛地推开上校，逃了出去。还被情爱充满脑袋的敖立沙仍不死心地再次猛扑向什迪芬，但她一闪，使他扑了个空。

"敖立沙上校，你先答应我一件事，否则，你休想在我身上占到半点儿便宜。"

"什么事？"

"只要你拿出保险柜里的秘密文件给我，我就满足你的任何要求。"

"不行，我是一个军人，严守国家机密是我的职责，要我出卖国家机密，我死也不会答应的。"

"那好呀，那你也就死了心，休想让我答应你。我们只好拜拜了。"

从此以后，敖立沙上校再也没有见到她了。但她的倩影，以及他们亲密厮守的美好时光却让他始终难以忘怀。一年后的今天，她又主动找上门来，旧情难忘，敖立沙上校最后拿定主意，明天还是见一下自己曾经爱过的这个女人。

12 日一大早，敖立沙上校就对自己进行了一番精心的修饰，并穿上了军装，使他格外精神。他希望出现奇迹，渴求重温旧梦。9 时，他准时来到沙巴什大街。刚一站定，一辆小轿车就停在了身旁。随之，一种熟悉的女人轻柔的声音飘进了耳中：

"上校先生，愣着干什么，还不快上车。"

敖立沙上校钻进车里刚坐定，什迪芬就启动了马达，飞速地向巴格达南方驶去。她凝视着上校，嗲声嗲气地说：

"上校先生，一年多不见，想不到你更英俊威武了，更加讨女人喜欢，更有吸引力了。近来很忙吗？"

"现在大兵压境，战争迫在眉睫，敌人又强大，装备着第一流的现代化精良武器，我们需认真对付他们。"

"莫谈国事，今天我带你去一个好地方，尽情地玩玩。让你忘掉战争给你带来的一切烦恼和忧愁。"

"去什么地方？"

"巴比伦古城。"

巴比伦古城是举世闻名的古迹，在巴格达南约 90 公里的地方。他们说话间就已到达。也许是战争的缘故，今天这儿游人比往常要少得多，稀稀拉拉见不到几个人。但什迪芬今天却一反常态，倒显得很高兴，她不停地向敖立沙诉说着。突然，她充满感情地对上校说：

"敖立沙，眼看战争要打起来了。说心里话，我不能没有你。这次战争我看无论从哪方面看，我们是打不过美国的。听我的话，为了我们的幸福，和我一起去国外过舒适的日子去吧！你看怎么样？"

"什么，让我临阵脱逃，那是绝对办不到的。再说这样做，按法律要处绞刑，作为一个高级军官，我不会当逃兵！"

"算了，不谈这些，别为此扫兴。"

什迪芬说着，亲热地挽着敖立沙的胳膊，用含情脉脉地盯着他的眼睛问道：

"战争临近，你一定很忙，能告诉我你现在都忙些什么吗？"

"我的主要工作就是处理各种机密文件和命令，同时收藏军事战略地图。噢，不谈这些，我们还是回去吧。"

敖立沙似乎意识到不该对这个女人谈这些，很快就把话刹住了。什迪芬会心地一笑。

"看把你吓的，难道你还信不过我吗？再说，我是一个女人，你用不着担心我把你卖了。"接着，她又亲昵地说：

"亲爱的，你在此稍候，我找个僻静的地方方便一下即来。"

说完，什迪芬独自一人跑到古堡后面去了。

敖立沙等了近一刻钟，还不见她返回来，他看了看手表，担心情况不妙，于是急忙来到古堡后面四处寻找什迪芬。这里游人更少，敖立沙找了一会儿还是不见什迪芬的踪影，他自言自语地说：

"这么长时间，她到哪儿去了呢？什迪芬！什迪芬！"

"别叫了，她已不存在了。"

一个冰冷而嘶哑的声音从敖立沙的背后突然冒出来。他转过身一看，一个留有仁丹胡子、戴着眼镜的军人拿着无声手枪正对着自己。他觉得这人面孔很熟，便说：

"你不是什……"

"少废话，我知道你不会合作，那就休怪我心狠手辣！"

随着话音，只听到几声枪响，敖立沙上校立即倒在血泊中。只见那军人迅速从敖立沙的口袋里搜出钥匙和证件，然后悄然离去。

杀死敖立沙的凶手人称"眼镜蛇"。一小时后，他又出现在机要保密局的大门口。他大大咧咧地向哨兵行了个礼，随手递上证件。门卫看了他一眼后说：

"请进！"

"眼镜蛇"大步向楼内走出。他先来到保密室的隔壁，见里面放着茶盘，便倒上水，端着走向保密室。他刚进门，便听到办公桌前一个伏案的军官说道：

"敖立沙，你上哪儿了？让我们一通好找，你却无影无踪。快，上司命令要尽快将防御设施图交给他们。"

"很好，朋友，你的提醒太重要了，我十分感谢你。不过，你也应该去看看敖立沙，和他结伴而行，我想真主一定会热烈欢迎你们的。"

伏案军官一听此言不对头，抬头一看，马上惊呆了。在"眼镜蛇"的茶盘下，一支无声手枪正对着自己的脑袋。他立即拉开抽屉去掏枪。但晚了一步，"眼镜蛇"一扣扳机，那军官便血花飞溅，一声不吭地趴在了办公桌上。"眼镜蛇"迅速关好门，并伪装好了自杀现场。然后，掏出敖立沙的钥匙，打开保险柜的门……

不一会儿，面带笑意的"眼镜蛇"就大大方方地从保密局走了出来。

合作愉快

1990年8月15日，美国中央情报局中东站负责人古克与其助手洛波菲尔，正在沙特阿拉伯首都利雅得的办公室里，密谋获取伊拉克军事情报的大事。自从美国陈重兵于沙特阿拉伯后，对情报的要求越来越高，越来越多。美国中央情报局仅搞到一些表面的东西，而对萨达姆的作战意图、作战计划和原子炮、化学武器的使用等关键性的情报没有搞到手，因而他们急得像热锅上的蚂蚁。古克猛吸一口雪茄，吐出白色烟雾，带着极其伤感的心情说：

"他们的计划，特别是他们声称战争爆发后将使用'二元化学武器'，到时伤亡问题就是上面大人物的大事。这可是我们需要摸清的重要情报。"

洛波菲尔一听到"二元化学武器"心头就一震。他知道这种武器的厉害，它具有极强的杀伤力。除此之外，伊拉克还有"芥子毒气弹"和"神经毒气弹"。这两种化学武器也都能大量致人死亡。他的眼睛不停地快速转动着，似乎想出了什么对策，说：

"其实，要对付这些化学武器也不是没有办法。任何化学武器都要载体帮助投掷。如果我们在战争爆发前，搞清了伊拉克的化学武器载体，比如导弹基地、大炮阵地等的具体方位。一旦开战，我们就首先用精确武器摧毁它，问题不就都解决了。"

"话是这么说，但说来容易，做来难。我们上哪儿去搞这些载体的具体位置呀？自从萨达姆关押人质和今年3月以间谍罪判处英国记者巴佐夫死刑后，不要说一个外国人进不去伊拉克，就是连一只苍蝇，飞进去也困难。"

"这点是事实，目前，要进入伊拉克看来是不行。再说就是设法进去了，估计也休想活着回来。但是，也并不是毫无办法。事在人为，只要我们努力，我想会搞到我们急需的情报的。据说，在这方面，中东一些专干情报买卖的掮客已经走在我们前面了，说不定通过他们能搞到我们急需的重要情报。"

"请你说得详细具体点。"

"据我手下的人报告说，在中东地区有个情报掮客，人称'眼镜蛇'。此人心狠手辣，而且诡计多端，十分有办法，曾搞到过不少重要情报。有人反映，早在伊拉克入侵科威特前他就在伊拉克活动。最近又有人透露，此人已获得了伊拉克极其重要的情报。我正通过情报掮客与他接触。"

"有进展吗？"

"今晚红海酒吧见面之后便会知晓。"

"祝你成功。"

当天晚上，洛波菲尔一身阔老板打扮，开着豪华小轿车来到利雅得的红海酒吧。一个40岁左右，坐在窗边的中年人见他来了，连忙迎了上来。

"请问，你是洛波菲尔先生吧？真准时，8时15分，丝毫不差。"

盛气凌人的洛波菲尔一言不发地坐下后，紧盯着这人有一分钟。自觉相形见绌的男人献媚似的用打火机点着火忙着自我介绍说：

"请抽烟，我叫科纳吉姆。"

"你不说我也早知道，听说你在圈子里混得挺熟，也是一个小有名气的人物。"

"不敢当，如用得着我，我会尽力帮忙的。"

"很好，我问你，你认识'眼镜蛇'吗？你们的交情怎么样？"

"这个，请先生别见怪，我不能告诉你。因为干我们这一行，按圈子内的规矩，凡属机密的事情，是不便对外讲的。"

"这无关紧要，最关键的是将我所需要的东西按时送来。"

"当然，当然。不过丑话说在前面，这么贵重的东西，没有大量的活动经费，是很难按时办好的。不知先生这次肯否出大价钱?"

"至于价钱吗,你用不着担心。这是 100 万美金,先拿着,交货时再如数追加。如果你不守信用,到时不好交代,你也别怪我了。"

"放心,只要你舍得花大价钱,我想你所需要的东西,我一定会搞到的,绝不会让先生失望。你等着瞧,到时,我一定会给你带来意想不到的好消息。"

"好说。不过你记住,今天是 8 月 15 日,下个月今天准时交货,自然有你的好处。否则,后果你也是清楚的。"

说完,洛波菲尔将两个高脚玻璃杯斟满酒,端起来与科纳吉姆碰了一下说:

"合作愉快!"

"合作愉快!"

逃离巴格达

早已住进巴比伦旅馆的什迪芬此刻心事重重。她伫立窗前,看着波光粼粼的河水,考虑着如何把军事设施地图带出伊拉克,大发一笔横财。对于服务台来电话告诉她有位客人要找她的事,也置之不理。随后,她拿起电话:

"喂,机场吗?请问最近有没有班机出国?"

"小姐,对不起,目前还没有出国班机。"

什迪芬放下电话,在房子里焦躁不安地来回走动着,自言自语地说:

"这如何是好,在打仗之前若去不了伊拉克,我搞到的军事设施地图,就等于一张废纸。我该怎么办呢?"

一直在房间里待到夜幕降临的什迪芬仍是一筹莫展。于是,她决定去舞厅散散心。在舞厅里,她要了一杯咖啡,不停地思考如何离开巴格达,如何逃离伊拉克。

正在这时,她的身边又坐下一个男人。

"恕我冒昧,你大概就是什迪芬小姐吧?"

"对不起,先生,我生来就没有同陌生男人说话的习惯与兴趣。"

"我是科纳吉姆。我知道,小姐与'眼镜蛇'交情很深,与他有单线联系。"

"住嘴!请跟我来。"

什迪芬用眼睛扫了一下四周,见没有人注意他们时,才站起身来朝外走去。科纳吉姆忙跟了上去。但在他们两人出门时,一位离他们约 50 米处的旅客,手拿红外线超焦距摄像机在前面将他们的一举一动全部摄入镜头。

走进自己房间的什迪芬,在还未坐定的情况下便命令道:

"要想不白费力气,最关键的就是要想方设法尽快离开伊拉克。否则,一切都会化为泡影。"

"只要你先答应我的条件,此事由我来办。"

"什么条件?"

"与'眼镜蛇'取得联系。"

"此事我可考虑。"

什迪芬与科纳吉姆做梦也没想到，他们两人在房间里的对话，让伊拉克反间谍机构的人员全部窃听记录下来了。原来，科纳吉姆越境来到巴比伦旅馆时，就被伊拉克的反间谍机构人员发现，并跟踪盯上了。在什迪芬离开房间时，他们便溜了进去，并在神不知鬼不觉的情况下，迅速地在她的房间里和电话上安上了窃听器。

"怎么没声音？"

"也许他们在耳语。"

随后，窃听器里又出现了科纳吉姆的声音：

"我走了，你等着我的消息。"

伊拉克的反间谍人员关上录音机，一个头目对其助手说：

"这两个人形迹十分可疑，肯定有不可告人的秘密，他们想越境逃跑，好好监视他们。但我们最终的目标是'眼镜蛇'。因此，在万不得已的情况下，千万别打草惊蛇。"

就这样，伊拉克的特工们一直监视着什迪芬，24 小时内，她的一举一动都在他们监视之中。而此时，什迪芬却度日如年，在焦急不安中等待着科纳吉姆给她带来惊人的好消息。

21 日下午 6 时 50 分，有些不耐烦的什迪芬接到科纳吉姆的电话：

"小姐，准备好，15 分钟后我们再见。"

"看来他们要逃跑了，我们先抓住这个女人。"

监视什迪芬的伊拉克特工头目听到他们的谈话后，果断地作出抓捕什迪芬的决定。接到电话后，换上阿拉伯黑色大袍的什迪芬刚打开门，就被眼前的情景吓了一跳。堵在门口的两个伊拉克特工人员用手枪指着她的脑袋：

"小姐，请回去，你应该冷静地等候你的同伙。"

"你们要干什么？"

"小姐，我们只不过是奉命行事。你不必急着问我们干什么，我想对你自己的事，你一定十分清楚。千万别大声嚷嚷，否则对你十分不利，弄不好还有生命危险。"

坐在离旅馆不远处小汽车里的科纳吉姆焦急地等了 15 分钟后，仍不见什迪芬的踪影。他想了一会儿，急忙取出微型冲锋枪把它放在黑色大袍里，向旅馆走去。

进旅馆后，科纳吉姆并没有发现什么异常情况，便急忙奔向楼梯口。当他向上走时，便隐约听到了后面的脚步声。于是，他闪身躲了起来。只见后面两个伊拉克特工人员提着枪向楼上追来。当这两个人刚从他身边闪过，他便走了出来，用枪对着他们：

"不许动！请把手上的枪放下！好，不错。现在你们举起手转过身来。"

就在这时，只见一个特工飞快地又掏出手枪。但科纳吉姆的动作比他更快，随着一声枪响，这个特工便倒在血泊中。与此同时，他又用枪顶着另一个特工向房间走去。

在门口科纳吉姆夹着特工的脖子，用枪抵着他的脑袋，抬起脚猛然踢开了大门。屋内的人随之一惊。

"不必紧张，如果你们不想丢了同伙的性命，我这个人是最好说话的，我们尽快商量一个双方都满意的解决问题的办法，怎么样？"

房内的一个特工见此情景，急忙以同样的方式抓住什迪芬。另一个特工用枪对着科纳吉姆，双方僵持着。最后，还是抓住什迪芬的特工先开口说：

"我们先把枪都扔在房子中央，同时放人，这样你满意吗？"

"等一等，他用枪对着我，必须先放下枪。否则，就太不公平了，我绝不会做这种亏本的买卖的。"

这位特工看了同伴一眼，让他先把枪扔下。

"不错，不过你最好还是站到墙那边去。很好，现在我们可以开始进行下一步工作了。"

他们两人都盯着对方把枪放在了地上。

"好，我数到三，同时放人怎么样？一、二、三！"

离开他们的人质刚向前迈出一步，他们又同时抓起了枪，并又迅速地将人质抓回来。

"有意思，干得十分出色，真是英雄所见略同。"

"好吧，咱们只好再来一遍。"

他们松开手后，两个人质分别向对方走去。只见科纳吉姆说时迟，那时快，用闪电般的速度抓住什迪芬，迅速拉出了门。"嘭"地一下关上了，飞快地朝楼下跑去。刚转过楼梯口，子弹便从身边飞过。

一出旅馆门，两人就急急忙忙地钻进了汽车，一会儿便迅速地消失在大街的夜幕之中。

"现在我们去哪儿？"

"我已租好了一架直升机，立刻飞往沙特阿拉伯。"

在郊外的大漠中，随着两个黑影登上飞机后，直升机腾空而起向着边境飞去……

来到沙特阿拉伯的科纳吉姆和什迪芬，在一家濒临红海的旅馆里住了下来。正在梳妆台前化妆的什迪芬带着赞美的口气说：

"科纳吉姆，你真行，有两手。现在平安了，我也该出去了。你就耐心地等待我吧！"

科纳吉姆忙问道：

"你是去找'眼镜蛇'吗？"

"是的！"

"我等着你的好消息。"

什迪芬一去好几天不见踪影，科纳吉姆大呼上当。但他每天仍带着希望出去寻找。然而，每当他返回时一无所获，希望越来越渺茫，失望的阴影笼罩在他的心头。

9月13日，科纳吉姆接到洛波菲尔的催问电话后，就觉得浑身不自在。又过了两天，他还没拿到洛波菲尔急需的东西，他想象不出等待他的是什么结果。

15日，带着沮丧神情的科纳吉姆刚走下楼梯，就被两个彪形大汉挡住了去路。他知道不妙，转身就猛跑。可没跑几步，就被人绊倒了，重重地摔在楼梯上。

"科纳吉姆，跑什么，你这人太不够朋友！咱们有言在先，你也别怪我不讲情面，没有哥儿们义气。"

洛波菲尔叉开两腿站在他面前，怪声怪气地对他说，而两位大汉却步步逼近。

"你们，你们要干什么？"

一边喊着一边连滚带爬退到栏杆边的科纳吉姆，眼睁睁地看着两个大汉，紧握铁拳，大踏步地走上前来，对着他的脸就是一拳。接着，拳脚相加，打得他鬼哭狼嚎。一会儿他就瘫在地上，满脸的血水模糊了他的双眼。

洛波菲尔看看差不多了，走过来，托起科纳吉姆的脸说：

"我再给你宽限 5 天。如果还没有，后果你比谁都清楚，绝不会像这次这么便宜了。"

洛波菲尔说完带着人走了。科纳吉姆像从地狱中爬回来一样，踉踉跄跄地回到房间，用有气无力的声音愤愤地说：

"什迪芬，你这下可把我害苦了！你若再不回来，我的小命也要被你葬送了。"

毒汁四溅的美女蛇

初秋时节，天高云淡，气候宜人。

几天不见的什迪芬突然又神奇般地出现在旅馆门口，姗姗走进去，来到服务台打听什么。随后，她又掏出化妆镜涂抹起来。通过小镜子她发现有人在后面盯着自己。几天来，此人一直在跟踪她。她收好镜子便上了楼。

在房间镜子前看着自己鼻青脸肿的科纳吉姆愤愤地举起酒杯，狠狠地砸向镜子。这时，他发现门开处什迪芬笑吟吟地走进来。他便不顾一切地扑过去，并吼叫着：

"好你个什迪芬，看你把我害成什么样子了！我绝饶不了你……"

"你疯了。几天来，我总算没有白辛苦。告诉你吧，我已找到'眼镜蛇'了。下面的戏怎么唱，就看你的了。"

"小姐，真的找到'眼镜蛇'了？你没骗我吧？"

什迪芬毫无表情地轻轻点了点头，然后伸出纤细的玉指，轻抚着科纳吉姆的肿脸问道：

"你的脸怎么肿成这样，这是怎么回事呀？"

"哎，不要紧，只要找到'眼镜蛇'就万事大吉。"

"实在对不起，这几天让你受委屈了。'眼镜蛇'让你确定个时间，否则，他不会露面的。请你告诉我，怎么与那帮人联系，我好转告他。"

"这事自然越快越好。不过，时间和联系办法，你不用担心，还是我和'眼镜蛇'见面后再谈吧。"

"好吧，科纳吉姆，一切听从你的安排，你是我最敬佩的男子汉，我就喜欢像你这样的好汉。宝贝，来，为了我们的友谊和即将到手的大把美金，也为了表示我对你受委屈的歉意，我今天一定要好好犒劳你一下。"

看着什迪芬无限妩媚的漂亮脸蛋，此时此刻，他唯一的想法是让什迪芬好好领略一下他的雄风。于是，他不顾一切地一下就把她压在了自己身下……

天已大亮了，睡得很香的科纳吉姆似乎仍紧紧抱着什迪芬。但当他睁开眼一看，抱着的竟是一个枕头。

"亲爱的，你总算醒了。为了我们能精神饱满地迎接新的一天，我已替你放好洗澡水了，温度不冷不热，来，洗洗吧。"

穿着透明睡衣的什迪芬，说着从卫生间走出来。她怀着无限的爱意在科纳吉姆有些青肿的脸上吻了一下，并亲昵地勾着他的脖子说：

"怎么样，昨晚还满意吧？你真行，一晚上就把我的心房都占据了。一大早，我就起来为你卖命去了。我已通知'眼镜蛇'，他说今天下午见。"

"哦，这太好了，亲爱的宝贝。"

科纳吉姆一晚像还没尽兴似的，说着他又搂着什迪芬亲吻起来。吻够后，他才走向卫生间。

泡在合适水温里的科纳吉姆此时此刻有一种说不出来的快意。他一想到很快就要见到"眼镜蛇"，似乎那晃动的浴水就像一张张美金在他眼前流动。耳朵里听着什迪芬柔情的话语，就像美妙的音乐一样好听。就连她用电吹风吹着他湿淋淋的头发所发出的杂音，也似乎是一种伴奏的乐器声。

"宝贝，你知道吗？原来我认为你一去不会回来，我再也见不到你了。如果真的那样，那对我的打击太大了。但我估计错了，我们的缘分还未尽，对吗？这要感谢仁慈的真主，是他的恩赐，才有今天，是万能的真主成全了我们的美事。能和你在一起，舒舒服服地过日子，哪怕只一天，我死而无怨。你知道吗，今天下午 2 时 30 分，美国中央情报局的人在吉达海滨浴场见面。事后，我们还有缘分在一起进行紧密的合作吗？"

什迪芬说：

"当然。噢，对了，'眼镜蛇'还让我转送你一件难忘的礼物。"

"'眼镜蛇'要送给我礼物，太好了。什么礼物？快给我看看。"

只见什迪芬将呼呼作响的电吹风向浴缸里一甩，一股强大的电流，迅速通向科纳吉姆的全身，只听他一声大叫之后，继而浑身抽搐，随之瞪着暴出来的眼睛当场毙命。

什迪芬轻蔑地看了科纳吉姆的尸体一眼，冷笑着说：

"想占老娘的便宜，没那么容易。这是要付出高昂代价的。"

接着，什迪芬又走进卧室，再次精心化妆后，又走了出去……

10 点多钟，跟踪什迪芬的特工人员在旅馆门前招手要了一辆出租车，上车后他说道：

"到前面五站下车。"

汽车在大街上飞驰着，突然左拐右弯的颠簸汽车猛然刹住了。正在看报的特工人员刚要说话，只见枪口正对着自己的脑门，任何反抗都无济于事。这时，他清楚地看着举枪的司机取下礼帽，滑下一头长发，甩向背后。然后，她再撕下仁丹胡，冷冷地对他笑着说：

"感谢你从伊拉克把我安全地护送到这儿。你要见'眼镜蛇'吗？我就是。"

什迪芬伸手从特工身上摸出手枪：

"回去吧，这儿没你的事。"

边说边下了车的什迪芬朝前走去。这时，特工才从惊恐中恍然大悟，他急忙坐到驾驶座位上，伸手去扭车的钥匙。"轰隆"一声，汽车爆炸了。听到爆炸声，什迪芬阴险地笑了。

下午2时30分，在吉达海滨浴场的一把硕大太阳伞下，古克和洛波菲尔戴着大墨镜，光着脊梁，穿着泳裤，躺在睡椅上，一边喝着可口可乐，一边小声地交谈着：

"注意，这小娘儿们已从换衣间出来了。你看她腿那么长，身材多匀称，皮肤很细腻，是一个美妞，够刺激的。"

身着泳装的什迪芬，背着与众不同的小包儿，迈着颀长而十分性感的大腿，朝他们走来。洛波菲尔赶忙迎上去：

"小姐，欢迎你的到来，我们恭候你多时了。"

"很好，我做买卖一向讲究信誉。你们的要求我都能满足，质量毫无问题，包你们满意。"

"那太好了，请小姐你开个价。"

"1000万美金，若少分文，咱们这事今天就别谈了。"

"好，咱们成交。"

古克话音刚落，洛波菲尔则吩咐侍者说：

"拿啤酒来。"

"小姐真是能人，不，简直神了。在目前情况下，还能把如此重要的情报安全带出伊拉克，不可思议，真是一个奇女子。你的所作所为和成功，就连我们这些堂堂五尺须眉男子都望尘莫及，自叹不如。本人对小姐的智勇是佩服得五体投地。"

古克的话还没说完，侍者已把啤酒送上来了。洛波菲尔端起酒杯说：

"来，为我们首次愉快而成功的合作，为小姐今后的幸福和美满，干杯！"

"对不起，我游泳上岸后刚喝过饮料，这杯酒我不能喝，以后日子还长着，有机会再说吧。还是让我们言归正传，赶快'交货'吧！"

"也好，也好。"

洛波菲尔不自然地应承着，并拿起脚下的皮箱放到桌子上。什迪芬也从包中取出一个漂亮的小盒放到桌上。双方各自检查了"货物"的真假质量。突然，什迪芬像记起了什么似的说：

"哎呀，我几乎忘了，我的一块金片还在盒子里。不怕你们见笑，这是我心爱的男人送给我的礼物，我可不能把它白白送给你们。"

她拿过小盒子，从夹缝里抽出一块很薄的金片，然后又笑容可掬地把小盒子递给了洛波菲尔。就在对方接过盒子的瞬间，她按了一下盒子下面的按钮。

双方友好地分手之后，各自心满意足地提着交换的"货物"朝相反的方向走去。

10分钟后，只听一声巨响，美国中央情报局中东站负责人古克和他的助手洛波菲尔血飞天外。听到爆炸声的什迪芬又阴险地笑了。她自言自语地说：

"你们想毒死我，没门儿，让你们也知道你姑奶奶的厉害。"

原来，在侍者端上啤酒时，什迪芬趁他们不注意，把特种粉剂撒到啤酒中，测出酒中有剧毒。于是，她将计就计，干掉这两个老牌特工。

大获全胜的什迪芬，又以胜利者高昂的姿态走向新的生活。

后 记

这部作品是十五年前写好的，由于其命运多舛，故拖到现在才得以正式出版。这对我来说虽然有点晚，但还是一件值得十分庆幸的事。

二十世纪九十年代末，我写的《冷战时期著名的女间谍》出版后，因正处于世纪之末，我就计划着写一部《艳谍》，对二十世纪各情报机构在使用美女间谍方面的情况，作一个比较全面的回顾，并为对此有兴趣的单位和个人，提供一份比较全面而又翔实的资料。

1998年，我写的《东西方情谍战》出版。于是，我就把精力集中到搜集、写作《艳谍》上面。1999年3月中旬，我在申请加入"中国作家协会入会申请表"的"拟写作作品"一栏中，就填写了《艳谍》。因为那时，我已写了近一半的文字草稿。到2000年的四五月间完稿。于是，我满怀信心地打印了内容介绍、目录、样稿以及作者简历，准备找出版社出版。我想，这次正好抓住了两个世纪交替的时刻，及时写出了《艳谍》，出版应该没有大问题。我先后找了四家出版社，但由于种种原因，书稿均未能出版，其中苦乐酸甜，自不必多言。我写书的目的是想在退休后发挥点余热，实现年轻时的梦想与人生价值，并为自己找一个消磨时间、进行文化养老的去处，并非其他。有关这十五年来寻求出版的详细情况，会在我的新作品《我与书》中，得到全面披露。

好了，这一切现在已经过去了。不管怎么说，在纪念中国人民抗日战争暨世界反法西斯战争胜利七十周年之际，我这部作品被群众出版社纳入"谍战纪实系列丛书"得以出版，让我感到无比欣慰。在此，我要感谢我的爱人张华、儿子、外甥女孙娟，尤其是爱人张华，是她将稿件输入计算机内的。她六十多岁，还不辞辛苦地劳作，是十分难能可贵的，使我非常感动。同时，对群众出版社给予我的信任和支持，以及所有帮助过我的亲朋好友，表示由衷的谢意。

2015年5月28日